KB045422

가·족의
탄·생

가·족의
탄·생

도진기 장편소설

시공사

차
례

이탁오 박사의 밀실

숲을 벗어나자 초원 위의 저택이 마법처럼 모습을 드러냈다. 진구는 발길을 멈추고 가쁜 숨을 가다듬었다. 심호흡 몇 번에 고원의 시원한 공기가 폐를 깨끗이 씻어냈다. 진구는 처음 소개받은 미지의 여성을 관찰하듯 저택을 찬찬히 훑어보았다.

진구는 이 집이지 않을까 하는 '어렴풋'한 생각이 '확실'하게 드는 모순된 느낌에 사로잡혔다. 애연가라면 이 시점에서 흐뭇한 마음에 담배라도 하나 빼 물었을 것이다. 정선, 평창 일대를 탐문한 지 일주일이 다 되어간다. 평창에서 영월로 넘어가는 길가에 눈에 띄게 큰 부잣집이 있다며 아랫마을 주민이 흘리는 말을 들었다. 진구가 그 말에 솔깃했듯이, '좋은 기회'를 찾던 이들 또한 솔깃하지 않았을까. 아니면 우연히 길에서 맞닥뜨렸거나. 그러나 그들 모두는 죽음의 길로 인도되었고, 그 길에 이르는 작업은 이 부근 어딘가에서 이루어졌을 게 분명하다. 그 몇 건의 실종 사건도 이상하고, 외딴 초원 위의 저택도 이상하다. 둘의 부조화는 어딘지 닮아 있다.

평창에서 굽이굽이 영월로 접어드는 임도에서 꺾어져 비포장 길을 더듬어 걸어갔다. 마을 주민의 말대로 뻥 뚫린 초원지대가 나왔고, 담청색 외벽으로 이루어진 그림 같은 단층집이 모습을 드러냈다. 저택 뒤편으로는 성근 나무숲이 있고, 멀리 높은 능선이 이어져 청명한 봄의 하늘과 닿아 있다. 초원 사이로 진입로가 뻗어 있어 차가 드나들 수는 있지만 이곳이 목적이 아니라면 지나가다가 들를 만한 곳은 아니었다.

마지막 실종자는 여기서 멀지 않은 정선의 으슥한 산길에서 사체로 발견되었다. 광장 같이 탁 트인 곳은 물론 아니었지만 그렇다고 타인의 눈에 띄지 않는 장소도 아니었다. 마치 길 가다가 픽 쓰러진 듯, 혹은 무거운 짐을 이고 가다 길가에 툭 내던져버린 듯, '가볍게 버려진' 느낌이 묻어난다고나 할까. 타살의 흔적은 없지만 '의뢰인'은 도무지 이해할 수 없는 죽음이라 했다.

진구는 휴대전화를 꺼내보았다. 통화불능 표시가 떠 있었다. 고개를 갸웃했다. 외딴곳이어서 그런가? 하긴 도심은 물론 마을에서도 많이 떨어져 있다.

작은 의문을 접고 진구는 집으로 조심스럽게 다가갔다. 울타리 따위는 없다. 풀이 뽑히고 널찍하게 다져진 땅이 마당 대신인 듯했다. 조형미 있게 심어진 화초는 분명히 손질한 흔적이 있다. 왼편에 현관이 있고, 그 왼편에 창문이 두 개, 가운데에 커다란 거실 창문이 있고, 그 오른편으로 창문이 네 개 더 있다. 거실 창 앞에는 원목 바닥재가 깔린 테라스가 있다. 도시에서 이 정도 집이면 재벌가로 단정해도 무방할 것이다. 나무 그늘 어디선가 기름진 셰퍼드라도 튀어나올 듯하지만, 마당에는 잎사귀 스치는 소리만이 내려앉고 있다. 창문에는 모조리 커튼이 쳐져 있어 안을 들여다볼 수 없다. CCTV 카메라가 있을 법한데 보이지 않았다. 방범에는 신경을 쓰지 않는 건가. 내가 도둑이라면 이 집은 절대 그냥 지나칠 수 없겠는걸. 생각하다가 진구는 고개를 흔들었다.

현관 벨을 눌렀다. 두 번, 세 번, 네 번 연거푸 눌렀지만 응답이 없다. 현관문을 당겨보았지만 잠겨 있다. 어지간히 육중한 자물쇠인지 덜컥거리지도 않는다. 좌우의 창문 모두 마찬가지였다. 마치 접착제로 붙여버린 듯하다. 인기척도 없다. 진구는 집 옆으로 돌아갔다. 정면과 마찬가지로 담청색 외벽이 길게 이어졌다. 창문이 몇 개 더 있었지만 커튼이 쳐져 있고 단단히 잠겨 있는 건 마찬가지였다.

진구는 집 뒤편까지 걸어가보았다. 담장에 닿을 듯 기울어진 나무숲이 빛을 차단해 어둑어둑했다. 외벽 한가운데에 창이 두 개 나 있는데 아예 시커멓다. 유리 안쪽에 셔터 같은 것이 내려져 안이 전혀 들여다보이지 않았다. 결국 건물 앞면은 물론 옆쪽, 뒤쪽까지 안을 엿볼 바늘만큼의 틈도 나 있지 않음이 판명되었다. 이 기묘한 부조화는 진구의 호기심을 자극했다. 울타리조차 없으면서 건물은 극도로 폐쇄적이다. 단단히 감싸놓으니 오히려 더 안으로 들어가고 싶어진다.

무심코 던진 진구의 시선이 셔터가 내려진 창문틀에 가 닿았다. 틈이 빠끔하게 벌어져 있었다. 마치 여기야, 라며 손짓하는 듯했다. 손가락 끝으로 창문을 열었다. 창틀에 손을 얹고 고개를 밀어넣어 들여다보았다. 어두컴컴했다. 안의 공간은 베란다였는데, 거실 쪽으로 또 커다란 유리창이 있었다.

진구는 조그만 숄더백을 등 뒤로 돌려 메고 주저 없이 창틀에 올라섰다. 날렵한 몸은 가뿐하게 창턱을 타 넘었다. 베란다 바닥에 다리를 내리고 섰을 때, 뒤편에서 조그맣게 끼익 하는 소리가 들리더니 이어 철컥 하는 소리가 났다. 고개를 돌려보니 방금 자신이 넘어 들어온 창문이 닫혀 있다. 창문을 밀어보았지만 움직이지 않았다. 창문은 단단히 잠겨 있었다. 닫히면 자동으로 잠기는 장치인 모양이다. 창틀을 눈과 손으로 훑었지만 안에서 잠금 상태를 풀 수 있는 레버 종류는 보이지 않았다. 셔터 같이 생긴 것을 올리려 더듬다가 진구는 깨달았다. 그건 셔터가 아니라 철판을 창문에 덧대 놓은 것이었다. 창틀에 고정되어 있어 꼼짝도 하지 않았다. 철판 옆 틈새로 햇빛이 비쳐 들어와 안을 어느 정도 분간할 수 있어 그나마 다행이었다.

진구는 창문 쪽을 포기하고 베란다 안을 살폈다. 없는 집이라면 침대를 두고 방으로 써도 될 만큼 넓은 데에 비해 널어놓은 빨래 하나 없는 썰렁한 공간이었다. 풀숲 특유의 싸한 소리만이 정적을 메웠다.

바깥으로는 나갈 수 없게 되었으니 일단 집 안으로 들어가볼 수밖에 없다. 진구는 거실과 베란다를 구분해놓은 커다란 미닫이 유리창을 옆으로 밀어보았다. 조금도 움직이지 않았다. 거실 안쪽에서 잠긴 모양이다. 두꺼운 커튼이 드리워져 있어 거실은 조금도 들여다볼 수 없었다.

젠장. 이러면 유리창을 깰 수밖에 없는데. 안에 사람이 없다고 해도 침입의 흔적을 남기는 일은 무엇보다 피해야 할 최악의 경우였지만 지금은 어쩔 수 없다.

진구는 숄더백을 열어 내용물을 바닥에 쏟은 다음 그 안에 손을 집어넣어 감아쥐었다. 숄더백을 장갑 삼아 유리창을 힘껏 때렸다. 텅 하는 소리만 날 뿐 유리창은 끄떡도 하지 않았다. 이번에는 떡메질을 하듯이 팔을 뒤로 뺀 다음 크게 휘둘렀다. 역시 창은 깨지지 않았다. 진구는 스니커즈를 신은 발로 있는 힘껏 유리창을 걷어찼다. 그러나 둔중한 소리와 함께 유리창이 조금 울었을 뿐이었다. 진구는 그때부터 필사적으로 유리창을 주먹으로 때리고 발로 찼다. 하지만 마치 탄성 좋은 타이어를 때리듯 타격이 되돌아올 뿐이었다. 유리창은 깨지기는커녕 조금의 흠집도 나지 않았다. 어마어마하게 맷집이 좋은 상대를 향해 헛손질을 하는 권투선수처럼 진구는 서서히 맥이 빠졌다. 자신의 힘으로는 깰 수 없다는 걸 깨닫는 데는 많은 시간이 걸리지 않았다. 방탄유리 종류인 것 같았다. 몸을 돌려 들어온 쪽 창문에 덧댄 철판을 주먹으로 쳐보았지만 이쪽은 주먹만 아플 뿐 아예 희망이 없었다.

진구는 바닥에 주저앉아 숄더백에서 쏟아낸 내용물 중에 쓸 만한 것이 있는지 살펴보았다. LED 손전등, 메모장, 휴대전화, 지갑, 생수 한 통, 그리고 구식 열쇠를 따는 데 쓰는 긴 철편. 아쉽게도 유리를 잘라낼 만한 도구는 없다.

베란다 안을 다시 천천히 둘러보았다. 외벽 창문과 거실 창문 사이에 낀 길쭉하고 텅 빈 공간이었다. 시멘트가 거칠게 드러나 있는 구석에 배수구가 덩그러니 나 있었다. 어디엔가 외부로 통하는 틈이 있는지 공기는 신선했다.

휴대전화 액정화면을 들여다보았지만 역시 통화불능 표시가 떠 있다. 해미의 단축번호를 눌러봐도 연결이 되지 않았다. 119를 눌렀지만 마찬가지였다. 휴대전화의 배터리를 아껴야 한다는 생각에 진구는 다시 시도하지 않았다.

진구는 인정해야 했다. 갇힌 것이다. 외딴 숲속 저택의 베란다라는 밀실에. 자신이 이곳에 왔다는 걸 아무도 모르는 상태에서. 타고 온 차도 없다. 일주일간 시외버스와 마을버스를 이용해 구석구석을 다녔고, 여기까지는 걸어왔다. 해미한테는 적당히 둘러댔을 뿐이니 해미는 진구가 지금 강원도 어디쯤에 있다는 것조차 알지 못한다.

자신의 처지가 한심했다. 이어 등골에 한기가 뻗쳤다. 이대로 집주인이 오지 않는다면?

바깥 창문에 철판을 대고 거실 창문이 방탄유리라니, 도대체 이 집주인은 어떤 인물일까. 무슨 이유로 이런 집을 만들어놓았을까. 열려 있던 바깥 창문이 들어오자마자 닫힌 것도 일종의 자동장치일 것이다. 휴대전화가 불통인 것도 단지 산속이어서는 아닐 것 같았다. 전파방해장치라도 설치해놓은 게 아닐까.

무심코 흘려들었던 의뢰인의 말이 무서운 현실이 되어 다가왔다.

이 일대에서 발견된 몇 건의 시체에 공통점이 있다고 했다. 모두가 산중이나 외딴곳에서 객사한 채로 발견되었는데, 그중 상당수는 물을 마시지 못해 탈수증으로 죽었고, 일부는 동사, 나머지는 굶어 죽었다는 것이다. 탈수증, 동사? 게다가 21세기 한국에서 아사체라니. 하지만 모든 검사를 해봐도 타살의 흔적은 전혀 없었다. 시체마다 팔뚝에 주삿바늘 자국이 발견되었지만 약물이 주입된 건 아니었고, 피를 대량으로 뽑아간 것도 아니었다.

변호사 고진은 진구에게 일을 맡기며 이렇게 말했다.

"아무래도 말이야, 이 사건은 이탁오 박사의 짓인 것 같아. 뭐 그렇게 판단한 데엔 몇 가지 이유가 있지만 생략하지. 아무튼 살인 같은 게 이 양반에게 의미가 있다고 생각하면 오산이야. 법의 허점을 조롱하는 일을 취미로 삼는 사람이니까 조심하는 게 좋을걸."

고진은 살인이란 단어를 내뱉으며 빙글빙글 웃었다. 그 말을 진구는 흘려들었다. 고진의 입에서 나오는 살인이란 말은 보통 사람이 식사메뉴를 고르는 것과 비슷한 무게를 가진 것이었기에. 경찰도 아닌 변호사가 진구에게 일을 맡기는 데는 이유가 있었겠지만 그마저도 깊게 생각지 않았다.

제기랄, 고진 변호사의 의뢰를 받아들이는 게 아니었는데.

뭐, 스타일 구기긴 했지만 집주인이 곧 오겠지. 마당은 분명히 관리되고 있었으니깐.

진구는 베란다 바닥에 팔베개를 하고 드러누워버렸다.

집주인은 진구의 예상보다 늦을 모양이었다. 그날 밤이 지나도록 집 안에서 인기척은 느껴지지 않았다. 긴팔 티셔츠 하나만 입고 나선 진구였기에 산중 저택의 밤 추위는 꽤나 견디기 힘들었다. 그나마 봄이어서 천만다행이었다. 한겨울이었다면 하룻밤을 버티지 못하고 동사했을지도 모른다.

다음 날 아침 철판 틈으로 비쳐드는 미약한 햇살에 퉁퉁 분 눈을 떴을 때 진구는 자신의 처지를 다시금 깨달았다. 신병이 훈련소에 입대한 다음 날 아침 눈을 떠보니 자신이 누워 있는 곳이 내무반 침상임을 깨달았을 때의 아득함이었다.

뇌가 깨어나고 손가락을 겨우 움직일 수 있게 되자마자 극심한 배고픔이 덮쳤고, 그보다 더 심한 갈증이 따라왔다. 생수통을 열어 물을 조금 들이켰다. 갈증을 해소하기엔 턱없이 부족했지만 아껴야 했다. 이 괴상한 베란다에는 배수구는 있는데 수도가 없었다. 배고픔에 힘겨워하면서도 진구의 머릿속에는 어떤 의심의 불이 켜졌다. 이것도 용의주도하게 고안된 부분 아닐까. 배수구로 할 수 있는 건 없지만 수도로 할 수 있는 건 있을 테니. 일단 물을 마실 수 있고, 아니면 수도꼭지를 계속 틀어놓아 물바다로 만들 수도 있다. 그런 가능성을 막아놓은 것이 아닐까.

헛되이 힘을 쓰지 않고 시간을 보냈다. 이 안에서 할 수 있는 일이 아무것도 없다는 사실은 전날 분명히 확인했다. 먹을 것을 갖고 있지 않은 게 아쉬웠지만 생수통이나마 가져왔다는 건 천만다행이었다. 물을 입안에 머금었다가 목 뒤로 조금씩 넘겼다. 사막에서 조난당한 사람들이 그러는 것처럼. 그래, 목마름은 이미 지긋지긋하도록 경험했다. 10년 전 아버지와 같이 갔던 진짜 사막에서…….

어느새 틈새로 비쳐드는 햇빛이 길게 누웠다. 날이 저물고 있었다. 벽에 등을 기대고 거의 널브러져 있던 진구의 눈이 커졌다. 시야가 환해졌다. 거실 창의 커튼이 열리고 있었다. 전동식인 듯, 일정한 속도로 움직이더니 10초가 못 되어 커튼이 완전히 열렸다. 유리창 너머에는 남자가 서 있었다. 남자를 그다지 좋아하지 않는 진구였지만 이 순간 그는 구세주였다. 너무나 반가웠다. 집주인이 드디어 돌아왔다! 당장 내쫓기겠지만 적어도 여기에서 벗어날 수는 있다.

남자는 가죽 실내화를 신고 가운을 걸치고 있었다. 50대로 보였는데, 부리부리한 눈, 붉은 피부, 당당한 체격이 나이를 무색케 했다. 얼굴은 무심했다. 표정이라고 부를 만한 건 한 조각도 떠 있지 않았다. 분명히 진구를 보고 있는데도. 굳이 말하자면 쥐덫에 걸린 쥐를 보는 듯한 눈길이었다.

반가운 마음도 잠시, 진구는 의아했다. 집주인이라면 자기 집에 들어온 나를 보고 화를 내거나 놀라거나 하다못해 눈이라도 크게 떠야 하지 않나. 무언가 이상하다.

진구는 거실 창 앞으로 다가가 창문을 두드렸다. 문을 열어달라고 소리쳤다. 그러나 상대방 남자는 물끄러미 바라볼 뿐 미동도 없었다. 아마 방탄유리는 방음까지 돼서 상대편에게는 들리지 않는지도 모른다. 하지만 지금 이 말을 못 알아듣는다 해도, 여기서 꺼내달라는 뜻인지를 알아듣지 못한단 말인가?

남자의 오른손이 움찔했다. 거기에 응답하듯 커튼이 일정한 속도로 닫히고 있었다. 전동 리모컨 스위치를 누른 모양이었다. 안달이 난 진구는 거실 창문을 거칠게 두드렸다. 하지만 유리창 하나를 사이에 둔 건너편의 상황을 조금도 어쩌지 못했다. 물론 남자의 마음도 바꾸지 못했다. 커튼은 이내 완전히 닫혔다. 베란다는 다시 어둠에 갇혔다.

진구는 커튼이 닫히기 직전에야 겨우 깨달았다. 남자의 머리가 서리가 내린 것처럼 하얀 백발이라는 사실을. 그리고 떠올렸다. 고진이 이탁오 박사라는 인물을 언급하면서 "머릿속도 겉도 하얀 사람이야"라며 킥킥 웃었던 것을.

두 번째로 커튼이 열린 것은 그로부터 이틀 후였다.

이탁오는 지난번과 같은 자리에 서서 전동 버튼을 눌렀다. 왼손에 코냑 잔이 들려 있다는 점이 달라졌을 뿐이다.

거실의 전등 빛이 베란다로 쏟아져 들어와 작은 밀실이 환해졌다. 진구는 커튼이 열린 사실을 알았다. 다시 말해 창문 자물쇠 클릭 한 번으로 자신을 구해줄 수 있는 유일한 인물이 바로 곁에 다가와 있다는 걸 깨달았다는 이야기다. 하지만 진구는 시선을 들지 않았다. 거실 창에 달려들어 문을 열어달라며 헛된 떼를 쓰지도 않았다. 그저 등을 돌리고 자물쇠를 따기 위해 가져왔던 철편을 배수구 옆 시멘트가 드러난 바닥에 대고 열심히 문지를 뿐이었다. 사흘을 굶어서 몸은 앙상했지만 온 힘을 그 일에 쏟고 있는 듯 열심이었다. 하얀 얼굴이 더 하얗게 변해 있었다. 옆에 놓인 생수통은 거의 비워져 있었다.

이탁오의 얼굴에는 좀처럼 없는 의구심이 피어올랐다. 그는 진구가 철편을 갈고 있는 모습을 똑똑히 보았다. 그리고 그따위 철편으로는 바깥 창문에 덧댄 철판을 깨뜨릴 수도, 거실 창문을 잘라낼 수도 없으며, 그밖에 다른 어떤 방법을 쓸 수도 없다는 사실을 확실하게 알고 있다. 창문 너머의 젊은 녀석도 그 사실을 모를 리는 없다. 그런데 얼마 남지 않은 힘을 소모해 조그만 철 조각을 열심히 갈고 있다. 지금까지 이런 인간은 단 한 명도 없었다. 그들 모두는 이탁오가 커튼을 열 때마다 몇 번이고 거머리처럼 창에 들러붙어 꺼내달라며, 창을 열어달라며 발악을 했다. 그 힘은 점차 약해져갔다. 그러다가 이탁오가 필요로 했던 '조치'를 마친 후, 마침내 최후를 맞이했다.

이탁오는 웅크린 채 작업에 열심인 진구를 물끄러미 바라보다가 다시 리모컨 버튼을 꾹 눌러 커튼을 닫았다.

"또 열어보실 거예요?"

다음 날 오전, 거실 커튼 앞에서 리모컨 버튼을 만지작거리는 이탁오에게 자그마한 키의 여인이 조심스레 말을 걸었다.

"너무 빠른가?"

"지금까진 그렇게 자주 확인하시지 않았잖아요."

"이 친구는 예외로 하고 싶은데."

이탁오는 껄껄 웃었다. 샹들리에서 쏟아진 빛이 이탁오의 흰 가운을 유독 도드라지게 비추었다. 마치 모르모트의 관찰 실험 일정을 조율하는 것 같은 대화를 나눈 후 여자가 거실 안쪽으로 사라졌고, 이탁오는 거실을 잠시 서성였다. 이윽고 박사의 걸음이 멈추었다. 유리창 앞에 우뚝 선 박사는 리모컨 버튼을 꾹 눌렀다.

위잉 하는 소리와 함께 커튼이 천천히 옆으로 치워졌다.

이탁오의 눈이 커졌다. 바로 눈앞에 진구가 서 있었다. 물론 유리창 건너편이었지만 바짝 붙어서 있었기에 바로 앞에 서 있는 것 같은 착각이 순간 들었다. 진구는 꼿꼿하게 서서 이탁오를 정면으로 바라보고 있었다. 퀭한 눈과 수척한 뺨, 하얗다 못해 회색으로 변한 피부. 마치 붕대를 벗은 미라 같았다. 이탁오는 턱을 비스듬히 기울였다. 박사의 눈에 짙은 의구심이 깃들었다.

진구의 양손이 가슴 높이로 올라갔다. 한쪽 손에는 날카롭게 갈린 철편이 들려 있었다. 진구는 다른 손에 쥐고 있던 손수건으로 그 철편을 천천히 문지르듯 닦았다. 마치 이탁오에게 보란 듯한 몸짓이었다. 그 기묘한 행동에 이탁오의 눈은 어느새 관찰자의 그것으로 돌아와 있었다. 진구는 손수건으로 철편을 감아 쥐고 높이 쳐들었다. 철편의 날은 특정한 각도에서 거실의 불빛을 번쩍하며 반사했다. 진구는 철편을 든 손을 휙 내리꽂았다. 철편 정도로는 방탄유리를 사이에 둔 이탁오의 털끝 하나라도 건드릴 수 없다. 죽기 전에 이탁오를 한번 놀래켜보기라도 하고 싶었던 걸까. 하지만 이탁오는 미동도 없이 진구의 행동을 차갑게 주시할 뿐이었다.

진구는 이탁오를 공격한 것이 아니었다. 내려찍은 손은 자신의 목에 닿아 있었다. 진구는 끝을 뾰족하게 간 철 조각을 자신의 목에 꽂아버린 것이었다. 목에는 구멍이 났고, 피가 주르륵 흘러내렸다. 진구는 무릎을 꿇고 쓰러졌다.

무표정하던 이탁오의 얼굴이 일변했다.

깨어난 마네킹처럼, 눈 코 입 모두가 생생하게 살아 움직이기 시작했다. 그의 얼굴에서 사라진 것은 스폰서의 지원금으로 의무적인 실험을 반복하는 연구자 같은 따분함이었고, 그의 얼굴에 떠오른 것은 마치 푸른곰팡이를 발견한 플레밍처럼 흥미로워 참을 수 없다는 듯한 표정이었다.

　진구는 흐릿해져가는 의식 속으로 생각했다. 지난해 가을, 해미
가 물고 온 그 사건을 인연으로 고진이라는 남자와 재회하지 않았
더라면 이 모양 이 꼴을 당하는 일도 없었을 거라고.

남장미라고, 1년에 한 번쯤 문자로 소식을 전하곤 하는 해미 친구가 있다. 그녀가 2년에 한 번쯤 얼굴을 볼까 말까 한 5촌뻘 되는 친척이 있다. 그 친척은 게다가 멀리 부산에 살고 있다 한다. 지금 진구 앞에 앉은 32세의 남자는 그 집의 막내 사위인 이교준이라는 인물이다.

진구는 남자의 외모를 살피면서 속으로는 해미가 변호사 외근 사무장을 하면 타의 추종을 불허하리라 감탄했다. 줄의 떨림을 감지하고 슬그머니 먹잇감에 다가가는 거미와 같은 감각이 있는 것 같다. 거리를 불문하고 건수가 될 성싶은 일을 귀신같이 찾아낸다. '소문 역추적 시스템'이라고 추측할 뿐, 자세한 메커니즘은 모른다. 해미는 물론 그 사건들을 앞뒤 안 가리고 진구한테 가져 온다. 해미의 열성도 진구에 대한 믿음이 있어서라고 좋은 쪽으로 해석한다면 굳이 기분이 상할 일은 아니다. 이번 일도 아직은 얼핏 들었을 뿐이지만, 진구가 아니라면 맡을 엄두조차 낼 수 없는 사건이긴 하다.

"석 달 전 교통사고로 아내를 잃었습니다. 지금은 5개월 된 딸을 혼자 키우며 살고 있어요."

이교준은 해운대에서 조그만 초밥 가게를 하고 있다며 '스시 해무(海霧)'라고 인쇄된 명함을 건넸다. 이목구비가 번듯한 미남형 얼굴에, 진구를 내려다볼 정도로 덩치가 컸다. 군살이 붙은 비만형 체구는 아마도 30대 이후에 만들어진 듯하다. 목소리는 크고 톤은 낮았다. 회색 슈트를 갖춰 입고 등장한 그는 나이 어린 진구에게 고개를 숙이며 정중하게 악수를 청했었다. 곰의 앞발처럼 살집이 두툼하고 땀이 많은 손이었다. 부산 해운대에서 서울까지 올라와 왕십리 언덕배기에 있는 진구의 집 근처 카페까지 찾아온 것을 보면 어지간히 절박한 모양이다.

이미 알고 있는 사정이지만 어머, 저런, 하며 해미는 호들갑스럽게 반응했다. 이교준이 커피 잔을 들어 한 모금 홀짝 마셨다. 마치 간장 종지를 치켜든 곰 같다. 그는 말을 이었다.

"부산 옆에 기장이란 바닷가 마을이 있습니다. 사고가 난 곳은 거기서 울산 방면으로 이어진 시골도로였어요. 밤이었고, 아내가 운전을 했습니다. 나는 조수석에 있었죠. 아내가 그날따라 엄청 과속을 하더군요. 편도 1차선 도로였는데, 뭐가 급했는지 굳이 앞 차를 추월하려고 갓길을 달렸어요. 앞차를 겨우 제치고 도로로 급하게 끼어들다가 그만 앞차와 충돌해버렸습니다. 우리 차는 오른쪽 길가로 튕겨나가 전신주를 정면으로 들이받았죠. 난 크게 다치지 않았지만 아내는 운이 나빴던 게, 안전벨트를 하지 않은 상태에서 운전석 바로 앞부분이 전신주하고 충돌하는 바람에 늑골복합골절로 즉사했습니다."

어휴, 하며 해미가 크게 한숨을 내쉬었다.

"에어백도 무용지물인 큰 충돌이었죠……."

이교준은 사고 당시를 회상하듯 눈꺼풀을 무겁게 내리깔았다.

"사람이 죽은 큰 사고다 보니 상대방 차량 운전자도 조사를 받았지만 경찰 조사 결과 아내의 운전 부주의로 결론이 났어요. 거기에 나도 이의는 없습니다. 내가 조수석에서 아내의 거친 운전을 직접 목격했으니까요. 무리하게 갓길로 추월하다가 부딪친 거니까 솔직히 우리 잘못입니다."

"그런데요?"

진구가 메마른 음성으로 다음 말을 재촉했다. 이 의뢰인은 조리 있게 말하는 장점이 있지만 말이 좀 느린 게 흠이다.

"본론을 꺼내기 전에 집안 이야기를 좀 해야겠네요."

이교준이 잠시 뜸을 들이고서 들려준 이야기는 다음과 같았다.

이교준의 장인 남현호는 상당한 자산가인데, 오랫동안 혼자 살다가 늘그막에 젊은 여자와 재혼을 했다고 한다. 그러고는 몇 년 전 서울을 떠나 부산 해운대 바닷가로 이사를 했다. 건강이 나빠져 요양도 할 겸 자신의 고향이기도 하고 장녀가 결혼해 살고 있는 부산을 찾은 것이다. 남현호에게는 딸이 셋 있었다. 장녀 남고운, 차녀 남문영, 그리고 이제는 이 세상 사람이 아닌 막내딸 남유정. 그 남유정이 이교준의 아내였다. 생전에 남유정과 이교준 부부도 남현호와 함께 부산으로 이사를 갔고, 지금껏 같은 집에서 장인을 모시고 살아왔다고 한다. 새어머니도 같이였는데, 새어머니가 부산으

22

로 내려가는 데에 의외로 큰 저항이 없었던 걸로 보아 역시 남현호의 재산을 끝까지 물고 늘어지려는 게 아니겠냐는 것이 이교준이 시큰둥한 표정으로 이야기 중간에 첨가한 해석이었다.

"막내 따님이 아버지를 모셔왔단 거군요. 언니들은요?"

처형들 이야기가 나오자 이교준의 눈빛이 흐려졌다.

"큰언니인 남고운 씨는 부산에서 결혼했고, 따로 나가 살았습니다. 둘째 언니 남문영 씨는 서울에 살면서 명절 때만 왔다 가는 정도였죠. 아직 미혼인데 직업도 없고 사귀는 남자도 없는 모양이에요……."

남자는 진구를 한 번 흘깃 보더니 말했다.

"나는 어릴 적 부모님을 여읜 탓에 장인어른을 모시고 사는 게 참 좋았죠. 아버님으로 생각하고 모시고 살았어요."

어딘지 변명조였다. 돈에 팔려 간 '데릴사위'라는 이미지를 벗으려는 듯하다. 하지만 진구의 관심사는 아니다.

"그래서요?"

진구는 이야기를 재촉했다. 말을 방해받은 이교준은 눈을 살짝 치켜떴다.

"나는 원래 서울 초밥집에서 일을 배우고 있었습니다. 장인어른이 부산으로 이사하신 김에 부산에 내려가 해운대에 조그마한 내 가게를 열었지요."

이교준은 빈둥거리며 얹혀사는 사위가 아니라는 점을 끝까지 어필하고서야 다음 말을 이었다.

"다섯 달 전 예쁜 딸도 얻었습니다. 부러울 것이 없었어요. 그 교통사고만 없었더라면요."

이교준이 또 말을 끊었기에 진구는 네에, 하며 적당히 맞장구 쳐주었다. 실은 하품을 억지로 참는 중이었다.

"지금 아버님은 당뇨가 심하셔서 언제 돌아가실지 모르는 상태이십니다."

용건은 언제 나오나, 지루해하는 진구의 표정을 눈치챈 듯 이교준이 몸을 쑥 내밀었다.

"단도직입적으로 말하겠습니다. 처형들이 장인어른의 재산을 상속하지 못하게 해주세요."

나오려던 하품이 쑥 들어갔다.

"……상속을 못 하게요?"

"그렇습니다."

이교준이 단호하게 말했다.

"말하자면, 딸들이 아버지의 재산을 상속하지 못하게 해달라는 겁니까?"

해미는 입으로 가져가던 찻잔을 멈추고는 눈을 둥그렇게 뜨고 이교준을 쳐다보았다. 진구는 자신도 모르게 턱을 당기며 몸을 뒤로 물렀다. 상속에 관한 의뢰라면 대개는 자신이 상속 재산을 제대로 받게 해달라는 것이다. 이번에도 그럴 거라고만 넘겨짚고 있었기에 이교준이 꺼낸 말은 의외였다.

"그렇죠."

이교준은 고개를 세차게 끄덕였다.

"새어머니까지는 어쩔 수 없다고 생각해요. 하지만 두 처형들만큼은 상속을 받지 못하게 했으면 합니다."

"잠깐만요."

진구는 두 손을 펴 이교준의 말을 막았다.

"새어머니의 상속은 어쩔 수 없지만 처형의 상속은 막고 싶다?
결국 장인어른 아내의 상속은 괜찮고, 딸의 상속은 막고 싶다는 건
데, 그건 어떤 의미죠?"

"처형들은 상속을 받지 말아야 할 이유가 있다는 뜻입니다."

"그럼, 이 점부터 분명히 하고 넘어가죠."

진구는 눈알을 굴리면서 물었다.

"장인어른께서는 재산이 많습니까?"

"정확히는 알 수 없지만 부동산 같은 걸 다 합치면 한 100억 원
이상 될 겁니다."

"왓, 100억!"

해미가 탄성을 올렸다.

"해운대에 있는 집도 그 일대에서는 가장 클 겁니다. 2층짜리인
데 정원도 크고, 1, 2층을 합하면 방이 모두 9개나 될 정도니까요."

우와, 하는 해미의 말을 귓전으로 흘리며 진구가 냉정하게 말했
다.

"좀 어중간한 액수네요."

해미가 '웬 허세?' 하는 듯한 눈으로 진구를 보았다. 이교준은 침
묵했다. 진구가 마치 해미에게 설명하듯 말했다.

"혼자 가지기엔 물론 충분한 액수죠. 하지만 상속인들이 쪼개서
나눠 가진다면 아주 만족스럽지도 않고, 딱히 부족하지도 않은 금

액이 아닐까 싶네요. 요즘 사람들의 평균적인 욕심에 비춰서 말이죠."

"상속인들이 전부 몇 명인데?"

해미가 진구를 보며 물었다. 이교준이 대신 대답했다.

"모두 다섯 명이죠."

"어르신의 부인, 딸 둘, 그리고 이교준 사장님과 그 따님, 이렇게 말이지."

진구가 덧붙였다.

"그럼, 100억을 나누면……."

해미가 뒷말을 흐렸다.

"원하시는 바는 알겠습니다."

그러면서 진구는 고개를 천천히 가로저었다.

"뭔가 잘못 아시고 온 거 아닌가요? 딸이 아버지 재산을 상속하는 걸 막을 방법은 없습니다. 새어머니가 아내로서 상속하는 걸 막을 수 없는 것과 마찬가지로요."

"저도 그 정도는 알고 있습니다. 하지만……."

남자는 주변을 둘러보고는 목소리를 낮추었다.

"두 언니가 동생을 살해한 거라면요?"

해미는 자신도 모르게 오른 주먹을 입에 갖다 댔다. 해미의 큰 입에 주먹이 거의 들어갈 뻔했다. 진구는 이교준을 골똘히 쳐다보다가 천천히 시선을 뗐다.

"그렇다면야 상속권을 잃죠. 법률상 자기보다 앞선 순위나 같은 순위의 상속인을 살해하면 상속권을 잃도록 되어 있으니까요. 자매는 같은 순위의 상속인이고, 만약 언니들이 사장님의 부인을 살해했다면 아버지의 재산을 상속할 수 없게 됩니다. 그리고 재산은 새어머니와 사장님, 따님이 나누어 상속하게 되지요."

진구는 눈을 가늘게 치켜떴다.

"하지만 살해했다는 근거가 있습니까? 아까는 교통사고라고 하셨잖아요."

이교준의 낯빛이 어두워졌다.

"그게…… 그날 저녁에 아내는 광안리에 있는 큰언니네에 들렀었어요. 마침 서울에서 둘째 언니도 내려와 있었고요. 거기서 큰언니 부부와 둘째 언니, 그리고 아내, 이렇게 모여서 저녁식사를 한 모양이에요. 나는…… 가게 일도 있고 사정이 있어 빠졌습니다."

이 대목에서 이교준의 눈은 한을 품은 사람의 그것처럼 차갑게 빛났다.

"아내는 저녁식사 후에 해운대에 있는 내 가게 앞으로 와서 차로 나를 픽업했어요. 드라이브 가기로 아내와 약속이 되어 있었거든요. 산후 우울증인지 아내가 그 무렵 기분이 좀 가라앉아 있었기 때문에 아기는 도우미 아줌마한테 맡겨놓고 내 가게도 조금 일찍 마무리하기로 하고 잠시 시간을 낸 거죠. 그런데 차에 타고 보니 아내의 모습이 평소와 달랐어요. 불안하고 초조해했고, 화가 난 사람처럼 보이기도 했습니다. 마치 공황장애가 있는 사람 같았어요. 그런 모습은 처음 봤습니다. 아내는 운전하면서도 별말 없이 계속 앞만 봤습니다. 아내 옆얼굴을 흘깃흘깃 보면서 몇 마디 말을 걸었지만 영 대답이 없는 거예요. 나도 눈치가 있으니까 그 뒤로는 별말 안

했죠. 그런데 갈수록 아내의 상태가 이상해졌습니다. 사고 직전에는 분명 비정상적으로 홍분해 있었어요. 평소에는 10미터만 운전해도 꼭 매던 안전벨트조차 하지 않았다는 걸 사고가 난 이후에야 알았습니다."

이교준은 슈트 안주머니에서 휴대전화를 꺼내 액정 위를 몇 번 두드리더니 말했다.

"여기 메모장에 적어놓았습니다. 혹시라도 잊거나 기억이 변할까봐서요. 사고 직전에 집사람이 한 말입니다."

이교준은 휴대전화의 메모장 앱을 연 채로 따라 읽었다.

"이렇군요. '개 같은! 저녁 먹자더니 그딴 짓을 해?' 분명히 그대로였습니다. 멍해 있던 아내가 이 말을 내뱉은 직후에 핸들을 발작적으로 틀어 사고를 냈고, 아내는 죽었지요."

해미는 왕방울 눈이 되어 다시금 주먹을 입에 갖다 댔다.

"흠. 무언가 일시적으로 정서가 불안했던 것 같긴 하네요."

진구가 고개를 끄덕였다. 이교준은 진구의 어중간한 호응이 성에 차지 않는다는 듯한 표정으로 휴대전화를 도로 품에 넣었다.

"아내가 핸들을 잡은 채 이런 횡설수설을 하길래 놀라 쳐다보았지만 아랑곳하지 않더군요. 평소 아내가 좀 다혈질이긴 했어도 그런 말까지 한 걸 보면 분명 정상은 아닌 것 같았어요. 눈동자도 어딘가 이상해 보였고요. 저녁 먹을 때 분명히 무슨 일이 있지 않았나 싶습니다. ……아니면."

이교준은 말을 끊었다.

"아니면?"

해미가 자석에 이끌리듯 그의 말을 반복했다.

"약물이라도 먹인 게 아닌지 싶을 정도였어요."

"약물이요?"

진구와 해미가 동시에 말했다.

"왜 약에 취하면 운전할 때 정신을 못 차리잖아요. 이런 말은 좀 그렇지만 언니들은 그날 아내가 저를 태우고 해안가로 드라이브 갈 것을 알고 있었습니다……."

"위험한 길로 드라이브 갈 걸 알고 정신을 혼미하게 만드는 약을 먹였을 수 있다. 그런 생각이시군요."

돌연 해미가 떠들썩하게 나섰다.

"어머, 정말. 나쁜 사람들이다. 동생한테 약을 먹이다니!"

진구는 해미를 나무라는 눈빛으로 쳐다보았지만 소용없었다. 해미가 단정하고 나서자 이교준이 오히려 슬쩍 한발 뺐다.

"아, 아니에요. 약을 먹이지 않았을까 하는 건 아직은 그냥 추측이고요. 하도 그날 상태가 이상해서요. 약인지 뭔지는 모르지만 아무래도 언니들이 아내한테 '무슨 짓'을 했던 것 같습니다. 그리고 그 탓에 사고가 났다면, 하는 생각을 지우기 힘들어요. 그래서 진상을 밝혀줬으면 하는 겁니다."

진구는 묵묵히 찻잔을 집어 들었다. 눈을 내리깐 채 목구멍으로 찻물을 한 모금 천천히 흘려보내는 모습이 무언가를 생각하는 것 같았다. 진구는 찻잔을 내려놓고 물었다.

"그날 저녁 어떤 갈등이 있었는지를 밝히는 게 의뢰입니까? 아니면 언니들이 상속을 못 하도록 하는 게 의뢰입니까?"

엄밀히 말하면 두 의뢰는 다르다. 어느 순간 어떤 길을 택해야 할지 갈림길이 올지 모른다. 이교준은 진구의 눈길을 맞받고서 잠시 눈알을 굴리다가 답했다.

"물론 상속을 못 하도록 해야죠."

진구는 오른손 검지로 테이블을 톡톡 두드렸다. 일정한 리듬을 따라 미세한 긴장감이 피어올랐다. 이교준은 대답을 기다리며 진구의 눈을 뚫어지게 쳐다보았다. 이교준의 시선을 외면하던 진구가 툭 던지듯 말했다.

"이미 교통사고로 묻혀버린 사건입니다. 밑도 끝도 없이 다시 시체를 파내 약물검사를 하자고 해도 경찰이 응해줄 리가 만무하고요. 언니들이 어떤 방법으로 동생을 죽음으로 인도했다 하더라도 그것이 살인이란 걸 입증해서 상속권을 박탈한다는 건 거의 불가능에 가깝게 어려운 일입니다."

"잘 압니다. 어려운 일인 만큼 파격적인 보수 또한 생각하고 있어요."

이교준의 딱딱한 입매에서 굳은 의지가 내비쳤다. 조금 전까지 체면을 챙기던 이교준의 입에서 대놓고 돈 이야기가 나오기 시작했다. 그만큼 확신하고 있다는 건가. 아니면…….

진구는 해미를 보았다. 해미는 눈으로 재촉하고 있었다. 빨리 가타부타 대답하라는 뜻이었다. 진구는 짐작이 갔다. 해미는 '우리 오빠는 어떤 불가능한 사건도 해결해준다'는 식으로 떠벌렸을 것이다. 지푸라기라도 잡고 싶은 사람은 허황된 선전에 매달리게 된다. 아내의 죽음으로 상처 입은 마음을 추스르고 딸과 함께 남은 평생을 살 재산이 필요했던 32세의 이교준은 해미의 호언장담에 고무되어 어디선가 이성이 미끄러져버린 모양이다. 바람을 불어넣은 해미지만 정작 이교준의 용건을 듣고는 곤란하다고 여긴 게 틀림없다. 해미의 눈빛은 분명 거절해, 라는 신호였다. 이교준은 진구와 해미를 번갈아 보더니 설득하듯 말했다.

"꼭 그 사람들을 감옥에 보내려는 건 아닙니다. 어차피 살인을 입증하는 건 대단히 어려울 겁니다. 하지만 무언가 찜찜한 의심이 드는데, 그 사람들이 상속을 받는다고 생각하면 끔찍하게 싫네요. 솔직히 말하겠습니다. 처형들만 없다면, 새어머니와 재산을 가른다고 해도 내 딸이 평생 유복하게 살 재산을 물려받을 수 있습니다. 그렇게만 되면 진구 씨한테도 억대의 보수를 줄 용의가 있습니다."

죽음에 책임 있는 자에 대한 응징보다는 '좀 더 많은 유산'이라는 명확하고도 실질적인 목표. 이날의 만남에서 가장 솔직한 말이 그의 입에서 흘러나왔다. 해미는 그다지 유쾌한 낯빛이 아니었지만 진구는 어떠한 도의적인 판단도 하지 않았다. 진구는 묵묵히 듣고 있다가 슬쩍 한 발을 뺐다.

"문제가 좀 있습니다."

"뭡니까?"

"경우에 따라서는 법적으로 인정받지 못하는 수단을 쓸 수 있습니다."

이교준의 얼굴에 당혹스러운 빛이 떠올랐지만 그건 분명히 반가움을 동반한 것이었다. 그도 내심 그런 방식을 원했는지 모른다. 불법이든 합법이든 그에게 방법이 중요한 건 아닐 것이다. 다만 진구

쪽에서 먼저 이렇게 적나라하게 이야기하리라고는 생각하지 못했던 모양이다. 그는 약간의 흔들림을 뒤로하고 침착하게 말했다.

"그래서요?"

이 대답으로 이교준은 진구가 동원할 어떠한 수단에도 아무런 이의가 없다는 뜻을 암묵적으로 전달한 셈이다. 진구가 말했다.

"죄송한 말씀이지만 그때 사장님이 오리발을 내밀면 어떡할지 해서요. 제가 하는 일이란 게 흔적이 남지 않을 수 있습니다. 그러니 '당신이 한 게 뭐 있느냐' 이런 식으로 나오면 좀 곤란해질 수 있거든요. 예전에 한 번 그런 일도 있었고요."

해미는 충북 영동에서의 '그 사건'*을 떠올리고는 의기소침해졌다. 그땐 진구에게 버럭 소리도 질렀지만 결국 자기 탓이라고 미안해하고 있었다. 진구는 이교준을 빤히 쳐다보았다. 그런 보장이 없다면 일을 맡을 수 없지 않겠냐는 무언의 의사가 담긴 응시였다. 이교준의 눈알이 방향 없이 움직였다. 5초 정도의 시간이 흘렀다. 그는 눈을 한 번 감았다 뜨고는 허리를 곧추세웠다.

"결국은 일이 성사되었을 때 내가 확실히 보수를 지불할지 어떨지…… 그런 문제로군요."

이교준은 팔짱을 끼고 잠시 생각에 잠겼다.

"그렇다면 이렇게 하지요."

이교준은 팔짱을 풀고 양팔을 테이블 위에 굳게 올렸다. 그의 몸 전체가 어떤 의지를 발산하는 것 같았다.

---

*《순서의 문제》 중 〈티켓다방의 죽음〉 사건.

"진구 씨가 어떤 노력을 했는지, 어떤 수단을 썼는지는 묻지 않겠습니다. 결과에 따라 지급하겠습니다. 말하자면 언니들 쪽이 상속을 못 하게 된다면 무조건 진구 씨의 행위로 간주해 보수를 지급한다는 거죠. 지금 상황에서 진구 씨가 어떤 조사나 조치를 취한다는 것 말고는 그쪽이 상속을 못 하게 될 이유가 없을 테니까요."

이교준은 진구와의 거래를 꼭 성사시키고 싶은 모양이다.

"보수는요?"

"……한 2억이면 어떨까요?"

"2억이라……."

진구는 양손 검지를 톡톡 맞부딪혔다.

"언니분들 상속분에 비해 좀 작은 기분이 드네요."

이교준의 얼굴 근육이 굳어졌다.

"김진구 씨의 노력 여하를 묻지 않고 결과만으로 지급하는 보수잖아요. 또 제가 내야 할 상속세, 취득세 같은 걸 빼면 그리 작은 액수는 아닐 것 같은데요."

지급 조건은 몰라도 액수 부분은 쉽게 양보할 마음이 없는 듯하다.

"알겠습니다. 그렇게 하죠."

진구가 선선히 대답했다. 이교준의 표정이 풀렸다.

"방법에 관해선 김진구 씨한테 일임하겠습니다."

한 번 더 다짐을 하듯 이교준이 말했다. 진구는 고개를 끄덕인 후 답했다.

"좋습니다. 그럼 이왕 이렇게 된 거 조건을 하나 더 만들죠."

조건? 이교준은 진구의 다음 말을 기다리듯 턱을 내밀었다.

"새어머니가 상속을 못 받게 되면 거기다 2억을 얹어 4억을 주는 것으로요. 어떻습니까?"

이교준의 눈이 반사적으로 커졌다. 옆에 앉은 해미도 움찔하며 진구를 돌아보았다. 이교준은 당황스러움을 감추려는 듯 괜히 커피 잔을 치켜들고 입에 갖다 댔다.

"새어머니까지요? 그게…… 가능하겠습니까?"

잔을 내려놓으며 되묻는 이교준의 눈은 이미 기대감에 빛나고 있었다.

"어차피 언니들이 상속받지 못하게 만드는 것도 지금 상황에선 가능하지 않은 일이니까요. 새어머니라고 다를 바 없습니다."

"그래도…… 아무런 빌미가 없잖아요? 언니들이야 사고가 있던 날 저녁 아내를 만났으니까 혹시라도 교통사고에 책임을 물을 여지가 있을지 몰라도 새어머니 쪽이야……."

이교준은 마치 혼잣말처럼 중얼중얼했다. 진구는 이교준을 정면으로 응시했다. 그런 게 판단의 이유는 안 되겠지? 이건 토론이 아니라 비즈니스야.

진구의 눈을 물끄러미 마주 보던 이교준은 고개를 끄덕였다.

"그럽시다. 진구 씨가 할 수 있다면 내 입장에서야 마다할 이유가 없죠."

어차피 진구가 통상적인 방법에 호소할 인간이 아니라는 데에 생각이 미쳤으리라. 새어머니 쪽은 언감생심이지만 다만 언니들은 어떻게든 빌미를 만들어 상속에서 제외시킬 수 있을지 모른다는 생각을 하고 왔을 것이다. 그런데 진구는 더 나아가 새어머니의 상속분까지 언급하고 있다. 그렇다면 이젠 이교준에게 그런 생각이 들 법도 하다. 만약에 진구가 합법적 상속인인 언니들의 상속을 막을 수 있다면 새어머니라고 해서 다를 것 없다는.

"제게 지불할 돈은 있습니까?"

어느새 진구의 말투는 완전히 사업가의 그것으로 변해 있었다.

"서울 면목동에 내 명의로 된 조그만 집이 있어요. 시가로 3억이 좀 안 됩니다만……."

이교준은 금세 대답했다. 자신의 지불 능력을 증명하기 위해 이미 생각하고 온 부분인 듯했다.

"3억이라……. 그 정도면 담보로 좋습니다."

이교준이 쳐다보자 진구가 말을 이었다.

"그걸 저한테 가등기를 해주시죠. 물론 새어머니와 처형들이 상속받지 못하는 경우 저한테 넘어오는 걸로요."

"가등기요?"

"그게 제일 공평하지 않겠습니까?"

"……알겠습니다."

잠시 머뭇거렸지만 이교준은 이내 시원하게 대답했다.

"내일 공증사무소에 들러 공정증서로 만들기로 하죠."

어떤 경우에도 손해 볼 것 없는 거래라는 계산이 섰으리라. 진구는 착수금이니 하는 명목으로 선금을 요구하지도 않았다. 사람을 쓰면서 당장 들어가는 돈이 없다. 쉬운 일은 아니지만 진구가 협박을 하든 사기를 치든 새어머니와 언니들의 상속권을 빼앗는다면

50억 원 혹은 100억 원의 재산이 고스란히 자신과 딸 앞으로 넘어 오게 된다. 그렇다면 2억 혹은 경우에 따라 4억 정도 지불하는 것 쯤이야, 하는 계산이 없을 리가 없다.

이교준은 곰 발바닥 같은 손을 내밀어 악수를 청했다. 땀이 물씬 배어 있었다.

왕십리 언덕배기에 있는 진구의 아파트로 돌아오자마자 해미는 진구를 몰아붙이기 시작했다.

"도대체 어쩌려고 그런 약속을 했어?"

해미는 부엌 의자를 바짝 당겨 앉아 닦달했다. 진구는 커피가 졸 졸 떨어지는 커피머신을 들여다보며 담담히 말했다.

"무슨 소리. 이 거래를 물어온 건 해미 씨 당신이야."

"장미한테선 그 사람 아내가 죽고 집안에 상속 문제가 있다고만 들었어. 그냥 오빠가 도움이 될 수 있을까 싶어 소개한 거야. 이런 일이라곤 상상도 못 했다고. 그걸 덥석 받아들이면 어떡해? 안 되면 어쩌려고?"

"그만두면 그만이지."

"뭐라구? 무슨 되먹지 못한 말장난이야!"

버럭 소리를 지른 후 해미의 목소리가 한풀 꺾였다.

"오빠만 손해 보는 거잖아. 그 사람 입장에서는 괜한 기대를 가 졌다가 깨지는 거긴 하지만, 실제 고생은 오빠가 하는 거구. 어차피 안 될 거면 미리 수고비라도 좀 받든가."

진구가 걱정이 된 것이다. 휴우, 해미는 한숨을 덧붙였다.

태양이 이글거리는 여름이 지나고도 백반증 환자처럼 새하얀 진구의 얼굴을 두고 어떤 사람은 귀티가 난다며 감탄했지만 해미에게는 게으름의 표상으로 여겨질 뿐이었다. 대학에서 경제학과 법학을 복수 전공했지만 3년 만에 중퇴하고서 20대 중반이 되도록 자발적 실업 상태로 이것저것 수상한 일들을 해온 진구였다. 한때는 심부름센터에서도 일했던 모양이고, 어디서 배웠는지 열쇠도 귀신같이 잘 딴다. 불쑥불쑥 사건의뢰를 받는 모양이어서 해미도 일을 만들어 도와주려 애는 써보지만 이런 건 가뭄 들면 땅바닥 갈라지는 천수답 농사나 마찬가지다. 안정된 직장 운운하면 귓전으로 흘려 넘길 뿐이었다.

"이 사회에 없는 새로운 인생 모델을 보여주겠어."

해미에게는 헛소리로만 들리는 말을 읊어댔다. 변변한 일자리가 없던 진구가 어느 틈엔가 왕십리 언덕배기에 버젓한 아파트를 장만해놓은 걸 보면* 아주 허언만은 아닌 것 같기도 하다.

하지만 진구를 생각하면 한숨부터 나왔다. 디자인을 전공한 해미는 우아한 인생을 꿈꿨다. 키 크고 얼굴 하얀 지적인 분위기의 남자를 만나리라 생각했다. 분명 매너는 좋을 거야. 차도 있고, 아버지는 대학 교수쯤? 만나면 영화나 현대미술 이야기를 나누고. 황혼녘엔 붉은 와인 잔을 부딪치며 부드럽게 자기 여자의 머리칼을 매만져주는 로맨티스트……. 진구의 외모는 그럭저럭 공상의 남자와 비슷하다 할 수 있었다. 하지만 나머지는 모조리 달랐다. 아, 비

*《순서의 문제》 중 〈순서의 문제〉 사건.

슷한 점 한 가지는 더 있다. 얼핏 듣기로는 진구의 아버지도 대학교수였다고 했다. 중학생이던 진구를 데리고 중국인가 몽골인가 사막 어딘가로 답사여행을 떠났다가 그만 돌아가셨다던가. 진구는 해미를 만나기 전의 이야기는 입 밖에 꺼내지 않는다. 진구의 어린 시절 친구였던 (하지만 아주 재수 없었던) 이시현에게서 우연히 들었을 뿐이다. 해미의 큰아버지에게 생긴 우환이 진구 덕에 해결되었고,* 기특한 마음에 몇 번 만나준다는 생각이었고, 그다음엔 베풀어준다는 생각이었다. 그러다가 빗물에 바짓가랑이가 젖듯 어느 틈엔가 남자 친구가 되어버렸다.

어쩌다 이런 인간을 만났나 싶다가도, 함정에 빠진 해미를 남다른 추리력으로 법정에서 구해냈을 때는 진구가 조금 멋있어 보이기도 했다.**

사물의 이면을 보고, 이면을 만들어내기까지 하는 진구의 남다른 능력에는 믿음을 갖고 있다. 비록 그 방법에는 찬성할 수 없는 때가 많았지만.

매사에 무관심하고 오직 돈이 걸릴 때만 불을 켜는 진구를 탓하던 해미였지만, 이제 먼저 수고비 이야기를 꺼내는 걸 보면 야금야금 진구의 페이스에 말려들어 버렸는지도 모른다. 진구가 말했다.

"해미, 너 변했다. 돈 이야기를 다 하고."

진구는 커피 잔 하나를 해미 쪽으로 쑥 밀었다.

"그동안 오빠가 깜짝 놀랄 만큼 잘 해낸 건 분명히 있어. 하지만

---

*《순서의 문제》 중 〈환기통〉.
**《순서의 문제》 중 〈뮤즈의 계시〉.

이번은 정말 아니다. 그게 교통사고가 아니라 살인이란 걸 어떻게 밝혀내? 이미 당사자는 백골이 됐는데. 오빠 헛짓하는 데는 졌다, 정말."

해미가 질렸다는 듯 입을 헤벌렸다. 진구는 말없이 커피 잔을 기울였다. 해미가 다그치듯 물었다.

"뾰족한 수 없이 던져놓고 보는 김진구의 버릇이 또 나온 거야. 그렇지?"

해미는 으이그, 하며 이를 갈다가 말했다.

"아내가 죽었는데 상속 재산이나 걱정하구……. 이교준, 그 사람도 참 맘에 안 들어."

"보통 사람이야."

진구가 커피 잔을 호호 불며 말했다.

"뭐?"

"죽은 아내를 그리워하며 남은 인생을 보내고, 거저 주어지는 돈도 필요 없다……. 그런 사람이 소설이나 드라마 바깥에 있다고 생각해? 처형들이나 다른 사위, 새엄마는 이제 남인데, 자기가 가질 수 있는 재산 다 양보하고 물러설 사람은? 더구나 처형들은 아내의 죽음에 모종의 원인을 제공하지 않았을까 의심스런 판국이야. 아내의 죽음은 이미 벌어진 일, 이제는 가능한 한 재산을 많이 물려받고 딸한테도 유복한 환경을 제공하면서 살고 싶다……. 이런 게 보통 사람의 계산이야. 유별나게 나쁜 놈이거나 유별나게 훌륭하지도 않은 그저 보통 사람."

"뭐…… 그야 그렇지만……."

해미는 여전히 이교준의 사람됨이 성에 안 차는 것 같지만 딱히 진구의 말에 반박할 거리는 찾지 못했다.

"그건 그렇고."

말이 막힌 해미는 화제를 바꾸었다.

"상속이니 뭐니 그건 어떻게 되는 거야? 난 잘 모르겠던데."

"사람이 죽으면 재산을 가족들이 물려받는 게 상속이지."

"사람 바보 취급할 거야? 지금 누가 상속인이고 누가 얼마를 받는지 그걸 말하는 거잖아."

"그럼 눈앞에 숫자가 보이도록 해줄까."

진구는 커피 잔을 내려놓고 손가락을 하나씩 접으며 말했다.

"거부 영감님이 죽으면 상속인은 모두 5명이 돼. 새엄마, 딸 둘, 그리고 막내 사위와 손녀. 막내 사위와 손녀는 죽은 막내딸의 상속분만큼 대습상속이란 걸 하게 되는데 그냥 '대신 상속한다'고 생각하면 쉬워……."

"법률용어는 집어치웟!"

"……알았어. 용어가 어떻든 하여간에 상속을 한다는 게 중요하지. 상속분은 n분의 1이 원칙이야. 원래는 새엄마와 세 딸이 모두 1대 1대 1대 1이 되는데, 배우자는 0.5를 가산하게 되니까 새엄마가 제일 많이 가져가. 결국 새엄마가 1.5가 되고 나머지는 모두 1이 되는 거야. 이교준하고 그 딸은 막내딸 남유정의 지분을 나눠 갖는 거니간 편의상 남유정의 지분만 보자구. 계산해보면……."

진구는 휴대전화를 꺼내 계산기 화면을 띄웠다.

"어디 보자……. 이렇게 되네. 새엄마가 9분의 3을 가져가니까

100억 기준으로 약 33억, 나머지 딸들은 각각 9분의 2니까 22억 정도씩."

"우와아."

해미가 숨을 들이켰다.

"그것만 해도 웬만한 서민들 한평생 먹고살 돈이잖아. 그런데 이교준 그 사람 욕심이 좀 많긴 하다."

"글쎄, 상속세 내고 나면 확 줄어. 또 그것보단 감정의 문제일 수도 있겠지. 실제로 이교준 그 사람이 젊은 장모의 상속에 대해서는 어쩔 수 없다고 인정했잖아? 언니들은 아내를 죽였다는 의심이 드니까 그 상속을 용납할 수 없는 심정인 거고."

해미는 입을 삐죽 내밀었다.

"그럼 정말 언니들이 동생을 죽였으면 상속을 못 하는 거야?"

"법으로 그래. 앞 순위 상속인이나 같은 순위 상속인을 살해하면 상속권을 상실하도록 되어 있어."

"하긴…… 그건 그래야겠다. 안 그러면 상속을 노린 살인이 마구 일어날 거잖아."

"바로 그거야."

진구는 빙그레 웃었다.

"순수소녀 해미도 인간의 바닥을 깨달아가는군. 어쩐지 서글픈데."

진구가 찻잔 손잡이를 빙글빙글 돌리며 놀리듯 말하자 해미가 눈을 치켜떴다.

"그러지 마. 난 아직 믿고 싶지 않아. 설마 언니들이 돈 때문에 동생을 죽였을라구."

"그런지 아닌지를 내가 지금부터 밝히려는 거지."

진구는 오랜만에 명탐정처럼 눈을 빛냈다. 해미는 진구에게 어울리지 않는 대사라고 생각했지만 굳이 말하지는 않았다. 진구의 눈 안에 정의가 아니라 돈이 들어 있는 것 같아 해미는 언뜻 불안해졌다.

이틀 후 진구와 해미는 부산 해운대 부근 바닷가 언덕에 위치한 집의 큰 대문 앞에 서서 발아래 정경을 내려다보고 있었다. 청회색 하늘은 뿌연 구름이 층층이 뒤덮었고, 바다는 아예 회색에 가까웠다. 우울과 청량이 뒤섞인 가을날. 짠 내음이 섞이지 않은 바람이 아련한 파도 소리와 함께 기분 좋게 귀를 간질였다. 해운대 옆 대변항 앞바다의 이런 운치 있는 전망을 선물해주는 이 집이 바로 이교준의 장인 남현호의 자택이다. 1층에 방이 5개, 2층에 방에 4개가 있는 대저택이었다.

부산에서 대변 방면으로 달맞이 고개를 넘어 청사포로를 들어서면 멀리 아래쪽으로 바다가 내려다보이고, 반대편으로는 약간의 송림과 채소밭이 면해 있다. 남현호의 집은 그 옆에 자리하고 있다. 몇 개의 전봇대와 늘어진 전선이 전망을 다소 망치고 있었지만 도심에의 접근성까지 고려하면 환자가 마음 편히 요양하기에 이보다 나은 위치는 많지 않을 성싶었다. 바다를 닮은 물빛 외벽이 저택을 상큼한 펜션 같은 분위기로 바꾸어놓고 있었다.

이교준은 진구가 제대로 활동하려면 집에 들어와 있는 게 좋을 것 같다고 권했다.

"아내가 죽고 나서 무슨 꿍꿍인지 처형들이 아예 집에 들어와버렸어요. 진구 씨도 집에 들어오시죠. 서울에서 왔다 갔다 해서는 제대로 조사할 수 없지 않겠어요? 장인어른이 지금 좀 정신이 없으시니까 이 집의 실질적인 주인은 납니다. 내가 집에 사람을 들이겠다면 그걸로 그만인 거죠."

선급금을 못 준 대신 체재비와 활동비 일체를 지원하겠다는 말을 덧붙였다. 진구도 거절하지 못했다. 그 가족 안에 들어간다면 일이 더 수월해질지 모른다는 판단도 든다. 백화점 판매원 아르바이트를 그만둔 상태인 해미도, 남자와 바가지는 밖으로 내돌리면 깨진다는 평소 지론에 따라 바득바득 우겨서 덩달아 내려왔다. 진구는 해미에게 '심부름 역할 정도라면, 뭐' 하고 오만을 떨었으니 서로 간의 인식 차는 물론 있다. 속초에 있는 해미 아버지한테는 비밀로 했는데, 휴대전화가 닿는 한 해미의 알리바이는 확보된다고 믿는 편리한 노인이었다.

방은 충분했다. 당뇨병에 시달리는 남현호가 1층 안방에서 누워 지내고 있었고, 입주 도우미, 이교준과 아기도 1층 다른 방을 제각기 차지하고 있었다. 맏딸 남고운은 아예 2층 방에 짐을 풀었다. 둘째 딸 남문영도 얼마 전부터 2층에 옮겨와 있다고 했다. 금융관계 일을 한다는 해외파 맏사위 김필립은 그대로 외부에서 생활하면서 가끔씩 들락날락하는 모양이었다.

가구가 별로 없어 더욱 텅 비어 보이는 집이었다. 애당초 이렇게 큰 집으로 이사한 건 세 딸 부부와 앞으로 생길 손자들이 같이 살

때를 생각해서였다고 하니, 이렇게 욕심에 찬 사람들로나마 채우는 편이 차라리 나을 성싶었다.

진구와 해미가 트렁크를 밀고 와 1층의 각자 방에 짐을 풀면서 1층의 5개 방은 모두 채워졌다. 진구가 막 트렁크를 책상 아래로 집어넣고 있는데 이교준이 진구의 방문을 열고 말했다.

"2층에 처형네들이 다 있네요. 처형들 둘 다 마침 집에 있고 큰 처형의 남편인 김필립 씨도 오셨어요. 새어머님은 원래 2층 방에서 지내시는데 지금은 잠시 나가셨고요."

"가족회의라도 하시나요? 이 시간에 웬일로 그렇게 다 모였죠?"

진구와 해미가 막 도착한 때는 나른한 오후 무렵이었다.

"그게……."

이교준은 쭈뼛쭈뼛 말끝을 흐렸다.

"왜요?"

"그쪽도 누군가를 고용했다더군요. 변호사라던데, 지금 와 있는 모양입니다."

이교준은 곤란하게 되었다는 듯 이마를 찌푸렸다.

"변호사요?"

진구는 방문을 닫고 거실로 나왔다.

"변호사는 법정에서나 필요하죠. 솔직히 말하면 지금 변호사가 할 수 있는 일은 없어요. 앞으로도 할 일이 없을 거고요. 그 점에서는 저를 믿으셔도 됩니다."

어느새 해미가 옆에서 얼굴을 들이밀었다.

"그럼, 그럼. 꼼수 쓰는 데야 오빠를 상대할 사람이 없지. 걱정 마세요."

그렇지만 이교준은 불안한 기색을 감추지 못했다. 처형들이 변호사를 고용하리라고는 예상치 못했던 모양이다.

이교준이 잠시 베란다로 나간 사이 진구와 해미는 거실에 앉아 있었다. 마사지사 같이 헐렁한 옷을 입은 초로의 여성이 옷자락을 펄럭이며 다가와 차를 쑥 내밀었다. 입주 가사도우미인 모양이다. 넉넉한 살집에 걸음이 당당하고, 눈이 부리부리하다.

"주인 양반 손님이지예? 말씀 들었심더. 편하게 지내이소!"

친근한 말투에서 낙천적인 성격이 내비쳤다. 그 나이에 남의 집 일을 하려면 고달프기도 하련만 궁색한 느낌이 없다. 진구가 이름과 나이를 묻자, "늙은이 이름하고 나이는 뭐?" 하며 질색했지만 이내 이름이 권영덕이며 나이는 62세라고 밝혔다. 진구가 다시 물었다.

"여기서 얼마 동안 일하셨어요?"

"한 석 달 됐심더. 들어와보니까 벌써 저 영감님이 저래 드러누워 있대요."

"전 꽤 오래되신 줄 알았어요. 한 식구나 마찬가지처럼 보여서."

'식구'라는 말에 권영덕은 고개를 크게 끄덕였다.

"그거야 그렇지요."

"이 집 셋째 따님은 보셨어요?"

"교통사고로 죽은 사람 말이지요? 난 못 봤제. 그 사고 직후에 들어왔으니까."

"사고 전에는 누가 일했대요?"

"잘 몰라요. 좀 젊은 여자였다 카던데. 교통사고 나서 마누라도 죽고 하니까 예전 일하던 사람 얼굴 보기가 좀 그랬겠제."

"이교준 아저씨도 마음이 여린 데가 있었나봐요."

해미가 두 손을 모으고 말했다.

"이 집 주인 양반이야 사람 좋지. 덩치는 커도 마음이 비단결입니더."

권영덕이 말하는 '주인 양반'은 남현호가 아니라 이교준이었다. 하긴 남현호가 줄곧 병환으로 누워만 있었으니 이교준이 권영덕을 고용했을 테고, 고용주가 주인 양반일 수밖에 없다. 진구는 간병인이 따로 없는지 물어보았다.

"당연히 있지예. 전문 간병인 업체에서 돈 주고 불러요. 두 사람이 하루씩 번갈아 출퇴근을 하는데, 딱 지 일만 하지 환자 위하는 건 없는 기라요. 내가 없으마 영감님도 쫌 힘들 겁니더."

권영덕의 말씨는 스스럼없었다. 진구가 물었다.

"어르신은 상태가 많이 안 좋으신가요?"

"늘 그렇지예. 의사는 머 안 좋은 말도 좀 한 거 같더라고. 조금 전에도 아프다꼬 엄살 피싸서 간병인이 막 주물러주고 있던데."

"큰 집을 혼자서 청소하시려면 힘드시겠어요."

해미가 권영덕의 팔뚝을 살갑게 잡으며 말했다.

"집 청소뿐이겠노? 얼라까지 내가 다 보는데."

해미가 친근하게 굴자 권영덕은 바로 반말이었다.

"아, 맞다! 아기도 돌볼 사람이…… 아줌마밖에 없겠네요."

"괜찮데이. 월급은 다른 집 두 배로 받으니까."

"아기는 어딨어요?"

"아름이 아직 못 봤어? 보여주까?"

권영덕은 대답을 기다리지도 않고 몸을 휙 돌리더니 이교준의 방으로 들어갔다. 잠시 후 나온 그녀의 팔뚝에는 강보에 싸인 아기가 안겨 있었다.

"세상에, 너무 귀여워!"

생후 5개월 된 이교준의 딸을 들여다보며 감탄을 연발하던 해미는 잠깐만요, 하더니 기어이 아기를 건네받아 엄마라도 되는 양 품에 안았다. "아기는 다 이 정도 귀엽지 않아?" 하며 재를 뿌리는 진구의 말은 무시했다.

"아빠를 많이 닮았네, 정말."

"해미 너 정말 그런 거 구분 되냐? 난 애들 얼굴 봐도 전혀 모르겠던데."

진구는 함부로 아기의 볼살을 만졌다. 새근새근 잠들어 있던 아기가 얼굴을 찌푸렸다.

"일단 아빠를 닮아서 아기도 우량하잖아. 그리고 여기 봐봐. 눈하며 코, 입……."

"하지만 블라인드 테스트라면 아기 아빠를 찾아낼 수 있을까?"

"이 오빠가 정말!"

김이 샌 해미는 아기를 슬쩍 권영덕에게 돌려주었다.

"이름이 아름이에요?"

"얼라 이름 예쁘제? 요즘엔 이름들이 다 좋아. 우리 땐 영자, 정자 온통 이런 거였는데. 내 이름도 영덕이가 뭐꼬, 영덕이가. 말카

47

아들 낳을라꼬 그랬제."

"아기는 귀엽지만 돌보려면 정말 힘드시겠어요."

"힘든 거 하나도 없어. 얼라가 워낙 순해서. 이 봐라."

권영덕이 배를 간지럽히자 아기가 까르르 웃었다. 곧 권영덕은 목욕을 시켜야 한다며 아기를 안은 채로 욕실로 향했다. 그녀와 교체하듯 이교준이 거실로 돌아왔다.

"처형들을 만나보셔야죠."

이교준이 진구 맞은편 소파에 엉덩이를 걸치며 말했다. 느린 말투와 달리 은근히 성격이 급한 모양이다. 진구는 아직 남은 찻잔을 힐끔 내려다보곤 말했다.

"자연스럽게 만나는 게 낫습니다. 괜히 낯을 익히기도 전에 찾아 갔다간 반감을 살 수 있어요."

"그럴까요……."

"예. 그보다 돌아가신 남유정 씨에 대해서 좀 알려주시죠."

"집사람을요?"

"사전 정보랄까요, 그런 건 많을수록 좋거든요. 언니분들 만났을 때도 필요하고."

"어떤 정보가 필요하죠?"

"거창한 건 아닙니다. 어떤 거라도 좋습니다. 하다못해 사진이라도."

"그래요……. 그럼 일단 방으로 가시죠."

이교준은 진구와 해미를 자신의 방으로 안내했다. 온기가 느껴지는 자줏빛 벽지로 도배된 방이었다. 볕이 좋은 창가에 침대가 놓여 있고, 그 옆에 원목 아기 침대가 붙어 있다. 그 외에도 오목조목 가구들이 들어차 있어 휑뎅그레한 거실과 달리 가정집다운 분위기가 물씬 풍겼다. 안주인이 없어졌으니 이 방도 곧 메마른 거실과 닮아갈 테지만.

"아아, 밤에 아기가 울면 제대로 못 주무시겠어요!"

해미가 아기 침대를 보며 안타깝다는 듯 말했다.

"내가 있을 땐 직접 아름이를 돌보려구요. 특히 밤엔요. 아줌마가 좋은 분이긴 해도 솔직히 애 엄마하곤 다르잖아요. 오줌 싸서 막 울어도 그냥 자버릴 수 있고……. 그래서 아름이는 내 방에서 재워요."

이교준은 뿌듯한 미소를 지으며 빈 아기 침대에 놓인 강보를 마치 아기가 있기라도 하듯 부드럽게 쓰다듬었다.

벽면 한쪽에 남유정이 쓰던 화장대가 놓여 있었다. 타원형 거울이 있고 그 앞에는 알록달록한 화장품 병이 빽빽이 들어차 있다. 화장대를 덮은 유리판 안에는 부부가 같이 찍은 사진과 남유정의 독사진 몇 장이 끼워져 있었다. 바다를 배경으로 한 것도 있고, 집 앞에서 찍은 것도 있다.

남유정은 다소 넓적한 얼굴이었지만 눈, 코, 입이 시원하게 커서 인상이 밝고 환했다. 발랄한 옷차림과 변화무쌍한 포즈 또한 그녀의 적극적인 성격을 드러냈다. 입을 열면 커다란 음성이 튀어나와 주변사람을 깜짝 놀라게 했을 것 같다. 사진 속의 그녀는 이마에 드리운 햇살처럼 찬연한 미래를 철석같이 믿고 있는 사람의 표정을 짓고 있었다. 얼마의 시간이 흐른 지금, 생판 남들이 이미 세상에 없는 자신의 사진을 착잡한 심정으로 바라보고 있으리라고는 상상치 못했을 것이다.

유리판 위에 세워진 메탈 액자에는 부부가 다정하게 찍은 사진이 있었다. 큰 덩치의 이교준과 대비되어 깡마르고 자그마한 체구가 도드라졌다. 남유정의 얼굴이 조금 부어 보였다.

"출산 후에 같이 찍은 사진이에요. 그래서 좀 부어 보일 거예요."

이교준이 아내의 외모에 대해 변명하듯 말했다. 해미의 얼굴에는 안쓰러워하는 빛이 떠올랐다. 아내가 곁에서 사라졌어도 그녀를 생각나게 하는 유품을 치울 생각을 않는 이 남자에게 약간의 호감이 생긴 듯하다.

"애기 사진은 없네요."

진구가 말했다.

"아름이는 늘 눈앞에서 보잖아요. 무슨 사진이 필요 있겠어요."

"맞아요, 맞아."

해미가 맞장구쳤다.

"아기 사진 지갑에 넣고 다니는 사람들 이해 안 가더라. 가정적으로 보이려는지 몰라도 오바 아냐? 집에 가면 산 얼굴이 있는데. 아저씨 아내분이야 이미 세상에 없으니 사진이라도 있어야겠지만……"

해미가 말하다가 어마, 하며 손바닥을 입으로 가져갔다. 이교준은 괜찮다는 듯 손을 흔들었다.

"아내는 사진에서 보신 이미지 그대로였어요. 밝고 소탈한 성격이었죠. 거기에 반해서 결혼했습니다. 이런 사람에게도 불행은 닥

치더군요. 정말 생각조차 해보지 못했는데……."

이교준은 말끝을 흐렸다. 병으로 예고된 죽음이 아니라 상실감이 더욱 남다를 것이다. 진구는 무거워진 공기를 무마하는 역할을 해미에게 맡기고 멀거니 사진만 쳐다보았다. 하지만 해미조차 위로의 말을 잊었다.

세 사람은 방에서 나와 거실 소파에 가 앉았다. 마침 2층으로 이어진 내부 계단에서 시끌벅적한 소리가 들려왔다.

"내려오는 모양이군요."

이교준이 계단 쪽을 바라보며 말했다.

발소리가 뒤엉키며 한 무리의 사람들이 모습을 나타냈다. 젊은 여자 두 명과 남자 두 명. 그들은 이교준 쪽으로 곧장 다가왔다. 낯선 진구를 보고도 놀라는 기색이 없다는데, 이교준이 외부인을 고용했다는 것을 이미 아는 모양이다. 여자 두 명과 남자 한 명은 거실 빈 의자에 나누어 앉았고, 의자가 모자란 탓에 남자 한 명은 여자 옆에 섰다. 나이가 더 많아 보이는 여자가 맏언니인 남고운일 것이고, 또 한 명의 여자는 둘째 언니인 남문영일 것이다. 남고운 옆에 선 남자는 그 위치로 자신이 남편인 김필립이라는 사실을 알렸다.

다리를 포갠 채 등받이에 비스듬하게 몸을 기대고 거실 1인용 소파에 앉은 남자는 위세로 보면 마치 이 집 주인 같았다. 노타이에 흰색 와이셔츠, 감색 슈트를 걸쳤는데 체구가 깡마르다보니 허수아비에 우비를 덮어씌운 모양새다. 시선은 허공 어딘가에서 불안하게 어긋나 있는 듯 보였다. 남자는 돌연 슈트 안주머니에서 담뱃갑을 꺼냈다. 잠시 손길을 멈추고 눈알을 굴리며 주변을 돌아보더니 마땅찮은 표정들을 발견하고는 다시 품 안에 집어넣어버렸다.

"이런, 실은 금연 중인데……. 금단증상이에요."

남자는 킥킥거리는 웃음을 덧붙였다. 낮지만 선명한 목소리.

진구는 눈을 크게 떴다. 칡뿌리 같은 낯빛에 바람 빠진 듯 홀쭉한 뺨, 작은 눈과 한껏 비뚤어진 입매. 익숙한 얼굴이었다.

그래, 백지영 노래에 얽혔던 그 사건.*

"소개할게요."

여자 둘 중 나이가 많은 쪽이 이교준을 향해 고개를 쳐들고 자신만만한 어조로 말했다.

"이분은 우리 쪽 대리인, 고진 변호사님이에요."

고진은 진구를 향해 히쭉 웃었다.

고진은 나흘 전, 서울 남산의 힐튼호텔 카페에서 남현호 가문의 장녀 남고운과 차녀 남문영을 만나고 있었다. 초면의 세 남녀가 비스니스 용무로 만나기에는 어울리지 않는 이 장소를 정한 것은, 남고운이 이날 KTX를 타고 부산에서 올라오는 길이라 서울역에서 가까운 곳을 찾았기 때문이다.

고진은 여느 때와 다름없이 감색 정장에 노타이, 흰 와이셔츠 차림으로 슈트를 무진장 구겨가며 거의 3분의 1쯤 누운 자세로 허리를 쭉 빼고 있었고, 그런 고진을 요모조모 훑어보는 남고운의 낯에

*《순서의 문제》 중 〈뮤즈의 계시〉 사건.

52

는 불쾌한 빛이 떠올라 있었다. 이 사람 어딘지 거만한데, 하고 생각한지도 모른다. 동시에 고진도 새우 같은 눈으로 남고운과 남문영을 관찰하고 있었다. 그 관찰이란 게, 그녀들의 구두에 묻은 흙으로 판단하면 바닷가 20킬로미터 안쪽 교외에 거주 중이며 셋째 손가락의 굳은살로 보아 사무직에 5개월 종사했군 하는 레벨이 아니라, 기껏해야 남고운은 짧은 생머리에 입을 일자로 다문 딱딱한 인상이고, 남문영은 날카로운 턱을 가진 도회적인 얼굴이야 하는 정도에 불과했지만.

이야기를 대충 들은 고진이 허리를 일으켰다.

"……그러니까, 새어머니와 제부인 이교준 씨가 상속을 못 하게 해달라 이거군요."

"예. 그거예요. 새엄마로 들어온 여자는 아버지 돈을 노린 거고, 제부도 재산을 노리고 동생과 결혼했죠. 동생이 교통사고로 죽어버렸으니 지금쯤 속으론 쾌재를 부르고 있을지도 몰라요."

남고운이 말했다. 예전에 교사였다는데, 목소리는 교실 뒤편까지 말소리를 넉넉히 보낼 수 있을 만큼 선명하고 카랑카랑했다. 검은색 바지 정장은 우울하게 어두웠고, 마치 맞지 않는 나사를 억지로 끼운 것처럼 그녀의 체형에 맞지 않았다. 상당한 가격이었을 옷이 몸 위에서는 맥을 못 추는 것 같다. 어깨 위에 삐죽삐죽 내려앉은 생머리는 다른 헤어스타일을 생각할 수 없을 정도로 그녀와 동화되어 있었고, 엷은 화장기만 남은 얼굴은 수수한 느낌을 주었다. 불거진 광대뼈 위에 검은 뿔테 안경이 얹히듯 놓여 있었다. 말하려 입을 열 때면 놀라울 정도로 크게 쩍 벌어지는 것이 마치 팩맨 같다. 고진이 그녀를 보고 믹 재거와 사감선생이라는 상반된 이미지를 동시에 떠올렸다는 사실을 알았다면 대단해 불쾌했으리라.

"새엄마 쪽은 일단 제쳐두더라도요……. 제부인 이교준 씨 쪽은 어떨까요? 남유정 씨 재산이 많았습니까?"

"아뇨, 유정이 재산이야 별거 없는데요, 제부가 우리 아버지 재산까지 상속하게 될까봐서요. 아버지는 내일 돌아가셔도 이상하지 않은 건강상태시거든요."

"그런 경우에 이교준 씨와 5개월 된 아기가 막내 따님인 남유정 씨를 대신해서 아버님 재산을 물려받게 되죠. 그걸 대습상속이라 하는데 남유정 씨 상속분만큼을 그 두 사람이 나눠 가지게 되는……."

"법률문제는 군이 말씀 안 하셔도 돼요. 이미 알아보고 왔어요."

차녀 남문영이 조곤조곤한 말씨로 고진의 말을 탁 끊었다. 큰 눈매에 흰 얼굴, 높은 코, 갸름한 턱이라는, 어딘지 찍어낸 듯한 전형적인 도시 여자의 외모였다. 흰색 바지에 핑크빛 블라우스를 입었다. 볼륨펌을 한 머리는 물결치듯 흘러내렸고 학처럼 가는 목에는 메탈 목걸이가 치렁치렁 늘어뜨려져 있었다. 남문영은 언니인 남고운과는 불과 1살 차이에 불과한데도 누가 봐도 유부녀와 처녀라는 신분차이가 드러나는 옷차림과 화장이었다.

"호오. 변호사를 찾아와서는 법률문제가 필요 없다? 어떤 의미입니까?"

"우리 상속분이 얼마가 되는지를 알아보는 정도라면 멀리 변호사님을 수소문해서 이렇게 만날 일도 없겠지요. 인터넷 검색만 해도 그 정도는 나와요."

남문영이 새침하게 말했다. 뒤이어 남고운이 말했다.

"제부하고 아기하고 같이 유정이 몫을 상속한다지만 제부가 아기의 친권자니까 아기 재산도 관리하게 되잖아요. 결국 제부한테 다 넘어가는 거나 다름없죠. 그걸 막고 싶다는 거예요. 물론 새엄마 쪽의 상속도요."

"그렇게 되면 여기 두 분이 상속 재산을 모두 가져가시게 되겠군요."

"우리가 아빠 재산을 독차지하려고 욕심부린다고 오해하실까봐 말씀드리는데, 사정을 들어보시면 이해하실 거예요. 그 여자, 그러니까 아버지와 결혼해서 명목상 새엄마가 된 여자 말인데요. 여기서 제가 그 여자라고 부른다고 해서 나쁘게 생각하지만은 말았으면 해요. 제가 38살이고 옆에 있는 제 동생이 37살이에요. 그 여자는 39살인데 차마 우리 입에서 새엄마 소리가 나오겠어요? 우리 남편보다 네 살이나 어려요. 3년 전이면 그 여자는 36살이고 여자로서는 한창나이인데, 이미 일흔이 가까운 할아버지인 우리 아버지와 갑자기 결혼했어요. 알고 보니 아버지가 자주 다니던 술집 사장이더라구요. 이런 결혼을 왜 했겠어요? 당연히 돈이 목적이죠. 이 여자는 집안일은커녕 손 하나 까딱 안 하고 밖으로만 돌아다녔어요. 아버지가 당뇨로 누운 다음에도 간병인한테 맡겨놓고는 거의 돌보지도 않았고요. 이 여자가 아버지가 평생 이룬 재산을 뚝 떼어 간다는 게 말이 돼요?"

남고운이 열을 올렸지만 고진의 반응은 미지근했다.

"그래도 최악의 경우는 피했잖습니까?"

"최악의 경우라뇨?"

"새엄마가 들어와서 쌍둥이라도 낳았다면 어쩔 뻔했습니까. 상속자가 둘이나 더 생겨 재산의 거의 절반은 그쪽으로 가는 거 아니겠습니까?"

"아버지는 노인이고 당뇨로 누워 계시기까지 한데 어떻게 아기를 가져요?"

남고운은 고진의 실없는 소리에 정색을 하고 받아쳤다.

"아무튼 우리도 나름대로 알아봤는데, 그 여자가 상속하는 걸 막을 방법이 없겠더라구요. 아빠가 죽기 전에 이혼이라도 하지 않는 한 말이에요. 하지만 그 여우가, 아니 그 여자가 그럴 리는 없을 테죠. 제부인 이교준도 마찬가지긴 하더라구요. 우리 조카의 법정대리인인가 뭔가가 되어서 아이도 키우고 재산도 관리하게 되고. 법률상으로는 그렇게 되나봐요."

"거기까지 아시고도 저를 찾아오셨다는 건……."

고진은 뒷말을 흐리다가 물었다.

"혹시 법률 외적인 의뢰까지 염두에 두고 오신 건가요?"

"변호사님이 어떤 분인지 이야기를 좀 들었어요."

남고운이 조심스럽게 말했다. 고진을 둘러싼 수상한 소문들을 이야기하는 게 분명했다.

"글쎄요, 저에 대해 약간의 말이 도는 건 알고 있습니다만……."

고진은 두 자매의 눈치를 슬쩍 본 후 말했다.

"새엄마나 제부를 협박해서 상속을 포기시킬 작정이라면 저 대신 조폭을 찾아가셔야 할 겁니다."

고진은 영 내키지 않는다는 투였지만, 남고운은 거절의 뉘앙스를 의식하지 못한 것 같았다.

"글쎄요, 고 변호사님을 찾아오기 전에 우리 나름대로 방법을 생각해봤어요."

"무슨 방법요?"

"우선, 새엄마 쪽은…… 궁리해보면 떼 내어버릴 방법이 여러 가지 있을 수 있지 않겠어요?"

남고운이 잠시 말을 머뭇거렸다.

"……이를테면, 불륜이나 행실이 좋지 않은 점을 이유로 이혼을 시킨다면요?"

"불륜이라……. 증거는 있습니까?"

"아, 아뇨."

남고운은 조금 당황한 기색을 띠었다.

"꼭 그런 건 아니지만. 술을 자주 마시고, 새벽에 들어오는 때도 종종 있나봐요. 아무리 그래도 가정주분데, 대체 누구하고 밤늦게까지 술을 마시겠어요? 우리가 같이 살았더라면 꼬리를 벌써 잡았을 수도 있어요."

"글쎄요, 거기엔 큰 문제점이 하나 있습니다."

"뭐가요?"

고진은 대답 대신 안주머니에서 담배를 하나 꺼내 들었다가 남고운의 싸늘한 눈빛을 받고는 다시 주섬주섬 집어넣었다.

"두 분 말씀대로 새어머니로 들어오신 여성이 재산을 노린 거라면 순순히 물러날 리가 없지 않습니까? 그렇다면 불륜이든 뭐든 이유를 만들어 이혼을 하게 하려면 소송을 해야 하는데, 이게 시간이 많이 걸립니다. 1심, 2심, 3심까지 물고 늘어지면 2, 3년은 족히 걸려요. 그런데 남현호 어르신이 당뇨로 살날이 얼마 남지 않으셨다면서요? 소송 도중에 돌아가시면 말짱 헛일이거든요."

"불륜의 증거가 명백해도요?"

"그게 뭐든지요. 야구 용어를 빌리자면, '이혼하기 전까지는 이혼한 게 아니다'가 되겠죠."

고진이 약 올리듯 씩 웃었다. 남고운의 입이 샐쭉해졌다.

"그게 안 되면…… 변호사님이 사건을 맡으신다면 그 사람한테 헤어지도록 잘 설득해주셔야죠. 그런 게 변호사의 역할 아니겠어요?"

"변호사의 역할이라……. 이를테면 협잡, 말씀입니까?"

고진이 턱을 쳐들었다. 남문영이 꼬여버린 화제를 지우듯 고개를 젓고는 말했다.

"알았어요. 새엄마 쪽은 아직 잘 모르겠지만, 제부 쪽은 확실한 방법이 있지 않겠어요?"

"확실한 방법?"

고진이 눈을 들었다.

"제부의 친권을 박탈하면 되지 않겠어요?"

"친권박탈이라……."

고진은 말을 되뇌다가 정색을 했다.

"친권을 상실하면 물론 아기의 상속분에는 손댈 수 없죠. 하지만 친아버지의 친권을 박탈하려면 뚜렷한 사유가 있어야 합니다. 애를 키우기에 적합하지 못하다는, 누가 봐도 분명한 사유 말입니다. 그래야 법원에 친권상실을 청구할 수 있어요. 또 친권을 박탈해봤자 이교준 본인이 남유정을 대습상속하는 부분까지 막지는 못해요."

남고운은 머뭇거렸다. 무언가 할 말이 있는 듯 보였다. 그녀를 대신하듯, 남문영이 나섰다.

"그럼……."

말머리를 꺼내놓고서도 잠시 주저하다가 이윽고 결심했다는 듯 말했다.

"제부가 동생을 살해했다면 어떨까요?"

조심스럽지만 내용은 더 이상 파격적일 수 없는 말이었다.

"살해라……."

고진은 실눈을 뜨고 남고운과 남문영을 번갈아 쳐다보았다. 두 사람이 모두 같은 의견임을 깨닫고는 남고운에게 시선을 고정하고 물었다.

"이유는요?"

"아니 뭐 꼭 단정하는 건 아니에요. 하나의 예를 든 거죠. 그래도, 그 교통사고는 좀 이상해요. 동생이 안전벨트를 매지 않았다는 것부터가 이상해요. 혹시 제부가 운전 중인 동생의 벨트 버튼을 갑자기 눌러 풀어버리고는 핸들을 확 꺾어버린 걸 수도 있지 않을까요? 일부러 운전자 쪽으로 충돌 사고를 내서 동생은 죽게 하고, 조수석에서 안전벨트를 하고 있던 자신은 살아남고."

남고운이 제기한 대담한 가설은 어느 쪽으로든 고진의 흥미를 끈 모양이다. 어느새 입꼬리가 당겨 올라가 있다.

　"글쎄요. 그건 실행자로서도 너무 위험이 크지 않을까요? 다행히, 아, 동생분이 돌아가셨으니 다행이란 말은 어폐가 있지만, 어쨌든 결과적으로는 범행이 성공한 거지만 그 방법이라면 자기가 앉은 쪽이 부딪칠 수도 있어요. 달리는 차를 급 조작해서 다른 차를 박고 다시 전봇대를 정확히 조준한다는 보장이 없지 않겠습니까? 이교준 씨 자신이 직접 전봇대 맛을 보게 될 위험이 크단 얘기죠. 살인을 위해 자기 목숨을 거는 원시적인 방법은 러시안룰렛 이후로 사라졌다고 봐야 할 겁니다."

　남고운은 고진의 조롱 섞인 핀잔에 입술을 깨물었다.

　"아니, 그러니까 예를 든 거라고 했잖아요."

　"둘러서 말씀하셨지만 요약하면 두 분의 말씀은 이교준의 살인을 입증해달라, 이거네요. 그래서 이교준이 상속을 못 하도록 해달라, 이거 아닙니까?"

　"바로 그거예요."

　남고운이 대답했다. 고진은 고개를 끄덕였다.

　"이교준이 남유정 씨를 살해한 게 밝혀지면 상속은 할 수 없게 됩니다. 남유정 씨의 재산을 상속하지 못하는 것은 물론, 남현호 씨의 재산을 대습상속하는 것도 실제로 불가능해집니다. 배우자를 살해한 경우 배우자의 부친으로부터의 대습상속 권리도 상실하는가에 관해서는 판례가 없긴 하지만, 이 경우는 상속 일반 법리에 비춰볼 때 소송해봐야 거의 백퍼센트 상실한다는 결론이 나올 겁니다. 남현호 어르신 입장에서는 딸을 살해한 자에게 자기 상속 재산을 넘겨주는 셈이 되니 법이 이것을 허용하지 않을 거라는 말이지요. 살인으로 교도소에 간다면 재산이란 게 거의 의미가 없기도 하고. 또, 아이의 엄마를 죽인 게 되니 아버지로서의 친권도 상실하게 되겠지요. 그러면 어디 보자, 아기 할아버지는 건강상 힘들 거고, 법률상으로 앞에 계신 두 분 이모님들 중 한 분이 아기의 후견인이 되시겠네요."

남고운과 남문영 자매는 말이 없었다. 그건 결국 자신들이 조카의 상속 재산을 사실상 몽땅 넘겨받게 된다는 의미임을 굳이 입 밖으로 꺼낼 필요는 없을 것이었다. 더불어 그것이 이교준의 살인을 밝혀달라는 진정한 의도인지, 혹은 아닌지도.

"정리하자면, 결국 두 분 말대로 이교준이 남유정 씨를 살해했다는 것만 밝혀지면 이교준은 상속권을 모두 박탈당합니다. 상속 문제는 일거에 해결된다고 봐야죠. 하지만……."

고진은 잠시 말을 끊었다가 결론 내리듯 말했다.

"저는 거절하고 싶네요."

해바라기처럼 고진만을 바라보고 있던 자매의 얼굴이 실망감으로 일그러졌다.

"살인이라는 건 억측 같고, 친권을 상실시킬 명분도 없어 보입니다. 무엇보다……."

"무엇보다?"

"부산까지 거리가 너무 멀어요."

남고운이 몸을 바싹 당겼다.

"도와주세요. 저희도 소문을 들었어요. 변호사님이 이런 일에는 딱 맞는 분이라고요. 이례적인 일인 만큼 의뢰비도 물론 충분한 액수를 생각하고 있어요."

"어려워요. 아니 어려운 이상이죠. 3개월 전 교통사곱니다. 그게 설사 살인이었다고 해도 지금 와서 진실을 밝힌다는 건 술집 선반에서 석 달 전 키핑해놓은 술을 찾아내는 거나 마찬가지로 불가능해요."

남고운, 남문영은 실망감이 깃든 얼굴로 말이 없었다.

"그리고 그게…… 이상하단 겁니다."

고진은 무례하게도 크게 기지개를 켜면서 말했다.

"새엄마 쪽의 상속분이 더 큰데 왜 제부 쪽의 상속에 더 집착하시는지 말입니다. 이치에 닿지도 않는 살인 혐의까지 씌워서요."

남고운 자매는 얼굴을 마주 보았다.

"그게…… 그럴 만한 이유가 있는 게……."

남문영이 조심스레 말을 고르는 동안 남고운이 불쑥 말했다.

"제부 쪽에서 사람을 고용했더라구요."

"사람을?"

"그러니 우리가 손 놓고 있다간 어떤 형태로든 뒤통수 맞을지도 모르죠. 그쪽 사람은 아예 우리 집에 들어와서 지낼 거래요. 제부가 대체 무슨 짓을 하려는 건지……."

"새엄마는 조용히 엎드려 있는데, 이교준은 무언가 일을 도모하고 있다. 그리고 그쪽의 움직임이 신경이 쓰인다. 그거군요."

고진은 이번에는 왼손을 뒤로 돌려 목을 주무르기 시작했다. 빨리 이야기를 끝내고 자리를 떠나고 싶은 기색이 역력하다.

"혹시 이교준 쪽에 약점 잡힌 거라도 있습니까? 제게 이야기하지 않은?"

"그런 건 아니에요."

"그럼 그저 막연한 불안이라 이겁니까?"

"예. 실은 그 불안이란 쪽이 더 커요. 그래서 악에는 악으로 대응하는 게……."

남고운은 급기야 고진을 '악'으로 표현하고 말았다. 남문영이 테이블 아래에서 남고운의 소매를 잡아당겨 말을 막았다. 고진은 개의치 않는 것 같았다.

"어쨌든 이교준 씨도 대단한 사람이네요. 입주과외도 아니고 사람을 아예 집에 들여놓다니. 나름대로 무슨 계획이 있는 거겠죠."

고진은 손을 가볍게 저었다.

"그렇다 해도 뭐 걱정 있겠습니까? 두 분도 그 집에 들어가 계신다면서요. 그리고 전 아무래도 곤란하겠는데요. 여자 기숙사를 제외하고는 남의 집은 영 불편해서……."

"변호사님께는 꼭 집에 들어와달라고 바라진 않을게요. 어쨌든 현재는 아빠가 앓아누우셨으니 제부가 그 집의 가장 비슷하게 되어버렸거든요. 들어와 계시기는 좀 껄끄러우실 거예요."

남고운의 말투는 절박했다.

"아무튼 좀 황당하네요. 그쪽 변호사는 얼마나 일이 없길래 부산까지 내려가서 집에 들어앉는단 말입니까."

"변호사가 아니에요."

"변호사가 아니라고요? 그럼……."

"무슨 탐정이라던데요."

"탐정이요?"

고진은 피식 웃었다.

"우리나라에 무슨 탐정이 있습니까? 어디서 심부름센터 직원이
라도 고용한 모양이죠. 신경 끄셔도 돼요. 혹시 신체에 위협을 가할
것 같으면 경찰을 부르면 되고."

"심부름센터 직원은 아닌가봐요. 변호사는 아니지만 법을 잘 안
다고……."

남문영이 조심스럽게 거들었다.

"이름이 좀 촌스럽던데, 뭐라더라……."

"이름은 됐습니다. 알 필요도 없고요."

고진이 말렸지만 남문영은 고집스럽게 기어이 기억을 되살려 입
밖으로 이름을 끄집어냈다.

"아, 맞아요. 김진구라던가 뭐라던가."

남문영은 말을 마친 후 찻잔을 입으로 가져갔다. 이름을 듣는 순
간 고진의 표정이 변한 것은 미처 보지 못했다.

"김진구요?"

고진은 길쭉한 손가락을 관자놀이에 갖다 댔다. 입매가 쭉 찢어
져 올라가더니 이어 쿡쿡 웃기 시작했다. 고진의 뜬금없는 웃음에
남문영은 찻잔을 내려놓고 멀거니 고진을 바라보았다.

"이거야, 정말."

"왜요?"

"재밌는 친구가 뛰어들었네요."

고진은 킬킬킬, 계속 웃었다.

"아시는 분이에요?"

남고운이 의심스럽다는 듯 물었다. 고진은 그 말에는 대답하지 않고 눈알을 이리저리 굴렸다. 이어 잔을 들어 남은 커피를 단숨에 비웠다. 잠시 후 고개를 끄덕이며 말했다.

"좋습니다. 사건을 맡기로 하지요."

이교준과 진구를 남현호의 집 거실에서 대면했을 때, 남고운은 싸움에서 이긴 닭처럼 고개를 뻣뻣이 쳐들고 있었다. 고진이 마침내 의뢰를 수락한 순간 남고운은 가슴에 손을 모으고 안도의 한숨을 내쉬었었다. 그만큼 그녀가 고진의 의뢰를 통해 지키려는, 혹은 얻으려는 무언가가 그녀에게 소중하다는 의미일 것이다. 오늘은 남문영도 연약해 보이는 체구에 어울리지 않게 결연한 모습이었다. 남고운의 남편 김필립은 무언가 어정쩡한 표정이다. 체면치레를 중시하는 중년 남성상의 전형이랄까. 욕심이야 넘치겠지만 대놓고 적대감을 표출하기에는 직계가족이 아닌 사위라는 입장이 애매한 것이다.

정밀 기계의 너트 하나가 풀린 듯, 그 가운데 삐딱하게 앉은 고진만이 주절주절 이야기를 늘어놓았다. 물은 사람도 없는데 스스로를 소개하고는 "마침 1, 2층으로 나누어 싸우고 있으니 전 2층의 대리인이라고 부르면 되겠군요" 하며 혼자 낄낄 웃었다.

"이런, 소녀시대인 줄 알았어요."

고진이 해미에게 친근하게 건넨 인사였다. 진구는 불안했다. 저런 식으로 마구잡이로 던지는 멘트가 해미한테는 먹힌다는 걸 알기 때문이다. 아니나 다를까, 해미는 입이 귀밑까지 걸리도록 웃었다.

　"헤헤. 키가 좀만 컸으면 걸그룹 했을 거란 말을 듣긴 해요."

　그러면서 진구를 힐끔 돌아보았다. 나 이런 여자야, 하듯이. 해미 입장에서는 고진이 초면이지만, 예전 백지영 노래에 얽힌 사건에서 고진이 결과적으로 자신을 도왔다는 사실을 진구로부터 들었기에 이미 호감이 있는 상태였다. 고진은 해미를 무장해제시켜놓고는 이야기의 끝을 이교준에게로 돌렸다.

　"남자 혼자 아기를 키우시려면 힘들겠습니다!"

　이교준은 고진의 엉뚱한 말에 조금 당황해하며 대답했다.

　"별로…… 제 딸을 키우는 건데요, 뭘."

　이교준은 경계심을 품은 듯했다.

　"그래도 어르신도 아프신데, 바깥일에 기저귀까지 갈려면, 좀 바쁘시지 않으려나?"

　"도우미 아줌마도 있고, 간병인도 따로 있으니까요."

　"그렇군요. 그래도 어려움이 많겠죠? 역시 아이는 엄마가 키워야 하는데……. 여기 계신 두 분 처형들도 그 점은 충분히 공감하고 계시더군요."

　이교준은 남고운 자매를 힐끔 보고는 눈살을 찌푸렸다. 어떤 종류든 뒤에서 자신을 화제로 삼았다는 사실 자체가 싫은 듯하다.

　"제가 궁금한 건요."

고진은 음성을 낮추었다.

"어르신께선 왜 지금이라도 유언장을 만드시지 않나 하는 겁니다."

"장인어른께서는 원래 상속이니 유언이니 하는 걸 아주 싫어하세요. 옛날 분이라 그런지 그런 문제를 논한다는 것 자체가 인륜에 어긋난다고 생각하시는 거죠."

이교준의 말에 남고운도 맞장구쳤다.

"그건 그래요. 우리 아버지가 고집이 엄청 세거든요. 성격도 불같고. 건강도 안 좋은데 우리가 상속 문제 갖구서 설왕설래한다는 걸 아시면 얼마나 낙담하시겠어요? 그래서 아버지한테 그런 이야기는 안 하려구요."

언뜻 들으면 꽤 효녀 같다. 하지만 유산 이야기를 극도로 싫어한다는 남현호 앞에서 괜히 말을 꺼냈다가 뼈도 못 추리게 될까봐 입조심하고 있는 계산이 진구에게는 그림처럼 뚜렷하게 보였다.

"그럼 이렇게 하면 어떨까요?"

고진이 말했다.

"솔직히 말해 모두들 상속 때문에 모인 것 아닙니까? 저도, 진구 군도 그래서 여기 와 있는 거고요."

해미가 풋 하고 웃었다.

"진구 군 하니까 어감이 웃겨요."

"아, 그럼 간단하게 진 군으로 부를까?"

해미가 또 웃었다.

"진구는 이름이고 김 씨 성이에요. 김진구."

"그렇군. 김진구 군."

고진은 사람들을 둘러보며 말했다.

"실은 이렇게 신경전을 벌이는 것보다 가장 공정하고 빠른 방법이 있지 않습니까? 상속분대로 하는 거요. 이 집 안주인과 두 따님, 이교준 씨 그리고 아기가 공평하게 나눠 가지는 겁니다."

아무도 말이 없었다. 해미 혼자서 고개를 끄덕이다가 이럴 거면 왜 여기까지 왔어? 하듯 허무한 얼굴을 했다. 이윽고 남고운이 말했다.

"당연하죠. 누가 반대하겠어요?"

"그럼 그런 내용대로 상속인들끼리 공정증서를 만드시죠."

고진이 말했다. 또다시 침묵이었다. 잠시 후 남고운이 입을 열었다.

"글쎄요, 그럴 필요 있을까요? 그리고 표정을 보아하니 누구보다 제부가 이의가 있는 것 같은데요."

이교준은 발끈했다.

"내가 무슨 이의가 있습니까? 그것보다, 지금 장인어른이 엄연히 살아계신데 그런 짓을 하는 건 도리가 아니라고 생각합니다."

그의 말은 분명 이치에 맞았다. 당사자가 살아 있는데 상속 재산 협의서를 미리 작성하는 일은 생각하기 힘들다. 아무리 황금에 눈이 멀었다고 해도 인륜에 어긋난다는 비난을 무릅쓰고 그의 말에 토를 달 사람은 없을 듯했다.

진구는 진의를 파악하기 어려운 화제에 말려들기보다는 이쪽이 원하는 주제를 택하기로 했다.

"저도 오해를 좀 풀어야 할 것 같네요."

진구는 남고운과 남문영을 흘긋 보았다.

"제 입장을 말씀드려야 할 것 같습니다. 전 이교준 사장님의 지인이고 법을 좀 안다는 이유로 여기 와 있긴 하지만, 어디까지나 혹시 모를 실수를 피하도록 도와드리려는 겁니다. 아직 살아계신 어르신 재산을 두고 언니분들과 다투려는 게 아니에요. 그 점을 오해하지 마셨으면 해요."

"그쪽에서 그렇게 이야기하시니 우리도 솔직히 말할게요."

남문영이 말했다.

"우린 애초부터 재산에 대한 욕심 자체가 없었어요."

그다지 솔직하지 않아도 할 수 있는 말이었다. 그리고 그게 솔직하다고 받아들인 사람은 아무도 없는 듯했다.

"동생이 죽은 지 얼마 됐다고. 제부가 갑자기 탐정인지 뭔지를 고용했잖아요? 그게 뭘 말하는 거겠어요? 그래서 우리도 할 수 없이 변호사를 산 거예요."

남고운이 말했다.

"헉, 어느새 제가 매매의 대상이 되었군요."

고진이 양팔을 벌리고 어깨를 으쓱하며 너스레를 떨었지만 해미가 훗 하고 웃었을 뿐 아무도 반응하지 않았다. 이교준이 말했다.

"오햅니다. 다시 말하지만 지금 상속 재산을 이야기한다는 건 아직 엄연히 살아계신 장인어른에 대한 예의도 아닐 거고요."

"잠깐."

그때까지 가만히 앉아만 있던 김필립이 돌연 큰소리를 냈다.

"듣자듣자 하니 좀 듣기 그러네. 한 번은 참았는데, 자꾸 그런 식으로 말할 거야? 그럼 우린 아직 살아계신 장인어른을 욕보이려고 눈이 벌게져 있단 거야? 상속 재산이니 뭐니 이야기를 꺼낸 건 우리가 아니잖아."

김필립은 비대한 몸을 출렁이며 흥분했다. 그는 아마도 자신이 젠틀맨으로 인식되기를 바라는 듯하다. 진구는 이교준한테서 들은 말을 떠올렸다. 해외유학파로 한국에 들어와서는 금융업 쪽 일을 하고 있다고 했던가. 얼굴이 둥글둥글했고, 목은 얼굴의 무게에 짓눌린 듯 숨죽인 거북이처럼 등에 파묻혀 있었다. 입 매무새가 날카롭고 앞에서는 콧구멍이 보이지 않는 심한 매부리코였다. 가는 금속 테의 안경까지 걸치고 있으니 통통하고 넉넉한 몸집에도 불구하고 신경질적인 인상이다. 바지 밖으로 꺼내어 입은 주황색 폴로 셔츠가 하얀 얼굴과 잘 어울렸다.

"그게 아니라, 오해하실까봐 말씀드리는 거예요."

이교준이 김필립에게 말했다.

"이 일을 누가 먼저 시작한 거야!"

김필립이 고함을 버럭 쳤다. 근엄하게 보이려고 애쓴 것 같지만 그의 분노는 거실에 모인 사람들 대부분에게 조금 뜬금없이 여겨졌다. 정의의 사도마냥 목청을 높인 다음 김필립은 남고운을 힐끔 보았다. 남고운이 나무라는 눈치 없이 자신과 나란히 이교준을 쏘아보고 있자 역력히 안도하는 듯했다.

"일을 벌이지 않았습니다. 김진구 씨는 단지 도와주러 온 거라니까요."

이교준이 질린 듯 말했다. 남고운이 그제야 남편을 말리는 척하며 나섰다.

"이이가 원래 도리에 어긋나는 이야길 들으면 그냥 지나치질 못해요. 억울한 말을 들으면 더군다나 못 참거든요."

남고운이 자부심을 한가득 띠고서 말했다. 고진이 손을 내저었다.

"자, 자. 여기서 더 나아가면 끝이 없는 말싸움이 되겠군요. 그만 하시고……."

고진은 진구를 향해 눈을 찡긋했다.

"여기 진 군은 저도 좀 알지만, 아까 한 말대로일 겁니다. 재산을 가로채려 수작을 부릴 친구가 아니죠. 법에 어두운 이교준 씨를 위해서 잠시 도와주러 온 것뿐입니다."

고진은 또다시 '진 군'이라 불렀지만 진구는 굳이 호칭을 고치려 하지 않았다.

"그래도……."

남고운이 못마땅한 듯 말을 이으려 했다.

"그렇다 해도."

고진이 말을 잘랐다.

"도대체 여기서 무슨 일을 꾸밀 수 있겠습니까? 상속은 법으로 정해져 있습니다. 가만히 있어도 재산은 오고, 가만히 있지 않아도 재산은 떠나가지 않습니다. 상속을 못 하게 막으려면 오직 한 가지 방법밖에 없습니다."

"……뭐예요?"

남문영이 물었다.

"죽이는 거죠."

사람들은 제각기 어이없다는 표정을 짓고 입을 다물었다.

"무슨, 그런 말을……."

김필립이 한마디 던졌을 뿐이었다. 남고운과 남문영은 이맛살을 찌푸렸다. 그녀들은 과연 변호사를 제대로 고른 게 맞나 하는 불안감이 든 것 같았다. 고진만은 만족한 웃음을 지었다.

"하지만 그건 이제 불가능해졌습니다. 이렇게 공공연하게 상속 재산이니 뭐니 하면서 싸워버렸습니다. 여기서 살인이 일어난다면 바로 상대방이 제1급의 용의자로 떠오르겠죠. 자, 이런 상황에서 살인을 불사하겠다는 대담한 분 있으면 손 한번 들어보세요."

손 든 사람은 물론 없었다. 사람들 사이에는 이루 말할 수 없는 어색함만이 가득 찼다.

해미가 진구의 소매를 잡아끌었다. 탈출하자는 신호였다. 진구와 해미는 "그럼……" 하며 가볍게 고개를 숙이고는 일어섰다.

나머지 사람들도 주섬주섬 자리를 뜨기 시작했다.

해미는 조금 전까지의 북적거림이 거짓말처럼 사라진 텅 빈 거실을 바라보며 부엌 식탁 의자에 걸터앉았다. 진구는 맞은편에 앉았다. 해미가 입을 삐죽거렸다.

"김필립인가 하는 사람, 꽤 다혈질이던데? 그런 남자하고 살면 얼마나 스트레스일까?"

"글쎄……. 과연 남고운 아줌마한테도 그럴 수 있을지는 의문이야."

"뭘, 성질 더러워 보이던데."

"성질만 부렸지, 내내 그쪽 이야기를 주도한 사람은 남고운이었어. 아까 봤어? 김필립은 성질을 내면서도 와이프 눈치를 봤어. 꼭 상급자의 결재를 구하는 사람처럼. 시끄럽기만 하지 쭉정이일 수 있단 거야."

"왜 그럴까? 덩치도 큰 남자가."

"막대한 유산의 상속자격을 가진 아내의 존재감 때문일지도 모르지."

마침 김필립이 중앙 계단을 내려오고 있었다. 그와 정면으로 눈을 마주친 해미는 황급히 입을 닫으며 눈알을 키워 진구에게 신호를 보냈고, 진구는 뒤를 돌아보았다. 김필립이 곧장 다가왔다.

"안녕하세요. 김필립이라고 합니다."

그는 기름진 목소리로 인사를 건네며 진구에게 명함을 내밀었다. '김필립 투자전략연구소' 소장. 성질을 부린 탓에 첫인상은 바닥으로 추락했지만 싹싹한 말투에 하얀 피부, 통통한 볼살이 꽤나 호감형이었다. 김필립은 명함을 꺼냈던 지갑을 면바지 뒷주머니에 찔러 넣으며 진구의 옆자리에 앉았다.

"아깐 여럿이 있는 자리라서 정식으로 인사를 나누지 못했네요."

그는 마치 아까의 첫 만남은 없었던 것으로 치는 양 말문을 열었다. 말투는 침착하고 매끄럽지만 조금 사무적이었다.

"이 서방 쪽 대리인으로 오신 걸로 아는데, 미리 말씀을 드려야겠기에 이렇게 따로 왔습니다. 사실 난 이런 상속 다툼에 끼어들 만한 자격이 없어요. 장인어른의 상속인은 아내죠, 내가 아니라. 아내가 하도 성화를 부리길래 오늘 이 자리에 낀 겁니다. 혹시 재산 다툼에 관심 있어 이 자리에 얼굴을 들이민 거라고 오해하실까봐 이야기하러 온 거예요."

역시. 이 남자는 체면을 중시하는 성격이다. 진구는 건너편의 해미를 힐끗 보았다. 순진한 해미조차 김필립의 말을 액면대로 받아들이지는 않는 눈치다.

"그런데 남고운 씨는 왜 선생님을 굳이 이런 자리까지 부른 겁니까?"

질문이 의외였던 듯 김필립은 선뜻 대답하지 못했다.

"언니가 많이 의지하시나봐요?"

해미가 대신 대답하듯 물었다. 김필립은 당혹스러운 빛을 띠웠다.

"뭐 그렇지요. ……아무쪼록 좋게 해결되었으면 합니다."

김필립은 건성으로 대답했다. 진구가 말했다.

"물론 그래야겠죠."

진구는 김필립의 표정을 살폈다.

"저도 분쟁을 일으킬 목적으로 온 건 아니에요. 선생님과 마찬가지로 이교준 사장님이 좋은 판단을 해서 잘 마무리를 지을 수 있도록 하려는 거죠."

"하여튼 난 이 재산 싸움의 현장에서 빠지고 싶네요. 아까 우리 쪽 변호사님이 사람을 죽이면 해결된다는 둥 그런 얘기를 하는 통에 기겁했어요. 우리 집사람이 어디서 소문 듣고 데리고 온 모양인데 좀 이상한 사람 같더만요."

김필립은 진구가 손에 쥐고 있는 자신의 명함을 턱짓으로 가리켰다.

"난 투자연구소를 운영하면서 매달 막대한 수익을 올리고 있죠. 이런 돈 정도는 없어도 나한테는 아무 상관없어요."

진구는 명함을 신중하게 한 번 더 들여다보고는 테이블 위에 조심스럽게 내려놓았다. 그 모습을 유심히 보는 김필립의 눈길을 느꼈다. 아마도 진구에 대한 호감도는 조금 높아졌으리라. 진구가 물었다.

"이 연구소는 어떤 뎁니까?"

김필립은 빙그레 웃었다.

"기본적으로는 투자기법 연구를 하는 곳이지만 그런 학문이 있는 것도 아니고, 어차피 실제 투자에 쓸 수 없다면 아무 소용없는 거 아니겠어요? 난 다년간 월가에서 일하면서 획기적인 투자기법을 개발했습니다. 유태계 천재들이 휩쓸던 그곳에서도 내가 관리하던 펀드가 유독 엄청난 수익을 올렸죠. 그러다가 뜻한 바 있어 회사를 그만두었습니다. 갑자기 그만둔다니까 회사에서 난리가 났더랬죠. 그래도 기어이 사표를 던지고 한국으로 왔습니다. 내가 개발하고 세계 금융의 중심인 월가에서 실전을 통해 수없이 검증한 기법을 한국에 소개하고 가르치기 위해서죠. 난 한국인입니다. 내 역량을 한국을 위해 쓰고 싶었어요. 우리나라의 고질적인 문제가, 서울에 너무 많은 것들이 집중되어 있어요. 돈도 그렇죠. 그래서 일부러 부산에 자리를 잡았습니다. 소수의 고객들을 상대로 조그마한 투자클럽을 만들어서 시작했어요. 전 세계적으로 경제침체를 겪고 있고 주가도 비실비실한데 우리가 투자한 펀드만 수익을 크게 올렸죠. 사람들이 흥분해서 난리가 났습니다. 내가 그랬습니다. 너무 많이 알려지면 오히려 투자전략을 세우고 매매하기가 힘들어진다, 그러니 주변에 소문내지 마라, 그렇게요. 그래도 사람이 어디 그렇습니까? 야금야금 자꾸 소문이 퍼져서 요즘은 아주 눈코 뜰 새 없이 바빠요. 그러니 이런 상속 문제 같은 데에 신경 쓸 여력이 없어요. 아무래도 연구소 규모도 그렇고 펀드 규모도 크게 늘려야 할 시점이거든요……."

김필립은 손바닥으로 식탁을 탁 쳤다.

"아, 진구 씨도 여력이 있으면 여기에 투자하세요. 못해도 1년에 몇십 퍼센트 정도는 기본이니까."

진구가 해미를 돌아보니 이미 눈 속에 돈 그림자가 어른거리고 몸을 도사린 채 입맛을 다시고 있다. 반쯤 투자를 결정한 상태?

"알겠습니다. 뭐 가진 건 집 한 채 정도뿐이지만 나중에 한 번 사무실로 찾아뵐게요."

"사무실까지 올 필요는 없어요. 내가 이 집을 자주 왔다 갔다 하니까, 나하고 직접 이야기하면 돼요. 진구 씨는 행운인 거죠. 내 자랑 같지만 원래 일반 고객들은 내 얼굴 한 번 보기도 힘들어요, 하하하."

"3천 배라도 해야 하나요?"

김필립은 진구의 말에 한 번 더 웃고는 자리에서 일어섰다. 진구와 해미에게 공평하게 눈인사를 건넨 후 등을 돌려 2층으로 향하는 계단을 밟았다. 김필립의 자취가 완전히 사라지자 해미가 바짝 몸을 숙이고 말했다.

"저 사람 의외로 능력자 같은데. 오빠 저기다 투자할 거야?"

"투자? 안 할 거야."

"왜, 1년에 몇십 퍼센트는 기본이라잖아."

황금의 약속에 고무된 해미의 들뜬 얼굴이 풍선처럼 진구의 눈앞으로 다가왔다.

"말이 너무 유창해. 실력 있고 말재주까지 있기란 드물잖아? 그리고 저 사람이 아니더라도 내 돈의 운명을 남한테는 안 맡겨."

"그래도, 놓치기 아까운 기회 아냐?"

"투자는 안 할 거지만 좀 알아보긴 해야지……."

진구는 말을 줄이다가 퍼뜩 말했다.

"해미 너, 혼자 몰래 저 양반 찾아가서 투자하지 마."

"내가 그럴 돈이나 있어?"

해미는 당황해하면서 얼버무렸다.

"어쨌든 김필립 아저씨는 아까 성질낼 땐 좀 그랬는데 다시 보니까 인상이 착해 보이기도 하고, 그러네."

진구는 말이 없었다. 해미가 울컥했다.

"왜 대답이 없어? 요즘 자꾸 내 말을 씹는 경향이 있어."

"판단이 안 돼서 그래. 선한 낯빛은 트로이의 목마일 수도 있으니까."

"하여간 그놈의 의심병은."

해미는 혀를 끌끌 차더니 일어서서 냉장고를 열어 사과를 꺼냈다. 쟁반과 과도를 꺼내 사과를 술술 깎기 시작했다. 이 집에 짐을 푼 지 겨우 서너 시간이나 지났을까, 해미는 벌써 적응이 끝났다. 마치 자기 집처럼 이곳저곳을 둘러본 끝에 냉장고에서 음식을 꺼내먹는 편안한 경지에 도달해 있다. 진구도 남의 집을 제집처럼 편안하게 생각하는 버릇이 있기는 하다. 주인이 없는 때에 몰래 들어온 경우에 그렇다는 차이점이 있기는 하지만.

마지막 사과 조각을 씹던 해미가 손뼉을 딱 쳤다.

"아, 우리 제일 중요한 걸 빠뜨렸다!"

"……뭔데."

"집주인 할아버지한테 인사해야지."

아직 남현호를 만나보지 못했다. 당뇨병으로 거동이 불편하고 눈도 침침하다고 들었지만 그의 집에 들어온 외부인으로서 인사를 건너뛸 수야 없다. 진구도 고개를 끄덕였다.

해미는 부엌 쪽 베란다에서 세탁물을 널고 있던 권영덕에게 다가가 남현호의 방을 물었다. 권영덕은 팔을 들어 방을 가리켰다. 복도 안쪽 남향 방이었다. 해미가 앞장서 방문을 빼꼼히 열었다. 창가에서 조금 떨어진 곳에 이불이 깔려 있고 그 위에 노인이 누워 있었다. 간병인은 보이지 않았다. 노인은 방문이 열리는 소리에도 감은 눈을 뜨지 않았다.

의외로 멀쩡해 보였다. 머리숱도 많고, 피부색도 나쁘지 않다. 다만 머리맡에 매달린 링거액과 노란 주사약, 뻗어 나온 고무호스, 노인의 오른 팔뚝에 꽂힌 주삿바늘이 환자임을 알게 해주었다. 진구와 해미는 남현호의 오른편에 조심스레 앉았다.

"할아버지, 안녕하세요. 저희는 이교준 씨 친구예요."

해미가 말했다. 남현호는 눈을 뜨고 힘없이 고개를 돌려 해미 쪽을 보았다. 눈에 초점이 맺혀 있지 않았다.

"그래요……. 내가 당뇨가 심해서 손님 접대를 못 해. 눈도 잘 안 보이고……."

끔뻑끔뻑하는 남현호의 눈은 이미 거의 보이지 않는 듯했다. 진구의 얼마 안 되는 의학상식으로도 당뇨병이 3대 실명 질환의 하나라는 건 알고 있다. 그의 눈이 멀쩡했다면 진구와 해미가 이교준과 친구로 지내기엔 나이가 좀 어려 보인다는 데에 의구심을 품었으리라.

"이교준 씨가 잠시 집에 와 있으라 해서 당분간 신세 지려구요."

"그래, 그래…… 들었어. 집안엔 사람이 많을수록 좋지……."

이교준이 미리 말은 해둔 모양이었다. 노인은 몇 달 전 막내딸을 잃고 마음이 허할 터였다. 생판 남이지만 집안에 젊은 사람이 들락날락한다는 게 그나마 위안이 될지 모른다. 문득 나쁜 기억을 떠올린 걸까. 남현호의 흐린 눈에 눈물이 고였다. 그 모습을 본 해미는 팔뚝에 주삿바늘이 꽂힌 남현호의 깡마른 오른손을 덥석 잡았다.

"할아버지, 기운 내세요. 빨리 회복해서 손녀딸 재롱을 보셔야죠."

"그래야지……. 우리 손녀가 우리 딸 닮아서 얼마나 이쁜데……. 태어날 때부터 아기 피부가 눈처럼 뽀앴어. 백설공주인 줄 알았다니까. 그때만 해도 내 눈이 조금은 보였는데……."

남현호는 해미에게 잡히지 않은 왼손을 얼굴로 뻗어 눈물방울을 훔쳐냈다.

"젊었을 땐 아들 없다고 아쉬워했지만 그것도 옛날 말이야……. 지금은 우리 손녀가 엄마 없이 자랄 생각하니까 맘이 아파……."

남현호가 드문드문 입을 떼는데, 방문이 덜컥 열렸다.

거침없이 안으로 쑥 들어온 사람은 서른 중반쯤 돼 보이는 여자였다. 그녀는 진구와 해미를 거들떠보지도 않고 곧장 남현호 옆에 가 앉았다. 해미로부터 남현호의 손을 빼앗아 거머쥐고 쓰다듬었다.

"오늘은 좀 어때요?"

"좋아……."

남현호가 희미하게 입을 움직였다. 얼핏 미소 짓는 듯 보이기도 했다. 진구는 깨달았다. 남현호의 젊은 아내 유재연. 맏딸인 남고운보다 한 살이 많다고 했는데 그녀보다, 혹은 남문영보다도 어려 보였다. 머리카락은 에일 맥주 색이었고, 두터운 파운데이션으로 덮인 뽀얀 피부와 짙은 아이라인, 그 아래 버터처럼 매끈하고 빨간 립스틱이 강렬했다. 짙은 화장이 잘 어울리는 미인이었다. 생기발랄하다 못해 화려한 이 여자와 병상의 초췌한 노인이 부부라는 사실이 퍼뜩 와 닿지는 않았다. 마치 한 병에 꽂힌 생화와 조화 같다.

유재연은 노인의 손을 몇 번 쓰다듬고는 할 일을 마쳤다는 듯 고개를 돌려 그제야 진구와 해미를 쓰윽 훑어보았다. 도도한 눈빛이었다. 해미는 필시 이런 눈길에 거부감을 갖는데…….

"이 서방 친구분들이에요?"

약간 쉰 목소리였다.

"예, 김진구라고 합니다. 이쪽은 주해미라고."

해미는 경계하는 눈빛으로 고개를 까딱했다.

"그래요. 쉬었다 가요. 난 신경 쓰지 말고. 보시다시피 어른이 편찮으셔서."

유재연은 진구와 해미에게 큰 관심을 보이지 않고, 곧 남현호 쪽으로 고개를 돌렸다. 아무래도 이교준이 진구를 데리고 온 목적을 이 여자는 아직 알지 못하는 것 같다. 아주 예의 바르지도 않고 아주 무례하지도 않은, 딱 '새로 결혼한 영감님의 막내 사위의 친구'를 대하는 수준의 응대.

진구와 해미는 두 사람을 남겨두고 남현호의 방을 물러나왔다. 해미는 냉장고 문을 열고 캔 커피 두 개를 꺼냈고, 진구를 방으로 몰아넣었다. 해미는 침대에 걸터앉아 캔 커피를 따서 책상 앞 의자에 앉은 진구에게 하나를 건넸다.

"저 할아버지, 불쌍하다. 자기 재산을 놓고 딸하고 사위하고 저렇게 피 터지게 머리 굴리고 있는 거 알면 당장 넘어가실 거 같아."

"할아버지 탓도 있어."

"그게 무슨 소리야! 왜 불쌍한 할아버지 탓을 해."

해미는 발끈해서 캔 커피를 쳐들었다.

"진정해."

진구가 양손을 펴 해미를 막았다.

"저 할아버지가 무슨 일로 돈을 벌었는지 모르겠지만, 너무 늦게까지 돈을 꼭 쥐고 있었던 거야. 돈 많은 영감님이 계신 집안의 형제들을 보면, 영감님 사후에 사이가 나빠지는 경우와 여전히 사이가 좋은 경우의 두 가지 극단으로 나뉘어."

"그건 왜 그래?"

해미는 캔 커피를 슬그머니 내렸다.

"다 영감님 하시기 나름이지. 죽기 전에 자식들한테 적절하게 재산 분배를 해놓으면 영감님이 죽고 나서도 자식들 간에 우애가 대체로 좋아. 반면에 재산을 손아귀에 꼭 거머쥐고 있다가 덜컥 죽어버리면, 그때부터 상속 재산을 놓고 형제간에 혈투가 벌어지게 되지. 법정 싸움까지 가든가, 그렇지 않다 하더라도 재산분배에서 서운함을 느끼고 형제들 사이가 멀어지는 경우가 대다수야."

"그렇구나……."

"이 집안도 그렇잖아. 영감님이 지금 오늘내일하시니까 정신이 없어서 어쩔 수 없겠지만 그 전에 재산을 좀 딸들한테 나누어두었더라면 이 지경까지 오진 않았을 거야."

"하지만 그 덕분에 오빠 사건 의뢰를 하나 맡은 거잖아."

해미가 입을 삐죽거렸다.

"전혀 가능성 없는 사건이지만."

진구는 혀를 쯧 하고 차며 말했다.

"가능성보다도 저쪽 변호사가 신경 쓰여."

"왜? 오늘 보니깐 그 아저씨 참 괜찮던데? 변호사인 데다 젠틀하고……."

"쳇, '소녀시대' 한마디에 넘어갔군."

"헤헷, 질투하는 거야?"

해미가 얼굴을 들이댔다.

"저리 가."

진구는 해미를 밀어냈다.

"해미 너가 생각하는 변호사하곤 달라. 사무실도 없고, 법정에도 나가지 않는 사람이야."

"어머, 그럼 어떻게 먹고사는 거야?"

"말하자면…… 이번 일 같은 걸 의뢰받는 거지. 뒷길에서. 그러고는 법의 허점을 이용해서 최단기간 내에 목적을 달성해. 보수는 법정에 나가는 이상으로 세게 받아내지."

"와아. 의외다. 뭔가 멋진데!"

무언가 생각하는 듯하던 해미가 방긋 웃었다.

"그럼 오빠하고 비슷한 거네."

진구는 대꾸하지 않았다. 진구는 법률 외적인 방법으로 어떤 해결을 도모하려는 이교준에게 고용되었다. 상대편 고진 변호사도 마찬가지일 것이다. 그가 변호사라고 해서 오로지 법에 따른 정공법을 택할 거라는 순진한 기대는 일찌감치 접어야 한다. 다른 사람이라면 몰라도 바로 고진이기에. 진구는 고진과의 첫 만남 이후 예사롭지 않은 그의 개성에 경계심을 품고 도대체 어떤 인간인지 조사해보았었다. 언젠가는 이렇게 만날 수도 있겠다는 예감 때문이었는지도 모른다.

호랑이도 제 말 하면 온다는 속담에 따르면 고진이 그다지 양반은 못 되는 듯하다. 똑똑, 노크 소리가 들렸고, 해미와 진구가 마주 보는 사이 바로 방문이 열리며 고진이 모습을 드러냈다.

"들어가도 될까?"

"이미 들어오신 거나 다름없습니다."

진구가 말했다. 해미는 활짝 웃으며 고진을 반겼다. 고진은 고개를 돌려 거실 쪽을 힐끔 본 후 들어와서는 방문을 닫았다.

"진 군이 여기 있다니 이런 인연이 있나. 아깐 깜짝 놀랐어."

"또 진 군이래. 호호호."

해미가 웃었다. 진구는 침대 쪽으로 자리를 옮겨 해미 옆에 나란히 앉았고, 고진은 진구가 비켜주면서 자연스럽게 권한 의자에 걸터앉았다.

"글쎄요, 제가 있는 걸 이미 알고 계신 것 같던데요."

진구가 말하자 후후, 고진이 웃었다.

"사실은…… 알고 있긴 했어. 그 인연이 묘하다는 생각에 의뢰를 받아들이기도 했지."

고진은 담배를 꺼내다가 해미를 보고는 다시 품에 집어넣었다.

"쏘리. 내가 금연 중인데 자꾸 까먹어. 이 담배는 못 견딜 때를 대비한 보루야. 마지막 금단증상을 겪는 중이라고 이해해줘."

"괜찮아요. 제 방도 아닌데요."

해미가 상냥하게 말했다. 진구는 해미를 멀거니 보았다. 해미가 이렇게 후한 성격이었던가?

"저하곤 좀 생각이 반대시네요. 고 변호사님이 오셨으니 전 여기서 발을 뺄까 생각 중입니다."

"이런, 무슨 소리. 내가 자네한테 해를 끼칠 리가 없잖아."

고진이 동의를 구하듯 말했지만 진구는 고개를 끄덕이지 않았다.

"아무튼 그런 말을 들으니 역시 자네가 이곳에 그냥 온 게 아니라는 생각이 굳어지는군. 우리 사이에 솔직히 이야기하지. 뭐 아간 법을 잘 모르는 이교준을 좀 도와주려고 왔다는 둥 했지만 그런 일로 입주과외까지 할 필요는 없잖아? 아, 물론 전부 다 까놓고 이야기할 수는 없겠지만. 하여튼 진 군도 상속관계로 여기 온 거지? 이를테면…… 새엄마와 언니들의 상속을 막아달라, 뭐 이런 의뢰 아니었을까."

고진은 대답 없는 진구를 바라보며 다시 말했다.

"걱정 마. 솔직하게 얘기하자고 해놓고는 저쪽에 쪼르르 달려가서 일러바치는 인간은 아니니까. 난 내가 맡은 의뢰만 하면 되지, 밀정 노릇까지 할 생각은 없어."

"제가 맡은 일이 왜 그런 거라고 생각하시죠?"

그제야 진구가 입을 열어 반문했다.

"기껏 법률자문 일을 하려고 진 군이 여기까지 올 리는 없을 테니까 말이야. 진구 군을 움직이려면 금송아지 정도는 들이밀어야 하지 않겠어?"

"맞아요!"

해미가 신이 난 목소리로 말했다.

"우리 오빠는 자잘한 일은 안 맡거든요."

고진은 해미를 향해 하얀 이를 드러내고 씩 웃어 보였다.

"해미 양은 여전히 발랄하군. 진 군한테 이런 강력한 지지자가 있다니 부러워. 게다가 내 젊은 날을 후회하게 만들 만큼 귀엽잖아."

해미는 헤헤 웃으며 진구를 향해 손가락으로 V자를 만들어 보였다. 그렇지 않아도 외모에 대한 강한 자신감으로 진구를 은근히 들볶는 해미였다. 진구는 고 변호사님이 벌써 저한테 큰 해를 입히고 있습니다, 라는 말을 꺼내려다 해미의 얼굴을 보고는 목구멍 근처에서 꿀꺽 삼켰다.

"언니들 쪽도 이교준 씨의 상속을 원치 않는 건 마찬가지일 테죠."

진구가 말했다. 고진은 고개를 끄덕였다.

"당연하지. 그걸 나한테 의뢰한 거고."

고진이 스스럼없이 용건을 밝혔다. 상대가 진구쯤 되면 어중간한 말로 의도를 숨기는 게 소용없다고 판단한 때문일까.

"그게 궁금하군."

고진이 말했다.

"뭐가요?"

"만약에 말이야."

고진은 잠시 뜸을 들였다.

"진 군이 사건을 조사해봤는데, 이게 단순 교통사고가 아니라 살인으로 드러난다면 어떨까?"

"살인, 이라면요……."

진구가 말을 끌었다.

"뭘 어떡해요? 그럼 바로 범인을 잡아넣어야죠. 상속도 물론 말이 안 되고."

해미가 두말할 거리도 없다는 듯이 냉큼 대답했다.

"그러니까 그 범인이 이교준이라면 어떻게 할 거냐, 이런 거죠?"

진구의 말에 고진이 빙긋이 웃었다.

"그건 범인이 반대로 두 언니라면 어떻게 하실 건지, 고 변호사님도 말씀해주시겠다는 얘기일 거고요."

"난 할 수 없어."

"왜요?"

"아직 그런 상황을 생각해보지 않았으니까."

"전 생각해봤을 것 같습니까?"

"그랬을 거라고 생각하는데."

해미가 발끈해서 끼어들었다.

"아니, 이거 분명 농담이시죠? 누구든 범인이 맞는다면 신고해야죠. 생각 안 해봤대서 그게 답할 수 없는 거라구요?"

"아, 해미 양이 있었지."

고진이 과장되게 손으로 머리를 짚었다.

"하지만 잠깐, 해미 양의 남자 친구도 쉽게 답하지는 않을걸, 아마도."

고진이 손을 들어 진구를 가리켰다. 하긴. 해미도 자신할 수 없었다. 과연 진구가 범인을 알아냈다 해도 아무 계산 없이 쪼르르 달려가 경찰에 신고할까?

"그런 질문을 받을 필요부터가 없다고 생각해요. 전 경찰이 아니니까요."

진구의 말에 해미가 입을 삐죽 내밀었다.

"사건의 진실에는 관심이 없다는 얘기?"

"이건 완전히 불필요한 화제라는 1초 전의 생각에 아직도 변함이 없습니다."

"난 일단 교통사고부터 조사해볼 생각이야."

진구는 말없이 고진을 쳐다보았다. 고진이 말을 계속했다.

"과연 남 자매의 의심대로 이 집 사위인 이교준에게 책임이 있을까, 혹은 적어도 이교준의 친권에 문제로 삼을 만한 사유는 없을까, 아니면 그 반대로 남 자매가 이 사고에 책임이 있지는 않을까, 아니면 혹시 이 집의 젊은 후처 유재연이? 이런 게 궁금해져서 말이야. 다시 말해, 난 이 사건 자체에 어느 정도 흥미가 있단 얘기지. 하지만."

고진은 오른손 검지를 쳐들었다.

"진 군의 입장은 나와는 미묘하게 다른 것 같군."

"어떤 면에서요?"

진구가 물었다.

"우리의 귀여운 해미 양과 함께 이 집에 아예 입주를 하지 않았나."

"그래서요?"

해미가 물었다.

"교통사고 자체에 관심이 있다면 이 집에 들어올 필요는 없지. 사고 조사는 경찰기록만 보아도 진행할 수 있는 거니까. 진 군이 이 집에 들어온 건, 글쎄…… 유람하러 온 것 같진 않고……. 역시 그런 거 아닐까? 어떤 사건이 있었는지를 알아내기보다는 있어야 할 사건을 만들기 위해서 말이야."

해미는 눈을 멀뚱멀뚱 떴을 뿐 아무 말도 하지 않았다. 그렇지 않다고 나서서 진구를 대변할 자신이 없었다. 진구는 곤란하다는 듯 손으로 이마를 슬슬 문질렀다.

"솔직히 말씀드리면⋯⋯ 사고의 진상에 관심이 없다는 말씀까진 맞을지 모르겠네요."

고진은 불쑥 의자에서 일어섰다.

"알았어. 더 묻지 않도록 하지. 편하게 조사해봐. 어차피 난 이 집에서 셋방살이할 생각 없어. 오늘 서울로 올라갈 거야."

"오늘요?"

해미가 아쉬운 표정을 지었다.

"아, 해미 양."

고진이 해미를 보았다.

"아까 말한 대로거든. 교통사고의 진상을 조사하기 위해 이 집에 있을 필요는 없으니까. 오히려 바깥에서 객관적으로 볼 수 있지. 진 군과는 다르게 말이야."

"남 자매가 섭섭해하겠는걸요."

진구가 말했다.

"그 아줌마들 입맛에만 맞춰줄 순 없지. 이미 저녁 표까지 끊어놓았어."

고진은 방문 앞으로 걸어가 문을 등지고 말했다.

"지난여름 용해운이라는 살인귀를 상대하느라 솔직히 사건에 좀 질려버린 탓도 있어.* 소용돌이치는 현장에서 한발 빠지고 싶다고나 할까?"

"⋯⋯계획은 있으세요?"

*《유다의 별》 사건.

"없어. 자네도 없을 것 같은데?"

고진은 빙긋 웃으며 문손잡이를 돌리다가 멈추었다.

"이렇게 하지."

"어떻게요?"

"사건 자체가 너무 시간이 지나버렸어. 만약 우리 의뢰인들의 추측대로 이게 사고가 아니라 살인이라면 배경에는 음모가 있단 거고, 그건 다시 말하면 이 집 가족들 중 일부는 거짓과 위선으로 똘똘 뭉쳤다는 얘기가 되겠지. 그렇다면 진실을 파헤치는 게 그리 쉬운 일은 아닐 거야. 나는 멀리 떠나 있는 입장이니까 더 힘들고. 그래서 말인데, 어느 선까지는 우리가 공동의 이익이 있다고 합의하고 같이 조사하고 정보를 공유하는 게 어떤가 하는 거야."

"이 집에서 제가 눈칫밥 먹어가며 조사한 알맹이를 쏙 가져가시겠다는 말씀으로 들립니다. 그건 제가 손해 아닙니까?"

고진이 양손을 X자로 교차시켰다.

"절대. 난 빨대 꽂을 생각 없어. 진 군이 여기서 할 수 있는 일이 많겠지만 내 입장에서만 파헤칠 수 있는 부분도 분명 있을 거거든. 이를테면 변호사의 입장을 이용해서 경찰의 정보를 얻어낸다든지 하는 일 말이야. 그걸 교환하자는 거지."

"알겠습니다. 노력해보죠. 어느 정도까지는."

"좋은 생각이야."

고진은 진구 대신 해미에게 작은 눈을 찡긋해 윙크를 보내며 방문 손잡이를 마저 돌렸다.

고진은 자신의 말대로 그날 저녁 서울로 올라갔다. 그 전에 이교준의 방에 잠시 들러 무언가 이야기를 나누는 것 같았다.

고진은 집을 나서며 마치 진구가 완전히 자신의 편이 되기라도 한 양, "무슨 일이 생기면 알려줘. 정보는 공유하자구" 하는 말을 다시 한 번 남겼다. 해미는 유독 아쉬워했다. "담에 진 군하고 같이 맛있는 거나 먹으러 가지" 하며 고진이 남긴 인사치레를 철석같이 믿은 탓이다.

고진이 떠난 후 김필립도 떠났다. 남고운과 남문영, 그리고 유재연은 저녁을 먹자마자 곧장 2층으로 올라가서는 방에 틀어박혀 내려오지 않았다. 저녁 시간 이후 남고운 자매는 결국 아버지의 방에 한 번도 들어가지 않았다.

저녁식사를 마친 진구는 머그 컵에 커피를 가득 따라서 방으로 들어갔다. 해미는 냉장고에서 꺼낸 하드를 입에 물고 따라 들어갔다. 진구가 노트북을 펼치고 인터넷에 접속해 김필립의 명함에 적힌 홈페이지 주소를 입력하는 동안 벌써 하드의 절반 이상이 해미의 큰 입속으로 녹아 사라졌다.

모니터 위에 푸른 색조의 화면이 열렸다. 맨 위에는 '김필립 성공투자연구소'라고 큰 글씨로 쓰여 있었다. 메뉴는 간단했다. 소개말과 공지사항, 그 옆에 투자전략, Q&A 그리고 수다방이 전부였다. 소개말을 클릭하니 '김필립'이란 이름이 뜨고 그 아래 경력소개가 나왔다. 진구와 해미가 이름을 알지 못하는 미국 대학 이름이 적혀 있고 김필립은 그곳을 졸업한 것으로 되어 있었다. MBA 과정을 마친 후 투자업계에서 몇 가지 알 수 없는 경력을 쌓은 걸로 되어 있었고, 최근 월가에서 일하면서 경이적인 수익률로 명성을 쌓았다는 경력이 화룡점정이었다.

"이거 좀 알맹이가 없지 않아?"

"왜? 뭔가 화려해 보이는데."

"일단 홈페이지가 너무 초라해. 홈피 제작업체 알바생이 한 몇 시간이면 이 정도는 만들겠는데. 어디 MBA 과정인지도 안 나와 있고, 경력사항은 도통 모르는 것투성이야. 거기다 월가에서 일했다면 JP모건이든, 골드만삭스든 투자은행 이름을 대고 어디서 몇 년간 어떤 직책으로 일한 건지 나와야 하지 않아? 이런 식이면 월가 귀퉁이에서 시급 알바로 복사지만 날랐을 수도 있는 거잖아. 알게 뭐야."

"좀 믿어라, 좀."

해미가 진구의 어깨를 툭 쳤다. 그 탓에 하드 녹은 물이 툭 떨어졌다. 해미는 보았지만 닦을 생각도 하지 않는다. 진구가 바닥의 끈적한 물기를 물끄러미 바라보자, 해미는 뭐? 라는 듯한 눈길로 턱을 쳐들 뿐이다.

김필립의 투자연구소에 관해서는 해미 말대로 진구는 잠시 판단을 유보하기로 했다. 온라인 홈페이지는 연락처나 약도 정도를 알리는 용도로 쓰고 오프라인에서 내실을 다지는 업체도 많다. 투자자문업체라면 소장의 경력이나 화려한 외면 따위는 소용없다. 투자실적이 성적이고 모든 것이다.

"이게 핵심인 모양인데."

진구는 '투자전략' 항목을 클릭했다. 당일의 투자 지침 같은 것이

업데이트 되고 있는 듯했다. 콘텐츠 대신에 로그인 창이 떴다. '회원가입' 버튼을 누르고 몇 단계 진행하다 보니 '월 회비 49만 원' 결재화면이 나타났다. 게다가 회비를 온라인 계좌로 받고 입금을 확인한 후에야 회원가입을 받아준다는 내용이었다.

"하긴 이 투자전략이 핵심일 텐데 돈도 안 받고 가르쳐줄 리는 없겠지."

'Q&A'도 회원만 볼 수 있도록 차단되어 있었고, 그 옆 '수다방'은 클릭해 들어갔지만 글 한 줄 없이 썰렁했다.

홈페이지 맨 아래에는 다음과 같은 글이 떠 있었다.

'본 사이트의 정보의 이용에 따르는 책임은 이용자 본인에게 있음을 알려드립니다.'

사무실 주소는 없고 홈페이지 맨 아래에 유선 전화번호 하나가 적혀 있다. 진구는 김필립에게서 받은 명함을 꺼내 대조해보았고, 번호는 일치했다.

"날 밝으면 여기다 전화나 해볼까."

진구는 크게 하품을 하며 아직도 하드를 물고 미적거리고 있는 해미의 등을 방 밖으로 떠밀었다.

늦은 아침 식사시간, 식탁에 앉은 사람은 진구와 해미뿐이었다. 가벼운 식사를 마치고 그 자리에서 커피까지 한 잔 마실 때까지도 식탁 주변에는 권영덕을 제외하고는 아무도 얼쩡거리지 않았다. 2층에서는 끝내 아무도 내려오지 않았다. 마침 부엌에 나온 이교준에게 물었더니, 유재연은 원래 늦잠을 자고, 남고운 자매는 일찍부터 어딘가로 외출했다고 한다. 이교준은 불안감을 드러냈다.

"무슨 일을 꾸미는 게 아닌지……."

진구는 고개를 저었다. 진구가 지금 별다른 대책이 없듯, 고진 또한 당장 어떤 일을 도모하고 있을 것 같지는 않았다. 물론 방심할 수는 없다.

이교준은 아침 식사 대신 물 한 잔만을 들이켜고는 출근 준비를 해야 한다면서 자신의 방으로 들어가버렸다.

10여 분 후 현관 벨이 울렸다.

권영덕이 바삐 걸어가 거실 벽에 붙은 인터폰을 들었다. 누구시냐는 그녀의 물음에 남자의 굵은 목소리가 기계음 너머로 들렸다.

"아름이 아빱니다."

"예? 뭐라꼬요?"

"아름이 아버지라구요."

"예? 아름이 아빠라고예? 그게 무슨 말씀이라요?"

권영덕이 목소리를 높였다.

"아름이 아빠 맞습니다. 문 열어주세요."

"대체 뭔 소린교? 아름이 아빠는 집에 계신데."

이교준이 방에서 나왔다. 방 안에서 권영덕의 말소리를 들은 모양이다. 그는 미간을 찌푸리며 인터폰 앞으로 덤벼들 듯 걸어갔다. 해미도 쪼르르 달려가 이교준의 어깨 너머로 화면을 보았다. 조그만 사각 모니터 안에 남자의 얼굴이 비쳤다. 흐린 화면으로도 당당한 표정에 거침없는 태도가 엿보였다.

"당신 뭡니까?"

"아름이 아버지라고 했습니다."

"무슨 수작이야! 내가 아름이 아빠야!"

"드릴 말씀이 있습니다."

"돌아가요!"

"일단 문을 열어주세요."

"뭐하자는 겁니까?"

"말만 전하면 돌아갑니다. 아니면 여기서 계속 기다릴 수밖에 없어요."

곧 출근해야 하니 어차피 밖에서 기다리는 이 남자를 만날 수밖에 없다. 이교준은 거칠게 열림 버튼을 눌렀다. 진구와 해미, 이교준과 권영덕이 거실에서 기다리는 동안, 2층에 있던 유재연이 소란을 듣고 계단을 내려오고 있었다.

"왜 그래요?"

"아이구마. 이상한 사람이라요. 자기가 아름이 아빠라고."

권영덕이 유재연을 돌아보고는 겁에 질린 목소리로 말했다.

"무슨 소리예요? 아름이 아빠라니?"

유재연이 질문을 건넸지만 대답하는 사람은 아무도 없었다. 해미는 진구를 보았지만 진구도 영문을 알 턱이 없다. 진구는 팔짱을 끼고 시선을 현관문에 고정했다. 이교준은 이마를 찡그리고 주먹을 꽉 쥐고 있었다.

잠시 후 현관 벨이 울렸다. 권영덕이 나가서 현관문을 열어주고는 서둘러 뒷걸음질 쳤다. 모니터에 비쳤던 건장한 남자가 들어섰다. 야구 모자 아래로 검게 탄 얼굴과 검붉은 목. 선이 굵은 이목구비가 강인했다. 이교준과 키는 비슷한데, 훨씬 근육질이었다. 검은 티셔츠 위에 감청색 점퍼를 걸쳤고 갈색 면바지의 너저분한 끝자락에는 흙이 묻어 있었다. 마치 먼 길을 걸어온 방랑자나 오지 가이드 같은 차림새다. 그는 거실에 늘어선 다수의 사람들에 전혀 눌리지 않은 기세로 마루에 성큼 올라섰다. 황토색으로 변한 흰 양말이 마룻바닥을 디디는 모습에 권영덕이 눈살을 찌푸렸다.

"대체 뭐요? 당신은."

이교준이 두 걸음 다가가 거칠게 물었다.

"댁이 이교준 씨겠군요."

굵고 힘 있는 목소리였다. 남자는 굵은 눈썹을 꿈틀거리며 이교준을 빤히 쳐다보다가 이어 거실에 늘어선 사람들을 찬찬히 둘러보았다. 배포가 느껴지는 몸짓이었다.

"난 원경호라고 합니다."

"그래서요?"

이교준이 말하고는 뒤를 돌아보며 말했다.

"이 사람 아는 분 있어요?"

아무도 대답하지 않았다.

"단도직입적으로 말하겠습니다."

원경호는 그러고서 잠시 말을 끊었다. 사람들의 주목을 끄는 법을 본능적으로 아는 것 같았다.

"난 유정이하고 사랑하는 사이였습니다."

"뭐야!"

이교준이 소리쳤다.

"말도 안 돼……."

해미는 양손으로 입을 막으며 진구에게 바싹 몸을 붙였다. 유재연은 남자를 요모조모 훑어보며 눈알을 번득였고, 권영덕은 뒤편에 물러서서 눈꺼풀을 끔뻑끔뻑했다. 이교준은 한동안 말을 잇지 못하다가 입을 뗐다.

"당신……, 그게 무슨 소리야?"

"미안합니다."

미안함을 전달하기에 원경호의 목소리는 지나치게 씩씩했다.

"그래도 사실입니다. 죽은 유정이하고는 결혼 전부터 사귀던 사이였습니다. 이 집안 어르신의 반대도 있었고, 여러 사정들이 있어서 결국 결혼까지는 가지 못했죠. 일 관계로 부산에 들어와 있었는데, 우연히 유정이도 부산에 와 있단 걸 알게 되었습니다. 그래서 다시 만났습니다."

원경호는 당당하면서도 담담하게 말했다. 격렬한 흥분이 도가 넘어 이교준의 얼을 빼버린 모양이다. 그는 입을 벌리고 하얗게 질린 얼굴을 한 입상이 되어 굳어 있었다. 원경호의 말이 이어졌다.

"그래서 넘어서는 안 될 선을 넘었습니다. 그건 남자로서 미안합니다."

원경호는 이교준을 똑바로 보았다.

"하지만 유정이를 사랑했습니다. 그래서였습니다. 일시적인 놀이는 절대로 아니었……."

"그래서, 지금 그 말을 믿으라는 거요? 난 내 아내를 믿어. 지금 이 자리에 없다고 함부로 말하지 마!"

이교준이 반 발짝 앞으로 나섰다. 이교준의 얼굴과 원경호의 얼굴이 바짝 근접했다. 원경호는 태연자약했다. 이교준의 위협적인 행동을 깃털의 간질임 만큼도 여기지 않는 듯했다. 유재연이 이교준의 팔꿈치를 잡아 뒤로 당겼다.

"이교준 씨에게 그걸 믿게 하려고 여기까지 온 건 아니오."

"뭐라고? 그럼 이건 뭐하는 짓이야! 어떻게 감히 이 집에 찾아와!"

"내 아이를 데려가기 위해섭니다."

"아이……?"

이교준이 되뇌다가 팔을 획 뻗어 원경호의 멱살을 잡았다.

"보자보자 하니까 이 자식이! 아름이가 당신 딸이란 말이야?"

원경호는 자신의 멱살을 잡은 이교준의 양팔을 잡았다. 살짝 비틀자 이교준의 굵은 팔이 간단히 풀렸다. 엄청난 힘이었다. 점퍼 위로도 단단한 팔 근육이 불거져 보였다.

"욕하고 때리는 거 정도는 참아주겠습니다. 하지만 나중에요. 지금은 내 딸 아름이를 데려가는 일이 먼첩니다. 아름이를 내 주십시오."

이교준 뒤에 서 있던 유재연이 끼어들었다.

"이보세요. 아무래도 이건 경우가 아니죠. 아침나절부터 남의 집에 와서 이게 무슨 행패예요?"

"행패 부리러 온 거 아닙니다. 아버지가 딸을 데려가겠다는 겁니다."

"글쎄, 어쨌든요. 다짜고짜 유정이 애인이라 그러고 아름이가 내 딸이다 그러면 누가 믿겠어요? 아기를 순순히 내어줄 사람이 있겠어요?"

"유정이하고 만난 건 사실입니다. 유정이 휴대폰이나 메일을 보면 알 수 있을 겁니다."

"휴대폰은 락이 걸려 있어서 가족들도 못 봐요. 이메일은 물론이고요. 그런 건 우리가 확인할 수가 없네요."

"하지만 아이 아빠인데 아니라고 하겠습니까?"

"아기 아빠라는 말은 더 어처구니가 없네요. 그만 돌아가요."

이교준도 냉정하게 대처하기로 한 듯했다. 비록 앙다문 이 사이로 바들바들 떨리듯 목소리가 새어나왔지만.

"분명합니다. 유정이가 말해줬어요. 아름이는 내 딸이라고."

"글쎄, 당신 말은 안 믿는다니까!"

이교준의 냉정은 금세 깨지고 다시 언성이 높아졌다.

"그거야 애 엄마가 가장 잘 알지 않겠습니까?"

"돌아가요!"

이교준이 원경호의 팔뚝을 잡아 뒤로 밀쳤다. 원경호는 이교준의 팔을 또다시 뿌리쳤다. 이교준의 몸이 비틀했다.

"나가!"

이교준이 다시 악에 받친 소리를 질렀다. 유재연이 차갑게 말했다.

"일단 오늘은 돌아가세요. 안 그러면 경찰을 부를 수밖에 없어요."

원경호는 굵은 눈썹을 꿈틀거렸다. 그의 시선은 탐조등이 포로를 비추듯 권영덕과 유재연, 진구와 해미를 스윽 하고 훑었다. 상대의 수가 좀 많다. 아기를 건네받기는커녕 아기 얼굴을 보는 것도 어려운 상황이다. 원경호는 눈을 한 번 끔뻑 감았다 떴다.

"알겠습니다. 일단 오늘은 돌아가죠. 생각이 바뀌면 연락은 이리로 하십시오."

원경호는 점퍼 안주머니에서 볼펜을 꺼내더니 거실 벽 캘린더에 전화번호를 쓱쓱 적었다. 그러고는 때 묻은 바지자락으로 거실 바닥을 쓸며 저벅저벅 걸어 나갔다. 한 번도 뒤를 돌아보지 않았다.

이교준은 출근도 집어치우고 방에 틀어박혔다. 권영덕의 말로는 아기 옆에 누워 하염없이 아기를 들여다보고 있다고 했다.

"더러운 놈!"

이교준의 거친 말소리가 들렸다. 해미는 진구의 소맷자락을 끌었다. 두 사람은 조용히 집을 나갔다.

언덕길을 내려가자 탁 트인 대변항이 나왔다. 가을 하늘은 끝이 없었고 수평선도 끝이 없었다. 가을빛을 받은 파도는 은빛이었고, 바람에는 바다 내음이 섞여왔다. 늘어선 횟집의 2층 통유리는 이른 시간이어서 모두 텅 비어 있었다. 하늘색 반바지에 커다란 하트 무늬가 프린트된 흰 티를 입고 부둣가를 깡충깡충 뛰는 해미는 조금 전의 소란을 잊고 놀러 온 기분에 사로잡힌 것 같았다. 진구는 어슬렁거리며 해미를 따랐다. 부두를 거닐던 해미는 발을 멈추고 바다를 바라보며 팔을 한껏 벌려 기지개를 켰다.

"바다는 이렇게 좋은데, 저쪽 언덕 집은 지지고 볶고 정말 대조적이다."

해미는 잊고 싶어서 쾌활한 척했던 모양이다. 진구는 바다를 바라보면서도 머릿속에는 딴 종류의 생각이 들어차 있었다.

원경호의 등장이 상속 재산의 향방에 변수로 작용하지는 않을까. 그렇지 않다 하더라도 혹시 그를 다른 용도로 쓸 수는 없을까?

점심을 먹고 시간을 보내다가 오후에 집에 들어갔을 때 이교준은 그새 출근하고 없었다. 해미는 아기가 보고 싶다며 찾았다. 권영덕한테 아기를 건네받아 어르고 달래며 좋아했다. 해미가 얼굴을 우스꽝스럽게 만들자 아기는 연신 까르르 웃어댔다. 하지만 진구가 얼굴을 들이밀자 멀뚱멀뚱 보다가 울음을 터뜨리려 했다. 해미는 진구를 밀어냈다.

"아기 볼 때는 좀 웃어. 그렇게 나무토막처럼 있으면 아기가 겁먹거든. 애들은 자기를 좋아하는지 아닌지 본능적으로 안다구."

"이유 없이 실실 웃는 걸 아기가 좋아한다면 그래 주지."

진구가 아기 앞에 다시 얼굴을 들이밀고 손가락으로 입꼬리를 찢어 올렸고 해미가 또 뜯어말렸다.

둘의 소동은 삑삑 하는 소리와 함께 현관문이 열리면서 끝이 났다. 길쭉한 두 개의 실루엣이 나란히 안으로 들어왔다. 남고운과 남문영이었다. 남고운은 위아래로 검은색 바지 정장을, 남문영은 흰색 바지 정장을 입었다.

"피아노 건반이 들어오는군."

진구가 작게 말했다. 해미가 진구의 팔을 때렸다.

남고운 자매는 아기를 안고 있는 해미와 진구를 힐끗 보더니 남현호의 방에도 들르지 않은 채 곧장 2층으로 향하는 중앙계단을 올랐다.

"잠깐만요."

진구가 엉거주춤 일어서며 그들을 불러 세웠다.

"잠깐 얘기 좀 할 수 있을까요. 제가 조금 있다가 올라갈게요."

"그렇게 해요."

남고운은 대답하고는 고개를 휙 돌렸다. 남문영도 고개를 까딱했다.

"무슨 얘기하려구?"

두 사람의 모습이 완전히 계단 위로 사라진 것을 확인한 해미가 물었다.

"얘기할 사람은 내가 아니야. 무슨 얘기든 시켜봐야지. 이제부터 우린 관객에서 배우로 바뀌는 거야."

진구가 목을 좌우로 꺾으며 짐짓 비장하게 말했다.

30분 후 진구와 해미는 2층으로 올라갔다. 원래 딸 가족이 들어와 살았으면 하는 게 남현호의 바람이었다고 한다. 그래서 2층에도 독립적인 생활이 가능하도록 부엌과 거실 공간이 마련되어 있었다.

남고운 자매는 부엌 의자에 마주 앉아 커피를 홀짝이고 있었다. 독특한 향이 코끝을 간질이고 사라졌는데, 진구는 처음 맡아보는 커피 향이었다. 진구를 보더니 남문영은 남고운 옆으로 자리를 옮겨 앉았다. 남고운은 남문영의 커피 잔을 앞으로 당기고, 앉은 채로 두 잔을 더 따라 진구와 해미 앞으로 밀었다.

"좋은 원두 같네요. 향이 좋은데요."

진구가 가볍게 말했다.

"무슨 이야기를 하러 온 거예요?"

남고운은 턱을 쳐들며 적대감을 숨기지 않았다.

"사실은요……."

진구는 말을 던져놓고는 차마 말을 잇기 어려운 듯 곤란한 표정을 지었다.

"괜찮아요. 일단 얘기해보세요."

남문영이 말했다.

"저는 이교준 씨의 의뢰를 받고 온 입장인데요, 물론 단순히 상속을 두고 법률자문을 하러 온 것도 아니고요. 그렇다고 처형들을 어떻게 해보겠다는 꿍꿍이만 갖고 계신 건 아니구요. 이교준 씨는……."

진구가 뜸을 들였기에 남고운과 남문영은 일제히 진구의 입을 바라보았다.

"저는 오해이길 바라요. 하지만 이교준 씨는 아내의 죽음에 대해 의문을 갖고 계신 것 같아요."

"의문이라뇨?"

남고운이 목소리를 높였다.

"교통사고가 나던 날, 남유정 씨는 언니네와 저녁식사를 했죠. 그 뒤에 남편을 태워 드라이브하다가 사고를 냈고요. 근데 남유정 씨의 상태가 그날따라 이상했답니다. 화가 많이 나 있는 것 같기도 하고, 상당히 불안정해 보이기도 했답니다. 급기야 사고 직전에는 버럭 소리를 질렀는데, 저녁 먹자면서 무슨 그런 일이 있냐며 혼잣말로 화를 냈다는군요. 그러고는 핸들을 틀어 바로 사고가 났고요."

남고운은 미간을 있는 대로 찌푸리며 고개를 흔들었다.

"도무지 무슨 말을 하려는 건지 모르겠네요. 저녁 먹으면서는 별일이 없었고, 또 유정이가 무언가 화난 일이 있었다 해도 어차피 교통사고로 죽은 거잖아요? 대체 무슨 의문이 있다는 거죠?"

"글쎄요, 저도 그게 의문이긴 합니다. 어쨌든 전 이교준 씨의 대리인으로 와 있는 거니 그분의 입장을 대변할 수밖엔 없어요. 이교준 씨는 그날따라 이상했던 아내의 상태를 아직도 맘에 걸려 하는 것 같습니다. 남편 입장에서 그럴 수도 있지 않겠어요? 그래서 이참에 여쭤보려는 겁니다. 그날 저녁에 있었던 일에 대해서요. 이건 오해를 풀기 위한 거니까 새로운 오해를 하는 일은 없으시길 바라요."

"나 참……."

남고운은 남문영을 향해 고개를 돌리고 말했다.

"적반하장도 유분수지……."

"제부는 유정이에 대한 집착이 지나쳐요. 그 때문에 뭔가 크게 잘못 생각하고 있는 것 같아요."

남문영이 한껏 차분하게 말했다. 하지만 눈망울이 흔들렸다.

"아내에 대한 집착 때문에 오해했다고요?"

"제부는 유독 가족에 집착했어요. 어릴 때 부모를 여의고 혼자 자란 탓이겠죠. 근데 그 가족이란 게 아주 범위가 좁아요. 자기 아내, 자기 딸 그게 다예요. 우리더러 처형, 처형하지만 솔직히 우리를 가족이라고 생각하는지는 의문이에요."

진구도 그 말에는 마음속으로도 반대할 수 없었다. 처형들을 가족이라 생각했다면 애당초 그녀들이 아내의 죽음에 책임이 있지 않을까 하는 불신조차 품지 않았을 것이다. 상속을 못 하게 해달라는 의뢰 또한 없었을지 모른다.

"그렇기도 하겠군요……. 아무튼 죄송합니다만, 그럼 그날 저녁 모임에 대해서 좀 자세하게 말씀해주시겠어요?"

진구는 경청하겠다는 듯 자세를 고쳐 앉았다.

"그래요. 어처구니없긴 하지만 제부가 뭘 오해하고 있는 거 같으니까 이야기할게요."

"그래, 언니. 우린 당당하니까."

남문영이 말했고, 남고운이 이어 말했다.

"우리 집이 광안리예요. 그날 문영이도 부산에 내려왔고 우리 그이도 마침 일이 일찍 끝난다고 해서 저녁 같이 먹자고 했어요. 그래서 우리 집에서 저녁 먹었어요. 유별나게 화기애애하지도 않았지만 싸움도 없었어요."

"사위인 이교준 씨는 왜 빠졌을까요?"

해미가 "맞아, 그건 좀 너무해요. 가족이라면서" 하며 장단을 맞추었다. 남고운은 흠칫 해미를 쳐다보고는 말했다.

"오라고 해봤는데 일이 있어서 안 된댔어요."

"그걸로 끝이었습니까? 이교준 씨 입장에서는 면피용 초대로 여긴 건 아니었을까요?"

"가족회의도 아니고, 억지로 참석시킬 필요는 없잖아요. ……혹시 뭐 왕따 이런 거 생각하시나본데, 그런 거 아니에요."

남고운이 테이블을 손바닥으로 탁 치며 목소리를 높였다. 진구가 물었다.

"저녁엔 뭐 드셨어요?"

"그런 것까지 이야기해야 해요?"

남고운이 발끈하는데, 남문영이 냉큼 대답했다.

"언니가 이것저것 만들었어요. 솜씨가 좋아요. 아귀찜 해서 밥 먹은 후엔 언니가 직접 만든 피자도 먹었죠. 디저트로 과일도 먹고 커피 한잔 했어요. 유정이는 조금씩밖에 안 먹대요. 신랑하고 저녁을 따로 먹을지 모른다면서. 운전 때문에 술도 입에 안 댔고. 아무래도 그 자리에 참석 못 한 제부가 맘에 걸린 거죠. 그렇게 착한 아이였어요."

남문영은 슬픔을 억누르는 듯이 가슴에 손을 댔다. 어느새 눈가가 빨개져 있었다.

"좀 불쾌한 주제가 화제로 오가진 않았나요? 이를테면 말하는 사람은 생각 없이 해도 듣는 사람은 오래 기분 나쁘게 남을 수 있는 그런 주제들 있잖아요."

남고운은 진구를 잠시 노려보았다. 그러다 고개를 돌려 남문영에게 물었다.

"그런 게 있었어?"

"없었던 것 같은데……. 저도 빨리 남자 친구를 만들어야 한다는 이야기, 결혼 이야기, 아름이 이야기 뭐 그런 거였죠."

"혹시 상속에 관한 이야기는?"

"아니요, 안 했어요."

남고운이 딱 잘라 말했다.

"왜 남유정 씨에게는 그날 저녁이 불쾌했을까요?"

"글쎄요. 그건 알 수 없네요. 우리가 말실수한 것도 없는 것 같은데……."

"혹시 김필립 씨하고 트러블이 있지는 않았나요?"

"전혀요. 그이는 유정이를 이뻐했어요. 그날도 식후에 커피는 그이가 내려서 쭉 돌렸어요. 유정이는 음침하고 소심한 애가 아니에요. 기분 나쁜 일 있었으면 당장 우리한테 이야기를 하거나 표현이라도 했을 거예요."

"그날 밤 남유정 씨 부부는 기장 쪽으로 드라이브 나가기로 했다던데 알고 계셨나요?"

남고운과 남문영은 마주 보았다. 남고운이 "그랬나봐요" 하며 간단하게 대답했다.

"식사 후에 운전을 할 것을 예상했다면 역시 술은 권하지 않으셨겠지요?"

남고운은 진구를 빤히 쳐다보다가 입을 열었다.

"……무슨 의도로 그럼 말을 하는지 모르겠네요. 물론 유정이는 음주운전을 하지 않았어요. 경찰이 조사까지 했거든요. 그 반대로, 악의적으로 생각해도 술 좀 마신다고 해서 우리가 꼭 그런 교통사고를 예측할 수 있는 건 아니잖아요? 혹시 터무니없는 추측을 한다면, 그 사람이 누군지 몰라도 당장 이성을 찾았으면 좋겠네요."

"그렇군요……."

고개를 끄덕이던 진구는 잊어버린 일이 막 생각난 듯 말했다.

"참, 오전에 큰 소동이 있었어요."

"어떤 소동요?"

남문영이 물었다.

"원경호라는 남자가 찾아왔었어요."

진구는 말을 던져놓고 두 여자의 얼굴을 살폈다. 남문영의 낯에 당혹스러운 빛이 스쳤다. 남고운은 무표정이었지만 오히려 그게 무언가를 감추려는 연극이 아닐까 하는 의심이 들게 했다.

"아름이가 자기 딸이라며 완전히 뒤집어놓고 갔죠."

두 여자는 서로 눈치를 보았다. 남고운이 마지못해 말했다.

"그렇군요."

"두 분 다 그 사람을 알고 계셨던 것 같네요. 아름이가 자기 딸이라고 우기고 있다는 사실까지도요."

"……알고 있기는 해요. ……원경호 씨는 유정이가 결혼 전에 사귀었던 남자예요. 결혼까지 갈 뻔했는데 아버지가 심하게 반대했죠. 부모도 없고 사람이 너무 거칠다고. 사실 우리 집안도 나름대로 뼈대가 있는 집안인데 누가 그런 사람을 사위로 삼고 싶겠어요? 유정이가 워낙에 자유분방하고 조건 같은 거 안 보고 연애하는 아이라서 그런 남자하고 만났지……."

남고운이 말끝을 흐리며 고개를 절레절레 흔들었다. 진구가 물었다.

"이상하네요. 부모가 안 계신 건 이교준 씨도 마찬가지잖아요?"

"그러게요. 원경호 씨를 반대하는 바람에 결혼은 못 했지만 그 일로 유정이가 크게 상처를 입었어요. 걔도 한 고집 하는 앤데……. 울고불고 몇 번이나 병원에 실려갔더랬죠. 그걸 겪고 났으니 다음 번 이 서방 때는 같은 조건이었지만 아버지도 식겁한 통에 크게 반대를 못 한 거죠. 하지만."

남고운은 어조를 높였다.

"아름이가 그쪽 아이란 건 말도 안 돼요. 유정이가 그런 애는 아니거든요. 결혼한 몸으로 옛날 남자하고 다시 어떻게 해본다, 그런 일은 있을 수 없어요. 원경호란 사람은 원래 집착이 굉장히 강한 사람이었어요. 아버지가 결혼을 반대한 이유도 부모 없는 천애고아라는 사실도 그랬지만 그런 성격 탓도 컸어요."

"그러니까 그 당시엔 원경호와의 결혼은 도저히 용납하기 어려운 일이었다?"

"그랬죠."

"남유정 씨가 이교준 씨와 결혼한 상태에서 원경호와의 사이에 아이가 생겼다면 그야말로 집안의 수치이긴 하겠군요."

"그럼요. 절대 있을 수 없는 일이에요."

남고운은 마치 그런 일이 실제로 일어나기라도 한 듯 질겁했다. 진구가 물었다.

"남유정 씨는 어떤 분이셨어요?"

"어떻다니, 어떤……?"

"성격이나 기질, 대인관계 뭐 그런 거죠."

"……활달했어요. 뒤끝도 없고. 물론 우리하고도 사이가 좋았고요."

"김필립 씨하고는요?"

"그이도 물론 막내 처제라고 귀여워했지요."

"남유정 씨도 늘 붙어 다니셨나요? 지금 두 분이 같이 다니시는 것처럼?"

남고운이 불쾌한 표정을 지었다.

"글쎄요. 그렇지는……. 아무래도 집이 떨어져 있었으니까요."

"남편인 이교준 씨하고는 어땠습니까?"

남고운이 빈 찻잔을 옆으로 밀어놓고 정색을 했다.

"아무래도 이건 좀 지나친 거 아닌가요? 그게 제부의 오해와 관련이 있는 건가요? 우리한테 왜 그런 걸 꼬치꼬치 묻죠?"

"별 뜻은 없습니다. 혹시라도 오해하는 것보단 낫지 않을까 싶어서요."

진구는 덤덤하게 말했다. 남고운이 고개를 옆으로 돌리고 작게
한숨을 토하더니 입을 열었다.

"두 사람 사이는 좋았어요."

심사가 뒤틀린 어투였다. 더 캐낼 거리는 없어 보였다. 가족 간
에 남모를 갈등이 있었을지 모르지만 진구에게 이 이상 입을 열 리
는 만무하다.

진구는 남은 차를 쭉 비웠다. 적당히 인사를 건넨 다음 막 자리를
일어서려는데 남고운이 말했다.

"알아두셔야 할 일이 있는데요."

진구는 다시 자리에 앉았다.

"제부가 무슨 생각으로 탐정까지 고용해서 이러는지 모르겠지만
우리로서는 제부한테 선의를 베풀 의향이 있어요."

톱이 우는 듯한 목소리였다. 의심받은 불쾌감이 진구가 자리를
떠나려는 시점에 드디어 폭발해버렸는지도 모른다.

"어떤 선의 말입니까?"

"내 생각엔 제부와 우리하고 이렇게 신경전 해봤자 남 좋은 일만
시키는 꼴이 되지 않을까 해요."

"그 '남'이란 유재연 씨를 가리키는 겁니까?"

"어떻든요. 우리 외엔 다 남 아니겠어요? 그래서 말인데, 우리는
딸이니까 싫어도 재산은 물려받는 거고, 아름이도 손녀니까 상속
받는 건 당연하잖아요? 하지만 새엄마랍시고 들어온 그 여자는 문
제가 있죠. 아버지하고 결혼한 지 3년도 채 안 되었어요. 보셔서 알

겠지만 우리하고 나이 차도 얼마 나지 않아요. 그런 젊은 여자가 우리 아버지랑 왜 결혼했겠어요. 원래 뭐하던 여잔지 알아봤어요."

그녀는 해미를 슬쩍 곁눈질하고서 말을 이었다.

"술장사를 하던 여자였어요. 뒷골목에서 칵테일 바를 하고 있다가 손님으로 간 아버지를 만난 거예요. 그대로 우리 집에 들어앉았죠. 그냥 살면 될 걸 굳이 호적에 법적 아내로 올려달라고 요구했어요. 그러고는 1, 2년 만에 아버지가 당뇨합병증으로 쓰러졌죠. 낙지처럼 질긴 여잔 게, 부산까지 따라 내려왔어요. 이 집에 와서 보셔서 알겠지만 아버지 병간호는 간병인 아줌마가 거의 다 해요. 그 여자는 그냥 치장하고 돈 쓰러 다니는 일밖에 없어요."

"그래서 차라리 힘을 합쳐서 새어머니의 상속 재산을 빼앗아내자, 그런 얘기군요."

"……너무 직선적으로 이야기를 하시네요. 꼭 그런 뜻은 아니에요. 우리끼리 이렇게 신경전을 펼칠 필요가 있나 하는 거죠. 제부가 그 여자는 놔두고 유독 우리를 견제할 이유가 있냐는 거예요. 혹시 우리가 두 사람이라서 상속분이 더 크다고 경계하는 건지는 모르겠지만."

"알겠습니다. 그런 뜻도 넌지시 전달해드리죠. 그래도 말씀 감사해요. 전 사실 이교준 씨 측 사람으로 오긴 했지만 두 분을 상대로 암투를 벌인다는 생각은 없거든요. 서로 오해를 풀고 원만하게 상속 문제를 해결하는 게 제일 낫다는 생각입니다."

진구는 적당한 말로 마무리했다. 액면 그대로 받아들이지는 않았겠지만 그 겉치레에 남고운이 고개를 끄덕여주었다. 남문영도 덩달아 고개를 까딱했다.

진구는 남고운 자매를 남겨둔 채 아래층으로 내려왔다. 해미도 쪼르르 뒤따랐다.

진구와 해미는 부엌 식탁 의자에 걸터앉았다. 집이 큰 덕에 부엌 식탁은 대화하기에 편리한 장소였다. 시야에 아무도 없다면 아주 큰 음성으로 이야기하지 않는 한 대화는 타인에게 도달되지 않는다. 비밀이 보장된 광장인 셈이다.

"아무래도 저 언니들은 아닌 거 같아."

해미가 검지로 천장을 가리켰다.

"왜? 본인들이 아니라고 하니까?"

"동생하고 사이가 나빴던 것 같지가 않잖아. 동생을 죽여봤자 상속분이 늘어나는 것두 아니구. 아기가 상속을 대신 받는다며?"

"그렇지……. 동기가 없긴 하지."

진구가 무언가를 생각하는 듯하다가 말했다.

"그런데, 말이야……."

"뭐."

"저 두 아줌마가 원경호를 알고 있는 건 당연하다고 쳐. 동생하고 결혼까지 약속했던 남자니까. 근데, 원경호가 아름이를 자기 딸이라고 주장한다는 사실도 알고 있었거든. 그 얘기를 했을 때 분명 두 사람 다 전혀 놀라지 않았어."

"알 수도 있겠지. 아기가 태어난 지 벌써 5개월쨌는데, 그 전에도 몇 번 집적대지 않았을까?"

"아니면 남유정한테서 둘이 만난다는 이야기를 들었거나."

"그렇겠지, 뭐."

해미는 돌연 입을 삐죽거렸다.

"하여튼 그 언니들 너무하더라."

"뭐가?"

"가족이니 뭐니 말은 잔뜩 늘어놓았지만 아까 들어올 때도 봤지? 아빠 방에도 안 들렀고 아름이한테는 눈길 한 번 안 줬어. 어제도 2층에 틀어박혀선 보러 가지도 않았고."

진구의 기억에도 그랬다. 남고운 자매가 아픈 아버지 다리라도 한 번 주물러주는 걸 보지 못했다. 아기에게 따뜻한 눈길을 건네지도 않았다.

"아기를 경쟁자로 보는 거 아닐까. 막대한 상속지분을 가져가는 상대로 말이야."

"그거라면, 정말 너무한다."

".....아니면 혹시 그런 이유도 있지 않을까?"

"어떤 이유?"

"남문영은 새침한 성격 탓이라 치고, 남고운 아줌마는 아직 아기가 없잖아. 그래서 동생이 낳은 아기를 보기가 더 싫은 건지도 모르지."

"자매간에 설마……."

해미는 고개를 갸웃거렸다.

기장경찰서는 왕복 8차선의 기장대로 변에 위치해 있다. 유리로 덮여 번들거리는 것이 마치 식물원 같다. 주변 풍경은 스산하다. 납작 엎드린 집 몇 채가 띄엄띄엄 늘어서 있을 뿐이다. 안에는 살인자, 강도가 바글대는 경찰서지만 건물 밖은 교외의 한적함만이 내려앉아 있다.

가을볕을 받으며 세 사람이 기장경찰서 안으로 들어서고 있었다. 진구는 브이넥 티셔츠에 청바지, 해미는 수영복 하의보다 조금 긴 오렌지색 반바지에 얇은 레깅스를 신고 스웨터 차림으로 발랄한 젊음을 발산하고 있었다. 둘 사이에 끼어든 슈트 차림의 고진이 이질적이었다. 흘쭉한 얼굴과 다갈색으로 그을린 피부는 생기를 잃고 말라가는 겨울나무를 연상시켰다.

"와아, 서울보다 심한데!"

아침 비행기로 부산에 내려온 고진은 도로 위에 거의 멈춰선 택시 안에서 진구에게 전화를 걸어 도심의 교통체증을 비난하며 연신 투덜댔다. 공항에서 해운대까지는 부산을 동서로 가로지르는 먼 여정임을 뒤늦게 깨달은 것이다. 남현호 집 코앞까지 온 고진은 남고운 자매를 만나보지도 않고 곧장 진구와 해미를 불러냈다. 해미는 놀러 가는 기분으로 콧노래까지 부르며 자신 있는 다리를 한껏 노출한 옷차림으로 나섰지만 정작 진구가 이교준에게 빌린 차에 해미와 고진을 태우고 향한 곳은 기장경찰서였다.

고진은 남고운 자매로부터 의뢰를 받자마자 보험사를 상대로 소송을 제기했었다.

"보험사하고는 합의했는데요, 왜?" 하며 남고운이 의아해했지만 목적은 보험금이 아니었다. 소장을 내자마자 교통사고를 조사한 기장경찰서에 교통사고기록 송부촉탁 신청을 법원에 한 것이다. 졸지에 피고가 된 보험회사는 황당해했지만 이 소송은 오직 경찰서의 조사기록을 보기 위한 요식절차에 지나지 않았다. 이교준도 경찰 조사기록을 보기 위해서라는 말에 남고운 자매와 같이 원고가 되는 데에 동의했다. 수사기록만 보고 나면 1회 변론기일이 잡히기 전에 소를 바로 취하할 예정이었다. 어쨌든 법원에서는 서면 신청을 받아들여 기장경찰서로 문서송부촉탁서를 보냈고, 변호사 고진이 수사기록을 열람, 복사하러 들른 참이었다. 이교준은 자기 쪽 사람인 진구가 동행해야 한다는 조건을 내걸었음은 물론이다.

이리하여 고진과 진구는 동상이몽을 갖고서 기장경찰서의 문을 막 열어젖힌 참이었다. 교통계를 찾아가 남유정 교통사고 사건을 수사한 변경우 경사를 찾았다. 그는 자리에 있었다. 모니터와 자판을 번갈아 쳐다보며 두툼한 팔뚝으로 자판을 두드리는 모습이 영 어색했다. 이 사람의 원래 희망은 강력계 정도가 아니었을까.

"변호사님이 직접 왔습니까?"

변경우 경사는 다소 놀라는 눈치였다.

"직원이 없어서요."

고진이 변경우 앞에 털썩 앉았다. 변경우는 고진 옆에 따라 앉은 진구와 해미를 의아한 듯 바라보았지만 이내 시선을 되돌리고 책상 옆에 놓아둔 기록을 내밀었다. 검은 철끈으로 묶인 기록은 생각보다 얇았다.

"별 내용은 없습니다. 아시겠지만, 제삼자 진술 부분은 원칙적으로 복사가 안 됩니다."

그 말을 던져놓고 변경우는 다시 모니터로 눈을 돌렸다. 급한 결재 서류라도 작성해야 하는지 바빠 보였다.

고진은 기록을 건네받아 훌훌 넘겼다. 다리를 꼬고 앉아 한참 심각하게 뒤적거리던 고진은 진구에게 기록을 툭 건넸다.

"별로 복사할 만한 게 없네요."

"그래요? 힘들게 오셔서 복사 안 해 가실 겁니까?"

변경우는 고개를 돌리고 의외라는 듯 말했다.

"사고 내용이 우리가 아는 그대로네요. 남유정 씨가 과속했고, 급차선 변경을 하다가 옆 차선에서 달리던 김순옥이란 분의 차를 들이받고 튕겨져 나가 사망했다. 이게 개요 아닙니까."

"예에, 그렇지요. 사실 사람이 죽었으니 대형사고지만 사고 자체는 평범합니다. 밤중에 기장 쪽 시골길을 남유정 씨 차가 뒤에서, 김순옥 씨 차가 앞에서 달리고 있었지요. 그러다가 남유정 씨가 추월하려고 오른쪽 갓길을 달렸습니다. 완전히 추월하지 못한 상태에서 급하게 차선 안으로 들어오려고 핸들을 틀었고, 그 바람에 김 순옥 씨 차하고 부딪치면서 오른쪽으로 튕겨져 나간 겁니다. 사고 자체로 보면 흔한 충돌사고지요."

"그 당시 현장에 출동하신 걸로 압니다만."

고진이 말했다.

"그랬죠."

"좀 자세하게 설명해주시겠습니까?"

변경우는 기록 그대로라며 손을 내저었다. 귀찮아하는 기색이 역력했다.

"기록상의 정리된 사실과 생생한 말씀과는 다르지 않겠습니까."

"수사기록 보시라니까요. 편하게 보시라고 아예 드렸잖아요."

변경우는 또다시 몸을 돌리고 자판을 두드리기 시작했다.

"저기요."

진구가 끼어들었다.

"경사님을 증인으로 신청하려 하는데, 그때 좀 더 정확하게 진술 부탁드릴게요."

"증인이요?"

변경우는 모니터에서 눈을 떼고 자판에서 손을 내렸다.

"아니, 기록 가져다 보면 되지, 무슨 증인 신청입니까?"

수사한 경찰관으로서는 뻔한 사건에 일일이 법정에 증인으로 선 다는 일은 끔찍하게 성가신 일이다. 집요한 상대방을 만나면 위증 이다 뭐다 해서 번거로운 일에 말려들 수도 있다. 변경우는 목소리 를 높였지만 불안감이 섞여 있었다.

"교통사고에 좀 이상한 점이 있어서요. 법정에서 밝히고 싶거든요."

"무슨 이상한 점요?"

변경우가 신경질적으로 물었다. 고진이 답답하다는 듯이 진구를 쓱 쳐다본 후 변경우에게 말했다.

"제가 누차 불필요한 증인신청 같은 건 하지 말자고 해도 이렇게 나오시더군요. 가족 입장에서는 그런가 봅니다. 속 시원히 설명을 듣지 못하면……."

해미는 즉석에서 손발이 척척 맞는 고진과 진구를 불신에 찬 눈으로 번갈아 쳐다보았다. 진구가 변경우에게 틈을 주지 않고 말했다.

"남유정 씨 차는 영국제 미니쿠퍼고 상대편 김순옥 씨 차는 모하비고…… 미니 쪽이 완전히 튕겨져 나갔군요."

증인으로 서는 일만은 피하고 싶었는지 변경우는 갑자기 열을 내어 설명하기 시작했다.

"미니가 운이 없었죠. 모하비하고 박으면 웬만한 차는 거의 박살이 납니다. 아실지 모르겠는데 대부분 승용차는 모노코크라고, 바디하고 프레임이 일체로 되어 있거든요. 근데 모하비는 프레임 바디라서 엄청 단단합니다. 트럭하고도 한 판 붙어볼 만하다고 할 정도예요. 상대편 남유정 씨 차는 쬐그만 미니 아닙니까? 모하비는 범퍼만 조금 부서졌더라고요. 미니는 전봇대를 들이받고 보시다시피 차 앞쪽이 완전 종잇장처럼 구겨졌고요. 에어백이 터졌지만 아무 소용없었어요. 여기 도로변은 낭떠러지까지는 아니지만 낙차가 큰 곳이어서 차가 아래로 굴러 떨어지면 굉장히 위험한 장소입니다. 미니는 다행히 전봇대를 들이받고 멈췄어요. 그것까진 운이 좋았죠. 근데 하필이면 안전벨트를 안 매서 사망까지 간 겁니다. 재수가 좋다가 만 셈이죠."

"사고 당시 속도는 어땠습니까?"

"미니가 속도를 많이 냈어요. 갓길로 추월하려 무리한 모양입니다. 모하비도 좀 속도를 내긴 했지만 비교적 정상으로 가고 있었고요. 과속이 위험한 이유도 그겁니다. 속도를 낼수록 차는 가벼워지거든요. 그 상태에서 차선 변경을 급히 하다가 들이받았으니깐, 가벼운 미니가 휘청하고는 쭉 미끄러져 나간 거죠. 모하비도 충격으로 반 바퀴 돌았지만 도로 가장자리에 멈췄고요."

"역시 남유정 씨가 과속을 했군요."

고진이 쯧, 하고 입맛을 다시고는 물었다.

"신고는 누가 했습니까?"

"상대방 차 운전자인 김순옥 씨가 했습니다. 그러고 한 5분 뒤에 또 한 번 신고가 있었고. 지나가던 사람이 차를 멈추고 신고를 한 것 같더라고요."

"도착하셨을 때는 어떤 상황이었어요?"

"아까 말했지만 일단 모하비는 오른쪽 앞 범퍼가 조금 찌그러졌고, 길 가장자리에 반쯤 돌아서 있었습니다. 운전자인 김순옥 씨는 휴대폰 들고 길가에 나와 앉아서 벌벌 떨고 있더군요. 충격은 적었겠지만 아무튼 크게 놀랐겠죠. 중년 남자 한 명도 길가에 차를 세우고 있었는데, 김순옥 씨를 옆에서 돌보고 있더라고요. 일행인가 싶어서 물으니까 지나가던 참에 사고 난 걸 보고 경찰에 신고했다 그러더라고요. 사고당한 운전자 김순옥 씨는 서른 중반쯤 된 여자분인데, 그러다 보니까 기사도를 발휘해서 좀 돌봐주려고 그랬던 거 같습니다. 핫핫핫."

아무도 따라 웃지 않자 변경우는 헛웃음을 거두고 말을 이었다.

"미니는 길 오른편 전봇대에 콱 박혀 있었는데, 운전석에 남유정 씨가 앞으로 튀어나온 모습으로 엎드려 있었지요. 죽었다는 걸 금방 알 수 있겠더라고요. 조수석에는 남편인 이교준 씨가 거의 기절한 상태로 누워 있었고요."

"한 분이라도 살았으니 천만다행이네요."

고진이 말했다. 변경우가 혀를 끌끌 찼다.

"그렇지요. 남자라도 살았으니깐. 여자분이 전봇대를 박은 것까진 운이 좋았는데 너무 정통으로 부딪쳤어요. 하필 벨트도 안 했고……, 결국 여자분이 운이 엄청 없었던 거지요."

"부검 결과는 어땠어요?"

진구가 불쑥 말했다. 변경우가 허를 찔린 듯이 긴장해서 되물었다.

"부검 결과라뇨?"

"이를테면, 음주이라든가, 약물반응이라든가 하는 거 말입니다."

"부검은 하지 않았어요. 원래 교통사고의 경우엔 외견상 사인이 명백하기 때문에 부검은 하지 않습니다. 어차피 남유정 씨의 운전 과실로 판명되는 사고였기 때문에 남유정 씨가 음주운전을 했는지 여부가 의미 있는 사건도 아니었고요."

변경우는 이 '깐깐한' 친구가 또 무슨 트집을 잡을까봐 열심히 설명하는 듯했다. 하지만 진구는 알아들었다는 듯 눈을 끔뻑했을 뿐 수월하게 넘어가버렸다. 진구에게는 왜 부검을 하지 않았느냐가 아니라 부검을 하지 않았다는 사실 자체가 의미가 있었다. 그리고 그로써 남유정이 무언가에 취했었는지 어떤지 판명할 수 있는 증거가 남아 있지 않게 되었다는 사실도.

"사고가 찍힌 CCTV 영상은 없습니까?"

"당연히 없죠, 시골길인데. 두 차 모두 블랙박스도 안 달아놓았고요."

변경우는 아, 하며 말을 이었다.

"사고 당시는 아니지만 CCTV가 있긴 있어요. 미니 쪽이 과속한 거 같아서 어떻게 달렸나 찾아봤더니 사고 직전에 찍힌 주행 영상이 있었어요."

"아, 그래요?"

고진과 진구가 동시에 말했다. 변경우는 슬쩍 몸을 뒤로 뺐다.

"별건 아닙니다. 시골길로 접어들기 전 간선도로에 올랐을 때 교통정보 수집용 CCTV 카메라에 찍힌 장면입니다. 사고 2분 전에 찍힌 장면인데 그냥 보관만 해뒀죠."

"그거라도 좀 보여주십시오."

고진이 말하자, 변경우는 기록 말미에 첨부된 시디를 덥석 꺼내 컴퓨터 시디롬 드라이브에 집어넣었다.

이미 밤이 내린 시간이라 화면은 컴컴했다. 먼 앞쪽으로 지방도에 진입하는 길이 갈라져 어렴풋이 찍혀 있다. 형사 말대로 국도에서 지방도로 접어들기 전 마지막 교통상황 카메라에 잡힌 영상이었다. 모하비의 모습이 먼저 보였다. 어둠 속에서 차선 왼편이 점차 밝아오는가 했더니 순식간에 검은 동체가 카메라를 지나쳐 사라졌다. 밤의 어둠을 뚫고 한 줄기 헤드라이트를 쏘며 달리는 모습에는 초원을 내달리는 코뿔소 같은 박력이 있었다. 잠시 후 남유정의 미니가 등장했다. 밝은 색상이어서 CCTV 화면에는 은색 비슷하게 비쳤다. 앙증맞은 모습이었고, 이 차가 앞서 달린 모하비와 충돌했다면 미니의 운명이 어떠했을지는 금세 상상이 갔다.

두 차량 모두 안은 들여다보이지 않았다. 이교준의 말대로 차 안에서 온갖 욕설과 내면의 갈등과 흥분이 난무했는지 모르지만 주행 장면 자체로는 평범하고 자연스러웠다.

고진은 변경우한테서 마우스를 넘겨받아 직접 속도를 줄여가며 여러 번 돌려보았다. 번호판도 선명했지만, 차 옆면을 가로지른 특색 있는 두 개의 줄무늬 또한 식별에 큰 역할을 했다. 고진은 영상 파일을 USB 메모리로 복사했다. 변경우는 생생한 진술 기록을 놔두고 CCTV 동영상만을 복사해 가는 고진을 의아한 눈길로 쳐다보았지만 무엇보다 어서 끝내고 가주기만을 바라는 눈치였다.

고진은 진구와 해미를 해운대 조선비치호텔 로비 뷔페에 데려가 점심값을 카드로 긁어놓고는 총총히 사라졌다. 원래는 같이 점심을 먹으려 했던 모양인데 공항까지의 교통체증을 생각하면 위험하다며 손을 내저은 걸 보면 아침에 어지간히 도로에서 시달렸던 모양이다.

해미는 해운대 바다 전경이 내려다보이는 유리창 앞 좌석에 앉아 노릇노릇한 닭튀김을 뜯으며 고진을 칭찬했다.

"꼭 밥을 사줘서가 아니라, 허술해 보여도 자기 말은 지키는 아저씨 아니야? 지난번에 밥 먹자고 했었잖아."

"과연 이 음식이 맛없었어도 칭찬을 했을까."

"뭐 어때? 고 변호사 아저씨가 한 음식도 아닌데."

식사를 마친 진구와 해미는 호텔 안에 있는 카페로 자리를 옮겼다. 통유리 너머로 파노라마 같은 전망이 펼쳐졌다. 초승달처럼 길게 휜 해안선이 한눈에 들어왔고 구름 한 점 없는 하늘이 바다와 맞닿아 강렬한 색의 대비를 이루었다. 스산해진 해변에 드문드문 커플들이 고즈넉한 낭만을 더해주었다. 역시 바다는 가을 바다야. 해미는 로맨틱한 정취를 품고 진구를 바라보았다. 진구는 해운대 깊은 바다 어딘가에 떠돌고 있을 물고기와 같은 눈을 하고서 바지 주머니를 이리저리 뒤적였다. 주머니에서 꺼낸 진구의 손에는 휴대전화가 들려 있었고, 해미에게 그것을 내밀었다.

"뭐?"

해미는 손을 내밀지 않은 채 눈으로 휴대전화를 가리키며 물었다.

"김필립 연구소에 전화 한번 해봐."

"갑자기 거긴 왜? 투자 안 한다며?"

"여기 투자하러 왔어?"

진구는 해미에게 김필립의 명함을 내밀었다.

"명함이 좀 이상해. 이름은 거창한데 사무실 주소가 없어. 아무래도 한번 알아봐야겠어. 시간 있을 때 일해야지, 놀 거야?"

"근데 왜 내가 해?" 하며 해미는 거부했지만 진구는 "뭐하는 데인지 알아보려면 여자가 해야 해. 내가 전화하면 경계할 거야" 하며 강요하다시피 들이밀었다.

결국 해미는 휴대전화를 받아들었다. 명함에 있는 사무실 유선전화번호를 누르자 두 번 울리더니 딸깍 하는 소리가 들렸다. 해미는 '한뼘통화' 버튼을 눌러 상대편의 말을 진구가 들을 수 있게 했다.

"예" 하는 젊은 남자의 목소리가 들렸고, 그게 다였다. '김필립 투자연구소입니다' 하는 응대를 기다렸지만 나오지 않았다. 해미는 의외로 차가운 상대방의 반응에 금세 기가 죽어 기어들어가는 목소리로 투자 설명을 듣고 싶어 전화했다고 너불너불 이야기했다. 그제야 상대방은 입이 터진 듯 말을 쏟아내기 시작했다.

"우리 연구소를 어떤 경로로 아셨는지는 모르겠지만 일단 신뢰하셔도 좋습니다. 질이 좋지 못한 곳에 가면 처음부터 막 큰돈을 넣으라고 부추기죠. 몇십, 몇백 배로 불려준다면서. 사실 다 사기잖아요. 요즘 그런 수익이 어딨겠어요? 주가를 조작하는 게 아니라면 말이죠. 우린 그런 데하곤 달라요. 로또 같은 황당한 수익을 약속하는 데가 아닙니다. 대신에 그저 1년에 한 3, 40퍼센트씩의 확실한 수익만을 약속드립니다. 사실, 그건 아주 겸손하게 말한 수익이에요. 우리 소장님은 투자귀신들이 득시글거리는 월스트리트에서도 최고로 잘나가던 분입니다. 거기서 천문학적인 실적을 거두고, 그 실전 경험을 고스란히 갖고 한국에 오신 거예요. 여길 알게 되셨다는 것만으로 어쩌면 두 분은 행운입니다. 물론 말로만 해서는 소용없죠. 우린 결과로 보여드리는 데니까요. 처음에 다짜고짜 큰돈을 가져오셔도 우린 받지 않습니다. 투자는 여유자금으로 해야 합니다. 일단은 적은 돈만 넣어보시고 수익을 한번 보시는 게 좋을 겁니다."

젊은 남자는 거의 20초에 한 번씩은 그들의 투자실적을 자랑하는 말을 섞었다. 이전까지 모락모락 의심을 키웠던 해미의 얼굴이 다시 상기되었다. 진구가 조그맣게 해미의 귀에다 대고 말을 지시했다. 해미는 진구의 아바타가 되어 말했다.

"그동안의 투자실적이나 자료를 좀 받을 수 있을까요?"

남자는 조금 차가워졌다.

"그건 곤란합니다. 온라인 회원으로 가입하시면 소장님이 올리신 과거의 투자전략자료는 볼 수 있습니다만."

"온라인 회원 말이에요? 인터넷에서 보긴 봤는데. 회원가입비가 있는 것 같던데요."

"회원가입비는 월 49만입니다."

해미가 "아, 그래요" 하는데 남자는 말을 덧붙였다.

"그리고 월회비로 49만 원이 책정되어 있습니다."

"일단 가입비만 내면 온라인 정보는 볼 수 있는 건가요?"

"그건 안 됩니다. 가입하면서 동시에 최초 월회비는 납부하셔야 됩니다."

"우와, 그럼 98만 원! 거의 돈 백인데."

해미는 부지불식간에 진구의 지시를 떠나 자신의 대사를 내뱉고 말았다. 해미의 입이 휴대전화가 삼켜질 만큼 떡 벌어졌다.

"온라인으로도 그렇게 회원가입해서 투자할 수도 있지만 아무래도 리스크가 크고 수익도 작아요. 사무실로 한번 오세요. 소장님과 직접 상담할 수도 있어요."

진구는 해미에게 눈짓을 보냈다. 적당히 마무리하라는 신호였다.

"알겠어요. 오늘은 일단 알아보러 전화한 거니까요, 결정하면 다시 연락드릴게요."

"예."

남자는 말투를 확 바꾸었다. 해미가 뭐라 답인사를 하기도 전에 전화를 툭 끊는 소리가 들렸다. 어차피 돈도 없어 보이는 젊은 여자인 데다, 통화 내용으로 미루어 그 적은 돈이나마 투자하러 올 일은 없을 거라는 판단이 선 듯했다. 진구가 말했다.

"의심스러운데. 온라인 정보제공은 껍데기가 아닌가 싶어. 주로 오프라인에서 사람을 유인해서 직접 투자를 받아 자금을 운용하는 것 같은데, 이건 불법이거든."

"그래도 미국 월가에서 유학파라는 사람이 하는 덴데⋯⋯."

눈앞에 언뜻 엿보인 연구소의 초라한 현실에도 불구하고 해미는 '월가'라는 단어에 미련을 버리지 못했다.

그날 저녁 집은 오랜만에 사람들로 채워졌다. 이교준이 가게를 종업원에게 맡기고 일찍 들어와 있었고, 남고운, 남문영 자매는 물론 김필립도 와 있었다. 젊은 안주인 유재연마저 저녁식사 자리에 얼굴을 비쳤으니, 영양주사로 연명하는 남현호를 제외하면 법률상 가족 모두가 모인 셈이다. 게다가 식객이라 할 진구와 해미까지 섞

여 있다. 아침을 포함해 매번 식사를 따로 먹어왔던 진구와 해미에
게는 이 집 식구들과 함께하는 첫 식사자리기도 했다.

"오랜만에 집이 북적거리니까 좋네요."

식탁을 앞에 두고 해미가 말했다. 엄밀히는 북적거린다는 건 평
소와 비해 식탁에 앉은 사람들의 수가 많다는 표현에 불과했다. 식
사 자리에 맴도는 건 기껏해야 죽은 생선 정도의 활발함이었다. 해
미가 던진 말에 진구만이 강요당한 듯이 이끌려 어, 하고 대꾸했을
뿐 다른 이는 아무도 반응하지 않았다. 이들 가족은 금이 간 얼음
위에 서서 서로의 몸무게를 가누어보는 중인 것이다.

권영덕이 음식을 실어 날랐다. 김필립이 특히 좋아한다는 찜닭
도 나왔고, 식탁 가운데 큰 접시에는 부추전도 수북이 담겨 있다.
남고운이 가져온 피자도 접시에 담겨 나왔는데, 한식 찜닭과 피자
를 한 식탁에 올린 남고운의 센스에는 보통 사람에겐 이해하기 힘
든 구석이 있었다.

"이 서방, 아름이 아빠라는 사람이 나타났다며?"

김필립이 이교준에게 말을 건넸다. 이 화제는 오늘 저녁의 표면
적인 용건이기도 했다. 아름이의 일은 이 집안에서 어쨌든 신경 쓰
는 척이라도 해야 하는 문제고, 그래서 모두가 모인 것이다. 물론
이교준은 전혀 원치 않은 것 같지만. 진구는 대각선 방향에 앉은 김
필립을 힐긋 보았다. 남고운이 원경호의 존재를 알고 있었으니 남
편인 김필립도 일찌감치 알고 있었을 테지만 이 자리에서는 처음
듣는 양 말을 꺼낼 수밖에 없을 것이다.

"미친놈이죠."

이교준은 고개도 들지 않은 채 대답했다.

"거의 협박하고 갔다던데?"

김필립의 말은 약 올리는 것처럼 들렸다.

"다 헛소리죠. 협박이 됩니까. 그 뒤로 아무 소식이 없었어요."

"그래도 얘길 들어보니 한 번 그러고 끝낼 사람 같지는 않아요. 혹시 모르니까 조심하세요."

남고운이 타이르듯 말했다.

"알아서 대비하고 있어요."

이교준은 더 이상 화제로 삼기 싫다는 투였다.

"혹시 아름이를 어떻게 할지 모르니까 잘 지켜봐야 해요."

찜닭 양념이 흰 블라우스에 튀지 않도록 식탁에서 멀찍이 몸을 떨어드려놓고 젓가락질을 하고 있던 남문영이 한마디 했다. 이교준은 대답하지 않았다.

"그런 남자는 소송 같은 것보다는 폭력적인 수단을 쓸 가능성이 있어요. 특히 아기가 끼어 있는 문제니깐 더 조심해야죠."

남문영이 끈질기게 말했다. 이교준이 고개를 숙이며 "예" 하고 건성으로 대답했다. 남문영은 대답을 듣고서야 멈추었던 젓가락질을 다시 시작했다.

해미는 식탁에서 오간 대화가 어딘지 불편했다. 남고운 자매가 아기를 걱정하는 듯한 말을 할 때마다 다른 이들 몰래 진구에게 어이없다는 표정을 지어 보였다. 평소에 관심이나 있었나?

욱.

갑자기 거북한 소리가 들렸다.

욱, 욱.

소리가 이어졌다. 사람들은 소리가 난 쪽으로 일제히 시선을 돌렸다. 유재연이었다. 식사 시간 동안 한 번도 입을 열지 않았기에 있는지조차 몰랐었는데, 돌연 구역질하는 듯한 소리로 존재를 알린 것이다. 그 소리가 들린 건 그녀가 처음으로 찜닭에 손을 뻗은 순간과 일치했다.

유재연은 젓가락을 손에 쥔 채 얼어 있었고, 새파래진 얼굴을 들어 자신에게 쏟아지는 시선을 받았다. 자신이 한 행동을 자신도 모르겠다는 눈빛이었다. 땀방울이 이마에 맺혔다. 유재연은 고개를 푹 숙인 채 일어섰다. 갑자기 일어서는 통에 의자가 원목 바닥을 긁으며 끼이익 하는 소리를 냈다. 유재연은 손으로 입을 틀어막고는 황급히 자리를 떴다. 그녀가 달려간 곳은 화장실이었다. 문이 쾅 닫혔고 잠시 후 안에서 욱, 욱 하는 소리가 먼 메아리처럼 작게 들려왔다.

한동안 아무도 입을 열지 않았다.

"이거 뭐야, 설마 애 가진 것도 아니고."

김필립이 눈치 없는 말을 던졌다. 남고운이 김필립을 쩨려보았다. 그제야 김필립은 실수를 깨닫고 고개를 숙인 채 조용히 국을 뜨기 시작했다.

가을볕이 어제보다 무르익었다. 이교준은 보통 때보다 일찍 집을 나섰다. 잔잔한 해풍이 등을 두드려 고개를 돌아보면 발아래의 아침 바다가 말을 걸어오는 것 같다. 이교준은 기지개를 켜듯 팔을 허공으로 몇 차례 뻗고 숨을 크게 들이쉬었다. 몸 안에 자연이 스미는 느낌이다. 가족이란 것이 풀로 붙여놓은 도자기 조각처럼 언제 산산조각이 나도 이상하지 않은 집이지만 그럼에도 불구하고 이교준이 이 집에 갖는 애착의 절반은 여기서 나오는 건지도 모른다.

이교준은 집 옆 주차장을 향했다. 해운대에 있는 초밥 가게까지는 20분이면 도착한다. 차 키를 꺼내 들었다. 오랜만에 기분 좋게 출근할 수 있을 것 같은 같았다. 차 뒤에 어른거리던 사람 그림자가 불쑥 튀어나오기 전까지는.

원경호였다.

이틀 전 이 집을 무턱대고 찾아왔을 때와 똑같은 옷차림이었기에 금세 알아보았다. 낡은 바지, 낡은 티셔츠에 운동화. 깎지 않은 수염은 거칠게 자라 더 야성적으로 보였다.

원경호는 앞을 가로막고 서서는 말이 없었다. 이교준은 불안했다. 그가 다시 찾아오리라고 생각은 했지만 이렇게 빨리, 이런 장소이리라고는 예상 못 했다. 분명 원경호가 먼저 찾아왔으니 그가 입을 열어야 하건만 그는 돌무더기처럼 가만히 서 있을 뿐이었다. 이교준은 뒷목의 솜털이 쭈뼛 일어서는 느낌을 애써 감추었다. 마주 서서 노려보다가 이교준이 결국 먼저 입을 열었다.

"왜 또 왔어요?"

"아름이를 보여줘."

원경호는 이교준의 말을 무시하고 다짜고짜 한발 다가왔다. 사람 사이에 존재하는 무형의 막을 푹 찢어버리는 듯한 그의 태도 앞에는 존댓말이니 체면이니 하는 것이 소용없어 보였다.

"돌아가. 아름이는 내 딸이야."

이교준도 말투를 확 바꾸었다.

"아니, 내 딸이야. 아름이를 돌려받아야겠어."

막무가내였다. 이교준은 불쑥 의구심에 사로잡혔다. 이자가 이렇게까지 나오는 이유는……? 원경호의 태도에는 맡긴 돈을 인출하러 은행에 들른 고객처럼 자신의 행동에 대한 확고한 신념 같은 것이 있었다. 뚜렷한 동공을 보면 일반적인 의미로 미친 자는 아니었다.

이교준은 손에 쥔 차 키의 버튼을 꾹 눌렀다. 덜컥 하고 트렁크가 열렸다. 이교준은 차 뒤편으로 가서 트렁크 문짝 아래로 손을 집어넣었다. 다시 꺼낸 손에는 한끝에 테이프를 둘둘 감은 각목이 들려 있었다. 꼭 이런 상황을 염두에 둔 건 아니었지만 원경호의 엄청난 힘을 아는 이교준으로서는 그가 물리력을 행사하는 경우를 대비하지 않을 수 없었다. 각목을 든 이교준은 원경호를 막아섰다.

"장난하는 거 아니야. 돌아가."

으르듯 말했지만 의도만큼 먹혀들지는 않았는지 원경호는 아랑곳하지 않았다. 이교준이 각목을 들었지만 휘두르기까지 할 의사는 없다고 생각했는지, 아니면 그의 힘 정도는 안중에도 없는 건지 원경호는 각목의 사정거리 안으로 성큼 다가섰다. 조금도 주춤하지 않는 그의 행동에 이교준은 막대기를 든 밀랍인형처럼 멍하니 서 있을 뿐이었다.

순간 원경호가 독한 눈빛을 번득였다. 코브라가 순간을 포착하듯 미세한 움직임이었다. 이교준은 그렇지 않아도 이미 과민한 상태였다. 원경호의 눈빛에 그의 두려움이 폭발해버렸다. 이교준은 반사적으로 팔을 휘둘렀다. 원경호는 재빠르게 팔을 뻗어 각목을 거머쥐었다. 각목의 손잡이 부분이 원경호의 손아귀에 들어갔지만 이교준의 휘두르는 힘을 완전히 막지는 못했다. 각목의 끝이 원경호의 관자놀이를 강타했다. 각목에 맞은 원경호의 관자놀이에서 붉은 피가 쿨렁쿨렁 솟았다. 하지만 원경호는 바위와도 같았다. 움찔하지도 않았다. 다음 순간 원경호는 각목을 거머쥔 이교준의 손을 쥐고 무지막지하게 비틀어버렸다. 이교준은 비명을 지르며 팔목을 움츠렸고, 순식간에 각목을 빼앗겼다.

"이렇게 하려고?"

원경호는 무표정하게 각목을 휘둘렀다. 휙 하는 바람 소리와 함께 각목이 이교준의 머리를 향해 날아들었다. 이교준은 반사적으로 팔을 들어 막았다. 팔 위쪽에서 딱! 하며 단단한 소리가 났다. 이교준은 신음과 함께 팔을 오그리고 그 자리에 엎어졌다. 그 등 위로 한 번 더 원경호의 각목이 날았다. 이번에는 탁 하며 좀 더 둔탁한 소리가 들렸다.

"으음…… 으, 으……."

이교준은 고통으로 땅바닥을 데굴데굴 구르며 더 말을 잇지 못했다.

"아름이 데려와."

원경호는 각목을 어깨 위로 걸치고 말했다. 관자놀이의 피는 닦을 생각도 없는 듯했다. 야차 같은 모습이었다.

이교준은 신음을 뱉으며 새우처럼 웅크린 자세로 움찔거렸다. 이교준을 물끄러미 내려다보던 원경호는 각목을 한 번 더 내려칠 듯이 주춤하다가 팔을 내렸다. 원경호는 이교준의 차 트렁크로 가더니 각목을 그 안에 던져 넣고 트렁크를 세게 눌러 쾅 닫았다.

"고소하려면 해. 쌍방이야. 하지만 각목은 네 거고 먼저 든 쪽도 너야. 다음번엔 이 정도로 안 끝내. 아름이를 꼭 데려간다."

원경호는 발을 한 번 땅바닥에 비비더니 등을 돌려 떠나갔다.

해미가 일어난 때는 원경호가 이교준을 폭행하고 떠나간 뒤로도 한참의 시간이 흐른 뒤였다. 집 밖에서 벌어진 난투극을 알 턱이 없는 해미는 느지막이 일어나서도 빈둥거렸다. 진구의 방은 비어 있었다. 세탁기를 돌리고 있던 권영덕에게 다가가 물어보니, "그 총각 아까 바깥에 나가던데. 옷차림을 보니까 멀리 간 것 같지는 않아"라고 했다. 어쩐지 불안한 기분이 드는 해미였다.

거실에서 케이블 TV 채널을 이리저리 돌리고 있으려니 슬리퍼를 신은 진구가 현관문을 열고 들어왔다.

"어디 갔다 왔어?"

"그냥…… 요 앞에."

진구는 말을 흐렸다. 손에는 조그만 가방이 들려 있고 이마에는 땀이 번졌다. 가을날에 웬 땀, 하며 생각했지만 이상한 느낌은 곧 해미의 뇌리에서 사라졌다.

진구와 해미는 오후 3시 넘어서 집을 나섰다. 이교준이 전날 밤 "내일 우리 가게에서 초밥 대접할 테니까 한가할 때 오세요" 하고 초대했는데, 집에서 어영부영 지내다 보니 해미 기준으로 한가한 때는 이 시각이 되고 말았다. 이교준이 직접 초밥을 쥐어준다고 해 해미는 기대가 컸다. "그 사람 인간성은 좀 별로인 것 같지만 생선이 무슨 죄야" 하며 콧노래를 불렀다.

외출하기 전 남현호의 방에 안부인사차 들렀다. 권영덕이 남현호의 손발을 열심히 주물러주고 있었다. 혈액순환을 위해 마치 튜브를 짜내듯이 위로부터 훑어 내렸는데 프로 안마사 같은 날렵한 솜씨였다. 정작 옆에 있어야 할 아내 유재연은 2층에 틀어박혔는지 그새 외출했는지 통 보이지 않는다.

해운대로 향하는 택시 안에서 해미가 작은 목소리로 말했다.

"근데 오빠 그냥 어슬렁거리며 시간 보내고 있는 거 아냐?"

"무슨 소리, 어슬렁거리다니. 섭섭한데."

"2층 언니들이 동생을 해코지한 게 아닌지 밝혀달라는 의뢰잖

아. 근데 수사 비슷한 거는커녕 그냥 빈둥대고 있는 거 같애."

"그저께 남 자매 찾아가서 물어봤잖아. 그날 저녁에 무슨 일 있었냐구."

"그게 다야? 그럼 무슨 일이 있어도 없다고 하는 게 당연하지. 그렇다고 예, 하고 물러날 거면 진구가 왜 진구야?"

해미는 그러다가 자신 없이 말했다.

"하긴 뭐 처음부터 이교준 씨의 착각일 수도 있겠지만……"

"일은 생각보다 더 잘 진행되고 있어."

"응?"

해미는 진구를 보았다. 장난하는 빛은 없었다.

"뭐가, 뭐가. 말해봐. 어슬렁거리기만 했잖아."

해미가 재촉하듯 물었지만 진구는 "날 모욕한 사람한텐 이야기 안 해" 하며 졸린 듯 눈을 감아버렸다.

어느새 택시가 목적지 앞에 섰다. 해미가 눈을 동그랗게 떴다.

"어, 달맞이고개 지나는 거 아니었어?"

해미가 택시를 내리며 불만을 토로했지만 이미 늦었다.

"글로 가마 마이 두르지요. 미리 말씀했어야죠."

택시기사는 약 올리듯 말하고는 횡 하니 떠나가버렸다.

스시집 '해무'. 바다안개인가. 해운대에 어울리는 상호였다. 해운대구청 뒤편에 위치한 이교준의 가게는 입구부터 소박하고 아담했다.

포렴을 밀치며 들어섰다. 왼편이 카운터, 오른편이 테이블이었는데 어중간한 시간이어선지 손님이 한 명도 없었다. 흰 모자에 흰 요리사 가운을 입고 주방에 서 있는 큼직한 남자가 누군가 했더니 이교준이었다. 그는 겸연쩍게 웃으며 진구와 해미를 맞았다. 오른쪽 팔에 흰 붕대 비슷한 것이 감겨 있었고 어깨에서 내려진 끈에 팔뚝이 대롱대롱 매달려 있었다.

"어, 팔이 왜 그래요?"

해미가 카운터에 앉으며 놀라 묻자, 이교준은 아침에 출근하다가 원경호를 만나 다툰 이야기를 해주었다. 병원에 가서 간단하게 조치를 취한 뒤 조금 전에 온 참이라고 했다.

"뭐 그런 깡패 같은 인간이 있어!"

해미가 씩씩거렸다.

"그럼 쉬지 왜 나왔어요?"

"별로 크게 다친 것 같진 않아서요. 식당엔 주인이 있어야 하죠."

이교준은 자신이 팔을 다쳐 직접 초밥을 만들지 못했다면서 주방보조를 시켜 만들게 한 초밥 접시를 진구와 해미 앞에 내밀었다.

"지난번 교통사고 때도 다치셨을 텐데……. 자꾸 이런 일이 생겨서 어째요."

해미가 팔을 뻗어 이교준 팔의 붕대를 위로하듯 만졌다.

"아뇨. 사고 났을 땐 그닥 많이 안 다쳤어요. 난 조수석에 있어서……. 게다가 안전벨트도 했고요. 만약 집사람이 핸들을 조금만 더 틀었다면 내가 지금 이 자리에 없었겠죠. 그런 걸 보면 그 짧은 순간에도 아내가 날 살리고 대신 죽은 게 아닌가 싶기도 해요……."

이교준은 화제를 바꾸었다.

"내가 원래 서울 초밥집에서 일을 배웠다고 얘기했었죠? '모리스시'라고 요즘 서울에서 잘나가는 체인점인데, 거기서……"

"아, 알아요! 거기 맛있는데."

해미가 젓가락을 든 손을 휘둘렀다.

"예. 아시네요. 거기서 일하다가 장인어른 때문에 이리로 온 겁니다. 여기서 내 가게를 열었죠."

진구는 아카미를 한입에 집어넣고 말했다.

"맛있네요. 여기 오픈할 때는 장인께서 좀 도와주셨겠죠?"

"그렇죠."

이교준은 당연하다는 듯 대답했다. 해미가 무언가 생각난 듯 물었다.

"참, 근데. 김필립 아저씨는 정말 그렇게 투자를 잘해요?"

"형님이요?"

이교준은 쓴웃음을 짓고는 물었다.

"혹시 두 분한테도 투자하라고?"

"아뇨, 꼭 그런 건 아닌데, 하도 실적이 좋다고 말씀하셔서……"

해미가 얼버무렸다. 진구가 물었다.

"혹시 사장님도 거기 투자하셨어요?"

"예, 조금. 올해 3월쯤에 마침 여유자금이 생겨서…… 형님 권유에 끌려서 넣었어요. 큰 처형도 남편 실력이 굉장하다고 자랑하면서 부추겼고. 실은 내 귀가 좀 얇아요."

이교준은 어색하게 웃었다.

"얼마를요?"

"한 4, 5천 됩니다."

와아, 하며 해미는 주먹을 불끈 쥐었다. 진구가 물었다.

"지금 돈은 좀 불었습니까?"

"글쎄요……. 두고 봐야죠. 그래도 가족인데 신경 써주시겠죠."

두루뭉술하게 이야기하는 품이 현재 기준으로 손실이 난 건 분명하고, 그럼에도 그 문제를 더 이상 이야기하고 싶어 하지 않는 눈치다. 진구가 화제를 돌렸다.

"아내분하고 사이는 좋으셨어요?"

이교준은 진구를 물끄러미 보다가 말했다.

"좋았죠, 아주. 아이가 태어나기 전까진 내게 아내뿐이었어요."

"아내분과 언니들의 사이는 어땠습니까?"

"사실, 그게…… 좋은 편이었어요."

이교준은 무언가 불편한 듯이 말했다.

"그래요? 그럼 여러 가지로 이해가 안 가네요. 언니들이 남유정 씨를 죽이기까지 했다고 하려면 일단 동기가 있어야 하는데 그런 게 없지 않아요?"

"동기는 돈이겠죠. 장인어른의 상속 재산 말입니다."

"동생을 죽인다고 해서 자기들 상속분이 늘지 않아요. 아이가 있으니까요."

"무식해서 그런 걸 몰랐을 수도 있죠."

이교준은 퉁명스럽게 대꾸하며 얼굴을 찌푸렸다.

"사람을 죽이는 판에 그런 정도도 안 알아봤을까요? 아니겠죠. 만약 남유정 씨의 죽음이 범죄라면 우발적 살인이 아닌 계획범입니다. 더욱이 그 동기가 돈이라면 철저히 이욕에 따라 움직이는 범인이죠. 그런데 기본적인 상황계산도 없이 덮어놓고 사람을 죽였겠습니까. 그런 가정은 현실성이 없어요."

"그래도 처형들이 의심스러워요. 그래서 의뢰한 거잖아요. 지금 살인을 입증하지 못한다 하더라도 재산 상속만은 받지 못하게 해 달라고요."

단단한 고집이 엿보였다. 이런 '감'은 설득할 수 없다. 이교준이 그렇게 느낀 이유가 있겠지 하고 넘어가는 수밖에 없다. 진구는 고개를 끄덕였다.

"그렇군요."

"내 욕심만은 결단코 아니에요. 아름이를 위해서이기도 해요. 아름이가 평생 유복한 생활을 했으면 하는 게 내 남은 바람입니다."

그렇게 말하는 이교준은 이루 말할 수 없이 진지하고 또 열렬했다. 진구는 이교준에게 가졌던 기존의 '얄팍한 인간상'이 흔들리는 것을 느꼈다. 만약 아름이에 대한 믿음도 없이 저런다면 이 사람은 연기의 천재임이 틀림없다.

"아름이가 자기 딸이라는 원경호의 말은 아예 믿지 않으시는군요."

이교준은 허탈하게 웃었다. 마치 이 자리에 없는 원경호를 향해 날리는 비웃음 같았다.

"아내에게 결혼할 뻔했던 남자가 있었단 건 알고 있었어요. 얼마 전에 다시 만났다는 건 몰랐지만요. 원경호란 작자가 지금 와서 저러는 속셈은 뻔해요. 아름이 친부라고 주장해서 돈 몇 푼 뜯어내려는 거죠. 돈 있는 집안 주변엔 원래 저런 똥파리들이 꼬이는 법입니다. 전형적인 공갈꾼이에요. 턱도 없는 짓거리입니다."

홍분으로 이교준의 목소리가 커졌다. 묵묵히 듣고 있던 진구가 물었다.

"원경호 연락처는 아세요?"

"난 몰라요. ……왜, 만나보시게요?"

"일단은 전부 조사해두는 게 낫거든요. 단서가 어디서 튀어나올지 모르니까요."

이교준은 질린다는 표정으로 말했다.

"별로 권하고 싶진 않네요. 깡패나 다름없는 놈입니다. 덩치는 나하고 비슷한 거 같던데, 힘이 엄청나고 어디서 굴러먹은 놈인지 싸움 실력도 장난이 아니에요. 그래도 뭐 꼭 해보시려거든…… 지난번에 그자가 캘린더에다가 전화번호 적어놓은 게 있잖아요. 거기로 해보시죠."

진구는 고개를 끄덕이다가 물었다.

"원경호를 고소할 겁니까? 폭행으로."

"아뇨."

"의원데요. 폭행 건으로 고소해서 자기가 아이 아빠라는 둥 헛소리를 못 하게 압박할 수도 있잖아요."

"일이 지저분해져요. 사실 쌍방폭행으로 되면 저도 안 좋고……."

이교준은 아랫입술을 지그시 깨물었다.

"그자가 노리는 게 그런 건지도 모르거든요. 우리가 반응해주는 것 말이죠. 조만간 그자가 아무 소리도 못 하게 만들어줄 겁니다.

나도 다 생각이 있어요."

이교준이 결의에 차 말했다. 어깨에 매달린 팔이 남의 것처럼 춤을 추었다.

그날 저녁 남고운 자매는 음모를 꾸미는 사람들처럼 방에 틀어박혀 통 바깥에 모습을 드러내지 않았다. 두 사람은 저녁 시간 내내 남고운의 방에서 무언가를 숙덕거렸고, 저녁식사도 방에서 같이 샐러드로 때웠다. 식사를 마쳐갈 즈음 어떤 결론에 도달한 두 사람은 접시를 한곳에 치우고 동시에 일어섰다. 그녀들이 결의에 찬 모습으로 방을 나서서 향한 곳은 바로 옆방이었다.

두 사람은 눈을 맞추며 조용히 유재연의 방문을 열었다.

유재연은 이불을 뒤집어쓰고 침대에 누워 있었다. 나이가 비슷한 두 '딸'이 들어오자 유재연은 몸을 반쯤 일으켜 침대 머리맡에 등을 기대고 베개를 배 위에 끌어안듯 가져다 놓았다. 안색은 파리했고, 이마에는 송글송글 땀이 맺혀 있었다.

"왜 저녁을 안 먹어요?"

남고운이 물었다.

"밥맛이 없어서."

유재연의 말에는 완전히 힘이 빠져 있었다. 남고운이 침대 발치에, 남문영이 침대 옆 화장대 의자에 앉았다. 남고운은 '어머니'일 수도 '언니'일 수도 없는 호칭은 굳이 붙이지 않고 물었다.

"어떻게 된 거예요?"

"뭐가? 밥 한 끼 안 먹을 수도 있지."

유재연이 이마에 붙은 머리카락을 떼며 말했다.

"아니, 그거 말고. 어제 밥 먹을 때요."

"어제 밥 먹을 때 뭐?"

"헛구역질 했잖아요."

"속이 좀 안 좋았어."

"단순히 그런 건 아닌 것 같던데요."

"그럼 속이 좋았겠어?"

"그게 아니라……."

남고운이 유재연의 낯빛을 유심히 살피며 말했다.

"아기 가진 거 아니에요?"

"무슨 소리야!"

유재연이 눈을 부릅뜨고 소리를 버럭 질렀다. 하지만 왠지 준비된 화를 내는 것처럼 보였다.

"말조심해! 그럼 내가 바람이라도 피웠단 거야?"

기운 없는 상태에서 소리를 지르니 마치 조막만 한 앰프가 고출력 스피커를 울리려 안간힘을 쓰는 것 같았다.

"입덧했잖아요."

"입덧은 무슨 입덧!"

"속이 안 좋아서 토한 거하곤 달랐어요. 실제로 토한 것도 없었잖아요."

남고운은 몰아붙였다. 냉정한 세무조사관 같은 모습이었다.

"입덧 아니야! 속이 안 좋아서 토했다고!"

유재연의 목소리가 갈라졌다. 남고운은 눈썹 하나 까딱하지 않았다.

"속이 안 좋아서 토한 것하곤 분명히 달랐어요."

"그걸 니들이 어떻게 알아!"

"알아요!"

이번에는 남문영이 소리를 높였다.

"입덧해봤어? 아직 애도 못 낳아봤잖아? 너네들 다!"

유재연은 오른팔을 들어 자매의 얼굴을 향해 쿡쿡 찍듯이 번갈아 가리켰다. 남문영은 하, 하고 콧방귀를 뀌면서 어이없다는 듯 남고운을 쳐다보았다. 남고운의 안색은 확 변했다. 그녀는 침대 아래쪽에 꼿꼿하게 앉아 유재연을 한참 노려보았다. 유재연은 남고운을 외면하고 벽으로 시선을 돌렸다. 남고운이 내뱉듯 말했다.

"말본새 하고는."

"뭐야!"

"역시 출신은 못 속여."

남고운의 말투가 돌변했다. 심상찮은 기운에 유재연은 남고운을 향해 고개를 돌렸지만 아무런 대꾸도 하지 못했다.

"무슨 짓을 해도 새엄마 대접은 받으시겠다?"

남고운의 말에 베개를 쥔 유재연의 손이 부들부들 떨렸다.

"애기 문제는 아직 모르겠으니까 그렇다 쳐도."

남고운의 목소리가 더 높아졌다.

"술 따르다가 버젓한 가정주부로 들어앉았으면 좀 점잖은 척 흉내라도 내야 하지 않을까?"

유재연의 얼굴이 새파래졌다. 아무래도 남고운 자매가 그녀에게는 좀 버거운 상대인 듯했다. 이 집안에서 유재연의 위치나 체면은 남고운 자매가 인정해주는 한 보장되는 위태로운 것임을 이 자리의 역학관계가 명백히 말해주었다. 침대에 앉아 있던 남고운이 마침내 벌떡 일어섰다.

"그래요. 나 결혼해서 10년이 다 돼가지만 아직 아이가 없어. 그래서 병원도 갔고, 남편 눈치도 봤고, 아버지 눈치도 봤어. 겉으론 멀쩡해도 사는 게 사는 게 아니야. 바람을 피운 건지 아닌지 그건 나중 문제고, 일단 입덧 아닌가 싶어서 걱정돼서 와봤어. 근데 그런 식으로밖에 이야기 못 해? 당신이 그러니까 우리한테 어머니 소릴 못 듣는 거야."

유재연이 입술을 움찔했지만 남고운은 기회를 주지 않았다.

"만약 아기를 가진 거라면 이건 절대 그냥 넘어갈 문제가 아니에요. 설마 숨넘어가기 직전인 우리 아빠 아이겠어요? 분명 간통이겠지. 어디서 어떤 놈인지도 모를, 말뼉다귀 같은 놈 씨앗을 달고 와서는 누구 재산을 넘보려고! 그런 부정한 여자한테 한 푼이라도 넘겨줄 줄 알아?"

"아니라니까!"

유재연이 소리쳤다. 남고운은 고개를 획 돌렸다. 남문영에게 "가자" 하더니 바람을 일으키며 먼저 나가버렸다.

남문영도 뒤따라 주춤주춤 일어서서 "어떻든 몸조리는 잘 하세요" 하고는 방문을 슬쩍 닫고 사라졌다. 그 말은 원래 다정하게 들려야 하겠지만 마치 작정하고 약을 올리는 것처럼 들렸고, 유재연이 임신했다는 사실을 그녀들 사이에 확정지어버리는 것이기도 했다.

유재연은 방문을 한참 노려보다가 베개를 머리맡으로 되돌리고 침대에 누워 이불을 얼굴 끝까지 추켜올렸다.

　노란색 트레이닝복을 입고 1층 거실 소파에서 아기를 안고 있던 해미는 쿵쾅거리며 내려오는 남고운 자매와 정면으로 마주쳤다. 그녀들은 해미와 아기를 힐끔 보고는 그대로 현관문을 지나 모습을 감추어버렸다. 잠시 후 바깥에서 그르렁 하며 시동 걸리는 소리가 났다. 차를 꺼내 어딘가로 가는 모양이었다. 해미는 방문을 열고 나오던 진구를 손짓으로 불렀다. 진구는 해미 옆에 가 앉았다.
　"아까 2층에서 다투는 소리 들리더라."
　"누가 싸웠어?"
　"이 집 언니들이랑 새엄마랑 한바탕했나봐. 조금 전엔 언니들이 씩씩대면서 내려왔거든. 지금 성질 풀러 차 몰고 나간 거 같아."
　"왜 한바탕 해?"
　진구가 잠이 쏟아지는 얼굴로 물었다.
　"여기서 말소리가 얼핏 들렸는데……."
　"들리긴 뭐가 들려? 2층인데……."
　말하다가 진구는 의심스럽게 해미를 쳐다보았다.
　"……해미 너 올라가서 엿들었지?"
　"아, 아냐! 계단 중간까지만 올라가서 그냥……."
　해미는 당황한 빛을 띠었지만 곧바로 소리를 버럭 질렀다.
　"그건 그렇고 하여간에!"
　"이야기해봐. 난 잘했다고 말하려던 참이었어."

"어제 못 봤어? 이 집 새엄마가 입덧하는 거."

해미는 진구에게 바짝 다가갔다.

"입덧? 확실해? 해미 너도 안 해봤잖아."

"이 인간이 무슨 실례의 말을."

해미는 자기 팔 안에 든 것으로 진구를 때리려 쳐들다가 그것이 아기임을 깨닫고 팔을 슬쩍 내렸다.

"여자들은 그런 건 직접 안 해봐도 알아. 임신이 확실해. 아까 양쪽이 싸울 때도 보니까 이 집 새엄마가 완전 밀리더라고. 강하게 부인도 못 하고."

"그럼 그렇던가."

진구가 무심하게 말했다. 해미는 더 바짝 다가갔다.

"그렇다면 문제 아냐? 설마 애 아빠가 누워 계신 저 할아버지일 리는 없잖아. 음…… 틀림없이 외간남자인데……. 그러니까 가족들한테도 저렇게 숨기는 거겠지."

"놀랍지는 않잖아? 저 영감님하고 딸하고 비슷한 나이의 여자와 결혼했다면 이런 일은 거의 예정된 거 아니겠어?"

"사람이 어떻게 그래?"

해미는 진구를 새삼스레 쳐다보았지만 진구의 반응이 새삼스럽지 않다는 건 해미 자신이 잘 안다.

"아무래도…… 어쩌면…… 아. 아……."

해미는 혼자 생각에 빠져 있다가 "안 돼" 하며 머리를 마구 저었다.

"내가 맞춰볼까?"

진구가 말했다.

"뭘?"

해미가 고개를 들었다.

"지금 새엄마를 임신시킨 사람이 이교준이라고 상상한 거지?"

"악!"

해미는 큰 입을 더 크게 벌렸다.

"어떻게 알았어?"

"해미 너, 막장 드라마 팬이잖아."

진구의 메마른 목소리 탓인가, 아기가 울기 시작해 두 사람의 대화는 끝이 났다.

남고운 자매가 방을 나간 후 세상만사 귀찮다는 듯 이불을 머리 끝까지 올렸던 유재연은 5분 정도 지나자 이불을 스르르 끌어내렸다.

얼굴을 내민 그녀는 몸을 일으켜 침대 옆 협탁을 더듬어 서랍을 당겨 열었다.

안에는 하얗고 긴 플라스틱 막대기가 있었다. 그 옆에 놓여 있는 사용설명서에는 '두 줄이면 임신입니다'란 글귀가 적혀 있다.

그녀는 흰 막대기를 집어 들었다.

이미 사용한 것으로 보이는 막대기에는 선명한 분홍색 줄이 두 개 나타나 있었다.

유재연은 마치 지구가 돈다는 믿고 싶지 않은 증거를 몰래 숨겨 놓은 중세 천문학자처럼 손가락이 하얗게 되도록 막대기를 꾹 쥐고 두 번이고 세 번이고 들여다보았다.

그날 밤 김필립이 집에 찾아왔다.

"이 서방, 팔 다쳤다며?"

김필립은 부엌 식탁에 이교준을 앉혀놓고 이것저것 캐물었다. 양옆에는 남고운 자매가 앉았다. 김필립은 윗사람으로서 걱정하는 모습을 보이고 싶어 한 것 같지만 이교준은 귀찮아하는 기색이 역력하다. "그런 나쁜 놈이 있나", "앞으로 더 조심해" 등등 알맹이 없는 내용으로 보아 김필립이 그다지 진정성 있게 걱정하는 것 같지는 않았다.

화제는 곧 다른 쪽으로 넘어갔다. 말발 좋은 김필립이 대화를 주도했다. 유학파 출신답게 영어에 관한 이야기를 화제로 삼았는데 어느새 이교준의 팔 이야기는 온데간데없이 사라졌다는 사실을 의식하고 있는 것 같지는 않았다.

"우리나라 사람들이 잘못 쓰는 영어가 굉장히 많아. 이를테면 무라카미 하루키의 '상실의 시대' 원래 제목이 비틀스 노래제목에서 따온 'Norwegian wood'잖아? 이걸 노르웨이 숲이라고 번역들 하는데, 노래 가사를 보면 노르웨이산 목재란 뜻이거든."

"좀 깨는데요. 노르웨이의 숲이 더 좋은 거 같아요" 하며 남문영이 말했지만 "바보 같은 소리야. 외국에서 알면 쪽 팔린다구" 하며 묵살해버렸다.

알은체 심한 김필립의 화법은 가족이 아니라면 거부감을 가질 만했다. 그의 말이 이어졌다.

"햄릿에 나오는 'To be or not to be, that is the question'도 말이야, 지금껏 수박 겉핥기식 해석만 해왔어. '존재할 것인가 말 것인가, 그것이 문제다' 이렇게 번역되어야 해."

"글쎄요. 늘 하던 대로 '죽느냐, 사느냐 그것이 문제로다'가 더 어울리는 거 같은데요."

이교준이 도저히 참을 수 없었는지 반박했다.

"아니야, 그건 피상적인 해석이라니까."

김필립이 손바닥을 내저었다. 얼굴까지 살짝 붉어져 있다.

어느 틈엔가 해미가 부엌으로 와서 냉장고 문을 열고 있었다. 해미는 생수통을 하나 꺼내 들고 가면서 말했다.

"아휴, 뭘 그런 거 하나 해석 못 해서 그러고들 계세요?"

식탁에 앉은 모두가 고개를 돌려 해미를 보았다. 해미는 시선도 돌리지 않고 말했다.

"'있기 없기 그러기? 잖아요."

어안이 벙벙해진 사람들을 뒤로하고 해미는 곧장 거실을 가로질러 자기 방으로 쑥 들어가버렸다. 진구는 조용히 고개를 숙였다.

이교준의 다친 팔 덕분에 모처럼 마련된 가족 간의 대화시간을 해미가 본의 아니게 흩뜨려놓고 말았다. 이교준이 "팔이 아파서 먼저" 하며 자기 방으로 들어갔고, 남고운 자매도 피곤하다며 2층으로 올라가버렸다. 부엌 식탁에는 진구와 김필립만 남았다. 진구가 말을 건넸다.

"지난번에 말씀하신 투자 건에 관해선데요."

"어, 그래요? 생각해봤어요?"

김필립이 자세를 고쳐 잡고 점잖게 물었다. 김필립의 얼굴에 억지로 누른 기쁨이 여름날 번지는 개기름처럼 비어져 나오는 게 보였다. 있어봤자 큰돈이 없을 듯한 진구의 투자 문의조차 반길 정도면 요즘 회원 한 명이 아쉽단 얘기겠지.

"투자를 하기 전에 좀 알아보려고 인터넷 홈페이지 들어가봤거든요. 근데 다 회원 가입해야 볼 수 있더라고요."

"그렇죠. 매일매일 올리는 투자전략에 내 기법의 핵심이 담겨 있으니까."

"저도 적지 않은 돈을 투자하는 입장이라, 그래도 한번 먼저 읽어보고 싶은데, 회비가 좀 부담돼서요. 잠깐만 들어가볼 수 없을까요?"

"음."

김필립은 팔짱을 끼고 곰곰이 생각하는 듯하더니 둥근 얼굴을 활짝 피며 말했다.

"그래요. 한 명한테라도 더 많이 내 기법을 퍼뜨리는 게 내 목표이기도 하니까. 진구 씨는, 그렇게 합시다. 우리가 임시회원들한테 주는 비번이 있어요. 그걸 가르쳐줄게요. 3일간 맛보기로 둘러볼 수 있으니까, 판단하는 데 도움이 될 겁니다."

김필립은 휴대전화를 꺼내더니 몇 번 누른 다음 진구에게 아이디와 비밀번호를 알려주었다.

"투자 예산은 한 얼마 정도 잡고 있어요?"

"일단 한 장 정도만 해보려구요."

"천만 원?"

"아뇨, 1억."

김필립은 놀란 듯했지만 순식간에 얼굴 어딘가로 감정을 숨기고 아무렇지 않게 말했다.

"그럼 내 오프라인 사무실로 와보세요. 느긋하게 차도 한잔 하면서 자세하게 설명을 해드리죠."

그러면서 진구에게 주소를 알려주었다. 진구는 김필립의 눈앞에서 자신의 휴대전화에 입력했다.

"그런데요."

진구는 휴대전화를 집어넣으며 말했다.

"이 집 어르신은 투자를 안 하셨어요? 다른 사람도 아닌 사위분이 이렇게 유능하신데, 소장님을 통해서 돈을 불릴 생각을 당연히 하셨을 것 같은데요."

"장인어른요? 허허. 택도 없어요. 옛날 분이라 오로지 부동산만이 투자라고 믿으시는 분이에요. 몇 번 이야기를 꺼냈는데 그때마다 거의 무슨 자기를 잡아먹으러 온 짐승 대하듯 나를 보셨어요."

언뜻 서운한 빛이 스쳐 지나갔다. 눈치로 보아 김필립의 몇 번의 청에도 불구하고 남현호 노인은 한 푼의 돈도 맡기지 않은 모양이다.

늘 힘없이 누워 있는 남현호였지만 진구는 지금 이 순간 그 노인이 대단해 보였다.

날이 밝자마자 진구는 2층으로 올라가 남고운의 방문을 두드렸다. 마침 문이 열리고 남고운이 막 나오는 참이었다. 아침 운동을 나가려는 모양이다. 강렬한 체리핑크색 트레이닝복에 금색 도트 무늬가 박혀 있다. 디자인을 전공한 해미가 보았다면 기겁할 복장이다. 남고운의 면전에 대고 진구가 대뜸 말했다.

"원경호 씨 연락처를 좀 알고 싶어서요."

'진구는 연락처를 알고 있습니까?' 라고 묻는 단계를 생략해버렸다. 이를테면 유도질문인 셈이다.

"원경호…… 씨요?"

남고운은 머뭇거렸다.

"지난번에 그 사람이 어디 적어놓고 가지 않았어요?"

"아, 예. 달력에 적어놨는데 도우미 아주머니가 찢어버렸더라구요."

"그 사람 전화번호는 왜요?"

"이교준 사장님하고의 폭행 건 때문에요. 일단 이야기 좀 해보려고요. 고소를 해야 할지도 모를 일이고……."

남고운은 눈알을 굴렸다. 분명 원경호의 연락처를 알고 있으면서 이걸 진구한테 가르쳐주는 게 이로울지 어떨지를 계산하는 낌새다. 진구의 '고소' 운운한 말이 이롭다는 생각에 힘을 실어준 모양이다. '이교준하고 원경호하고 진흙탕 고소 싸움을 붙이면 자신들한테 유리하지 않을까?' 하는 계산. 남고운은 트레이닝복 주머니에서 휴대전화를 꺼내더니 연락처를 찾아 알려주었다.

"고맙습니다. 덕분에 잘 해결될 겁니다."

진구는 휴대전화를 번쩍 들어 보이고는 아래층으로 내려갔다.

원경호의 연락처를 알아낸 것 외에 또 한 가지를 알아낸 셈이다. 남고운은 원경호의 연락처를 어떤 경로를 통해서든 알고 있었다는 사실.

방에 들어간 진구는 침대에 걸터앉아 휴대전화를 빼 들고 곧장 원경호에게 전화를 걸었다.

"여보세요."

굵고 호전적인 목소리가 건너왔다.

"김진구라고 하는 사람입니다."

"누구요? 난 모르는 사람인데."

그러면서도 경계하는 기색은 없었다. 진구는 다짜고짜 말했다.

"이교준 씨의 대리인입니다. 그날 이교준 씨의 집에 오셨을 때 뵌 적이 있습니다만."

"대리인? 뭐 변호사 같은 거요?"

"변호사는 아니지만 비공식적으로 이교준 씨의 법률상 문제를 담당하고 있지요."

"무슨 용건이오?"

말투가 대뜸 거칠어졌다.

"잠깐 만나 이야기하고 싶습니다만."

"내가 당신을 왜 만나?"

당장에라도 전화를 끊을 기세다. 진구는 서둘러 말했다.

"폭행 사건 때문이 아닙니다. 아름이 문제를 좀 의논드리고 싶어서입니다."

"아름이……?"

잠깐의 침묵이 흐른 뒤 원경호는 진구의 제안을 받아들였다. 아름이 이야기가 결정적으로 그의 마음을 움직인 것 같았다.

진구는 집을 나서 곧장 택시를 잡아타고 해운대로 향했다. 택시는 15분 만에 도착했다.

바닷가 벤치 위에 허름한 옷차림을 한 남자가 앉아 있다. 이미 만난 적이 있었기에 진구는 한눈에 그를 알아보았다. 이교준이나 다른 가족들의 말로는 거칠고 위험한 남자다. 하지만 오늘 원경호는 왠지 주위와 분리된 공간에 있는 듯이 쓸쓸해 보였다. 다른 남자의 손에 맡겨진 딸이 자신의 아이라고 믿고 홀로 싸움을 벌이는 아버지라면 그가 아무리 거친 밑바닥에서 살았다 하더라도 그런 분위기를 갖게 되는 것일까.

진구가 옆에 앉자 원경호가 돌아보았다. 그도 진구를 한눈에 알아본 모양이었다. 그날 이교준의 집에서 본 젊은 친구, 기억을 떠올렸으리라. 원경호의 오른쪽 관자놀이에는 조그맣게 거즈가 붙어 있고 주변이 붉게 물들어 있었다.

"그 상처는 뭡니까? 혹시 이교준 씨하고 싸우다가 생긴 건가요?"

"싸움은 아니오. 이교준이가 먼저 각목을 휘둘렀지. 내가 그걸 빼앗아 때린 거고."

"해명하실 필요 없습니다. 아까 전화로 말씀드렸듯이 그런 폭행 건으로 온 건 아니니까요."

원경호가 물끄러미 진구를 쳐다보다가 바다로 시선을 돌렸다.

"아름이를 어떻게 할 생각이야?"

반말이었다. 진구의 젊은 얼굴을 확인한 뒤부터였다.

"어떻게 할 생각을 하고 온 건 아니고요."

진구는 원경호의 표정을 살폈지만 밋밋했다.

"대화로 해결해보려고 왔어요."

"대화? 대화를 잘 한다고 내 딸이 이교준이 딸이 되진 않아."

"너무 경계하고 화내실 필요 없습니다. 전 이교준 씨의 대리인으로 그 집에 와 있긴 하지만 그렇다고 무작정 이교준 씨 편을 들 이유는 없어요. 아기 문제는 제가 맡은 일이 아니거든요. 전 상식을 좋아합니다. 만약 선생님 말씀이 이치에 맞고 이교준 씨가 쓸데없이 고집을 피우는 거라면 이교준 씨를 설득해볼 수도 있겠죠."

원경호의 표정은 그대로였지만 적의는 어느 정도 누그러진 것 같았다. 진구의 말이 사탕발림이라고 생각했을지 모르지만 자신의 편이 될 수도 있는 남자를 굳이 적으로 돌릴 필요는 없을 것이다.

"아름이가 선생님 딸이라고 믿는 이유는 대체 뭐죠?"

진구가 물었다.

"유정이는 아기 엄마야. 누구의 딸인지는 엄마가 제일 잘 알겠지."

"결국 남유정 씨의 '말'이 근거란 얘기네요."

원경호는 부리부리한 눈을 치떴다.

"아름이가 내 딸이라는 유정이의 말, 그게 거짓말일 수는 없지."

"상식적으로 잘 납득이 안 가는 게요……."

진구가 어조를 고르며 말했다.

"아무리 선생님하고 사랑하는 사이였다고 해도요, 엄연히 남편이 있는데 다른 남자의 아이를 갖고 낳기까지 할까요?"

"유정이의 남편이 될 사람은 나였어."

"물론 결혼까지 갈 뻔했다는 이야기는 들었습니다만……."

원경호를 힐끔 보았지만 그는 더 이상 말이 없었다. 아무래도 초면인 진구에게 깊은 이야기까지 할 마음은 없어 보였다. 그는 벤치 등받이에 양 팔꿈치를 걸고는 고개를 하늘로 향했다. 마치 독백을 하듯 말했다.

"날 설득할 생각이라면 관둬. 유정이는 이제 죽었지. 아름이만은 포기 못 해."

"실례지만 원래 하시는 일이 뭐였습니까?"

돌발적인 질문에 원경호가 진구를 보았다.

"예전에 외항선 탔어."

"예전? 지금은 수입이 없으시단 거 아닙니까?"

"왜? 돈 없어서 아름이 못 키울까봐?"

원경호는 갑자기 점퍼를 벗어 벤치 옆 빈자리에 던졌다. 티셔츠의 오른팔 부분을 걷어붙이자 참치 토막처럼 굵은 팔뚝이 드러났다. 하지만 팔꿈치가 엉망이었다. 마치 화상이라도 입은 듯 굵은 밧줄 같은 흉터 자국이 사방팔방 핏줄처럼 뻗어 있었다.

"양망기에 말려서 팔이 거의 절단될 뻔했어. 그때부터 배를 그만 뒀어. 웃기겠지만 바다도 겁나고 배도 겁이 났어. 내가 그냥 일하기 싫어서 빈둥거리는 놈팽이라고 생각해? 사고 때문에 배는 관뒀지만 지금도 힘쓰는 일이라면 얼마든지 할 수 있어. 모아둔 돈은 많이 없지만 죽을힘으로 노가다라도 뛰면 아름이 하나 키우는 건 문제 아냐. 아니, 정 필요하다면 배를 다시 탈 수도 있어."

원경호의 말투가 거칠어졌다. 아버지로서의 경제적 능력을 의심 받아 자존심에 상처를 입은 것일까. 동아줄처럼 굵은 신경에, 곰 같은 덩치의 이교준을 상대로 눈 하나 깜짝 않을 만큼 완력도 넘치는 남자지만 문제가 아름이에 미치면 이야기가 달라지는 것 같다. 진구는 더 이상 자극하지 않는 게 좋겠다는 판단을 내렸다.

"그러시군요. 알겠습니다."

진구는 조용히 원경호의 점퍼를 집어 들어 건네주었다.

진구가 집에 돌아왔을 때는 해미도 완전히 깨어 있었다. 두 사람은 해가 하늘 가운데를 살짝 넘어갈 무렵 집을 나섰다. 택시를 잡기 전 해바라기처럼 볕이 난 쪽을 골라 걸으며 대변항을 잠시 서성였다.

"근데 어디 갈 거야?"

무작정 진구를 따라나섰지만 아직 행선지도 모르는 해미였다.

"김필립 연구소에 한번 가볼까 싶어. 어제 주소 받았잖아."

"설마…… 투자할 생각인 건 아닌 거지?"

해미가 불안한 시선으로 진구를 보았다.

"해미도 드디어 김필립 연구소에 의심을 품기 시작했군. 당연하지. 투자하러 가는 건 절대 아냐. 일단 돈이 소용돌이치는 곳은 눈여겨봐야 한다는 게 내 원칙이니까. 그래서 가보려는 거야."

"하긴 오빠가 그런 데 투자한다는 건 오빠가 유니세프에 돈을 기부한다는 소식만큼이나 믿기 어려운 일이니까."

"왜 오늘 내가 늦잠 잤는지 알아? 어젯밤 김필립 사이트에 접속해서 임시 아이디로 투자전략을 살펴봤거든."

"그래? 어땠어?"

"투자전략이란 게 결국 그런 식이었어. 매일매일 시황이랍시고 적당히 전문적인 용어를 섞어서 썰을 풀어놓은 다음, 마지막으로 그날의 주식을 추천하는 거야. 추천하는 주식의 변동을 내가 한 번 일일이 추적해봤거든. 대부분 한창 오르고 있는 주식을 추천해놓았는데, 물론 그중에는 추천 후에 오른 것도 있고 내린 것도 있지만 솔직히 말하면 내린 쪽이 더 많았어. 오른 것도 일시적으로 급등하다가 폭락하는 게 대부분이었고. 당장 빨간 불 들어오고 매수세 있는 주식을 대충 늘어놓았다는 느낌이 들었어. 그런 식으로 추천해놓고는 며칠 후에 그러는 거야. 내려간 주식은 언급도 하지 않거나 슬쩍 별로였단 식으로 자기 디스를 해버리고는 올라간 주식만 자랑하면서 이것 봐라, 내가 얼마 전 추천한 주식 아니냐, 이런 식이야. 내가 가상으로 시뮬레이션도 해봤는데 여기 추천대로 주식 샀"

다가는 몇 달 안에 거의 거덜 나겠더라구. 그래도 투자자는 김필립이 자랑한 급등 주식 몇 개만 바라보며 저것만 샀더라면 하고 자기 탓을 하게끔 교묘하게 만들어놓았어."

"심하다……. 그럼 월가에서 천문학적인 수익을 냈다는 건 뭐야?"

"글쎄, 뭐 월가 가판대에서 로또 샀다가 당첨된 거 아닐까? 어쨌든 천문학적인 수익을 낸 거긴 하니까."

"사람 말을 너무 안 믿는다."

해미는 쯧 하며 혀를 찼다.

두 사람은 대변항을 나와 택시를 타고 김필립 투자연구소로 향했다. 그곳은 버젓한 사무실이 아니라 부산역 앞 대로변에 면한 13층짜리 오피스텔이었다.

"역시 이상하긴 해. 이런 데에서 무슨 연구를 해? 그래도 무슨 큰 회산 줄 알았더니……."

기웃거리면서 미적대는 해미의 등을 진구가 떠밀었지만 해미는 미심쩍어하면서 안으로 들어갈 생각을 하지 않았다. 결국 해미는 발길을 돌렸다.

"왜, 안 들어가?"

"오빠 혼자 가보고 와. 난 근처에서 기다릴게."

연구소 외형의 허술함이 김필립에 대한 해미의 믿음에 돌이킬 수 없는 타격을 입힌 모양이다.

"하긴…… 여기 상태를 보면 안에 들어가봤자 전화 받는 사람 한 명하고, 컴퓨터 두어 대밖에 없을 것 같긴 해."

"월가에서 일하다가 이런 데로 옮겼다고? 믿기지 않아. 아아, 난 투자에 미련을 버렸어."

"이 사무실을 보기 전까진 투자에 미련이 있었던 거군."

"아, 아니야!"

"알았어, 그럼. 해미는 근처에서 커피나 한잔 하고 있어. 끝나면 전화할게."

진구는 해미를 보낸 후 홀로 건물 안으로 들어갔다. 엘리베이터를 타고 6층으로 올라갔다. 문이 복도 양쪽으로 양계장처럼 다닥다닥 붙어 있었다. 간격으로 보아 그다지 큰 평형도 아닌 것 같다. 김필립의 연구소는 6층 구석방이었는데, 새카만 문에는 612호라는 숫자판 외에는 아무것도 표기되어 있지 않았다. 홈페이지에 주소를 숨긴 것도 그렇고, 아무런 소개가 없는 사무실 문도 그렇고, 당당함이 조금도 엿보이지 않는다. 이 사무실은 단지 투자공장일까.

진구가 벨을 누르자 잠시 후 문이 열리며 회색 양복바지에 줄무늬 와이셔츠를 입은 젊은 남자가 얼굴을 내밀었다. 해미가 전날 전화할 때 진구가 받았던 인상보다는 더 젊고 싹싹해 보였다. 남자는 진구가 멀거니 서 있는 것에 다소 의아한 듯했지만, "소장님 계세요?" 하는 말에 이내 문을 활짝 열어 진구를 들어오게 했다.

한편 진구와 헤어진 해미는 부산역 방향으로 천천히 걸어 내려갔다. 부산역 방향으로 한 블록 떨어진 곳에 익숙한 브랜드의 커피 전문점이 있었다. 가게 유리창에 비친 자신의 모습을 곁눈질로 힐끔거리며 지나가던 해미는 문득 발길을 멈추었다.

유리창 너머에 앉은 남자의 모습이 익숙했다. 둥글둥글하고 평퍼짐하기도 한 그 얼굴은…… 김필립이었다. 남현호의 집에서 늘 보던 캐주얼 차림이 아니라 양복바지에 파란색 줄무늬 와이셔츠를 입고 있어 하마터면 알아보지 못하고 지나칠 뻔했다. 연구소장이 여기에 나와 있으니 진구가 허탕을 치겠다는 생각을 하는 동안 해미의 시야에 맞은편에 앉은 사람의 모습이 들어왔다. 30대 중반쯤으로 보이는 여자였고, 단풍을 연상시키는 깊은 색감의 황적색 블라우스에 타이트한 검은색 스커트를 입고 있었다. 고개를 숙이고 있어서 얼굴이 제대로 보이지는 않았지만 해미 기준으로 '보통'은 되었다. 해미가 보통이라고 하면 상당히 예쁜 얼굴이라고 진구는 말하곤 했다. 몸매는 꽤 육감적이네, 하고 해미도 인정했다. 그렇다면 진구의 기준으로는 '폭발적'인 몸매일 것이다.

해미는 쇼윈도 앞에 못 박힌 쇼핑 중독녀처럼 발길을 옮기지 못했다. 여자의 뺨에 흘러내린 한 줄기 눈물이 연한 화장을 지우고 있었다. 얼굴을 창 쪽으로 돌리고 있어서 더 분명하게 보였다. 김필립은 상체를 앞으로 내밀고 큰 손짓을 섞어가며 무언가 열변을 토하고 있었다. 손가락을 쫙 펴서 아래위로 흔드는 그의 얼굴은 화덕에서 달아오른 숯불처럼 빨갛게 변해 있었는데, 무언가를 설득하려 열심인 모습이었다. 둥근 이마에는 땀과 섞인 기름기가 번득였다.

해미의 시선은 테이블 위로 향했다. 여자 쪽 커피 잔 받침 아래 모습을 절반쯤 가린 흰 봉투가 놓여 있었다. 해미는 돌연 서늘한 느낌이 들었다. 곧장, 거의 불가항력적으로 어제 보았던 드라마의 비슷한 장면이 오버랩되었다. 남자를 잊지 못하는 여자와 돈의 힘으로 설득하려는 남자. 둘 사이는 물론 부부가 아니었다. 해미는 이야기에 빠져 있던 김필립이 혹시라도 불시에 고개를 들어 눈이 마주칠까봐 황급히 걸음을 떼었다.

진구는 생각보다 조금 늦게 나왔다. 해미는 김필립이 있던 카페와 50여 미터쯤 떨어진 곳에서 커피를 홀짝거리고 있었는데, 진구는 문을 밀고 들어오면서부터 고개를 설레설레 저었다. 자리에 앉은 진구에게 해미가 물었다.

"어땠어?"

"딱 예상한 대로였어. 책상 두 대에 컴퓨터가 두 대, 모니터가 네 대. 모니터 위에는 주식 그래프 같은 것이 떠 있고. 방 한구석에 정수기가 있다는 것만이 예상에서 벗어났달까."

"이야기는 좀 들어봤어?"

"해미 전화를 받았던 젊은 남자가 있는데, 통화했던 내용을 길게 늘이기만 한 이야기를 했어. 그새 투자실적은 더 뻥튀기됐고. 역시 그런 데 같아. 잔챙이 투자자 상대로는 온라인에서 회비 몇 푼 받고, 몇천만 이상 큰손 투자자들은 저렇게 오프라인에서 특별회원으로 별도로 투자받아서 직접 운영해 수수료 떼고. 말하자면 아주 작은 규모의 투자자문업체인 거지."

진구는 의자에 허리를 길게 뉘였다. 해미가 물었다.

"김필립 아저씨는 못 만났지?"

"어떻게 알아?"

해미는 조금 전 목격한 장면을 진구에게 들려주었다. 진구는 허리를 곧추세우고 눈을 빛냈다.

"내가 조금 전에 그리로 지나왔겠군."

진구는 해미를 이끌고 서둘러 카페를 나섰다. 다시 그 커피 전문점 앞으로 갔지만 이미 창가에 김필립과 여자의 모습은 사라지고 없었다. 그들이 있던 자리엔 파릇파릇한 여성 두 사람이 수다를 떨고 있을 뿐이었다. 여자들 중 한 명이 진구와 해미의 시선을 느꼈는지 길 위의 두 사람을 보았다. 눈이 마주쳐버린 진구는 해미의 팔을 툭 건드려 걷자는 신호를 보냈다. 오던 방향으로 걸으며 진구가 말했다.

"김필립 씨가 아주 다재다능하군. 투자에 연애까지."

"그러게 말야."

해미는 찝찝한 음식을 입에 담은 듯 입을 오물거리며 말했다. 진구가 해미를 휙 돌아보았다.

"해미는 어때? 김필립이 남자로서?"

"웩! 누가 그런 못생기고 뚱뚱한 중년 남자를……"

해미의 반응이 격렬했다.

"그 여자한텐 김필립의 말발이 먹혔겠지. 돈 냄새도 좀 풍겼을 테고."

"그래도. 여잔 얼굴은 그저 그래도 몸맨 좋던데."

사람 자체의 매력만 보는 해미에게는 아직 이해가 가지 않는 일일지도 모른다. 아무튼 진구는 해미의 말을 통해 여자 쪽은 상당한 미인이라고 이해했다.

"어떻게 할 거야?"

"뭘 어떻게 해?"

"남고운 아줌마한테 알릴 거야?"

"글쎄……."

해미가 미간을 찌푸리며 고민하듯 손을 맞잡았다.

"남편이 저러고 있으니…… 언니가 알아야 할 것 같긴 한데, 한편으로는 또 이걸 알려야 하나 싶기도 하고, 지금은 그래."

후훗, 진구가 재밌다는 듯이 웃었다.

"운명에 맡겨보는 것도 재밌겠는데. 나라면 알리지 않겠지만 이건 해미의 판단대로 해. 누구의 판단에 따라 어떤 결과가 생기고 어떻게 결론이 달라질지 재밌을 것 같아."

"오빠 사람 사는 걸 홀짝 게임으로 생각하는 거야?"

해미가 진구를 흘겼다.

"남 일이잖아."

진구는 휘파람을 휘이 불었다.

그날 밤 남고운은 2층 자신의 방에서 핏발 선 눈으로 휴대전화를 꾹꾹 눌러대고 있었다. 그 휴대전화는 자기 것이 아니라 남편 김필립의 것이었다. 남고운은 김필립을 집으로 불렀고 지금은 화장실에 가 있다. 남고운은 그 사이 김필립의 휴대전화를 집어 든 것이다.

해미는 결국 남고운에게 자초지종을 털어놓았다. 갈등은 했지만, 친구의 남자 친구가 바람피우는 장면을 보았을 때 절대로 숨기지 못하는 20대 여자들의 공통된 정서를 해미도 그대로 가지고 있었다. 남고운의 반응은 해미의 상상 이상이었다. 이를 악물었고,

눈에 핏발이 섰으며, 목소리는 떨려 나왔다. 활시위가 팽팽히 당겨진 듯한 기세에 해미가 움찔할 정도였다.

"전 그냥 본 대로만 말씀드렸어요. 혹시 오해일 수도 있으니까……."

"아니, 분명해요."

남고운이 흙빛이 된 얼굴을 가로저었다.

"내가 누구보다 그이를 잘 알아요. 여자 나오는 술집조차 가지 않던 사람이에요. 다른 일은 생각할 수 없어요. 여자를 만났다면, 더구나 해미 씨가 본 그런 장면이라면……."

남고운은 잘근잘근 입술을 깨물었다. 해미는 반박할 수도 맞장구칠 수도 없었다.

"하여튼 남자란 족속은 똑같아. 조금만 틈을 주면 딴 데로 눈을 돌려. 내가 이 집에 따로 나와 사니깐 아주 마음 놓고 여자를 만난 모양인데."

"그래도 너무 그러시니깐 제가 입장이 좀 그래요."

해미가 기어들어가는 목소리로 말했다.

"해미 씨는 걱정하지 말아요. 누가 봤다는 둥 절대 그런 이야긴 안 할 테니까. 그리고 나도 덮어놓고 그러진 않아요. 일단 확인을 먼저 해볼 거예요."

해미는 이젠 모르겠다 싶어 입을 닫아버렸다.

남고운은 남편 김필립을 누구보다 잘 안다. 단단한 증거가 필요했다. 짐작만으로 적당히 몰아붙이다간 기름 바른 생선처럼 손아귀에서 미끄덩 빠져나갈 기회를 줄 뿐이다. 감정적으로 다그치는 건 어설픈 짓이다. 확실한 증거를 확보해서 눈앞에 들이대야 한다. 맨 먼저 휴대전화 메시지 함을 뒤졌지만 별다른 내용이 없었다. 연락처 중에는 별스럽게 이름 대신 23, 52 같이 숫자로 기재된 상대방들이 있었는데 일단은 넘겼다. 그다음으로는 해미가 김필립을 목격한 시각 이전의 통화기록을 살폈다. 분명히 그 전에 메시지나 통화로 약속 시간과 장소를 정했을 터였다. 몇 안 되는 통화목록 중에 눈에 띄는 게 있었다. 통화가 한 번씩 오갔고, 상대방은 연락처에 있던 것처럼 이름 대신 '78'이라고 적혀 있었다. 이 철저히 중립적이고 메마른 숫자를 본 남고운의 눈에 쌍심지가 돋았다. 뇌리에 빨간 불길이 확 하고 번졌다.

하지만 남고운은 화장실에서 나오는 김필립을 향해 '버스번호야 뭐야! 이런 걸로 위장했어?' 하며 휴대전화를 던져 박살 내는 대신 '78'의 전화번호를 옮겨 적고, 휴대전화를 닫은 후 고이 제자리에 돌려놓았다.

이교준은 진구의 방문을 열고 손짓으로 불러냈다. 노트북 앞에 앉아 있던 진구는 덮개를 덮고 일어서서 방을 나섰다. 이교준은 자신의 방을 그냥 지나쳤다. "아름이가 자고 있어서요." 이교준이 변명하듯 말했다. 얼핏 아기가 옹알대는 소리를 들은 것도 같았다.

거실을 지나면서 복도 안쪽 3분의 1 정도 열린 방문 틈으로 권영덕이 남현호의 손발을 주무르고 있는 모습이 보였다. 간병인이 퇴근하고 없는 이 밤에 남현호가 통증을 호소했던 모양이다. 진구가 조그맣게 말했다.

"아주머니를 참 잘 만났네요. 저렇게 자기 일처럼 하기도 쉽지 않은데."

"뭐 그렇죠."

이교준은 시큰둥하게 말하고는 거실 창문을 열고 진구를 베란다 밖으로 데리고 나갔다. 조그만 커피 테이블이 있고, 흰 페인트칠이 된 철제 의자가 두 개 마주 놓여 있다. 낮에는 포구가 파노라마처럼 내다보이는 곳이다. 지금은 검은 어둠 속에 철썩대는 파도 소리만이 아련한 메아리처럼 울릴 뿐이다. 진구는 티셔츠만 걸치고 나왔기에 맨살에 부딪치는 바깥 공기가 조금 차가웠다.

"예전에는 짠 내, 비린내가 참 많이 났는데 요즘은 많이 줄었어요. 대변항도 깨끗해졌죠."

이교준이 성한 팔로 진구에게 의자를 권했다. 다친 팔은 여전히 어깨 끈에 매달려 있다. 진구는 의자에 앉아 어둠이 삼킨 바다로 시선을 보냈다.

"어떻게 되고 있어요?"

이것이 용건인 듯했다.

"아직은 주변을 살펴보는 중입니다. 여유를 갖고 하려고요."

"처형들하고는 좀 이야기가 진행되고 있습니까?"

"한두 번 이야기는 했지만……."

진구는 불만이 서린 이교준의 얼굴을 보며 말을 덧붙였다.

"정면으로 공격하는 건 좋지 않아요. 경계심을 갖게 되거든요. 지금 상황은 천천히 여유를 가지고 주변에서부터 조사해나가는 수밖에는 없어요. 어차피 이 의뢰가 확실한 근거를 갖고 시작한 게 아니잖습니까. 무에서 시작해서 단서를 잡아내는 일이었잖아요. 서두르면 안 됩니다."

"처형들한테 단도직입적으로 추궁하면 어떻습니까? 그러면 변명을 하든가 흔들리든가 뭔가 반응이 있지 않을까요? 내가 못 하니까 김진구 씨한테 의뢰한 거잖아요."

이교준이 조바심을 담아 말했다.

"지금 상황에서 무리한 방법은 결코 좋지 않거든요. 마구잡이로 캐물어서 대답할 리가 없어요. 상대방 쪽에도 사람이 없는 건 아니잖아요? 고진 변호사란 분이 여기에 없긴 하지만 결코 아무 생각 없이 현장을 떠나 있을 사람은 아닙니다."

이번에는 진구가 물었다.

"그건 그렇고 원경호는 그 뒤로 연락이 있었습니까?"

"아뇨. 말도 안 되는 소리였으니 다시 나타날 수가 없겠죠. 또다시 날 자극했다가 내가 폭행으로 고소할까 겁도 날 거고."

고개를 끄덕이던 진구가 다시 화제를 돌렸다.

"아무튼 지금 상황을 정리하면 그래요. 교통사고가 있던 날 저녁, 아직까지는 의심할 만한 결정적인 단서가 없다, 이겁니다."

"그렇게 보이는 것뿐이겠죠. 다른 사람들이 사실대로 이야기 안 했을 수도 있고요."

"하긴 뭐 좋습니다. 그날 그 자리에 있었던 사람들이 중요한 사실을 숨기고 있을 가능성은 있습니다. 약물을 몰래 먹였다거나 극단적인 다툼이 있었다거나 했을 수도 있겠죠. 그런데 문제는 그런 문제보다, 남유정 씨의 목숨을 노릴 만한 동기가 아무에게도 없어

보인단 겁니다. 그 자리에 있었던 두 언니나 김필립 씨나 남유정 씨를 죽여봤자 상속분이 늘어나는 게 아니었습니다. 남유정 씨에게는 아름이가 있어서 남유정 씨 대신 상속하게 되니까요."

"상속상 이익은 없다. 아름이가 있으니까……."

혼잣말처럼 중얼거리던 이교준은 어딘지 절박한 듯한 눈빛을 띠었다.

"하지만 꼭 상속만이 이유가 아닐 수도 있지 않겠습니까? 그리고 그런 걸 알아내달라고 김진구 씨에게 의뢰한 거고요."

진구는 이교준을 멀거니 바라보았다.

"사장님은 아무래도 확신을 갖고 계신 것 같네요. 그런데."

"그런데?"

"새어머님 쪽은 왜 의심하지 않습니까?"

이교준은 이해할 수 없다는 표정을 지었다.

"그야 지난번에도 얘기했듯이 그날 집사람을 만나지도 않았거든요. 평소에 특별히 사이가 나쁘거나 하지도 않았고요. 뭐 그렇다고 집사람이 엄마라고 부른 건 아니었지만. 사실 거의 못 본 척 지나칠 때가 많았어요."

"그렇군요. 새어머님은 그날 저녁 어디 계셨다고 하던가요?"

"그건 모르겠어요. 딱히 여쭤보지 않아서."

이교준은 고개를 흔들었다.

"그렇군요."

진구는 무의미한 맞장구를 쳤고, 이교준은 말이 없었다.

"아무튼 조금 기다리셔야 할 것 같습니다."

"기다리라고요……."

이교준은 진구의 말을 반복하다가 말을 줄였다.

싸늘한 바닷바람이 불어왔다. 많이 줄었다던 짠 내음이 실려 왔다. 이교준은 진구에게 가볍게 눈인사를 보내고는 옷깃을 추스르며 안으로 들어갔다. 진구는 멀리 어둠 속으로 시선을 보냈다.

남고운의 눈은 충혈되어 있었다. 거의 뜬눈으로 밤을 새운 탓이었다. 맞은편에 앉은 남문영은 수심이 가득한 얼굴로 남고운을 걱정스럽게 바라보았다. 오후 3시가 훌쩍 넘은 시각. 두 사람은 지금 남포동 거리 커피 전문점 2층 창가 앞 좌석에 앉아 여자가 나타나기를 기다리고 있다. 아직은 그 여자의 이름도, 얼굴도 알지 못한다.

전날 해미가 김필립의 수상한 만남을 알린 후 남고운은 곧장 남문영의 방으로 가 사정을 털어놓았다. 남문영은 "어쩌나……" 하고 깊은 한숨을 토하면서도 눈을 초롱초롱 빛내며 말했다.

"형부한테 따지기보다 일단 먼저 여자를 잡아야 해."

'증거'를 확보하기도 전에 은폐할 기회를 주어서는 안 된다는 데는 남고운도 같은 생각이었다.

남고운은 정오 무렵 남문영과 같이 있는 자리에서 '78'에게 전화를 걸었었다. 남문영도 들을 수 있도록 '한뼘통화' 설정으로 소리를 키웠다. 여보세요, 하는데 곧장 남고운이 말했다.

"잠깐 만나서 이야기 좀 해요."

남고운은 처음부터 대담하게 나갔다. 여자를 동요하게 만들어 정체를 드러나게 하려면 처음부터 휘저어버리는 게 낫다는 판단에 서였다.

"누, 누구세요?"

상대방 여자는 남고운의 무례한 전화에 화를 내기보다는 겁을 더럭 먹은 눈치였다. 생각보다 순진한 여자의 말투에 자신감을 얻은 남고운은 더 세게 밀어붙였다.

"김필립 씨 안사람이에요."

"예?"

"아시잖아요. 알고 있단 거 알고 있어요."

여자는 말이 없었다. 침 삼키는 소리가 얼핏 들린 것 같기도 했다.

"3시 30분에 남포동 부산극장 앞에서 만나요."

"……대신 해결하려는 건가요?"

남고운은 이 여자 봐라, 하는 듯한 눈으로 남문영을 쳐다보았다. 남문영도 어이없다는 듯 이맛살을 찌푸렸다.

"나와서 이야기해요."

여자는 예상한 전화를 받은 듯 초연한 면모도 보였지만 통화 내내 잔뜩 얼어붙어 있었다. 만날 약속을 정하기까지에는 별 무리 없이 진행되었다. 하지만 남고운 자매는 자리에 나가지 않을 생각이었다. 여자의 정체를 아직 모른다는 불안감이 있었다. 일단은 여자의 얼굴과 사는 집을 확인할 작정이었다.

거리가 내다보이는 2층 카페 창가에 자리 잡은 두 자매는 밀랍

인형처럼 뻣뻣하게 굳어서는 초췌한 얼굴로 바깥을 내다보았다. 10월의 거리에는 인파에도 불구하고 스산함이 깃들어 있었다. 편도 1차선 도로가에는 차가 점점이 멈추어 있다. 일기예보대로 기온이 뚝 떨어진 날이었다. 엇갈리는 사람들의 발길 사이로 광고지 조각들이 이리저리 굴러다녔다.

테이블 위에서 입도 대지 않은 커피 두 잔이 식어갔다. 남고운이 연신 휴대전화를 들여다보았다.

3시 30분을 조금 지났을 무렵, 새빨간 재킷을 입은 여자가 극장 입구 조금 못 미친 곳에서 멈춰 섰다.

"저 여자 아니야?"

남문영이 창에 손가락을 대고 말했다. 그렇지 않아도 이미 남고운은 여자를 뚫어지게 노려보고 있었다. 서른 중반쯤으로 보였고, 해미로부터 들은 인상착의와도 비슷했다. 아직은 여자의 옆모습밖에 보이지 않았다. 그럼에도 여자의 풍만한 곡선은 충분히 드러났다. 남고운은 왠지 울컥했다.

여자는 숄더백에서 휴대전화를 꺼내더니 어딘가로 전화를 걸었다. 남고운과 남문영의 테이블 위로 긴장이 흘렀다. 2초 후 남고운의 휴대전화가 울렸다. 남고운은 운명을 마주한 사람처럼 눈을 꼭 감았다. 다시 떴을 때 남문영과 시선이 마주쳤다. 남고운은 남문영과 휴대전화를 한 번씩 번갈아 볼 뿐 손을 뻗지 않았다. 시끄러운 벨소리에 뒤 테이블의 여자 한 명이 남고운 쪽을 건너다보았다. 남고운은 끝까지 휴대전화를 받지 않았다. 빨간 재킷의 여자가 귀에서 휴대전화를 떼자 곧 남고운의 벨소리도 끝났다. 여자는 휴대전화를 손에 쥐고 목을 이리저리 빼 주변을 둘러보았다. 여자의 옆얼굴이, 이어 앞 얼굴이 드러났다.

남고운 자매는 유리창에 코가 닿을 만큼 얼굴을 갖다 댔다.

"저! 저 여자는……."

남고운이 휴대전화를 부서져라 거머쥐었다.

"세상에……."

남문영은 양손을 들어 자기의 입가에 댔지만 벌어진 입을 다 가리지는 못했다.

여자는 누군가가 수심이 가득한 자신의 얼굴을 훔쳐보고 있다는 사실을 모른 채 계속 거리를 두리번거릴 뿐이었다.

이날의 성과는 커피 전문점에서 잠복하면서 통 유리창을 통해 여자의 얼굴을 확인한 것 말고도 더 있었다. 남고운 자매는 허탕을 치고 돌아가는 여자의 뒤를 조곤조곤 밟아 집을 확인하고 온 것이다. 옷차림으로 미루어 소위 '있는 집' 여자로 생각했다가 부산역에서 내려 서민 동네인 초량동 언덕길을 걸어 올라가는 모습에는 다소 당황했다. 차 두 대가 겨우 교행할 수 있는 비좁은 차도를 따라 위로 뻗은 도보길을 요리조리 걸어 올라간 여자는 언덕 중간에서 길 안쪽으로 들어가더니 허름한 다세대주택 안으로 모습을 감추었다. 가을날에 어울리지 않게 비지땀을 흘리며 여자 뒤를 열심히 쫓아온 자매는 숨을 몰아쉬며 서로 눈을 마주 보았다.

"이상한데."

남고운은 그 여자가 사라진 집을 보며 고개를 갸웃거렸다.

"설마 그 여자일 줄이야……."

남문영은 근심에 사로잡힌 표정으로 말했다.

"대체 형부하곤 언제 어떻게 만난 거지?"

Day7

동이 트자마자 남고운 자매는 권영덕에게 아침을 일찍 차려내라고 성화였다. 밥을 한 숟갈 뜨는 둥 마는 둥 하더니 부리나케 집을 나섰다.

권영덕이 아름이를 안고 거실을 보란 듯 서성였지만 남고운 자매는 아기를 거들떠보지도 않고 휙 지나쳤다. 이 와중에도 남고운은 파스텔 톤의 리넨 재킷을 곱게 차려입고 자수정 목걸이에 팔찌까지 했다. 권영덕이 "아침부터 어디 가요?" 물었지만 남고운은 "볼일이 있어서요"라고만 대답하며 지나쳤다. 오랜만에 일찍 일어나 욕실에서 씻고 나오던 해미는 "별일이야, 볼일도 다 있고" 하고 중얼거리며 두 사람의 뒤를 의아한 시선으로 좇았지만 그 볼일의 단초는 실상 해미가 만든 것이었다.

남고운 자매가 허겁지겁 차를 달려 도착한 곳은 어제 확인해둔 여자의 집 앞이었다. 수수한 초량동 언덕에 그다지 어울리지 않는 하얀색 닛산 인피니티를 맞은편 빈터에 적당히 박아 넣고는 차창 안에서 예의 그 집을 향해 눈을 빛냈다.

"직업이 뭔지, 어디로 출근하는지, 일단 모든 걸 알아내야 해."

이미 멈춰 서 있는 자동차의 핸들을 꽉 움켜쥔 채 남고운은 투지를 불태웠다. 대충 차를 세운 탓에 앞 범퍼 부분이 도로로 툭 튀어나왔고 몇몇 차량이 경적을 울리며 지나갔지만 두 여자는 아랑곳하지 않았다.

"그래, 언니. 추궁을 하더라도 형부가 말을 맞추지 못하도록 저 여자를 먼저 잡고 이야기해야 해."

남문영이 조수석에 앉아 훈수를 두듯 말했다.

"설마, 아직은 출근하기 전이겠지?"

남고운이 휴대전화의 시각을 초조하게 들여다보았다. 시계는 오전 8시 5분을 가리키고 있었다.

그로부터 두 시간 가까이 흘렀다. 다세대 주택에서는 몇 명인가 사람이 나왔다. 8시 20분쯤부터 시작해 9시 이전까지는 출근길을 서두르는 듯한 양복 차림의 남자 세 명이 나왔고, 주부 두 명이 쓰레기봉투를 들고 나왔다가 들어갔다.

남고운 자매의 낯빛에 초조한 기색이 짙어졌다.

시각은 어느덧 10시에 가까워졌다.

"이상해. 아직 출근을 안 했을 리는 없고……."

남문영이 남고운의 눈치를 보듯 말했다.

"아님 역시 더 일찍 출근했을까?"

남고운이 도저히 못 참겠다는 얼굴로 말했다.

"휴대폰 좀 해봐."

"저 여자한테 직접 전화하라고?"

"응. 내 번호는 어제 찍혔으니까 안 돼. 내 목소리도 알 거고. 너가 해봐."

남문영은 남고운이 휴대전화를 열어 보여주는 '78'의 번호로 전화를 걸었다. 벨이 네 번 울리고 딸깍, 하는 소리가 들렸다.

"여보세요."

졸린 목소리다. 분명 자기 집에서나 낼 수 있는 톤이었다. 남문영은 남고운에게 황당하다는 표정을 지어 보이고는 말했다.

"차가 막혀서 그러는데요. 차 좀 치워주세요."

"잘못 거셨어요. 제 차는 없어요."

귀찮음이 배어 나오는 말투였다. 남문영은 '이상한데' 하는 표정으로 남고운을 보았고, 남고운도 고개를 모로 꼬았다. 이들 자매가 알기로 여자는 분명 차를 갖고 있다.

"초량동 다세대 앞 맞죠? 차 안에 이 번호가 적혀 있거든요."

남문영이 한 번 더 밀어붙였다.

"그럴 리가……."

여자는 잠깐 뜸을 들이더니, "알았어요. 나가볼게요" 했다.

휴대전화를 내려놓으며 남문영이 말했다.

"이 여자, 어디 일하는 데도 없나봐. 저 집에서 자고 있었어. 직장이고 뭐고 더 알아볼 것도 없어."

"차는 어떻게 했을까?"

"글쎄……."

김필립이 생활비로 돈뭉치를 건네는 영상이 남고운의 뇌리에 생생하게 떠올랐다. 잠시 후 다세대주택 현관에 여자가 등장했다. 긴

주름치마에 헐렁한 티셔츠 차림이었고 샌들을 신었다. 머리는 자다가 일어난 듯 부스스했다.

"나가자."

남고운이 결단하듯 말했다. 남고운, 남문영은 벌컥 차문을 열고 내려 보무도 당당히 여자 앞으로 다가갔다. 두리번거리던 여자는 자신을 향해 걸어오는 두 사람의 낌새를 느끼고서 자매를 쳐다보았다. 여자의 얼굴이 일그러졌다. 여자를 무너뜨린 감정이 당황과 경악 같은 종류임은 남고운 자매 모두 똑똑히 알 수 있었다.

"우리 구면이죠?"

남고운이 말했다.

"여길 왜……?"

"안에 들어가서 이야기 좀 할 수 있을까요? 아침이라 문을 연 데가 아무 데도 없을 것 같네요."

"집 안에요?"

여자는 그때까지 흐리멍덩했던 눈을 크게 떴다. 이어 크게 당황하며 말했다.

"안에는 곤란해요."

"왜요?"

남고운의 눈에 쌍심지가 돋았다. 집 안에 들이지 않겠다는 말보다 당황해하는 여자의 태도가 더 의구심을 불러일으켰다. 설마…… 이 아침부터 김필립이 여기 와 있는 걸까? 남고운은 남문영을 보았다. 말없이 그저 눈짓을 했을 뿐인데 남문영은 휴대전화를 꺼내더니 어디론가 전화를 했다. 김필립의 사무실이었다. 전화

응대를 하는 젊은 남자를 거쳐 상대방은 김필립으로 바뀌었다.

"아니에요. 그냥 형부가 출근 잘 하셨나 싶어서."

남문영은 얼버무리고는 전화를 끊었다.

김필립의 현장부재를 확인했지만 남고운의 의심은 풀리지 않았다.

"아무리 그래도 좀 이상하네요. 우리가 왜 왔는지는 알 거잖아요. 집에라도 들어가서 이야기하는 편이 낫지 않겠어요? 아님 이 길바닥에 서서 창피를 당하고 싶어요?"

남고운이 몰아붙였지만 여자는 물러서지 않았다.

"차라리 여기서 이야기해요. 이 집은 내 집이에요. 안에는 들일 수 없어요."

"남의 남편을 꼬여낸 게 그렇게 자랑스러운 이야기가 아닐 텐데요?"

여자는 시선을 돌려 남문영을 멍하니 쳐다보았다. 입을 움직이려 한 것 같지만 결국 말을 꺼내지 못하고 고개를 푹 숙였다. 여자의 눈에 금세 눈물이 맺혔다.

"미안해요……."

여자의 입에서 조그맣게 말이 흘러나왔다.

"어떻게 하고 많은 남자를 놔두고 유부남을 만날 생각을 해요?"

남고운이 말했다. 여자는 고개를 숙인 채 말이 없었다. 남고운 자매는 여자의 머리 위로 아이의 잘못을 책망하는 도덕 교사처럼 혀를 세게 찼다.

"자, 그럼 여기서 이럴 게 아니라 안에 들어가서 이야기해요. 서로 불편하니까."

여자는 고개를 번쩍 들었다.

"안에는 안 돼요. 차라리 편의점에라도 가서 이야기해요."

"무슨 편의점엘 가요? 거긴 사람 눈이 없나요? 집이 바로 여긴데, 정말 이상하시네."

남고운이 버럭 큰소리를 지르며 여자의 팔을 잡고 안으로 이끌려 했다. 여자는 팔을 휙 뿌리쳤다.

"미안해요. 하지만 그 일과 이건 달라요. 집에는 못 들어가요."

어느새 여자의 뺨은 눈물로 흥건히 젖어 있었다. 여자는 그러면서도 양팔을 쫙 펼쳐서는 끝까지 물러서지 않았다. 언덕을 내려오던 중년 여자가 이들을 힐끔거리며 지나갔다. 통행하던 차들도 속력을 늦추고 얼굴을 한 번씩 구경했다.

"이상해. 분명 안에 뭔가가 있어. 들어가요."

남고운이 여자의 어깨를 잡았지만 여자는 다시 뿌리쳤다.

"뭔지 모르지만 집 안에 떳떳하지 못한 일이 있으니까 이러는 거 아니에요? 이대론 우리도 못 물러나죠."

남문영이 쏘아붙였다.

"문 열어요! 우린 들어가야겠어!"

남고운이 소리쳤다. 여자는 와락 울음을 터뜨렸다.

"못 가! 못 들어가!"

여자는 그 자리에 철퍼덕 주저앉았다. 이어 목을 놓아 대성통곡하기 시작했다.

"안 돼! 죽어도 못 들어가! 내 집이야!"

여자는 마구잡이로 다리를 차며 발버둥 쳤다. 샌들 한 짝이 날아가 길바닥으로 굴렀다. 마치 온몸으로 우는 것 같았다. 남고운 자매가 건드린 김에 팍팍한 인생살이의 다른 설움도 겹쳐졌는지 모른다. 반경 10미터 안에 있는 사람들은 모두 이쪽을 보았고, 차창을 내리고 구경하느라 차들이 정체되기 시작했다.

당황스럽고 창피해진 쪽은 남고운 자매였다.

여자 둘이 합공으로 가녀린 여자 한 사람을 울린 모양새였다. 남자가 여자를 울리는 장면보다 어쩌면 더 희귀한 구경거리다.

얼굴이 새파래진 남문영이 남고운의 팔꿈치를 잡아끌었다.

"언니, 안 되겠다. 일단 돌아가자."

남고운은 여자를 향해 한마디 던지려다가 주변의 시선을 느끼고는 입을 닫았다. 얼굴이 벌게진 자매는 아직도 발버둥 치며 우는 여자를 내버려두고 종종걸음으로 건너편에 세워둔 차로 돌아갔다.

돌아가는 길에는 상대적으로 덜 흥분한 남문영이 핸들을 잡았다. 남고운은 아직도 심장이 뛴다며 오른손으로 가슴께를 부여잡았다. 해운대를 지날 무렵 남고운은 휴대전화로 손을 뻗었다.

"뭐하려고?"

남문영이 물었다.

"고진 변호사한테 알려야지."

남고운이 당연하다는 듯 말했다.

집에서 점심을 먹고 난 후 해미가 진구 방으로 쪼르르 따라 들어오는데 해미의 휴대전화가 울렸다. 통화 버튼을 누르자 고진의 목소리가 흘러나왔다.

"잘 있었어? 해미 양."

"앗, 고진 아저씨. 웬일이세요?"

"TV에 소녀시대가 나오길래 해미 양 생각이 났지."

"그래요? 역시 좀 닮았죠? 하하하."

해미는 고개를 젖혀 목젖이 거의 보일 정도로 웃어댔다. 진구에게도 통화 내용이 들렸다. 진구는 불안해졌다. 소녀시대 멘트가 벌써 두 번째다. 해미는 저런 말을 액면 그대로 받아들이는데. 해미는 진구에게 휴대전화를 넘겼다. 고진은 다짜고짜 말했다.

"아마 잠시 후에 우리 남 시스터스가 조그만 의뢰를 할 거야."

"저한테요?"

"응. 진 군이 맡아줬으면 해서."

"무슨 일인데요?"

"김필립의 여자 문제로 말이야."

"예?"

"진 군도 알잖아. 우리의 해미 양이 현장을 목격하고 남 자매한테도 알렸다며."

"……."

"자세한 얘긴 남 시스터스한테 들어."

"왜 하필 저한테 의뢰를 합니까?"

"불륜 파트너를 조금 조사해봐야 할 것 같거든."

"그런 것까지 알아볼 필요가 있습니까? 아니, 남고운 씨한테야 이유가 있겠지만 고 변호사님이 관심을 가지실 이유가 있나요?"

고진은 히힛 하고 웃었다.

"남 자매한테 이유를 들어보면 알 거야."

"남고운 씨는 고 변호사님의 의뢰인이잖아요."

"상속 문제하고는 별개잖아. 그러니까 남 자매가 자네한테 의뢰를 할 수도 있는 거지. 뭘 그렇게 까다롭게 굴어?"

"그래도 고 변호사님이 직접 하시지 않고 왜 저한테……?"

"멀잖아. 또 그런 조사라면 난 할 수 없는 일이고, 진 군은 할 수 있어. 더구나 가장 잘할 사람이고. 그 정도면 필요하고도 충분한 이유지?"

고진은 즐겁다는 듯이 말하고는 전화를 끊었다. 해미가 바짝 달려들었다.

"고진 아저씨가 그 일에 왜 관심을 가질까? 오빠 어떻게 생각해?"

"글쎄."

진구는 고개를 흔들 뿐이었다.

그로부터 한 시간 후, 진구와 해미는 대변항 앞바다가 내려다보이는 카페에 앉아 새초롬한 얼굴로 커피 잔을 기울이는 남고운과 마주하고 있었다. 그녀 옆에는 바늘에 실 가듯 남문영이 앉아 있다.

"집이 코앞인데 왜 여기로 나오라고 하시고."

"집 안에서 이야기하기는 좀 그래서 말이에요."

남고운은 커피 잔을 내려놓더니 뻔히 예상되는 용건인 김필립의 여자 문제는 제쳐놓고 자신이 미국에서 어학연수 중에 김필립을 만난 이야기부터 시작해 그가 뛰어난 투자자이며, 그래서 그를 믿고 돈을 맡긴 사람들은 부자가 되었다는 말 따위를 늘어놓았다. 자기 아버지도 큰사위를 좀 믿고 투자해줬으면 지금 김필립은 엄청난 규모의 펀드를 굴리고 있었을 거라며, 아버지가 김필립을 믿지 못하는 것 같아 속상하다는 말로 끝을 맺었다. 채색된 훈훈한 이야기로 잠시 후 꺼내려는 김필립의 부끄러운 여자 문제를 미리 중화시키려는 의도가 잘 닦인 유리처럼 빤히 들여다보였다. 남현호의 '인가'가 없어 김필립이 이 집안에서 다소 불안정한 지위에 있다는 콤플렉스도 엿보였다.

"해미 씨한테 들어서 알고 있겠지만 남편한테 여자가 있어요."

남고운이 진구의 안색을 살폈지만 진구는 무표정했다.

"그 여자가 김순옥이라는 이야기는 했던가요?"

"김순옥⋯⋯?"

진구는 '분명 뇌리에 남은 이름인데' 하면서도 퍼뜩 떠오르지 않아 턱을 비스듬히 기울였다.

"유정이 교통사고 낸 상대방이에요."

"아!"

잘 놀라지 않는 진구의 입도 살짝 벌어졌다.

"어머! 그럴 수가!"

해미의 반응은 떠들썩했다.

"와, 그래서 고 변호사 아저씨가 이 일에 관심을 보였구나!"

"도대체 어떻게 해서 남편이 그 여자와 사귀게 되었는지는 모르겠지만요. 문제는 그것보다⋯⋯."

남고운은 이날 오전 김순옥의 집 앞에서 벌어진 활극을 자세하게 이야기했다. 진구는 팔짱을 끼고 묵묵히 들었다. 해미는 몸을 테이블에 바짝 갖다 대고 이야기에 몰입했다.

"그래서 저한테 원하시는 건?"

"그 여자 집에 뭔가가 있는 것 같아요. 그걸 밝혀줬으면 해요. 물론 그 여자가 도대체 뭐하는 여잔지, 어떤 여잔지도 밝혀주었으면 해요."

"고진 변호사님이 저한테 일을 맡기라고 그러셨군요."

"예. 거절하지 않을 거라고."

남고운이 고개를 끄덕였다.

"이런 일 조사에 관한 타의 추종을 불허한다고 그러던데요? 이런 적임자가 하필 눈앞에 있어서 천만다행이라고. 저도 진구 씨가 그 정도인 줄은 몰랐는데……. 아무튼 우리 집안 상속 문제로 껄끄럽긴 하지만 그것하고 이건 다르니깐 별도로 조사를 의뢰할 수 있지 않겠냐고 해서……."

남문영이 적당히 변명조로 마무리를 한 후 이어 돈 이야기를 꺼냈다.

"의뢰비는……."

"의뢰비요……."

진구는 말을 끌며 눈을 이리저리 굴렸다. 해미는 진구가 의뢰비를 계산 중이라고 생각했다. 하지만 잠시 후 진구의 입에서 흘러나온 말은 의외였다.

"의뢰비는 받지 않겠습니다."

남고운 자매가 의외라는 듯 일제히 고개를 쳐들었다. 진구의 그 말에 가장 놀란 사람은 해미였다.

남고운 자매는 얼씨구나, 하듯 두 번 다시 의뢰비 이야기를 꺼내지 않고 먼저 자리에서 일어섰다. 고진이 진구가 거절하지 않을 거라고 했으니, 이미 두 사람 사이에 의뢰비용 문제를 포함해 무언가 이야기가 되어 있다고 편리하게 생각해버린 눈치였다.

"왜 돈을 받지 않는다구 했어?"

남고운 자매가 앞서 집으로 들어간 뒤 뒤따르던 해미가 진구의 소매를 잡아당기며 다급하게 물었다.

"상대방 여자가 김순옥이라면…… 문제가 있어."

"무슨 문제?"

"여기서 내가 남 자매의 의뢰를 받으면 일이 꼬일지도 몰라. 고진 변호사님이 그걸 노리고 시켰을 수도 있고."

"그게 무슨 말이야?"

"그게 그 말이지, 뭐."

"대체 무슨 생각을 하는 거야? 얘기 좀 해봐."

"생각은 아니야. 그저 가능성이지. 다만 그 가능성이 현실화될 때를 대비해 의뢰관계를 명확하게 해놓은 것뿐이야."

진구는 더 이상 입을 열지 않았다.

남고운 자매는 오전에 대변항에서 차를 출발시켜 김필립의 사무실
로 향했다. 남고운이 핸들을 잡은 하얀색 인피티니의 좌석은 꽉 차
있었다. 뒷좌석은 진구와 해미가 채웠다. 남고운이 평소 거의 들르
지 않던 남편의 사무실을 행선지로 잡은 것은 김순옥을 조사하기
전에 김필립의 말을 먼저 들어보는 게 순서일 것이라는 진구의 말
에 따른 것이었다.

　가는 동안 도로 위에서 약간의 정체를 겪었고, 무례한 운전자들
이 난폭운전을 벌이기도 했지만 남고운은 내내 별말이 없었다. 진
구와 해미의 존재도 잊어버린 듯했다. 그녀를 장악했던 상속 문제
도 잠시 사라진 듯하다. 남편의 여자 문제를 인지한 이후 처음으로
남편과 정면 담판하러 가는 길이다. 그녀의 머릿속은 온통 그 일이
사로잡고 있는 모양이다. 그녀의 현재 뇌 속에서 남편의 일만 쏙 덜
어내버린다면 바로 무아, 해탈의 경지일지도 모른다.

　오피스텔에 도착해 차를 대고 엘리베이터를 탔다. 612호 문은
잠겨 있지 않았다. 남고운이 앞장서듯 문을 열고 들어섰고, 뒤따라

세 사람이 쪼르르 몰려 들어갔다. 사무실에는 김필립과 젊은 남자 직원이 멀거니 각자의 모니터를 지켜보고 있었다. 양팔을 책상 위로 무기력하게 빨래 널 듯 늘어놓은 모습은 모니터의 포로가 되어 무장해제당한 병사 같았다. 어떻게 보아도 투자실적을 올리며 연일 승승장구하는 모습은 아니었다.

네 사람이 들이닥치자 김필립은 화들짝 놀라 금테 안경을 치켜 올리며 비대한 몸을 벌떡 일으켰다.

"웬일이야?"

아마 이 사무실에 이렇게 많은 사람이 한꺼번에 들이닥친 일은 거의 없었으리라. 김필립은 두리번거리다가 남고운의 태도가 예사롭지 않다고 깨달았는지 젊은 직원을 잠시 밖으로 내보냈다.

"사무실로 우르르 몰려오고, 무슨 일이야?"

"그건 됐고."

남고운이 독사 같은 눈초리를 하고 말했다.

"당신, 여자 있지?"

질문이되 이미 질문이 아니었다.

"무슨 소리야?"

주눅 든 김필립의 음성이 미세하게 떨렸다.

"변명은 듣고 싶지 않아요. 대답만 해요."

"대체 무슨 소리냐고."

"김순옥이하고 만나는 걸 봤어요. 언제부터야?"

김필립의 둥근 얼굴이 일순 하현달처럼 일그러졌다. 남고운이 틈을 주지 않고 물었다.

"도대체 어떻게 해서 그 여자하고 만나게 된 거예요?"

"그게…… 그게…….'

거짓말을 찾는 눈치가 역력했다.

"어디까지 간 관계야?"

'별 관계 아니야, 여보. 오해야."

"돈 봉투를 건네는 것도 봤어."

김필립의 입이 다시 닫혔다.

"말해. 다 알고 왔어. 그 여자 집도 알고 있어. 여자는 죽어도 집에 못 들어오게 했어. 대체 그 여자 집에서 무슨 짓을 하고 다니는 거야!"

"아니라니까. 나중에 설명할게. 일단 집으로 돌아가."

"그럴듯한 거짓말을 갖다 붙일 시간을 달라는 거지?"

"그런 게 아니고……. 아, 이것 참…….'

김필립은 둥근 이마에서 식은땀이 번져 나왔다.

"이 눈으로 봤는데 거짓말하려고? 일단 사실대로만 말해요."

"대체 뭘 봤는지 모르겠는데…….'

"다 봤다니까. 그 여자하고 놀아나는 거, 다!"

"아니, 여보. 그런 게 아니라…….'

"그럼 뭔데? 사실대로 말해요."

김필립은 휴지상자에서 티슈를 한 장 뽑아 이마의 땀을 닦았다. 시간을 벌기 위한 몸짓으로밖에 보이지 않았다.

진구가 눈으로 보고 싶었던 김필립의 즉물적인 반응은 이미 보았다. 이후에 시간과 기회가 주어질수록 그의 반응은 더 침착해지겠지만 그건 더 많은 거짓이 섞인다는 것을 의미하는 데 지나지 않는다. 바야흐로 내밀한 부부싸움이 전개되려 한다. 진구가 해미에게 눈짓을 했고, 두 사람은 조용히 사무실 밖으로 나왔다.

"어디 갈 거야?"
오피스텔 건물을 나서며 해미가 물었다.
"물론 김순옥이란 여자 집에 가봐야지."
진구는 싫다는 해미를 억지로 떼어 내어 집으로 보냈다. 해미는 불만스러운 듯 입술을 뾰로통 내밀었지만 진구로서는 아무래도 불법적인 방법이 동원될 수 있는 현장에 해미가 동행하는 일은 내키지 않았다.

언덕 위로 거미줄처럼 뻗은 초량동 길은 초행이었지만 여자의 집은 금방 찾을 수 있었다. 남문영은 김순옥의 집을 휴대전화 카메라로 찍어서 저장까지 해놓았고, 진구는 조금 전 김필립의 사무실로 오는 길에 그 사진을 전송받았다.

진구가 활동하려면 김순옥이 집에 없는 쪽이 낫다. 진구는 다세대주택의 입구에서 먼저 우편함을 뒤졌다. 김순옥의 호수는 곧바로 알 수 있었다. 202호. 계단을 올라가서 왼편이다. 현관문에는 손잡이에 딸린 도어락 외에 별도로 길쭉한 번호키가 부착되어 있었다. 이런 상태라면 구식 실린더형 자물쇠에만 통하는 진구의 기술도 발휘될 여지가 없다. 호주머니에 넣어온 철편이 소용없어졌다. 어쩐지 이럴 것 같았다. 집에 사람을 들이는 걸 끔찍하게 싫어한 여자라면 자물쇠에도 신경을 썼을 게 당연하다.

진구는 다시 아래층으로 내려갔다. 다른 집 우편함에서 누런 봉투에 든 소포를 하나 집어 들었다. 대량 발송하는 일종의 책자 같았다. 진구는 그것을 들고 다시 계단을 올라가 202호 앞에 섰다.

소포를 옆에 끼고 벨을 눌렀다. 잠시 후 누구세요, 하는 여자의 목소리가 들렸다. 힘없이 길게 빼는 말투였다.

"택뱁니다."

떨그럭 소리가 나며 문이 조금 열렸다. 체인이 걸린 채였다. 여자의 오른쪽 눈 부위만이 빼꼼히 보였다. 틈 사이로 집안을 들여다보려 했지만 여자의 몸으로 대부분 막혀 거실 바닥만이 조금 보였다. 진구가 말했다.

"201호 유영자 씨 맞으시죠?"

"아닌데요. 202호예요."

"아, 미안합니다."

진구의 사과가 끝나기도 전에 여자는 문을 닫고 잠갔다. 여자가 집에 있다는 것을 확인한 진구는 일단 계단을 내려왔다.

진구는 길 건너편 주택의 계단에 걸터앉아 김순옥의 다세대주택 현관을 노려보며 생각했다.

집 안이 누추하다는 이유로 남고운 자매를 못 들어오게 했을 리는 없다. 적어도 땅바닥에 구르며 울 일은 아니다. 그렇다면 집에 남 자매가 보아서는 안 될 무언가가 있다는 얘기다. 그리고 그 물건은 쉽게 숨기기 곤란한 것이다. 쉽게 숨길 수 있는 거라면 남 자매를 밖에서 잠시 기다리게 하고 치운 다음 들어오게 하면 그만이다. 그렇다면 그 물건이 김필립과의 다정한 사진 같은 조그마한 것일

리는 없다. 남 자매가 집에 들어서면 곧 눈에 띌 물건이라는 이야기다. 이 부분은 좀 이상하다. 그렇다 해도 침실에 넣어놓으면 그만이지 않나. 아무리 거침없는 남고운 자매라도 남의 침실 방문까지 벌컥벌컥 열어대지는 않을 테니까. 왜 김순옥은 그렇게 하는 대신 자기 집 앞 땅바닥에서 뒹구는 쪽을 택했을까……

진구는 바지를 털며 자리에서 일어섰다.

길을 건너 김순옥의 다세대주택 현관 안으로 들어갔다. 입구를 지나 계단을 올라가 층계참에 멈춰 섰다. 벽 아래쪽 은빛 철판에 비상벨이 부착되어 있다. 진구는 둥글고 투명한 아크릴 판을 주먹으로 세게 쳤다. 아크릴 판이 부서지며 드러난 빨간색 버튼을 꾹 눌렀다.

앵앵앵. 비상경보설비가 울기 시작했다. 경보기는 폭주족 오토바이의 배기구처럼 경박하고 신경질적인 음을 지속적으로 뿜어냈다. 진구는 걸어 나와 조금 전에 앉아 있던 길 건너편 돌계단에 다시 앉았다. 주먹을 모아 턱에 대고 실험결과를 지켜보듯 다세대주택 현관을 뚫어지게 노려보았다.

잠시 후 여자 한 명이 현관 밖으로 뛰쳐나왔다. "뭐야" 하며 두리번거리는 동안 반바지를 입은 남자 한 명이 어기적어기적 걸어 나왔다. 그와 앞서거니 뒤서거니 또 다른 여자 한 명이 모습을 드러냈다. 김순옥이었다.

김순옥은 보자기에 싼 무언가를 부둥켜안고 샌들을 신은 채 걸어 나오고 있었다. 보자기에는 갓난아기가 싸여 있었다. 김순옥이 앞서 나온 두 사람에게 물었다.

"불났어요?"

"잘못 울린 거 같은데요."

먼저 나온 여자가 말했다.

"언 놈이 장난친 거 같심더."

남자가 이어 말했다.

아기가 칭얼대기 시작하자 김순옥은 아기를 흔들며 말했다.

"아가야. 우쭈쭈. 아무 일도 아냐."

길 건너편의 진구는 그 장면을 차갑게 지켜보았다.

광안리 해수욕장 옆 이기대공원으로 들어선 진구는 이교준에게서 빌린 차를 주차장에 세웠다. 해미의 손을 잡고 도로를 걸어 올라가다가 해안산책로로 빠지는 길로 내려갔다. 얼마 안 가 탁 트인 바다와 평평한 돌이 이어진 해안가가 나타났다. 바다는 저물어가는 햇빛을 받아 반짝였고, 왼편으로는 안개에 싸인 광안대교가 꿈틀대는 용과 같은 자태를 과시하며 서 있었다. 해미는 와아 하며 탄성을 질렀다. 오른쪽으로 조금 더 걷자 이 모든 것을 조망할 수 있는 위치에 벤치가 마련되어 있었다. 그 옆에는 타원형의 시비가 세워져 있다.

"여기 앉을까" 하며 진구가 벤치를 가리켰다. 핑크색 반바지를 입은 해미는 앞에 서서 물끄러미 벤치 위를 내려다보기만 했다. 진구는 작게 한숨을 쉬고는 바지 뒷주머니에서 손수건을 꺼내 벤치 위에 깔았다. 그제야 해미가 그 위에 걸터앉았다. 평소에는 맨땅에도 턱턱 잘 앉는 해미였는데……. 진구는 고진이 들쑤셔놓아 한껏

높아진 해미의 외모에 대한 자부심의 악영향이 서서히 나타나는
게 아닌가 싶어 불안해졌다.

바다에서 불어오는 바람을 한껏 들이마신 후 해미가 말했다.

"참, 그건 조사해봤어? 김순옥이라는 아줌마가 집에 뭘 숨기고
있다며."

"아, 그거."

진구는 팔을 쭉 벌려 벤치 등받이에 걸쳐놓고 말했다.

"아기였어."

"뭐, 아기!"

해미는 입을 벌리고 진구를 한참 보다가 입을 천천히 다물면서
바다로 시선을 옮겼다.

"그랬구나······. 그래서 언니들을 그렇게 집에 못 들어오게 한
거였어. 아이를 봐버리면 난리가 날 테니까. 그럼 그 여자하고 김필
립 아저씨하고는 꽤 오래되었단 거네."

해미의 톤이 높아졌다.

"하긴 김필립 그 사람, 아이에 대한 집착이 되게 세게 생겼어. 얼
굴도 크고, 몸집도 뚱뚱하고."

"그거하고 집착하고 관계있어?"

"하여튼!"

해미는 소리를 질러 진구의 말을 막아버렸다.

"언니가 불쌍해서 어떡해. 안 그래도 아이가 없어서 맘고생이 심
할 텐데 남편이란 사람은 밖에서 아기를 떡 하니 만들어놓고······."

"김순옥을 만난 이유가 그 때문인지도 모르지. 자기 아이가 갖고

싶다는······.”

“쳇, 사고방식이 정말 구세대다. 그런 사람이 무슨 유학파에다 월가 금융맨이야?”

해미는 발에 걸린 돌을 툭 걸어찼다. 돌은 꽤 멀리 날아갔다.

“참, 의뢰인한테 알려줘야지” 하며 진구가 바지 주머니에서 휴대 전화를 꺼냈다.

진구가 바지 주머니에서 휴대전화를 꺼내 버튼을 눌렀다. 발신 음이 울리고 곧 통화가 연결되었다. 진구가 통화를 끊고 나자 해미 가 의아해서 물었다.

“언니들한테 알린 거 아니었어? 남자 목소린데?”

“고진 변호사님한테 알려준 거야. 의뢰인은 고진 변호사님이니 까.”

“무슨 말이야? 언니들이 의뢰했잖아.”

“아니. 의뢰는 그 전에 고 변호사님이 먼저 했어. 남 자매는 나중 에 그저 중복된 이야기를 한 거고. 난 가만히 이야기만 들었을 뿐이 야. 그래서 의뢰비도 안 받겠다고 했잖아. 돈 안 받았으면 의뢰도 없는 거지.”

“그럼 언니들한텐 이야기 안 해줄 거야?”

“돈을 내는 사람이 아니잖아. 고 변호사님이 남 자매에게 이야기 할지 어떨지는 본인 마음이지만 내가 남 자매한테 굳이 이야기해 줄 이유는 없어. 남편이 딴 데서 아기 낳았다는 게 그리 기분 좋은 소식도 아닐 테고.”

해미는 진구를 잠시 쳐다보다가 고개를 절레절레 흔들었다.

"고 변호사님하고 김진구, 두 사람을 보면 이상해."

"뭐가."

"둘만이 아는 무언가가 있는 것 같아."

진구는 대답이 없었다.

진구와 해미는 집에 들어가자마자 남현호의 방에 들렀다. 누워 있는 모습은 여전하지만 피부가 부쩍 푸석해졌고 가슴뼈가 앙상하게 드러나 있다. 어차피 보이지 않는 눈은 아예 감고 있었다. 죽음의 그림자가 시시각각 닥쳐오는 듯했다. 비쩍 마른 몸은 수명이 다한 나무를 연상시켰다. 진구와 해미가 옆에 앉자 잠깐 눈을 떴지만 초점은 그들을 약간 벗어나 있었다.

"좋을 때야……. 재밌게 살아……."

말수는 현저히 줄어 있었다. 그나마 꺼낸 말도 노인이 젊은이들한테 늘 하는, 하나마나한 말이었다. 하지만 노인은 진심인 것 같았다. 해미는 밥주걱 같이 앙상한 노인의 손을 양손으로 감싸 쥐었다. 진구와 해미는 잠깐 말상대를 해주다가 물러나왔다.

방을 나온 해미는 갑자기 "아름이가 보고 싶어" 하더니 귀가 전인 이교준의 방에 들어가 아기를 안고 나왔다. 거실에서 TV를 보고 있던 권영덕이 그 모습을 보고 쓸쓸하다는 듯 말했다.

"영감님은 가고, 새 생명은 자라고, 인생이란 게 다 그렇데이."

요즘 들어 쇠약해진 남현호의 상태를 누구보다 가까이에서 보는 그녀일 터였다. 해미는 아름이를 안고 거실 소파에 앉았다. 조막만한 아기의 손을 붙들고 막 흔들었다. 아기는 까르르 웃다가 말다가를 반복했다.

"아름이가 해미는 억수로 좋아하네. 원래 잘 우는 앤데."

권영덕이 말했다. 아기의 해맑은 웃음을 보면 해미를 좋아한다는 건 틀림없는 것 같다. 해미는 갓 피어난 생명력으로 넘치는 아름이를 하염없이 들여다보며 착잡한 마음을 털어버리려 하는 것 같았다.

진구는 이교준이 빌려준 승용차 안에 앉아 김순옥의 집을 주시하고 있었다. 이교준은 해미하고 놀러 다니려나, 하는 의심스러운 눈길을 거두지 않았지만 진구는 굳이 용도를 말하지 않았다. 진구와 해미는 차를 김순옥의 다세대주택이 보이는 곳에 적당히 박아놓은 다음 맥도널드 모닝세트를 뜯었다. 아기를 키우는 김순옥이 의미 있는 움직임을 할 가능성이 있는 아침부터 저녁까지 지켜볼 예정이다. 처음에는 진구 혼자 하려 했지만 해미가 역시 태클을 걸어왔다.

"도대체 혼자 어딜 가려는 거야?"

진구가 몰래 혼자 어디를 가려 하면 거의 경기를 일으키는 해미였다. 얼버무렸지만 계속 성질을 부리는 바람에 하는 수 없이 행선지를 밝혔다. 해미가 이유를 물었지만 진구는 그냥 필요하다며 말을 줄였다. 해미가 동행하겠다고 부득불 우기는 통에 형사들처럼 차 안에서 패스트푸드를 먹으며 잠복 아닌 잠복근무를 하는 중이었다.

하지만 정확히 두 시간이 흐르자 해미는, "대체 저 아줌마를 왜 감시하는데?" 하며 투정을 부리기 시작했다. 결국에는 지루하다며 어디론가 휭 하니 가버렸다.

김순옥은 꼼짝하지 않았다. 창문 그림자가 어른거리는 걸로 보아 집 안에 있는 건 분명했다. 하긴 갓난아기를 두고 혼자 외출할 리는 없다. 해미가 미안한 빛을 띠며 치킨을 사 들고 와 차 문을 열었을 때까지 김순옥은 코끝배기도 보이지 않았다.

"아직도 안 나왔어? 징하다……."

움직이지 않기로는 두 시간이 한계인 해미는 이해가 가지 않는다는 투로 말했다.

"이거 그만하자. 저 아줌마는 집에서 늘어지게 낮잠 자고 있는 거 아냐? 괜히 우리만 개고생이잖아."

"글쎄, 조금만 참고 기다려보자. 어떤 행동을 한다면 오늘내일이 고비일 거야."

"기저귀 떨어질 때까지 기다리는 거야, 뭐야!"

해미가 조바심을 냈지만, 결국 그날 저녁까지 김순옥은 집 밖으로 나오지 않았다.

김순옥이 곧 행동에 돌입할 거라는 진구의 예상은 들어맞았다. 해미와의 잠복근무 이틀째 오후, 김순옥이 모습을 드러냈다. 동네 슈퍼에 가거나 세탁소나 미용실에 볼일이 있는 건 분명히 아니었다. 짙은 네이비색 원피스에 크림색 카디건을 걸친 차림으로 아기를 태운 유모차를 밀며 나왔다. 이미 2분 전 김순옥의 집 앞에는 콜택시가 시동을 켠 채 서 있었다. 김순옥이 아기를 들어 뒷좌석에 태우려 하자 아기가 갑자기 칭얼대며 울기 시작했다.

"아가야, 엄마가 곧 밥 줄게. 조금만 참아."

김순옥이 뒷자리에 누운 아기 배를 간질이자 아기는 금세 얌전해졌다. 택시기사의 도움을 받아 유모차를 트렁크에 집어넣은 김순옥은 이어 뒷좌석에 올랐고, 택시가 출발했다. 진구는 조용히 시동을 켰다.

자신을 미행할 사람이 있다는 걸 예상하지 못하는 사람의 미행은 쉽다. 더구나 사건과 무관한 택시기사가 운전대를 잡은 경우라면 더 그렇다. 진구는 거리를 좁혔다 줄였다. 다른 차량을 끼워 넣었다 붙였다 하면서 택시를 쫓았다.

"김필립 아저씨 사무실로 가는 거 아닐까?"

해미의 추측과는 달리 택시는 김필립의 오피스텔이 있는 부산역 앞 도로를 지나쳤다. 서면을 조금 못 미친 곳에서 우회전을 해 좀 더 먼 곳을 향해 달렸다. 2호선 전철 위의 도로를 곧장 따라가는 길 이었다. 지게골역, 못골역을 지난 택시는 속력을 줄이더니 오른편 좁은 길로 쑥 들어가버렸다. 택시는 다시 좌회전을 해서 조그만 건 물 앞에 섰다. 진구는 조금 뒤쪽 길가에 차를 세웠다.

잠시 후 김순옥이 차에서 아기를 안고 내렸고, 택시기사가 펼쳐 준 유모차에 아기를 태웠다. 기사에게 "감사해요"라고 말하는 김순 옥의 눈이 벌겠고, 뺨에는 물기가 번져 있었다. 손바닥으로 눈가를 훔치며 김순옥은 건물 안으로 발길을 옮겼다. 진구와 해미는 차에 서 내려 따라갔다.

건물 앞에는 흰색 현판이 가로로 길게 걸려 있었다. 사회복지법 인 대한사회복지회. 4층짜리 건물 1층은 주차장이었고, 2층 위로 는 밋밋한 유리창만이 띠처럼 길게 늘어서 있었다. 건물의 외양을 보면 광고나 홍보에 신경을 쓰는 영리업체가 아님이 분명했다. 김 순옥은 왼편 유리문을 열어젖혀놓고 유모차를 밀며 안으로 들어갔 다.

"여긴 뭐하는 데야?"

해미가 간판을 향해 턱짓을 하며 물었다.

"쉽게 말해서 입양기관이야."

진구는 김순옥이 사라진 유리문 너머로 시선을 쏘아 보내며 말했다. 해미의 큰 입은 나사가 빠진 로봇의 턱처럼 벌어졌다.

"그, 그럼 아이를 저기다 맡기려는……?"

"그렇겠지. 여기에 알바하러 들른 것 같진 않으니까."

해미는 유리문 앞에 서서 조심스레 물었다.

"……들어가볼 거야?"

"지금은 아냐. 어차피 지금 안에 들어가봐야 아무것도 알 순 없어. 공개된 장소에서 일을 진행하지는 않을 거야."

진구는 발길을 돌려 차로 돌아갔다. 해미도 뒤를 졸졸 따랐다.

두 시간쯤 후 현관 유리문이 열리자 김순옥이 지친 얼굴을 드러냈다. 들어갈 땐 둘이었지만 나올 때는 혼자였다. 어깨에 멘 커다란 기저귀 가방 외에는 손이 가벼워진 것이 아기와 함께 유모차도 맡긴 모양이다.

김순옥은 바람 부는 들녘 허수아비처럼 비틀거리다가 건물 기둥에 등을 대고 기대섰다. 눈에는 곧 쏟아질 듯 눈물이 찰랑거렸다. 기저귀 가방에서 손수건을 꺼낸 그녀는 눈가를 꾹꾹 눌러댔다. 몇 걸음 걷다가는 멈춰 서서 뒤돌아 건물을 올려다보았다. 시선의 끝에 건물 3층 언저리가 걸려 있는 것으로 보아 아마 그곳에서 상담을 하고, 아기를 맡긴 모양이었다. 마치 땅에서 자란 나무마냥 김순옥은 멈춰선 그 자리에 붙박여 있었다. 김순옥의 발걸음은 쉽게 떨어지지 않았다.

인적이 없는 뒷골목이었다. 정지화면처럼 조용했다. 뒤에 세워진 승용차 안에서 진구와 해미가 창문을 열고 온 신경을 기울이고 있다는 사실은 전혀 눈치채지 못한 것 같았다. 김순옥은 결국 두 손으로 얼굴을 감싸 쥐었다.

"엄마가…… 새 출발하려면 어쩔 수 없단다……. 아가야."

가늘게 이어진 그녀의 말이 바람에 뚝뚝 끊긴 채 실려 왔다. 얼굴을 가린 손바닥 사이로 김순옥은 펑펑 눈물을 쏟고 있었다.

얼마의 시간이 흘렀다. 김순옥은 손을 내리고 몸을 추슬렀다. 태엽인형처럼 영혼이 텅 비어버린 듯한 표정으로 발걸음을 내디뎠다. 흐느적거리는 걸음이었다. 떠나가는 그녀를 멀리서 지켜보던 해미도 눈가가 붉어져 있었다.

"모성본능은 어쩔 수 없나봐……."

"아기를 안 맡기는 게 모성본능이겠지."

진구가 시큰둥하게 말했다. 이어 진구는 운전석 문을 덜커덕 열고 나왔다. 해미도 덩달아 조수석 문을 열고 나와 차 건너편 진구에게 물었다.

"어쩌려구?"

"갈 데까지 가보는 거지, 뭐. 따라와."

진구는 오만하게 해미에게 명령을 내리며, 조금 전 김순옥을 토해낸 건물을 향해 저벅저벅 걸어가기 시작했다.

"아기를 맡겼다가 되찾아갈 수는 없습니다. 그 점은 걱정하지 않으셔도 됩니다."

마흔이 좀 넘어 보이는 인상 좋은 사회복지사가 말했다. 아이를 입양하러 오기엔 지나치게 젊은 이 커플에게 사회복지사는 호기심과 친절을 듬뿍 보였다.

"친권을 포기하는 의미로 입양동의서에 도장을 받아둡니다. 친부모들에게 그런 사실을 알려주기 때문에 아기를 맡겼다가 되찾아갈 수는 없습니다."

사회복지사는 친부모가 아기를 되찾으려 들면 어떡하냐는 질문에 싱긋 웃음을 띠며 대답했다.

"오늘 아기들을 좀 볼 수 있나요?"

진구가 물었다. 사회복지사가 곤란한 빛을 띠웠다.

"오늘 당장은 안 되고요, 일단 돌아가신 다음 저희 쪽에서 양부모로서의 자격요건에 관한 심사를 하고, 사회복지사가 댁의 가정방문도 하고 몇 가지 절차를 거치셔야 해요."

"그, 그렇겠죠, 당연히."

해미는 진땀을 흘렸다. 아무래도 부부 연기는 해미에게 어색했다.

"입양은 주로 누가 하시나요?"

"바로 두 분 같은 경우죠. 신체적 이유로 아이를 갖지 못하는 부부가 많으시지만 요즘엔 친자녀가 있으면서도 아이를 입양하시겠다는 분도 많아요. 인식이 많이 나아진 거죠. 그대로 아직 우리가 아기 수출국 1위인 걸 보면 외국보단 많이 뒤떨어져 있는 거예요."

"그러네요."

진구가 짐짓 심각하게 맞장구쳤다.

"우리나라엔 핏줄에 대한 집착이 강해서 꼭 자기 유전자를 이어받은 아이가 아니면 안 키우겠다는 분들이 많은데, 그래도 두 분처럼 젊은데도 아기 입양에 이렇게 적극적이신 걸 보니 참 보기 좋네요."

사회복지사는 칭찬을 곁들이고는 이러저러한 서류를 준비해달라며 열심히 안내했다. 진구와 해미는 적당히 고개를 끄덕였고, 이어 연락처를 알려달라는 사회복지사의 끈질긴 요구에 집안 어른들과 좀 더 의논해보겠다며 둘러대고 빠져나왔다.

그 시각 고진은 오랜만에 강남구청역 뒷길에 자리한 바 '압상트'의 문을 밀며 들어서고 있었다. 고진은 카운터 안 푸르스름한 조명 아래 서 있는 여성을 향해 오른손을 번쩍 들었다. 비교적 이른 시각이지만 압상트의 여사장 류경아는 출근해 있었다.

그녀는 수년 전 있었던 해괴한 사건*으로 고진과 인연을 맺었고, 고진과는 지금껏 사장과 단골손님 이하라고 하면 섭섭하고, 그 이상이라고 하기엔 양념이 빠진 듯한 기묘한 관계로 지내왔다. 인연의 고리가 끊어질 듯하면서도 몇 년간 지속된 것은 고진의 발걸음을 끊지 못하게 만든 류경아의 압도적인 미모에 근본적인 이유가 있지만, 한편으로는 류경아가 은근히 고진의 일에 도움을 준 덕분이기도 했다. 오늘도 그녀는 고진의 어떤 부탁 때문에 평소보다 일찍 출근해 가게 문을 열어놓았고, 들어서는 고진을 보자 반갑게 한걸음에 다가왔다.

"너무하다, 정말."

"뭐가."

*《라 트라비아타의 초상》 사건.

고진은 불퉁스레 말하고는 외투를 류경아에게 건네고 카운터 앞 스툴에 걸터앉았다.

"대체 얼마 만에 오는 건지 기억이나 해요?"

류경아는 화사하게 웃으며 어깨까지 늘어뜨린 머리카락을 귀 뒤로 넘겼다. 귀걸이가 작게 흔들렸다. 제대로 마음먹고 유혹해 실패한 경험이 거의 없는 여성 특유의 자신만만한 몸짓이었다.

"경아 씨를 보면 또 마음이 흔들리거든."

"그럼 좀 어때서요?"

"프러포즈를 거절당한 남자가 이보다 더 자주 오면 스토커겠지."

"또 그 변명이에요? 지난가을에 술 취해서는 헛소리하고 간 거, 그걸 프러포즈였다고?"

류경아는 나무라듯 말했다. 정말 원망이 실린 것도 같다.

"왜 진심을 몰라줘?"

"진심인지 뭔지, 하여간 대타는 싫어."

류경아가 샐쭉하게 말했다. 그녀는 누구 대신이라고 생각할 수밖에 없는 상황이었다. 그렇게 생각하게 만든 건 결국 고진의 무신경이었고, 그는 아직도 깨닫지 못하고 있는 것이다. 이야기가 길어지면 지난여름의 악몽과도 같은 사건*이 되살아날 판이다. 고진은 그 화제를 피하려는 듯 서둘러 주문을 했다.

"맥켈란 주고, 과일."

"알았어요."

*《유다의 별》사건.

류경아는 아르바이트생을 불러 주문을 전했다.

"아까 그거 도착했다고 했지?"

고진이 말했다.

"하여간, 꼭 이렇게 용건이 있어야만 온다니까."

류경아는 불평을 말하면서도 누런 서류 봉투를 카운터 아래에서 꺼내 고진에게 건넸다. 고진이 받아든 겉봉투에는 '교통안전검사원'이 보낸 사람으로 되어 있고, 수신인은 고진이었다. 고진 '변호사'라고 표시된 걸로 봐서 업무적인 관계로 받은 서류인 것 같았다.

혼자 사는 고진은 우편물을 받기가 곤란한 탓에 중요한 서류는 수신 주소를 '압상트'로 해놓거나 아예 류경아의 아파트로 해서 전달받기도 한다. 오늘도 고진이 원한 '그 서류'가 도착했다고 류경아가 전화를 했고, 고진은 바닥청소도 덜 끝난 듯한 이른 시간에 부리나케 압상트에 들른 것이다. 아무튼 서류를 받아주는 대가로 양주 한 병 이상의 매상을 올리니 류경아로서는 손해 볼 일은 없다. 어쩌면 단지 매상 때문만은 아닌 것도 같다.

"이런 심부름을 해주는 걸 보면 경아 씨는 정말 좋은 사람이야."

류경아는 고진의 칭찬이 그다지 마음에 들지 않는 표정으로 서 있었다. 단지 좋은 사람이어서 친절을 베푼다고 받아들여지고 싶지는 않은 탓인지 모른다. 고진은 평소 류경아의 친절을 '의리'라고 표현하곤 했다.

고진은 깡마른 손가락으로 봉투 윗부분을 죽 뜯었다.

'교통현황의뢰분석 감정서'란 긴 제목이 인쇄된 A4 용지 몇 장이 들어 있었다.

고진은 카운터 대리석 위에 올려놓고 표지를 휙 넘겼다. 어두워서 잔글씨가 쉽게 읽히지는 않았다.

"조명 좀 올려줘."

류경아는 두말없이 조명을 밝게 해주었다.

고진은 눈을 서류 가까이에 들이댔다. 두 번째 페이지에 '결론' 항목이 있었고, 첫 부분에는 이렇게 적혀 있었다.

CCTV 동영상 판독 결과 차체는 왼쪽으로 경사도 1.75로 기울어져 달리고 있음…….

"중요한 서류예요?"

"그냥, 좀……."

고진이 대답을 얼버무렸다. 그는 턱을 카운터 위에 올린 양손에 괴고 석상처럼 움직임이 없었다. 술이 나오고 류경아가 잔을 채웠다. 고진은 잔에 손을 뻗지 않았다. 류경아는 서류에 코를 박듯이 고개를 숙이고 마치 연애에 빠진 듯 여념이 없는 고진의 머리통을 내려다보며 조용히 한숨을 내쉬었다.

진구는 차에 해미를 태우고 김순옥의 집으로 향했다.

"곧장 집으로 돌아갔을까?"

조수석의 해미가 의심스럽다는 듯 말했다.

"설마 아기 맡겨놓고 밖에서 술파티를 벌이지는 않을 테니까."

어스름이 짙어졌고, 싸늘해진 저녁 바람을 온몸으로 맞는 다세대주택은 을씨년스러웠다. 진구가 차임벨을 누르자 한참 부스럭부스럭 하더니 김순옥이 얼굴을 내밀었다. 초췌하다. 눈물자국도 아직 덜 마른 듯한 얼굴에 대고 진구가 말했다.

"김필립 씨의 심부름으로 왔어요."

"무슨 일이에요?"

여자는 눈을 치켜떴다.

"잠깐 이야기 좀 나눌 수 있을까요? 약간 길어질 것 같습니다만."

진구는 안으로 들여달라는 듯 집 안을 힐끔거렸다. 여자는 그럴 생각은 없는 듯했다. 잠깐 기다리라고 하고는 문을 닫았다. 입은 위에 코트만 하나 걸치고 나오더니 진구와 해미를 언덕 아래 카페로 안내했다. 진구와 해미는 뒤를 따라가며 서로를 힐끔 보았다.

낯선 진구와 해미를 만나 커피 테이블에서 대면하기까지는 의외로 순순했던 여자가, 김필립과의 관계를 꺼낸 후부터 반응이 격렬해졌다. 김순옥은 옆자리에 앉은 여자가 힐끔거릴 만큼 목소리를 높였다.

"아니에요!"

김필립의 외도 상대방이 아니냐는 진구의 단도직입적 질문에 김순옥은 펄쩍 뛰었다. 아기를 다른 사람 손에 맡긴 여자의 비애가 잠시나마 얼굴에서 싹 가실 정도였다. 원래 가냘픈 목소리여서 음성을 높이자 더 절박한 부정으로 들렸다.

"김필립 씨 심부름으로 왔다고 해서 돈을 갚나 했더니, 엉뚱하게 무슨 소리예요?"

김순옥의 말에 해미가 움찔했다. 진구가 나지막하게 물었다.

212

"김필립 씨한테 돈을 빌려주셨어요?"

"빌려준 게 아니에요."

"그러면요?"

"뭐겠어요? 투자한 거죠."

진구는 김순옥을 거의 노려보듯 하다가 시선을 거두었다. 이건 거짓말이 아니다. 이해가 갔다. 김필립은 어떤 경로로 김순옥에게 투자를 받은 것이다. 이 여자는 김필립의 내연녀가 아니라 그의 탁월한 언변이 얼기설기 쳐놓은 거미줄에 걸려든 가련한 나방에 불과했다.

"그럼 그동안 김필립 씨를 만난 건……?"

"당연히 투자금을 돌려받으려는 거였죠."

"그랬군요……."

김순옥은 분기에 차 말을 이었다.

"아무리 못해도 1년에 100퍼센트는 수익을 내준대서 있는 돈 없는 돈 깡그리 모아서 넣었더니만……. 이자조로 몇 번을 준 게 다예요. 입금이 끊긴 뒤부터 몇 번이나 전화하고 찾아가도 변명만 늘어놨어요. 지금은 원금이라도 달라고 해도 무조건 기다리래요. 지난번에 울고불고해서 겨우 30만 원 받아 왔어요."

김순옥의 목 아래가 붉어졌다.

"얼마를 넣으셨는데요?"

"7천8백만 원요."

우와, 하면서 해미가 감탄을 내뱉다가 급히 입을 다물었다.

"김필립 씨하고 남녀로서 사귀는 관계는 아니란 말씀이군요."

"말도 안 돼요."

김순옥은 고개를 단호하게 저으며 질린 표정으로 덧붙였다.

"무슨 그런 사람하고……."

"그럼 아기는 김필립 씨의 핏줄이 아니군요."

"아기요?"

김순옥이 화들짝 놀랐다.

"아기를 맡기고 오신 걸 알고 있습니다."

찻잔을 들던 김순옥의 손이 허공에 멈추었다. 얼굴이 서서히 일그러졌다.

"내 뒤를 밟았나요?"

목소리가 부들부들 떨려 나왔다.

"예. 솔직히 말씀드리죠. 전 그런 일을 전문으로 하는 사람입니다. 아기를 데리고 나온 때부터 뒤를 따라갔습니다."

진구는 우물쭈물하지 않았다. 나 원래 그런 놈이야, 하는 식이다. 어떻게 그럴 수가, 하는 따위 구구한 반응을 건너뛰게 하는 장점이 있다. 김순옥의 눈에 잠시 분노의 빛이 스쳤지만 이내 꺼진 가스 불처럼 사그라졌다.

"왜 그랬죠?"

김순옥이 힘없이 물었다.

"전 이교준 씨한테서 어떤 의뢰를 받았습니다."

김순옥이 의외라는 표정을 지으며 고개를 퍼뜩 들었다. 진구는 숨 쉴 틈 없이 말을 이어나갔다.

"석 달 전 교통사고가 있었죠? 아시다시피 상대방 운전자는 죽었죠. 죽은 남유정 씨의 남편이 이교준 씨입니다. 그리고 김필립 씨는 그 남유정 씨의 형부고요. 그런데 김순옥 씨가 하필 그 김필립 씨에게 거액을 투자했습니다. 그리고 새 출발하기 위해 갓난아기를 오늘 사회단체에 맡기셨네요."

진구는 한 템포 쉬고는 말했다.

"여기서 한 가지만 여쭙겠습니다. 김필립 씨한테 투자한 때가 언젭니까? 아, 참고로 김필립 씨에게 금방 확인할 수 있으니 거짓말하실 필요는 없을 거예요."

"……올해 초예요."

"그러면 사고가 나기 훨씬 이전이네요……. 그렇다면 이상한데요. 정말 괴상한 우연 아닙니까? 김순옥 씨가 투자한 김필립 씨의 처제와 하필 교통사고가 나서 그 처제가 죽었다? 이걸 어떻게 설명해야 합니까?"

해미가 지나친 게 아니냐는 눈빛을 보냈지만 진구는 아랑곳하지 않았다. 잠시 후 김순옥이 힘겹게 입을 떼려는데 진구가 손을 저으며 선수를 쳤다.

"우연이라는 말만 아니라면 다 좋습니다."

"……할 수 없네요."

김순옥의 입술이 파르르 떨렸다. 찻잔으로 시선을 보내며 말했다.

"우연은 아니에요."

김순옥은 그래 놓고는 말이 없었다. 진구가 고개 숙인 김순옥의 정수리를 쳐다보며 말했다.

"그러시겠죠."

김순옥은 말이 없었다. 진구가 달리 물었다.

"그럼 아기는 누구의……?"

"우리 아기는……."

김순옥은 주춤했지만 곧 마음을 정한 듯 선선히 털어놓았다. 그녀의 정신은 완전히 무장해제 당한 듯 보였다.

"내가 작년에 만났던 어떤 남자와 사이에 태어난 딸이에요. 남자는 내가 아기를 가진 걸 알고는 떠나더군요. 더러운 인간이었죠. 지금은 어디 있는지도 몰라요."

김순옥의 말이 욱 하고 막혔다. 설움이 북받치는 모양이었다. 눈시울이 놀라울 정도로 빨리 붉어졌다.

"……처음엔 배신감에 치를 떨었지만 아기를 보고 이를 악물었어요. 남자 같은 건 바라보지 않고 우리 딸하고 둘이서 평생 살려고 독을 품었어요. 그래서 아기를 맡겨놓고는 혼자 일을 나갔어요. 그러다가 그이를 만났어요……."

해미의 눈가도 발갛게 물들기 시작했다. 울먹이느라 잠시 쉬었던 김순옥의 말이 곧 이어졌다.

"내가 못된 여자인 건 알아요. 내 욕심에 눈이 가렸어요. 그이를 좋아하게 됐지만 아이가 있다는 말을 차마 못 했어요. 그이와 결혼해서 새 인생을 살 수 있다는 희망에……."

김순옥은 또 말을 잇지 못했다.

"그이는 언젠가 결혼해서 우리만의 아이를 갖자고 했어요. 대놓고 말은 안 했지만 다른 남자의 아이를 키운다는 건 생각도 하지 않을 사람이에요. 그래서 내 욕심에, 나만 생각하고는 그이 몰래 아이를 그만……."

여자는 오열했다. 해미는 아아, 하며 테이블 위에 놓인 김순옥의 손을 덥석 거머쥐었다. 김순옥이 젖은 눈을 들어 메마른 진구의 눈을 들여다보았다.

"내가 아이를 키우고 있었다는 사실, 그리고 아이를 딴 데 맡겼다는 건 비밀로 해주세요. 그이에게만은요."

김순옥은 간절하게 말했지만 진구는 무표정했다. 해미가 진구를 흘기자 찔끔한 진구의 입에서 반사적으로 대답이 튀어나왔다.

"그러죠, 뭐."

김순옥은 빨개진 눈을 추스르며 힘없이 일어났다. 카페 입구에서 헤어져 등을 돌린 그녀는 마치 쫓기는 사람처럼 총총걸음으로 언덕을 올라갔다. 깡마른 체구, 홈웨어 위에 걸친 어울리지 않는 코트가 힘없이 늘어져 퍽이나 초라해 보였다.

해미가 "안됐다" 하고 자그맣게 내뱉으며 감상적인 시선으로 여자의 뒷모습을 바라보고 있노라니 진구가 말했다.

"사건의 진상이란 게 좀 우스운데."

해미가 홱 돌아보았다.

"진상? 그럼 뭐 알게 된 게 있어?"

"뭐랄까……."

"왜 망설여? 어서 말해."

진구가 걸음을 떼며 막 입을 여는데 해미의 휴대전화 벨이 울렸다.

"어머, 고진 아저씨."

해미가 반갑게 받았다.

"안녕? 소녀시대."

해미가 깔깔깔 웃었다. 고진이 말했다.

"내일 저녁에 그 집 가족을 전부 소집해줘."

"왜요?"

"후훗. 사소한 용건이 있어."

"뭔데요?"

"범인을 밝혀야지."

"예엣? 드디어!"

해미가 야단스럽게 반응했다. 고진은 음흉한 웃음을 남기고 전화를 끊었다. 해미는 휴대전화를 든 손을 내리며 진구를 돌아보았다.

"고진 아저씨가 범인을 알아냈대!"

"뭐?"

"그렇다는데. 가족들 다 모으래."

진구의 고개가 거의 45도로 비스듬하게 돌아갔다.

"도대체 어떻게……?"

"왜, 어떻게라니? 범인을 알아낼 수도 있는 거지. 오빠도 지금 뭐 알아낸 것처럼 이야기했잖아."

"난 김순옥 아줌마를 만났으니까. 하지만 고 변호사님한텐 저 아줌마 만난 이야기를 전하지도 않았는데……?"

진구의 얼굴에는 곤혹스러운 표정이 짙게 떠 있었다.

218

"뭐야? 그거하고 범인하고 관계있어?"

"……"

"오빠도 뭐 알아낸 거야?"

해미가 거푸 물었다. 하지만 자기만의 세계에 빠져든 진구는 금세 대답하지 못했다.

안방에 누워 살날을 세고 있는 남현호를 제외한 일가 전원이 주섬주섬 거실에 모인 때는 오후 3시가 지난 무렵이었다. 이 모임을 소집한 고진은 거실 가운데 소파를 떡하니 차지했고, 진구와 해미 옆에는 이교준이 앉았다. 그는 어제 팔의 붕대를 푼 덕에 오랜만에 몸이 홀가분해 보였다. 테이블을 사이에 두고 이교준을 마주 보며 남고운과 남문영 자매가, 남고운 옆에 남편인 김필립이 자리했다. 유재연은 이 집 가족들을 정면으로 보지 않겠다는 듯이 약간 뒤쪽에 의자를 삐딱하게 놓고 앉았다. 권영덕은 이들로부터 떨어진 부엌 한구석에서 아름이를 돌보고 있었다. 완전한 외부인이라 할 간병인만이 안방에서 남현호의 곁을 지켰다.

고진은 소파에 몸을 묻은 채 손가락을 톡톡 마주치다가 가족들의 시선이 어느 정도 모인 상태임을 확인하고는 등받이에서 허리를 쭉 떼며 말했다.

"오늘 이 자리에서 가족 여러분들을 모이시게 한 이유는."

고진은 말을 끊고 거실에 모여 앉은 사람들을 둘러보았다. 유재연과 진구를 제외하고는 모두의 시선이 고진에게로 모였다. 그는 시선을 끌어 안심이라는 듯한 표정을 하고서 말했다.

"물론 상속에 관한 몇 가지 문제를 알려드리고, 또 해결하기 위해섭니다."

"그래 봤자 처형들 쪽 대리인 아닙니까? 어차피 그쪽에 유리한 말을 하려는 거잖아요."

이교준이 말했다. 그는 처음부터 상대편 고진이 소집한 이 자리가 불편해 보였다.

"물론입니다."

"그런 말이라면 내가 왜 들어야 하죠?"

"무작정 우리가 다 가져가겠다, 이런 말을 내가 할 리가 없지 않습니까? 어디까지나 법에 따른 정확한 권리를 알려드리려는 겁니다. 이교준 씨 쪽에도 대리인 격인 김진구 군이 이 자리에 와 있지 않습니까? 공평하지 않다고는 못하겠지요."

"아무리 그래도 지금 어르신이 살아계신데 상속 문제를 이야기한다는 건 시기상조입니다. 도리에 맞지가 않아요."

"일단 고 변호사님 말을 들어봐요. 우리도 아직 들은 말이 없어요."

남고운이 냉랭하게 말했다. 직계 가족이 괜찮다는데야 사위인 이교준은 입을 다물 수밖에 없었다. 고진이 미소를 띠고 말했다.

"먼저, 다들 아시겠지만 어르신께서 별도의 유언장을 남기지 않으실 것 같습니다. 그렇다면 상속법에 따라 법률상 아내이신 유재연 씨에게는 9분의 3, 따님인 남고운, 남문영 씨한테는 각각 9분의

2, 먼저 유명을 달리하신 남유정 씨에게도 9분의 2가 돌아갑니다. 다만 여기서 남유정 씨의 상속분은 남편인 이교준 씨와 따님인 이아름 양이 남유정 씨를 대신해서 상속하게 됩니다……."

"법률 설명은 관두세요."

남고운이 지겹다는 듯 말했다.

"알겠습니다. 사실은 저도 이런저런 설명을 덧붙이는 걸 아주 싫어하지요. 혹시 이해하지 못하는 분이 계실까봐……. 암튼, 그럼 지금부터 실질적인 이야기를 더 해볼까요."

"실질적인 이야기나 뭐나 법에 정해져 있으면 그대로 상속되는 거겠죠. 무슨 장난을 치시려는 겁니까?"

이교준이 말했다. 그러면서 뭔가 말을 하라는 듯 진구를 흘깃 보았다. 하지만 진구는 시선을 피하고 딴청을 피웠다.

"설마 장난을 치려고 바쁜 분들을 이렇게 불렀겠습니까? 더구나 이교준 씨에게는 장난이 될 수 없죠. 이교준 씨가 이아름 양의 부친으로서 재산관리인이 되니, 사실상 이교준 씨가 남유정 씨 몫을 전부 상속하는 거나 마찬가지인 상황인데요."

"법이 그런 걸로 아는데요. 그러니까 더 이상 그런 이야긴 그만하시죠."

이교준이 말하자 고진이 차갑게 쏘아보며 말했다.

"성급하게 굴지 않으시는 게 좋을 겁니다."

이교준의 얼굴이 확 붉어졌다.

"불쾌하네요. 더 들어보아도 좋은 이야기는 없을 것 같네요. 난 그만 일어나겠습니다."

이교준은 엉덩이를 반쯤 일으켰다. 고진이 씩 웃고는 말했다.

"본인이 상속자격을 완전히 상실한다는 이야기는 역시 듣고 싶지 않은 모양이군요."

이교준은 엉거주춤한 자세로 그 자리에 섰다가 눈사람이 녹는 것처럼 스르르 소파에 앉았다. 그러고는 의심이 가득한 시선을 고진에게 보냈다. 남고운 자매의 눈동자는 크게 움직인 찌를 본 낚시꾼마냥 생생하게 빛났다. 고진은 팔을 벌려 한 번 으쓱하고는 말했다.

"절 보실 것 없습니다. 말 그대롭니다. 이교준 씨는 이 집안의 재산을 상속할 자격을 잃었단 이야깁니다."

"무슨 장난입니까?"

"장난이 아니라고 이미 여러 번 말했지요."

고진은 갑자기 키득키득 소리 내어 웃었다. 하지만 거실의 팽팽한 분위기와 어울리지 않는 걸 깨달았는지 곧 웃음을 거두었다.

"남유정 씨를 살해한 사람은 이교준 씨니까요."

"뭐!"

"뭐라고요!"

김필립의 거친 목소리가 먼저 들렸고, 이어 남고운, 남문영의 새된 목소리가 튀어나왔다. 구경꾼처럼 엉덩이를 쭉 빼고 앉아 있던 유재연마저 와우, 감탄사를 내뱉으며 팔걸이를 손끝으로 탁 쳤다. 해미는 손으로 입을 막은 채 진구를 쳐다보았지만 진구는 무심한 시선을 딴 곳으로 보낼 뿐이었다. 이 인간은 예상하고 있었어, 분명.

"그 말씀이 사실이에요?"

남고운이 떨리는 목소리로 물었고, 김필립은 "이 서방, 이게 무슨 말이야?" 하며 부리부리한 눈으로 이교준을 노려보았다.

"말조심하세요. 내가 아내를 죽이다니요!"

이교준이 붉으락푸르락해져 목소리를 높였지만 고진은 개의치 않고 말을 이어나갔다.

"남유정 씨를 살해했으니 그 재산을 물려받을 수 없죠. 물론 남유정 씨를 대신해서 어르신의 재산을 상속할 수도 없습니다. 아름이에 대한 친권도 상실할 것이고요."

"도대체 무슨 근거로 그런 말을 합니까? 헛소리라면 가만있지 않을 겁니다."

"고 변호사님. 제부가 유정이를 죽였다니 그게 대체 무슨 말씀이세요?"

남고운이 물었다. 남문영은 도사리고 앉아 고진을 쏘아보았다. 고진은 찻잔을 든 채로 소파에 등을 깊게 파묻었다. 사람들의 암묵적인 재촉에도 아랑곳하지 않고서 유유히 차를 한 모금 들이켠 다음 찻잔을 거실 탁자에 놓았다.

"남유정 씨가 당한 교통사고는 사고가 아니었습니다. 살인이었죠."

이교준은 핏발 선 눈으로 고진을 노려보다가 체념한 듯 말했다.

"도무지…… 어이가 없네요. 난 같이 차를 타고 가다가 사고를 당한 피해자입니다. 내가 어떻게 아내를 죽였단 겁니까?"

고진이 씩 웃었다. 그렇게 말할 줄 알았다는 듯한 웃음이었다.

"차의 조수석에 탄 범인이 교통사고를 의도적으로 내 운전자를 죽이고 자신만 살아난다, 물론 어렵지요. 불가능에 가깝습니다. 일이 반드시 그렇게 진행된다는 보장도 전혀 없고요. 계획범으로는 불가능한 사태의 인과입니다."

"잘 알면서 그런 말을 합니까!"

"하지만 이 상황에서는 가능했습니다."

"어떻게요?"

"이교준 씨는 차에 타고 있지 않았으니까요."

"뭐라고욧?"

남문영이 놀라 소리쳤다.

"이교준 씨는 아내 남유정 씨의 차에 타고 있지 않았다고요."

"그게 무슨 말씀이에요? 그럼 제부는 어디에?"

남고운이 물었다.

"그 이야기에 앞서 먼저 설명할 일이 조금 있습니다."

일동은 조용해졌다. 고진은 남고운을 정면으로 보며 말했다.

"남고운 씨는 김필립 씨와 김순옥 씨가 만나는 장면을 보고 두 사람이 내연 관계가 아닌가 의심했습니다. 그래서 저도 개인적으로 여기 있는 진 군에게 조사를 의뢰했습니다만, 오해로 밝혀졌죠."

"뭐…… 당신…… 뒷조사까지?"

김필립이 남고운을 돌아보았다. 남편의 시선을 외면한 남고운의 얼굴이 잔뜩 붉어져 있었다. 김필립은 이번에는 고개를 돌려 진구를 보았다. 진구도 김필립을 외면했다. 유재연이 입가에 비웃음을 띠웠다. 남고운이 딱히 누구에게랄 것이 물음을 던졌다.

"그게 아니라면 두 사람은 왜 만난 건가요? 돈 봉투는 뭐고요?"

딱히 누가 대답해야 할지, 무엇을 말해야 할지 모르는 탓에 어색한 침묵이 흘렀다. 김필립은 입을 달싹거리고만 있다.

"투자했대요. 돈은 투자금 이자로 돌려준 거고요."

해미가 마지못해 나서서 말했다. 남고운이 고개를 완강하게 가로저었다.

"아뇨. 단지 그것 때문만은 아닐 거예요. 여자가 울었다잖아요. 이상해요."

"그, 그건……."

김필립은 뒷말을 잇지 못했다.

"이참에 솔직히 말씀드리죠."

진구가 할 수 없다는 듯 나섰다.

"아무래도 김 소장님은 자신이 투자에 실패했다는 걸 아내에게 알리고 싶지 않았던 것 같습니다."

"무슨 소리예요?"

"김 소장님은 남고운 씨가 생각하는 만큼 그렇게 투자에 재미를 보지는 못했던 것 같아요. 오히려 큰 손실을 보고 있지 않았나 싶고요. 그래서 투자자들에게 정기적으로 지급되어야 할 투자수익은커녕 원금도 못 돌려줄 만큼 궁지에 몰려 있었던 것 같습니다. 그렇지 않습니까, 김 소장님?"

진구가 쳐다보자 김필립의 얼굴은 이마까지 붉어졌다.

"아니에요. 투자란 게 원래 그래요. 산이 있으면 골이 있듯이 그래프를 그리며 등락하는 건데 투자자들은 정기적으로 입금이 안 되면 또 불안해하고…….

"그런 정도라면 왜 김순옥 씨 투자금 7천8백만 원을 돌려주지 못하고 생활고로 울게 만드셨습니까?"

김필립의 관자놀이에서 귀 뒤쪽으로 퍼런 핏줄이 일어났다.

"그러니까 돈이 일시적으로…….

"7천8백만 원을 투자……받았다고?"

남고운이 말을 더듬었다.

"제 생각엔요. 지금 김 소장님은 어려운 상황일 겁니다. 곧 들어올 아내 남고운 씨의 상속 재산이 없다면 말이죠."

김필립의 입은 마침내 닫혔다. 남고운이 김필립을 노려보았다.

"그리고 김 소장님의 투자실적이 형편없다는 게 밝혀지면 철두철미한 저 남고운 씨가 그 돈을 투자금으로 변통해줄 리가 만무하죠. 그래서 투자가 실패했다는 사실과 투자자들로부터 닦달을 당하고 있다는 상황을 아내에게 철저히 숨기려 했던 겁니다. 그런 탓에 남고운 씨는 김 소장님이 투자자인 김순옥 씨와 불륜관계에 있지 않나 의심을 해버린 거고요."

"오해예요. 투자는 문제가 없어요. 일시적인 자금경색에 불과해요."

김필립이 필사적으로 말했다. 하지만 남고운의 얼굴은 이미 싸늘하게 변해 있었다.

"……갑자기 그게 생각이 나네요. 김순옥인가 하는 여자가 당신 휴대전화에 78로 저장되어 있었어요. 7천8백만 원을 투자한 사람이라는 표식이었나요?"

김필립은 대답이 없었다.

"그렇다면…… 숫자로 저장된 그 사람들이 모두……."

남고운은 얼굴이 새하얘져서 고개를 저었다. 늘 자랑으로 삼던 남편 투자실력의 바닥이 공개적으로 드러난 현실에 자존심이 상한 듯 입을 꾹 다물어버렸다. 고진이 불쑥 말했다.

"그 문제는 나중에 부부간에 따로 이야기하시고요. 아무튼 불륜보다는 덜 실망스럽지 않을까요? 충격이 있으시겠지만 그렇게 위로하시죠. 또 이런저런 사정을 모르고 나중에 상속한 돈을 투자했다가 날리는 것보다 차라리 잘 되었다고 생각하시고요."

김필립은 망연자실해 있었다. 고진은 시선을 거실에 앉은 사람들에게 되돌리며 말했다

"자, 여기서 우리의 시선을 더 중요한 부분으로 되돌려보죠. 사고 당시의 그 시간으로 말이죠."

고진은 이교준을 똑바로 쳐다보고 돌연 물었다.

"이교준 씨는 몸무게가 어떻게 되시죠?"

"몸무게요?"

"예. 이 사건에서 중요한 포인트입니다. 말씀해주시죠."

"84킬로쯤 됩니다."

"남유정 씨는 물론 그보다 훨씬 가벼웠겠죠?"

"당연하죠. 50킬로를 겨우 넘을락 말락 했는데요."

"그렇습니까? 그럼 제가 어떤 사실을 알려드릴 테니 잠시만 기다려주시기 바랍니다."

고진은 거실 바닥에 놓아두었던 가방을 옆으로 끌어다 열었다.

은색의 얇은 노트북 컴퓨터가 모습을 드러냈다. 고진은 거실 테이블 위에 노트북을 올리고 전원을 켰다. 부팅하기까지의 20여 초 동안 어색한 침묵이 거실을 채웠다. 고진은 혼자 기분이 좋은 듯 손가락으로 자판을 톡톡 두드려댔다. 부팅을 끝난 후 고진은 몇 번 클릭하더니 어떤 영상을 띄웠다.

"보시죠."

유재연을 제외한 모두가 고진의 노트북 액정 화면 앞쪽으로 몰려왔다. 화면에는 도로상황을 찍은 CCTV 영상이 틀어져 있었다.

"이게 뭡니까?"

이교준이 물었다. 고진은 "잠깐만요" 하며 손을 들어 그의 말을 막더니 이어 스페이스 바를 눌러 영상을 정지시켰다.

"이겁니다."

고진이 손가락으로 가리키는 화면 위로 차의 동글동글한 앞부분이 보였다.

"익숙하지요?"

으음, 하며 이교준의 신음이 들렸다.

"유정이 차인데요."

남고운이 말했다.

"그렇습니다. 이 번호판을 모르실 리 없겠죠. 더구나 이렇게 옆줄 달린 미니는 그리 흔한 차는 아니니까요. 사고 당일 저녁 주행하던 모습입니다. 지방도로에 들어서기 전 마지막 국도 위 CCTV에 이렇게 큼지막하게 찍힌 겁니다."

"그래서요? 이 길을 지나갔으니까 찍힌 게 당연한 거 아닙니까?"

이교준이 반항적으로 말했다.

"이걸 보여드리는 건 차가 이 시간에 이곳을 달렸다는 사실보다 차 안의 상황이 큰 의미가 있기 때문이죠."

"차 안? 차 안까지는 보이지 않는데요. 멀기도 하고, 앞 유리까지 선팅이 진하게 되어 있기도 하고……."

남고운이 고개를 갸웃거리며 말했다.

"실은 차 안의 상황이 궁금해서 제가 교통안전검사원에 관해 감정의뢰를 했습니다."

"무슨 감정의뢰를요?"

고진은 허리를 숙이더니 아까 노트북을 꺼냈던 가방 안에서 주섬주섬 스테이플러로 찍힌 서류 몇 장을 꺼냈다.

"이게 감정보고서입니다" 하며 두 번째 장을 넘겨 결론 부분을 손가락으로 가리켰다.

CCTV 동영상 판독 결과 차체는 왼쪽으로 경사도 1.75로 기울어져 달리고 있음.

"이게 어떤 의미죠?"

남고운이 재차 물었다. 무언가 자신들에게 유리한 사실이 나오리라는 기대감이 잔뜩 묻어 있었다.

"물리법칙에 따라 명확한 사실을 알려주지 않습니까? 차는 당시에 왼쪽, 즉 운전석 쪽이 더 무거웠다는 것을요. 미니는 소형차이고 차체가 극히 가벼웠던 만큼 양쪽에 실린 무게 차이는 그 자리에 앉은 사람의 중량 차이가 그대로 차량 상태로 반영이 되었을 거란 거죠."

"그런 거야 도로 상태에 따라 다를 수 있는 거 아닙니까? 울퉁불퉁하다거나 일시적으로 도로가 기울었다거나."

이교준이 말했다.

"울퉁불퉁하다 해도 일시적으로 기울어질 뿐이겠죠. 그런 기울임은 아닙니다. 이 동영상에서는 차가 기울어진 상태로 계속 달리고 있는 걸로 판명 났으니까요. 또, 도로에는 편경사라는 게 있습니다. 휘어진 길이면 차가 원심력 때문에 바깥쪽으로 기울 수 있어 위험하기 때문에 역학적으로 안전을 보장하기 위해 바깥쪽을 더 높여서 한쪽으로 기울어지게 설계합니다. 이 도로는 오른쪽으로 굽어 있어서 왼쪽이 조금 높도록 편경사를 두어 설계해놓았다고 합니다. 그런데도 차체는 왼쪽으로 기울어져 있군요. 그런 도로의 편경사 상태를 감안하면 차체는 확연하게 운전석 쪽으로 기울어져 있다는 거죠. 물론 육안으론 판별이 안 되지만 기계적으론 실측이 되는 부분입니다. 여기에 분명히 적혀 있습니다."

고진이 긴 손가락으로 감정서류를 툭툭 두드렸다.

"그 아랫부분을 보시면 이렇게 풀어서 설명해주고 있죠. '도로의 편경사를 고려하면 이 기울임은 명백히 차량 좌우 중량 자체의 무게 차이로 인하여 발생한 것으로 보임.'"

"그래서요?"

이교준이 고진의 손가락이 가리키는 감정서를 보지도 않고 퉁명스럽게 말했다. 고진이 눈을 빛냈다.

"이교준 씨는 아내인 남유정 씨보다 훨씬 무겁습니다. 사고 현장에서처럼 남유정 씨가 운전석에, 이교준 씨가 조수석에 타고 있었다면 차체는 오른쪽, 즉 조수석 쪽으로 기울어져 있었어야죠."

아. 남고운이 낮게 비명을 질렀다. 남문영과 김필립은 의혹에 찬 눈초리를 이교준에게 쏘아 보냈다. 이교준은 아랫입술을 질끈 깨물었다.

"그런데 이처럼 반대로 차체가 운전석 쪽으로 기울어져 있었다면 최소한 운전석에 더 무거운 사람이 타고 있었다는 이야기지요. 그렇다면, 두 가지 가능성밖에 없지 않습니까? 남유정 씨가 아니라 실은 이교준 씨가 운전을 하고 있었거나, 아니면."

"아니면?"

남고운이 기대감이 깃든 목소리로 반복했다.

"처음부터 이교준 씨는 이 차에 없었거나요."

아아. 남문영이 신음 같은 소리를 냈다.

"이교준 씨가 운전하고 있지는 않았습니다. 사고 당시 사진을 보면 남유정 씨는 운전석에서 튀어나와 핸들에 가슴을 부딪치고 앞 유리에 머리를 찧었어요. 물론 핸들과 유리창도 같은 부위가 깨져 있었고요. 만약 남유정 씨가 조수석에 있었다면 사고의 흔적이 그렇게 날 리는 없지요. 그런 건 조작도 불가능하고 금세 들통 납니다. 그러니 남유정 씨가 운전대를 잡고 있었다는 사실은 사고 직후 현장의 모습을 보면 명백합니다. 그렇다면 남은 사실은 하나뿐이죠. 남유정 씨가 혼자 운전을 하고 있었던 겁니다. 조수석은 비어 있었고, 그래서 차체는 운전석으로 살짝 기울어져 있었던 겁니다."

이교준의 입술이 무언가 말하려는 듯 들썩였지만 고진이 앞서 말했다.

"미리 말씀드리지만, 이교준 씨가 운전을 하다가 시골길로 접어 든 뒤에 교대했다는 식의 변명은 성립하지 않음을 미리 말씀드립니다."

"왜 그렇죠?"

남문영이 몸을 바싹 들이댔다. 고진은 몸을 슬쩍 뒤로 피하며 말했다.

"그건 바로 CCTV에 찍힌 시각이 말해줍니다. 여기 보세요."

고진은 컴퓨터에 띄운 동영상의 시각 표시를 가리켰다.

"밤 9시 56분이죠. 그로부터 바로 2분 후에 지방도에서 사고가 났어요. 신고 시간으로부터 역산하면 거의 그렇게 되더군요. 화면에 찍힌 지점과 사고 지점까지의 거리는 약 3킬로미터입니다. 사고 당시 측정된 속도는 시속 110킬로미터인데요, 그건 충돌 당시의 속도니까 맥시멈이라고 보고 추격하는 입장에서 약 80킬로미터 정도의 속도로 지방도를 달렸다고 한다면 2분간 약 2.7킬로미터를 달릴 수 있다는 계산이 나옵니다. 사고 지점까지 3킬로미터와 거의 비슷하지 않습니까? 그렇다면 중간에 차를 세우고 운전자를 교체할 시간은 없었다는 이야기지요."

"잠깐요, 추격하는 입장이라뇨?"

남고운이 물었다.

"아, 그 점은 조금 후 말씀드리죠."

고진은 손바닥을 가볍게 펴 들었다가 다시 말을 이었다.

"더구나 쉬지 않고 시속 80킬로미터를 달렸다고 가정했을 때보다 오히려 더 먼 거리를 달렸습니다. CCTV에 찍힌 후 사고 지점까지 쉼 없이 레이싱을 했다는, 움직일 수 없는 물리학적 계산인 겁니다. 운전자를 교체한다는 따위의 일은 할 수 없었단 거죠."

침묵은 남고운의 목소리로 깨졌다.

"그러면 제부가 조수석에 앉아 있었단 건……?"

"사고가 난 뒤 이교준 씨가 조수석에 옮겨 탔다는 것 외에는 설명이 불가능하죠."

"도대체 어디에 있다가 옮겨 탔다는 말이죠?"

남문영이 물었다.

"바로 김순옥 씨가 타고 있던 모하비로부터요."

"김순옥의 모하비요?"

남고운이 놀라 물었다. 남문영은 어머나, 하며 손을 입으로 가져갔고, 김필립의 눈은 얼굴처럼 둥그레져 있었다.

"놀라실 것 없습니다. 그것밖에 없지 않습니까? 이 교통상황 분석 감정서를 보고 바로 추리할 수 있었습니다. 남유정 씨의 미니가 운전석 쪽으로 기울어져 있었다면 이교준 씨가 조수석에 타고 있을 수는 없었다. 적어도 남유정 씨가 운전석에, 이교준 씨가 조수석에 타고 있는 상황은 절대 아니라는 것……. 그런데 이교준 씨는 조수석에 앉아서 실신한 상태로 경찰에 발견되었다. 그렇다면 이교준은 사고 직후에 남유정의 차에 올라탔다고 할 수밖에 없다. 그리고 그게 가능하려면 상대방 차, 즉 김순옥의 모하비에 타고 있었던 것밖에 없다. 그리고 여기서 또 하나 명백한 결론이 나옵니다."

고진은 말을 멈추고 사람들을 둘러보았다. 모두가 자신에게로 시선을 향해 있는 걸 확인하고는 만족한 듯 말을 이었다.

　　"그렇다면 김순옥과 이교준은 원래부터 알던 사이, 이를테면 몰래 사귀던 사이라고 해보죠. 그러면 한밤중에 평화로운 시골길에서 미니가 돌연 광분해서 모하비를 추월하다가 들이받는 다소 이상한 사고가 발생할 동기도 충분히 설명이 되지 않겠습니까."

　　고진의 시선은 진구 앞에서 멈추었다. 그는 빙긋이 웃었다.

　　"여기 이 진 군은 저와는 또 다른 경로로 같은 결론에 도달한 것 같지만요. 하지만 오늘은 의뢰인을 위해서인지 입을 닫고 있군요."

　　그 말에 해미도 진구를 보았다. 진구는 합죽하게 입을 닫고만 있었다. 고진은 시선을 사람들에게 돌리고 말했다.

　　"한 번 더 말하지만, 김순옥 씨가 사귀고 있던 사람은 김필립 씨가 아니라 이교준 씨였습니다."

　　으음, 하는 소리가 여기저기서 들려왔다. 이교준은 말이 없었다.

　　그래서 그랬구나.

　　해미는 비로소 어제 진구가 했던 말의 의미를 이해할 수 있었다. 진구가 찾아낸 진상과 고진이 밝혀낸 진상은 같았지만 진구는 자신과 같은 루트를 취하지 않은 고진이 어떻게 결론에 도달했는지 의아해했다. 그건 지금 밝혀졌다. 고진은 교통사고 당시 촬영된 CCTV 화면 분석을 통해 결론에 도달했다. 반면에 진구는, 해미가 옆에서 보았듯이 이 집안에서부터 조사를 시작했다. 물론 진구도 어제 김순옥을 만난 후 이 교통사고의 전모에 관해 고진과 같은 결론에 도달했을 것이다. 다른 경로, 같은 결론. 하긴 처음에 고진 변호사가 그랬다. 자신은 외부에서 교통사고부터 조사해나갈 거라고. 하지만 진구의 방식이라면 아마 이 가족들 틈에서 사건을 조사, 아니 만들어갈 거라고.

해미는 이어 김순옥이 아기를 맡기고 나오며 울던 장면을 떠올렸다. 엄마가 새 출발하려면 어쩔 수 없다며 엉엉 울던…… 이교준과의 새로운 인생을 찾기 위해 아기를 맡겨버렸던 여자……. 이교준에게는 아기가 있다는 말을 차마 하지 못하고 만나왔던 여자…….

해미의 상념을 깨고 고진의 말이 이어졌다.

"김순옥 씨가 김필립 씨에게 투자하게 된 경로도 이교준 씨의 소개를 통해서였을 겁니다. 이교준 씨도 그 당시에는 김필립 씨의 말발에 넘어가 투자하면 한몫 잡을 줄 알고 자신도 돈을 투자하고 김순옥 씨한테도 투자를 권했죠. 이 좋은 기회를 사귀던 김순옥 씨에게도 알려주려 했던 좋은 마음이었겠지만, 결과적으로 허름한 다세대주택에서 힘든 생활을 영위하고 있던 김순옥 씨는 힘들게 모아둔 돈 전부를 김필립이라는 블랙홀에 집어넣고 이제나저제나 돈이 도로 튀어나올 날을 기다리며 지금껏 죽을 고생을 하게 된 겁니다."

고진은 침을 한 번 삼키고 말을 이었다.

"이 부분은 추측입니다만, 그날 밤은 아마 이랬을 겁니다. 이교준 씨는 원래 아내 남유정 씨와 드라이브 약속이 있었다고 했죠. 이교준 씨는 그날 저녁 가족 모임에 빠졌습니다. 김순옥 씨의 모하비를 운전해서 남유정 씨와 만나기로 한 장소에 일부러 모습을 드러내 목격을 시켰던 겁니다. 남유정 씨는 그 장면을 보고 흥분해서 추격하듯 미니를 몰았을 테고요. 다혈질이고 직선적인 남유정의 성격을 잘 아는 이교준 씨는 남유정 씨가 즉시 차를 몰고 쫓아올 거라고 계산했던 겁니다."

"무슨 말도 안 되는 소릴……."

이교준의 이의를 고진의 목소리가 덮어버렸다.

"시골길로 접어든 어느 지점이었습니다. 김순옥 씨 차량은 크고 무거운 SUV 모하비로, 단단한 프레임 차입니다. 아, 이교준 씨가 김순옥에게 하필 모하비를 사준 것도 미리 계산되어 있었을 겁니다. 모하비와 제대로 충돌하면 상대방 차는 빗맞아도 사망이라는 기대를 안고 말이죠. 그걸로 덩치로는 한 줌도 안 되는 미니쿠퍼를 들이받은 겁니다. 코뿔소가 톰슨가젤을 들이받은 형국이라고나 할까요? 오른쪽으로 튕겨내 도로 아래로 추락이라도 시킬 목적이 아니었을까 싶네요. 그런데 미니는 하필이면 전봇대를 들이받고 멈췄죠. 그건 계산착오였지만 어쨌든 남유정 씨는 이교준 씨의 의도대로 사망했습니다. 마침 안전벨트도 매지 않았다는 우연한 사정이 컸지만, 실은 그것도 우연만은 아닌 게 극도로 흥분한 상태에서 남편을 쫓다 보니 벨트 따위에 신경을 쓰지 못했던 겁니다."

"자, 잠깐요."

이교준이 손을 번쩍 쳐들었지만 고진은 또다시 무시했다.

"원래는 사고를 내서 죽이려던 의도였겠지요. 사고를 낸 직후 남유정 씨의 차가 도로 아래로 떨어지지 않아 당황했겠지만 이교준 씨는 침착하게 대처했습니다. 순간적인 판단이지만 탁월한 머리회전이었다고 감탄하지 않을 수가 없어요. 이교준 씨는 김순옥 씨 차의 운전석에서 내려 남유정 씨의 차로 갔습니다. 아내의 죽음을 확인하고는 바로 조수석에 올라탔습니다. 그리고 안전벨트를 매고 기절한 척 쓰러져 있었던 거죠. 119나 경찰이 올 때까지요. 경찰이 달려왔을 때 이교준 씨는 아내와 같이 드라이브하다가 사고를 당한 남편으로 보이게끔요. 하지만 이교준 씨는 실제로는 남유정 씨를 고의로 들이받아 사고를 내 살해한 상대편 차량의 운전자였습니다."

"아니요. 내 평생 이렇게 어이없는 이야기는 처음 들어봅니다."

이교준의 목소리가 가늘게 떨렸고, 그 파장은 거실에 있는 누구나가 느낄 수 있었다.

"이런 추측은 출발부터가 틀려먹은 거 아닙니까? 아무럼 운전자 혼자 운전한다고 그런 것 때문에 차체가 기울고, 그게 영상 감정으로 드러날 수 있겠습니까? 말이 안 됩니다."

"미니는 워낙에 작은 차라서 그 정도의 차이도 예민하게 반영될 수 있겠죠. 이 당시 운전석과 조수석 양쪽의 무게 차가 정확히 얼마인지까지야 알 수 없겠지만 운전석 쪽이 더 무거운 상태였다는 사실 정도는 알 수도 있지 않을까요? 그 기울기가 얼마든지 간에, 감정결과에 따르면 최소한 미니 차량에서 운전석에 남유정, 조수석에는 더 무거운 이교준, 이런 식의 자리 배치는 아니었다는 것만은 충분히 말해주고 있지 않습니까? 그 점은 교통분석 전문가가 그렇게 판정했다니까, 거기에 가서 따져보시죠."

고진의 말에 이교준은 대꾸하지 못했지만 불만스런 표정이 역력했다. 고진이 탁자 위의 감정서를 자신의 가방 안에 주섬주섬 집어

넣으며 말했다.

"좋습니다. 그럼 영상 분석의 정확성은 분쟁사항으로 남겨두죠. 어쨌든 저는 믿고 있는 쪽이니까 그 입장에서 질문하겠습니다. 이교준 씨는 김순옥 씨와 사귀던 사이였다는 것조차 부인하시는 겁니까?"

시선이 이교준에게 쏠렸다.

"당연하죠! 모르는 여잡니다. 사고 난 후에 경찰서에서 처음 봤을 뿐입니다."

"잠깐. 여기서 대답을 신중히 하셔야 합니다. 뻔한 사실을 부인하다가 나중에 경찰수사에서 드러났을 땐 더 큰 오해를 살 수 있습니다. 전 할 수 없지만 경찰은 김순옥 씨와 이교준 씨 사이에 있었던 통화기록이나 이메일, 문자메시지 같은 걸 다 확인할 수 있습니다. 그런 식으로 드러나면 큰 의심을 받게 되겠죠. 그래도 완전히 모른다고 발뺌하시겠습니까?"

이교준은 고진을 노려보다가 고개를 돌려 외면했다. 거실에 모인 사람들은 이교준의 시선을 따라 움직였다. 이교준은 가족들이 보내는 무형의 압박감을 마침내 견디기 힘들어진 듯 보였다.

으음.

잠시 후 이교준은 짓눌린 음성을 뱉어냈다. 결국 이교준의 고개가 가볍게 끄덕여졌다. 남고운이 한숨을 쉬었다. 이교준의 입이 열렸다.

"······사귀고 있는 건 맞습니다."

그러다가 이교준은 고개를 번쩍 들고 형형한 눈빛을 쏟아냈다.

마지막 순간 결백을 주장하는 사람처럼 목소리를 대뜸 높였다.

"하지만 어디까지나 교통사고가 있은 후에 알게 된 사람입니다. 경찰에서 처음 봤어요. 처음엔 아내의 과실을 숨기려고 상대편 차가 차선을 침범했다고 말하려다가 울고 있는 김순옥 씨를 보고는 마음이 바뀌었어요. 혼자 힘들게 살아온 처지가 꼭 예전의 나를 보는 것 같아서 마음이 움직였어요. 그래서 경찰에 진실을 말했습니다. 아내가 차선을 위반했다고. 아내가 죽은 직후 여자에게 마음을 준 일이 도덕적으로 문제일진 모르지만 나로서는 진심이었어요."

"아아, 그래서……."

해미가 불쑥 탄식 비슷한 말을 해버렸다. 해미의 감상을 깨듯 고진이 차가운 목소리로 말했다.

"자꾸 거짓말을 하시네요."

"거짓말이라뇨."

이교준이 고개를 들었다.

"의심하면 끝이 없죠. 의심만으로 공격할 겁니까?"

"이교준 씨의 말에 진실된 부분도 있다고는 생각합니다."

고진은 이교준의 얼굴을 찬찬히 들여다보았다.

"살아온 처지가 비슷해서 깊게 공감했다는 말이요. 그래서 김순옥 씨와 가까워진 거겠죠. 물론 그 시기는 교통사고 이전이지만요."

"대체 무슨 근거로 그렇게 단정합니까?"

이교준이 이를 악물고 항의했다.

"김순옥 씨가 김필립 씨에게 투자한 시점이 올해 초입니다. 아마

2월쯤일 겁니다. 김필립 씨 맞지요?"

김필립은 팔짱을 낀 채로 고개를 끄덕였다.

"그 시기는 교통사고가 있었던 늦봄 무렵보다 훨씬 이전이죠. 김순옥 씨는 김필립 씨하고 엮일 만한 아무런 인연이 없는 사람입니다. 이교준 씨의 소개와 권유가 아니라면요. 교통사고 훨씬 이전에 이교준 씨와 김순옥이 이미 사귀고 있었다는 분명한 정황입니다. 여기서 다시 말하지만 주변 수사를 하면 김순옥 씨와의 통화기록 같은 게 금세 나옵니다. 교통사고 이전부터 교류가 있었다는 게 밝혀지면 지금 이 변명이 거짓말로 드러날 겁니다. 그러면 더 큰 의혹을 받게 될 겁니다. 그래도 지금의 주장을 유지하시겠습니까?"

이교준의 낯빛은 밀가루를 덮어쓴 것처럼 하얘졌다. 거실에 모인 사람들은 일제히 눈을 들어 이교준을 보았다. 이교준은 구원을 바라듯 진구를 보았다. 진구는 미세하게 눈을 껌뻑였을 뿐 어떤 응답도 보내지 않았다. 이교준은 진구가 적극적으로 나서서 자신을 변호하려 들거나 대답을 제지하려 들지 않는 부작위 자체가 그냥 사실대로 말해도 된다는 신호로 받아들인 듯했다. 이교준은 가볍게 숨을 들이쉬었다.

"……좋습니다."

잠깐 뜸을 들인 후, 이교준은 천천히 말했다.

"김순옥 씨와는 그 전부터 사귄 게 맞습니다."

남문영의 한숨이 들렸다. 남고운이 "유정이를 놔두고 어떻게……!" 하며 외쳤다.

"이 서방 자네, 도대체 몇 번을 거짓말하는 거야?"

김필립이 언성을 높였다.

"이렇게 된 이상 도리가 없네요. 다 말하겠습니다. 사고 당시에 김순옥의 차를 운전하고 있었던 건 맞습니다. 사고가 나고, 아내의 차 조수석으로 급히 옮겨 탄 것도 사실입니다. 하지만 제가 일부러 들이받았다는 건 변호사님의 억측에 불과합니다."

"과연 그럴까요?"

"사실입니다."

"이제 와서 그 말을 믿으라고요?"

소리치는 남고운을 향해 이교준이 손을 저었다.

"이것만은 절대 사실입니다. 그건 순전히 사고였습니다. 아내가 흥분해서 우릴 쫓다가 그만 충돌해버린 겁니다."

"실컷 거짓말하다가 몰리니까 막판에 와서 인정해놓고, 사고였단 것만은 사실이라고?"

남문영이 소리쳤다.

"사고가 맞습니다."

이교준이 다시 한 번 잘라 말했다.

"그렇게 우겨야겠죠. 살인이 아니라 사고여야 이교준 씨의 상속 자격이 유지되니까요."

고진이 빈정거리듯 말했다.

"고의로 배우자를 살해했을 때만 상속자격이 박탈됩니다. 교통 사고는 고의가 아니라 과실행위이기 때문에 상속자격은 유지됩니다."

"세상에, 그런 법이……."

남고운은 혀를 찼다. 남문영은 새파랗게 질린 낯빛이었다.

"사고가 맞습니다."

이번에는 이교준의 목소리가 아니었다. 사람들은 일제히 이 말이 들려온 쪽으로 시선을 돌렸다. 말을 뱉은 사람은 진구였다.

"오호."

고진은 입을 다물고서 소파에 몸을 깊숙이 묻어버렸다. 진구는 고진을 힐긋 보고 다시 가족들에게로 시선을 돌렸다.

"결과적으로 남유정 씨가 죽었으니 화가 나겠지만 이성적으로 생각해야겠지요. 처음부터 계산해서 이런 살인을 계획한다는 게 이치에 맞을까요?"

거실은 조용해졌다. 며칠간 같이 지내보면서 생긴, 김진구라는 이 젊은 친구의 말을 무시할 수 없겠다는 정서가 어느 틈엔가 이 가족들에 스며들어 있었다.

"그럼 계획한 거지 뭐예요?"

남고운이 소리를 빽 질렀는데, 김필립이 "잠깐 들어나봐요" 하며 가볍게 제지했다.

"살인 방법으로는 너무나 불충분하고 어설프죠."

진구는 의자에 파묻었던 몸을 일으켰다.

"차량을 들이받는다는 건 고속으로 달리는 도중에 발생하는 순간적인 충격이기 때문에 마치 럭비공처럼 어디를 부딪치고 어디로 차가 튕겨져 나갈지 예상할 수가 없는 겁니다. 아무리 모하비래도 미니를 들이받아 도로 아래로 떨어지게 한다고 보장할 수는 없죠. 실제로 남유정 씨의 미니는 길 아래로 떨어지지 않고 전신주를 들

243

이받지 않았습니까? 또 아래로 떨어진다 해도 죽는다는 보장이 전혀 없습니다. 안전벨트를 한다면 웬만한 전복사고에서도 살아남지요. 남유정 씨가 그날 안전벨트를 하지 않았다는 건 우연에 불과했을 뿐, 이교준 씨가 알거나 컨트롤 할 수 있는 사정이 아니지 않습니까? 다시 말하면, 그 정도 교통사고를 고의로 낸다고 해서 상대방을 일격에 죽인다는 보장이 전혀 없단 겁니다. 만약 고의로 들이받았다가 남유정 씨가 죽지 않고 살아난다면 뒷감당을 어떻게 하려고 그런 계획을 세우겠습니까?"

"그래서 사고를 내고 유정이 차로 옮겨간 거 아니겠어요? 만약 살아 있다면 죽이려고. 그런데 죽은 걸 확인하곤 그냥 조수석에서 기절한 체하고 있었던 거지!"

남고운이 소리를 높였다.

"차를 들이받아 길 아래로 떨어뜨린다는 살해계획이라고 추정하지 않았던가요? 그렇다면 사고를 낸 후에 남유정 씨 차로 가서 확인 살해한다는 계획은 애당초 포함될 수 없죠."

"그래도, 그래도……."

남고운이 말을 얼버무렸다. 힘을 얻은 이교준이 말했다.

"정말입니다. 믿어주세요. 그날 하필 유정이가 우릴 보고 흥분해 따라오다가 사고가 나서 죽은 건 지금도 뼈아프게 미안해하고 후회하고 있습니다. 죽을 때까지 속죄해도 풀리지 않을 겁니다. 하지만, 절대로 고의는 아니었습니다. 사고였어요."

"일부러 쫓아오게 해서 으슥한 곳에서 사고를 가장해 죽인 거잖아!"

남고운이 소리쳤다.

"제발 믿어주세요. 그게 말이 안 된다는 건 처형들이 아시잖습니까?"

"바람피워놓고 그런 변명이 나와요?"

남문영이 눈을 부릅떴다.

"그건……."

이교준이 머뭇거리다가 말했다.

"유정이도 마찬가지지 않아요?"

남고운과 남문영은 그 말에는 대꾸하지 않고 냉담한 표정으로 이교준을 외면했다. 자신들의 동생에게도 분명히 약점이 있는 것이다.

"원경호 말입니다."

이교준이 기어이 이름을 꺼냈다. 남고운 자매는 여전히 시선을 피했다. 끝내 이교준의 말에는 대꾸하지 않았다. 진구가 샛길로 빠지는 화제를 되돌리듯 딱 잘라 말했다.

"아무튼 사고일 수밖에 없습니다."

확신 어린 말투였다.

"그리고 법적으로 중요한 건, 고의로 사고를 냈다는 입증 또한 이제는 불가능하다는 거죠."

나 참. 남고운이 혀를 차며 고개를 외면했다.

"아니 그럼, 일부러 들이받은 건 맞는데 증거가 없어서 무죄란 거요?"

김필립이 눈을 부라리며 말했다. 진구는 고개를 가로저었다.

"고의로 일으킨 사고일 수 없다고 분명히 말씀드렸습니다. 만에 하나, 고의 사고였다고 해도 입증은 불가능하고요. 그러니까, 고의로 하지 않았다는 말이나 고의를 입증할 방법이 없다는 말은 법률상으로 동일하단 겁니다."

"젠장······. 이교준이가 저질러놓고, 이제 와서 증거 있냐고 약올리는 거야 뭐야."

김필립이 혼잣말처럼 말했지만 물론 거실에 있는 사람 모두의 귀에 똑똑히 들렸다.

"일부러 들이받은 게 아니라고 했잖습니까?"

이교준이 김필립을 보며 말했지만 김필립은 얼굴을 돌렸다.

"하긴······ 맞습니다."

고진이었다. 의외의 발언에 모두가 그를 쳐다보았다. 고진은 소파 등받이에서 몸을 떼며 오른손 검지를 꼿꼿이 세우고 말했다.

"진 군의 말은 틀리지 않습니다. 그게 남편의 불륜현장을 목격하고 흥분해서 차를 몰던 아내가 낸 사고였는지, 아니면 그것을 유도한 뒤 일부러 들이받아 아내를 저세상으로 보낸 남편의 흉계인지는 사실 밝혀내기가 극히 어렵습니다. 더구나 유일한 목격자 김순옥은 철저히 이교준 씨 편이고요. 블랙박스도 CCTV도 없습니다. 이교준 씨가 자백할 리는 만무하겠죠. 밝혀내지 못하면 안 한 거죠. 사실의 문제로서가 아니라 법의 문제로서요."

"잠깐요, 고 변호사님은 자꾸 제가 고의로 사고를 냈는데 단지 입증할 방법이 없단 식으로 몰고 가시는데······."

이교준의 항의를 남고운의 비명에 가까운 말이 중단시켰다.

"그래서 유정이를 죽여놓고 재산 상속도 하게 된단 말이에요? 말도 안 돼!"

고진은 양손을 들어 흥분한 남고운을 가라앉히고는 말을 이었다.

"남유정 씨 사고에 관해서는 당시에 김순옥 씨 차에 이교준 씨가 타고 있었다는 게 밝혀졌고 본인도 인정했으니 이제 우리가 경찰에 알리면 아마 재수사에 들어가게 될 겁니다. 수사해보면 고의적인 살해행위가 밝혀질지 모르지요. 하지만 지금으로썬 진 군의 말이 맞아요. 단정할 수도 없고 몰아붙일 수도 없습니다. 일단은 기다려봐야 할 겁니다."

"그럴 거면 오늘 왜 모이라고 하신 거예요?"

남문영은 불만이 가득한 어투로 물었다. 고진은 혀를 한 번 차고서 말했다.

"최소한 교통사고의 진실은 밝히지 않았습니까? 이교준이 사실은 김순옥의 모하비를 운전하고 있었고, 사고 직후 옮겨 타 불륜을 은폐하려 했다는 것 말이에요. 만에 하나 혹시 이교준 씨가 사실이 밝혀진 충격에 사실은 고의적인 살인이었다고 자백할지도 모르는 일이고요. 그게 아니라면 최소한……."

고진은 이교준을 힐끔 보았다.

"자신의 불륜으로 결과적으로 아내를 죽음으로 몰고 갔으니 도의적인 책임을 느끼고 상속권을 포기하겠다고 나오지 않을까 하고 기대했습니다만."

"그렇죠. 사람의 탈을 썼으면 그래야죠."

남고운이 맞장구를 치며 이교준을 보았다. 남문영도 무언의 눈빛으로 이교준을 압박했다. 하지만 이교준은 이틀 지난 가판대 생선처럼 흐릿한 눈을 하고는 아무런 반응을 보이지 않았다. 3, 4초 정도 정지화면 같은 시간이 흘렀다.

"아무래도 이 사람, 자발적으로 포기하기를 기대하기는 어려워 보이는군."

김필립이 어이없다는 듯 말했다.

"사실 그렇긴 합니다."

고진이 말했다.

"그럼 상속은!"

남고운은 소리를 빽 질러놓고는 아차 싶었는지 입술을 깨물었다.

"안타깝게도 현재로써는 이교준 씨의 상속은 난공불락입니다. 법적으로는요."

고진은 '법적으로는'이란 말에 힘을 주었다.

"역시 처형도 재산에 더 관심이 있네요. 동생이 어떻게 죽었는지 보다는요."

이교준이 희미한 비웃음을 떠었다. 어떤 짓을 했는지는 그 자신이 가장 잘 알 테지만, 결과적으로 아내를 죽인 셈이 된 건 어디까지나 결과론적으로 그렇다는 것뿐이라며, 그럼에도 불구하고 이 자리에 자신보다 도덕적으로 나은 인간은 없다는 듯한 자신감이 그의 얼굴에 떠올라 있었다.

정말 질리는 사람들이야. 이교준이 고개를 돌리고 입속으로 중얼거렸다. 그 옆에 있던 진구와 해미는 똑똑히 들었다. 남고운과 남문영은 듣지 못한 것 같지만 이교준의 입술이 발하는 불쾌한 뉘앙스를 전달받은 듯 얼굴을 확 찌푸렸다.

"이렇게 하시죠."

이교준이 등을 꼿꼿이 세우고 마치 어떤 결론을 내리듯 말했다. 사람들의 시선이 모였다.

"가족 모두의 이름으로 교통사고에 관해 경찰에 재조사를 의뢰하시죠. 제가 경찰에 가서 진실을 밝히겠습니다. 김순옥의 차에 타고 있었고 사고 직후에 옮겨 탔다고."

금세 대답하는 사람이 없었다. 그 침묵에는 어색함을 넘어 비장한 기운마저 감돌았다. 이교준이 한 번 더 말했다.

"반대하시는 분 있습니까?"

부스럭거리는 소리뿐, 여전히 조용했다. 해미는 아까부터 이 모든 소란 뒤에 멀거니 떨어져 있는 유재연이 신경 쓰여 시선을 던져 보았다. 지루해하는 기색만이 떠 있었다.

"없겠죠. 범인이 아니라면."

이교준의 말투는 한껏 시니컬해져 있었다. 대꾸하는 사람은 없었다. 경찰 조사 이야기를 꺼낸 순간부터 사람들 틈에서 이유 모를 냉기가 뿜어져 나오는 느낌을 해미는 받았다. 그리고 수세에 몰렸던 이교준이 왠지 모르게 주도권을 쥔 모양새가 되었다.

"그럼 모두 찬성하시는 걸로 알고 당장 내일 경찰에 찾아가겠습니다. 그러면 단지 사고에 불과했다는 게 더 명백하게 밝혀질 겁니다. 저도 혐의를 벗겠죠. 예, 맞습니다. 전 바람을 폈습니다. 하지만 유정이도 그랬어요. 이건 일방적으로 사죄할 일은 아닙니다."

이교준의 말투가 당당해졌다. 그는 이어 말했다.

"상속은 내가 합니다. 아름이의 친권자인 아빠로서 재산도 관리하게 될 거고요."

가족들이 뿔뿔이 헤어진 뒤 해미가 진구의 방으로 쪼르르 따라 들어왔다. 진구는 침대에 걸터앉았다가 팔베개를 하고 벌러덩 누웠다. 해미는 의자를 침대 옆에 갖다 대고는 진구의 얼굴을 내려다보며 말했다.

"오빠가 생각한 진상은 뭐야?"

진구는 팔베개를 한 채로 목을 이리저리 돌리기만 했다.

"일어나. 어서."

해미의 성화에 진구는 끙 하며 상체를 일으켰다.

"말해!"

"소리 좀 지르지 마. 나 바로 앞에 있어."

"왜 과묵한 사람 흉내를 내고 있어. 빨리 털어나봐."

진구는 귀찮은 듯 겨우 입을 뗐다.

"뭐겠어. 살인일 리가 없잖아."

"아니야?"

"응. 이교준이 김순옥의 애인이었단 건 어제 김순옥에게서 직접 들었지. 거기서 교통사고가 일부 조작되었단 것도 유추했어. 이교준은 원래 남유정의 차에 있었던 게 아니라 모하비를 운전하다가 사고 직후 미니로 옮겨 탔을 거라는 추리 말이야. 하지만 그게 과연 고의적인 살인이냐고 묻는다면, 아까 말한 그대로야. 살인을 위해 계획적으로 사고를 조작했다고 보기엔 말이 안 되는 부분이 너무 많거든. 글자 그대로 우연한 사고로 볼 수밖에 없어. 이교준이 불륜을 덮고 사고를 덮으려 차에 옮겨 타는 꼼수를 쓰는 바람에 오해를 사긴 했지만 단지 그 이유로 고의적인 사고라고 판단할 수는 없어. 남편과 아내라면 편안하고 은밀한 살인의 기회를 얼마든지 만들 수 있어. 굳이 한참 불확실한 확률에 의지한 곡예 같은 그런 살인방법을 택할 사람이 있을 리 없지."

"그럼 상속 재산도 그대로 물려받고?"

"그렇다니까."

"난 고진 아저씨가 아까 사람들 모아놓고 이교준이 범인이라 그랬을 때 되게 믿음이 가던데. 아무 근거 없이 그렇게 단정적으로 말했을까?"

해미가 고개를 갸웃거렸다.

"순진한 기대는 하지 마. 어떤 목적을 위해서는 그럴 수 있는 사람이야. 내 짐작을 말하자면, 아까 말한 것과 거꾸로야. 이교준이 살인자여야만 상속권을 박탈당하니까. 그래서 일단은 고의적인 사고로 몰아붙인 거야. 고 변호사님 말처럼 자백을 안 한다 해도 가족들의 압력, 혹은 도의적인 자책감을 자극해 상속권을 포기시켜볼 심산이었겠지. 하지만 이교준도 아내의 불륜이 밝혀진 마당에야 내심 김순옥과의 관계가 떳떳하지 못할 것도 없다는 마음인 거였고. 법으로 인정되는 상속을 굳이 포기할 만한 도의적 빚은 없다는 생각인 거야."

"그런 이번엔 오빠가 조작한 게 아니라 저 고 변호사 아저씨가 사건을 살인으로 몰고 가려 했단 거야? 설마……."

"기본적으로 저쪽 의뢰인이잖아."

"그래도 설마 변호사가……."

진구는 고개를 가볍게 저으며 말했다.

"맘에 안 들어."

"누가? 고진 아저씨가?"

"아니, 이교준 말이야."

"그거야…… 나도 맘에 안 들지만. 어쨌든 살인은 아니라며."

"애당초 의뢰할 때 뭐랬어? 그날따라 차 안에서 남유정의 상태가 마치 누가 약 먹인 것처럼 이상했고, 나중엔 저녁에 그딴 짓을 하냐고 말했다고 했잖아? 그러면서 처형들이 의심스럽다고. 근데 알고 봤더니 건너편 모하비에 타고 있었어. 새빨간 거짓말이었다구."

"……하긴 그렇네. 어떻게 그렇게까지 거짓말을 할까? 사건 의뢰할려구 별 희한한 말을 만들어냈네."

"구체성을 부여할수록 그럴듯한 법이니까. 그런 쪽으로는 아주 머리가 발달한 인물이야."

"그럼 오빠도 한 방 먹은 거네?"

해미가 약 올리듯 말했다. 진구는 말없이 다시 침대 위로 벌러덩 누웠다. 혼자만의 복잡한 상념에 빠져드는 것 같았다. 해미는 의자에 무릎을 세우고 앉아 턱을 괴고서 물었다.

"그건 그렇고 이교준한테 김순옥 아줌마 이야기는 할 거야? 아기가 있었고, 몰래 딴 데 맡겼단 이야기."

"하지 말라며?"

"그래, 하지 마. 이제 와서 그거 알린다고 뭐가 달라져. 오빠 의뢰
하고도 관계없잖아. 그 아줌마 너무 불쌍하더라."

"알았다니까."

진구는 돌아누웠다.

막간

일요일 오후, 고진은 양재역 뒤편에 있는 광역수사대 형사팀장 이유현의 아파트 벨을 눌렀다. 작년 여름 악귀와 싸웠던 그 사건도 이유현의 이 아파트에서 시작되었다. 수렁에 빠져들 듯이 불가항력적으로 발을 들이밀었다. 일단 해결되었다지만 좋은 기억만 남은 건 아니었다. 악의 심연을 들여다보는 일이란 언제나 흥미롭지만 지난번처럼 자신도 모르게 목숨을 걸게 된다면 꺼림칙하다.

이유현은 이날 자기 집으로 고진을 불렀다. 서성이는 동안 현관문이 힘차게 열리면서 이유현이 얼굴을 내밀었다. 군청색 트레이닝복에 운동화를 신은 이유현은 고진을 보더니 현관문을 활짝 열고 밖으로 나왔다. 손님이 아니라 출근하는 집사를 맞이하는 듯한 얼굴이었다.

"이거 뭐야. 뻔뻔한 낯빛인데."

"잘 보셨습니다. 잠깐 양재 숲으로 조깅 나갈 거니깐 형님은 들어가 계세요."

"음. 손님 불러놓고 나가는 건 무슨 매너지?"

이유현은 대꾸하지 않고서 "거실 탁자 위에 기록 있으니까 한번 보세요" 하고는 계단을 탁탁탁 밟으며 내려가버렸다.

냉장고 다 비워버릴 거야, 하는 고진의 말이 이유현의 뒤통수에 가 닿았지만 이유현은 어느새 계단 아래로 자취를 감추어버렸다. 고진은 현관문을 닫고 안으로 들어갔다.

한 시간 후 이유현이 숨을 가다듬으며 집에 돌아왔을 때 고진은 거실 바닥에 양반다리를 하고 앉아 유리 테이블 위에 펼쳐진 몇 장의 사진을 유심히 들여다보고 있었다. 이유현이 조깅 나갈 때만 해도 툴툴거리던 고진은 어느새 사건에 빠져들어 있었다. 이유현이 노린 그림대로였다.

"이건 시체가 발견된 상태 그대로 찍은 사진들이군."

고진은 사진을 햇빛에 비춰보듯 위로 들고 있었다. 이유현은 팍팍해진 허벅지 근육을 두드리며 거실 테이블 옆 소파에 앉았다. 기록을 읽고 난 고진은 주객전도된 대접에도 그리 불만스럽진 않은 모양이다. 대신 집주인 이유현이 그리도 싫어하는 담배를 막 꺼냈다. 이미 꽁초가 네댓 개 쌓여 있었다. 고진은 불을 붙이고 담배를 깊게 빨아 당겼다. 이어 내뿜은 담배 연기는 순식간에 거실을 가득 채웠다.

"조깅 효과가 담배 한 방에 다 날아가네요. 금연 중 아니었습니까?"

이유현이 담배 연기를 손으로 저으며 탓했지만 고진은 대꾸하지 않았다. 대신 손끝에 남은 긴 담배를 음료수 캔 안에 밀어 넣었다.

"피해자들 중 대부분이 주소가 서울 쪽이어서 우리 광역수사대가 관여하게 되었죠."

이유현은 테이블 앞 소파에 앉았다.

"확실히 이상하긴 해. 모두 탈수 아니면 아사?"

고진이 그제야 고개를 들며 물었다.

"동사도 있긴 해요. 아무튼, 연쇄 살인보다 더 희한한 일이죠. 연쇄 아사라니. 그것도 국민소득 2만 불이 훌쩍 넘는 대한민국에서요."

이유현이 보여준 사건 기록에는 강원도 정선, 평창, 영월 일대의 산과 들에서 발견된 탈수 사체 및 아사자 6인에 관한 보고가 몇 장의 사진과 함께 첨부되어 있었다.

"전과기록은 대외비니까 안 가져왔지만 그들 중 4명은 무전취식, 절도, 도박, 폭행 따위 자잘한 전과가 몇 개씩 있었어요."

"팔뚝에는 주삿바늘 자국이 있고."

"예. 공통적으로요. 약쟁이들인가 싶어 부검을 해봐도 약물반응이 없어요. 물론 주사를 맞아도 몇 달 지나면 양성 반응은 안 나오니까 그것만으로 피해자들이 히로뽕을 안 했다고 단정할 수도 없지만, 히로뽕 전과도 다들 없거든요. 그렇다고 몸에 뭘 집어넣은 것도 아니고, 피를 대량으로 뽑았다거나 한 흔적도 없어요. 일제히 무슨 건강 검진하러 주사를 찌른 것도 아닐 테고, 참."

이유현은 선풍기를 가져와 자기를 향하게 세워놓고 스위치를 눌렀다.

"짧게는 한 달 간격으로, 길게는 6, 7개월 간격으로 발견되었어요. 공통점이 있어서 하나의 사건으로 묶어서 보게 되었죠. 대부분 가족도 없거나 있어도 연락이 끊긴 떠돌이 인생이었고, 그중 두 명은 번듯한 사람이었는데 정선 카지노에서 돈 다 날리고 몇 달간 파락호 생활을 하던 중이었어요."

"카지노에서 돈 잃었다고 굶어 죽지는 않을 거 아냐?"

"그렇죠. 더구나 김삿갓도 아니고 그런 산길에서 픽 쓰러져 죽었다는 게 믿기지 않죠. 그런데 다들 그렇게 죽어서 발견되었으니 문제인 겁니다."

"자연적인 아사는 아니라는 결론이겠군."

"분명합니다."

이유현이 힘차게 고개를 끄덕였다.

"6명이 동시다발적으로 그 일대 산길에서 쓰러져 죽는 일이 자연적으로 발생할 리가 없잖아요? 그런데 비록 외딴 산길에 시체가 버려져 있다고 해도 시체를 숨기려는 노력 같은 건 보이지 않아요. 그런 점이 또 이상하거든요."

"타살이 아닌데 시체를 숨길 이유가 없었겠지. 시체를 은폐하는 쪽이 오히려 더 의심을 살 수도 있고."

"예. 아무리 헤집어봐도 타살의 흔적은 없습니다. 절대."

"흠, 이상하긴 해."

고전은 보기 싫다는 듯 손으로 기록을 밀어 치웠다.

"근데 나한테 굳이 이 사건을 이야기하는 이유는 뭐야?"

"좋아하실 줄 알았는데요?"

"솔직히 흥미롭긴 해. 근데 지난번 용해운 사건 때문에 요즘은 아주 심신이 피곤해졌어. 나 자신이 사람인지 해골인지 모를 지경이야. 사건의 해괴함으로 따지면 그보다 더할 수야 없겠지."

"알고 있습니다. 그런 종류의 사건으로 형님한테 다시 빨대를 꽂으려는 건 아니고……."

"그럼?"

고진이 몸을 쭉 뻗으며 기지개를 켰다.

"재밌는 증언을 들었거든요."

두 사람 말고는 아무도 없지만 이유현은 속삭이듯 말했다.

"눈에 띄는 사람이나 수상한 사람이 없었는지 일대에서 막연하게 탐문했어요. 그러던 중에 정선의 다운타운에서 슈퍼 아주머니가 왠지 눈에 띄는 사람이 있었다면서 이야기하더군요. 머리가 눈처럼 하얀 50대 남자하고 작달막하고 예쁘장하게 생긴 서른 중반의 여자하고 같이 다녔다고요. 여자는 남자를 박사님이라고 불렀다는군요. 처음 보는 사람들인데 어딘지 묘한 느낌이 있어서 기억한다고 그러더군요."

고진의 작은 눈이 어둠 속의 흑요석처럼 반짝 하고 빛났다. 두 사람은 이 정도의 말만으로도 이미 그들이 누구인지에 대해 같은 생각을 하고 있다는 것을 서로가 알고 있다. 박사라고 불리는 50대의 백발 남자와 30대의 여성, 그리고 그의 주위에 펼쳐진 기묘한 사건. 이유현이 조심스럽게 말했다.

"……형님은 지난번 그 사건*이 있은 이후에 그렇게 추측했죠? 그런 방법으로 체포를 피한 다음에 어디선가 다시 수술했을 거라

*《정신자살》 사건.

고."

"그랬지."

"형님과 제 감이 맞는다면 그 여자는 우호선이겠죠, 아마. 그리고 백발의 남자는⋯⋯."

"이탁오 박사일 테고."

고진은 천장으로 시선을 보내고는 눈을 질끈 감았다 떴다.

"저도 그렇지 않을까 생각합니다만."

"6인의 아사체라는 듣도 보도 못한 희한한 사건과 그보다 더 잘 어울리는 사람이 없긴 해⋯⋯."

"그래서 연락을 한 겁니다. 형님한테."

고진은 마치 담배가 거기 있는 듯 연신 손가락을 마주 비벼댔다.

"이거야, 대체 무슨 일을 꾸미고 있는지 짐작조차 가지 않는데."

고진은 자리에서 벌떡 일어나 거실을 왔다 갔다 걷기 시작했다. 창에 마주하고 서서는 바깥을 하염없이 건너다보았다. 가을 하늘이 암회색으로 뿌옇게 내려앉아 있다.

"타살 의혹이 없으니 우리가 정식으로 수사하기도 그렇고⋯⋯."

이유현이 말했다.

"그래서 할 일 없는 내가 뛰어들 의향이 있나 두드려본 거로군."

고진이 얼굴을 돌리며 말했다.

"있지 않습니까?"

"아니."

"관심이 없다고요? 이탁오 박사가 분명한데?"

"지금은 나도 좀 지친 상태거든. 이탁오나 용해운 같은 인물을 상대하긴 싫어."

그러면서도 고진의 입가에는 희미하게 웃음이 번져 있다.

"그럼, 그냥 모르는 척할 겁니까."

"물론 그냥 지나칠 수야 없지. 조사해볼 거야."

"조사? 하기 싫다면서요."

"나 말고."

"그럼?"

"나보다 훨씬 더 적역인 친구가 있어."

고진은 키득키득 웃었다.

해미는 찻잔을 기울이며 눈을 치뜨고 맞은편에 앉은 여자의 초췌한 얼굴에 초점을 맞추었다. 여자는 자기 집 부엌 식탁 앞에 앉아서도 어딘지 불편해 보였다. 여자 앞에 놓인 커피는 홀로 식어갔다. 해미는 김순옥의 집 거실을 한 번 더 둘러보았다. 손을 뻗으면 사방으로 벽이 닿을 듯 조그마한 공간이지만 티끌 하나 없이 깨끗하다. 가구나 세간이 많지 않아서이기도 하지만 분명 김순옥의 정성 어린 솜씨가 깃들어 있다. 부엌은 물기 하나 없이 말끔하게 닦여 있고 음식 찌꺼기를 찾아 날아다니는 기운 빠진 초파리 한 마리 없었다. 다세대주택의 허름한 외관으로 넘겨짚을 수 있는 안쪽 이미지와는 많이 다르다.

해미는 오늘 진구를 떼놓고 혼자 김순옥의 집을 방문했고, 드디어 안에 들어올 수 있었다. 김순옥은 그 사이 이교준에게 사정을 전해 들은 모양이었다.

"죄송해요. 저번에 만났을 땐 교준 씨가 일을 맡긴 분들이란 걸 몰랐어요."

김순옥은 현관문을 활짝 열고 안으로 들어오라는 손짓을 했다.

"어마, 아니에요. 저희가 김필립 아저씨 심부름 왔다고 먼저 거짓말했잖아요."

해미는 호들갑스럽게 말하며 김순옥의 손을 덥석 잡았다. 서로 오해가 있었지만 실은 이교준을 매개로 한 '같은 편'이라는 정서는 두 사람을 한층 가깝게 했다.

김순옥은 해미에게 경계를 풀긴 했지만 여전히 의기소침해 있었다. 주눅 들어 있는 듯한 말투도 그대로였다. 반면 해미는 특유의 사교성을 십분 발휘하는 중이다. 몇 마디 가볍고 의례적인 대화가 오갔고, 잠시 말이 끊겼다. 해미가 무슨 말을 꺼낼까 머릿속을 헤집는 사이, 김순옥이 조용히 입을 열었다.

"그날 약속했지만……."

목소리가 잠긴 탓에 김순옥이 기침을 한 번 하고서 말했다.

"교준 씨한테 아이 이야기는 안 했죠?"

김순옥은 해미의 눈치를 보며 물었다.

"당연하죠. 입도 뻥긋 안 했어요. 언니가 새 출발하는데 우리가 왜 재를 뿌리겠어요? 아기 일은 안됐지만……."

김순옥은 해미의 말에 표정이 확 변해버렸다. 해미는 아차, 싶어 말을 흐렸지만 이미 늦었다. 김순옥이 다시 간절한 어투로 말했다.

"예. 그 사람이 알면 크게 화내고, 실망할 거예요. 혹시 모르니 그 진구 씨라는 남자분한테도 조심해주도록……."

"그럼요. 우리 오빠는 그런 말을 할 리가 없어요. 지 관심사도 아니고요. 또 내가 하지 말라면 절대 못 해요."

해미는 진구를 손아귀에 쥐고 있다는 듯 주먹을 꽉 쥐어보았다. 그 모습을 보고 김순옥이 희미하게 웃었다.

"근데 이교준 아저씨 하곤 어떻게 알게 되신 거예요? 그때 무슨 일하러 갔다가 만났다고……?"

김순옥은 머뭇거렸다. 대답을 기다리는 해미의 순진무구한 눈을 보더니 할 수 없다는 듯 입술을 뗐다.

"……그래요. 뭐 숨길 거야 없겠죠. 어차피 교준 씨와 내 이야기고……."

김순옥은 가볍게 한숨을 내쉬었다.

"아이 낳은 후 잠시 일식집에서 서빙을 봤었어요. 마침 아는 언니한테 아기를 맡길 수 있었거든요. 이젠 딸하고 둘이서 열심히 세상을 살아야 한다고 독하게 맘을 먹었었죠……."

"그럼 이교준 아저씨는 거기 손님으로 와서?"

"그래요. 꽤 자주 왔었는데, 사람이 되게 점잖았어요."

김순옥은 희미하게 웃었다.

"자꾸 저한테 말 시키면서 술도 권하고 팁도 잘 주고……. 그러다가 어느 날은 밖에서 밥이나 한번 먹자고 그러대요. 실은 첨부터 저한테 관심이 있었대요. 주저하다가 저도 결국 응낙하고 만났죠. 사람이 듬직해서 믿음이 가더라구요. 저녁 먹고 술 한잔 하면서 이야기를 많이 나눴죠. 교준 씨가 이것저것 묻길래 내 얘기를 좀 많이 했어요. 어렸을 때 일찍 부모님이 돌아가시고 혼자 살았다는 이야기랑 가족이 없어 외롭다는 뭐 그런 거……. 물론 예전 남자 친구 이야기나 아기 이야기는 안 했지만 될 수 있는 한 솔직하게 이야기했어요. 교준 씨는 내 얘기에 많이 공감해주더라고요. 자기도 고아로 자랐고 가족이 그리웠다면서. 지금은 결혼해서 가족이 있지 않냐고 제가 물었죠. 그냥, 하면서 쓸쓸하게 말끝을 흐리대요. 이 사람도 아픔이 있구나 싶었죠. 그러고는 또 만날 약속을 했어요, 만나고, 또 만나고…… . 그렇게 가까워졌어요.

알다시피 내 나이가 교준 씨보다 많잖아요. 더 젊은 여자 만나지 왜 나 같이 나이 많은 여잘 만나냐고 하니까, 그냥 내가 가족 같대요. 그때 울었어요. 이 남자하고 같이 가정을 이뤄 살고 싶단 생각이 들었어요. 남자는 다시 만나지 않겠다고 결심했었는데. 결국 내 욕심이죠.

모하비 차도 교준 씨가 사준 거예요. 이 차 타고 같이 여행도 많이 하고 그러고 살자면서. 실제로도 여기저기 많이 다녔어요. 부산은 물론이고 통영이며 거제도, 송광사까지…… . 석 달 전에도 같이 그 차를 타고 드라이브 가다가 우연히 교준 씨 아내한테 들켜버린 거예요. 기장까지 차가 따라왔어요. 우리는 시골길에 들어가서야 눈치챘죠. 우리가 빨리 달리니까 그쪽 차도 같이 속력을 내는 거예요. 그러다가 그 차가 갑자기 우리 차선으로 덤벼들어서 사고가 났고, 그 여자분은…… ."

김순옥은 가늘게 어깨를 떨고 있었다.

"얼마나 놀라셨겠어요. 어쨌든 사람이 죽었으니."

해미는 김순옥의 손을 쓰다듬었다. 아무래도 더 가여운 사람은 죽은 쪽이겠지만 모든 가해자가 그렇듯이 김순옥 역시 자신의 슬픔이 맨 앞에 있는 게 틀림없다. 김순옥이 조금 진정했다.

"정말 너무 안됐고, 미안했어요. 괜히 과분한 차를 타고 다니다가 그랬나 싶어 차도 바로 팔아버렸어요. 사실 돈을 몽땅 김필립 소장님한테 넣는 바람에 생활비가 좀 쪼들리기도 했구요. 어쨌든 교통사고는 이미 벌어진 일. 솔직히 나쁜 맘인지는 모르겠지만 이젠 정말 교준 씨하고 가족이 될 수도 있겠다는 생각이 한편으로 들었어요. 그 전에는 물론 교준 씨가 좋았지만 엄연히 가정이 있는 사람이니 내가 그 사람의 아내가 된다는 생각은 꿈에도 하지 못했거든요. 그런데, 하필이면 교통사고가 나서…….

아무튼 그런 생각을 하자 욕심이 눈앞을 가렸어요. 내게 아이가 있단 걸 알면 교준 씨가 결국엔 날 버리지 않을까, 겁이 더럭 났어요. 아이가 있단 걸 숨기려 그동안 이 집에도 못 들어오게 했거든요. 수다스러운 이웃 사람이 있어서 소문난다며 적당히 둘러댔어요. 내 그런 모습을 보고서 교준 씨는 오히려 그러대요. 정숙한 몸가짐이 더 맘에 들었다나요? 바보같이. 사고 후에는 나와 재혼할 생각을 내비쳤어요. 그런데 어떻게 아기가 있다는 사실을 밝히겠어요. 교준 씨만이 내 인생의 남은 희망인걸요. 해미 씨가 이해할 수 있을지 모르지만……. 결국 몇 달을 고민하다가 아기를 맡기기로 결심했어요. 그게 나도 위하고 교준 씨도 위하고, 또 아기도 위하는 길이라고……."

해미는 김순옥의 말을 듣는 동안 고개를 연신 끄덕였다. 어머, 맞아, 그래요, 하며 적시적소에 맞장구도 쳤다.

"잘될 거예요. 이교준 아저씨하고의 결혼이 깨지면 두 분 다 불행해지는 거잖아요. 아기하고 언니하고 둘만 산다면 생활은 갈수록 어려워질 거고……."

해미는 어느새 김순옥과 동화해 그녀의 입장에서 느끼고 생각하고 있었다. 이제 어떤 일을 시작하기엔 많은 나이일 수 있다. 생계는 갈수록 막막해질 게 분명하다. 대양에 버려진 쪽배 같은 모녀……. 아기도 그런 신세보다는 차라리 좋은 양부모를 만나거나 외국에 입양되는 쪽이 나을지도 모른다. 해미는 그게 아기를 위한 길이라는 그녀의 말에 느꼈던 최후의 거부감마저 극복하고 김순옥 자체가 되어가고 있었다.

"언니, 너무 처져 있지 마세요."

해미는 가마에서 꺼낸 도자기를 관찰하듯 김순옥의 머리를 이 각도 저 각도에서 살펴보다가 말했다.

"지금 보니까 머리도 다 헝클어지고……."

"내 머리요? 지금 그런 거 꾸밀 맘도 없어요."

김순옥이 수세미 같은 머리카락을 늘어뜨린 채 힘없이 말했다.

"아뇨, 그럼 안 돼요. 이런 때일수록 힘을 내서 가꾸고 해야죠. 이런 모습 보면 이교준 아저씨도 안 좋아할 거예요. 이참에 우리 같이 머리나 하러 가요."

해미는 팔을 쑥 뻗어 김순옥의 푸석한 머리칼을 과감하게 만지작거렸다.

"숱도 적고…… 머리가 가늘어서 죽잖아요. 볼륨펌 한번 해보세요. 훨씬 젊어 보일 거 같은데."

"아뇨, 별로 외출하고픈 생각이 없어서……."

김순옥이 손을 내저었지만 해미는 막무가내로 김순옥의 팔을 잡아끌었다. 김순옥은 마지못해 의자에서 엉덩이를 뗐다. 해미와 김순옥은 이번이 겨우 두 번째 만남이고, 그것도 적대적으로 만난 첫 번째 만남을 제외하면 오늘이 좋은 분위기에서 이야기를 나눈 첫 번째 만남이다. 그런 첫 만남에 바로 미용실을 같이 가는 사이로 만들어버렸다. 이런 해미의 사교성만은 진구가 절대 따르지 못하는 장점이었다.

해미가 김순옥과 같이 부산역 앞 큰길가 2층의 미용실을 빠져나온 무렵은 저녁이었다. 해미는 드라이를 하고 세팅을 새로 한 정도였지만 김순옥의 머리는 컬이 들어가 어깨 위로 풍성하게 흘러내렸다. 해미는 기어이 김순옥에게 볼륨펌을 하도록 시켰고, 옆에 서서 김순옥의 머리를 이리저리 쓸고 어루만지며 미용사가 짜증을 낼 정도로 이런저런 지시를 내렸다. 이건 요렇게, 저건 저렇게. 컬 넣으면 대박이다, 구슬림에 이어 어머머머 너무 좋아, 호들갑에 미용사가 정신을 못 차릴 지경이었다.

김순옥과 헤어진 해미는 부산역 광장 안으로 걸어 들어갔다. 커다란 분수대 근처에 앉아 기다리는 사람은 진구였다. 해미는 바지를 털며 일어서는 진구에게 다가가 말했다.

"순옥 언니하고 지금 헤어졌어."

"순옥 '언니'?"

"응. 지금 미용실 다녀오는 길이야. 내 머리 어때?"

해미는 고개를 좌우로 돌려 머리를 흩날렸다.

"목 위에 붙어 있는데."

"썰렁하다."

해미는 이를 드러내 위협했다.

"어쨌든 대단해. 그 아줌마하고 벌써 미용실 같이 가는 사이가 되다니."

진구는 해미가 자연스레 건네주는 토드백을 얌전히 받아 들었다.

"이야기해보니깐 그 언니도 좀 불쌍하더라. 열심히 살려는데 주변 여건은 안 도와주고."

해미는 딱하다는 낯빛을 지어 보였다. 물론 진구는 아무 반응을 보이지 않았다. 진구에게 김순옥의 인생 이야기는 길거리에서 나눠주는 아파트 분양광고 전단지에서 약속하는 화려한 인생 이야기와 차이가 없을 것이다. 둘 다 남 일인 것이다. 해미는 여자의 일생에 관한 진구와의 공감과 소통을 금세 포기했다.

"근데 어디 갈 거야? 혹시 기차 타고?"

해미는 번쩍이는 부산역 건물을 눈짓으로 가리켰다.

"집에 가야지."

"자꾸 썰렁하게 이럴 거야!"

해미가 눈썹을 일그러뜨렸다.

"당장은 더 할 일이 없어. 이교준이 어제 경찰에 가서 자백하면서 재조사를 요청했으니까, 일단은 경찰 수사결과를 기다리는 게 우선이야."

"아니, 그러니까 그 사이에 좀 휴식해야지. 구경도 다니면서."

"당분간은 이 집을 떠나 있으면 안 돼."

"그렇다고 이렇게 일찍 들어가냐."

그러면서도 해미는 체념한 듯 진구를 따라 걸었다. 진구가 호응을 않으니 김이 샌 것이다.

"경찰이 아주 뒤집어졌다며?"

해미가 물었다.

"응. 사고로 종결된 건인데 새로 수사를 해야 하니 난리가 났어. 경찰로서도 체면이 상했고. 아마 무덤을 파서 부검부터 당장 새로 할 건가봐."

"으스스하다. CSI 같은 데서 관 들어내고 다시 부검하는 건 봤지만 내 눈앞에서 이런 일이 생기다니……."

해미가 질린 얼굴로 양팔을 감싸 안았다.

완전한 어둠이 내렸다. 해미는 집으로 돌아가려는 진구의 뒷덜미를 붙들고 기어이 초밥집에 들어가 뜨끈한 정종 한 잔까지 곁들였다.

"집에 가봐야 좋은 거 없다구."

해미의 말이 틀리지는 않았다. 한데 모여서 저녁 식사를 하는 일이 드문 가족이다 보니 아무래도 진구와 해미만을 위한 성찬을 도우미 권영덕에게 기대하기는 어려웠다. 요 며칠은 근처에서 빵을 몇 개 사서 저녁을 때웠다.

외식이라지만 진구 쪽 형편은 크게 낫지 않았다. 초밥 2인분을 시켰건만 진구는 오징어와 문어, 계란초밥 이렇게 달랑 세 개를 먹었을 뿐이다. 개수도 개수지만 오도로나 전복, 성게알초밥 같이 비싼 건 모두 해미의 입으로 운반되었다.

"해미하고 사귀는 사람은 다이어트 저절로 되겠군."

진구가 마지막 보리새우초밥이 해미의 젓가락으로 건너가는 걸 보며 툴툴댔지만 해미의 큰 입을 당할 수는 없었다.

"겨우 초밥 몇 개 덜 먹었다고 불만이야? 오빠 같은 백수가 걸그룹 닮은 여친을 만났으면 감지덕지해야지!"

해미가 턱을 들고 말했다. 진구는 해미에게 헛된 자만심을 불어넣은 고진이 원망스러웠다. 해미는 가져간 초밥값으로 자기 우동을 진구에게 밀어 주었다.

집으로 돌아가는 택시 뒷좌석에 몸을 묻은 해미는 비로소 기분이 좋아 보였다.

"아, 이런 날은 오빠가 세단을 턱 하니 대놓고 운전해줘야 하는데."

"어째 갈수록 요구 수준이 높아져."

"노력 좀 해, 노력."

해미는 진구의 팔을 툭 쳤다. 그러고는 발그레해진 볼을 진구의 어깨에 살포시 기댔다. 배부르고 알코올 기운이 겹칠 때 나오는 해미 특유의 행복한 표정이 떠 있다. 그 얼굴을 보고 있노라니 덜 먹은 초밥에 대한 진구의 아쉬움도 사라졌다.

진구는 해미를 위해 택시기사에게 달맞이 고개를 거쳐서 기장으로 가자고 주문했다. 하지만 좋아하는 달맞이 언덕을 다 넘도록 해미는 눈을 감고 있었다. 벌써 알코올 기운이 오르는지 살짝 잠에 취한 듯 보였다. 긴 속눈썹이 잠자리의 날개처럼 파르르 떨리는 것이

꿈이라도 꾸는 모양이다. 이럴 땐 연약한 소녀 같다.

해미를 물끄러미 바라보던 진구는 바지 주머니에 손을 찔러 넣어 꼼지락거리다가 휴대전화를 꺼냈다. 그 통에 해미의 머리가 흔들렸고, 해미는 반쯤 눈을 떴다. 액정화면을 바라보던 진구가 택시기사에게 말했다.

"기사님, 차 돌려서 서면으로 가주세요."

해미가 완전히 눈을 떴다.

"엉? 서면? 왜 갑자기 그리루 가?"

진구는 어, 좀, 하며 얼버무렸다.

"말. 해."

소녀 해미는 사라지고 독재자 해미가 출현했다. 진구는 할 수 없이 해미의 코앞에 휴대전화를 들이댔다. 액정화면에 지도가 떠 있고 파란색의 조그만 아이콘이 겹쳐져 있었다.

"이거 뭔데? 지도잖아."

"친구찾기 앱이야. 지금에야 확인했는데 상대방이 서면 방면으로 가고 있어. 지금 차에 타서 이동 중인 모양이야."

"누굴 추적하는데?"

해미는 잠이 확 달아난 얼굴로 물었다.

"유재연."

"엇, 그 집 새엄마! 왜?"

"이유……?"

진구는 입을 벌리다가 결국, "그냥"이라는 말만 남겼다.

"그 언니하고 친구찾기는 어떻게……?"라며 묻던 해미가 팔꿈치로 진구의 옆구리를 푹 찔렀다.

"그때지?"

"그때라니, 뭐?"

"지난번 유재연 언니 저녁밥 먹다가 입덧한 다음 날 아침 말이야, 오빠가 괜히 나가서 땀 흘리고 들어왔잖아. 그때 나갔을 때 했지?"

"귀신이다. 맞아."

진구가 놀라 입을 떡 벌렸다.

"어쩐지 날도 선선한데 이마에 땀 흘리고, 수상하다 그랬어. 내레이더에 딱 걸렸거든. 말만 안 하고 있었지. 오빠가 그런 짓할 때는 분명히 이런 종류라구. 항상 이런 용도로 여분의 휴대전화를 갖고 다니잖아."

적어도 진구가 하는 일에 관한 한 해미의 감각을 따를 사람은 없을 듯하다. 남의 뒤를 캐는 일에는 거부감이 강하지만 진구한테 그런 말을 해봐야 아무 소용없다는 것 또한 이제는 잘 아는 해미였다.

"실은 그땐 해미가 말해도 모른 척했지만, 유재연 아줌마가 저녁에 먹은 것도 없는데 헛구역질하는 걸 보고는 입덧 아닌가 싶더라구. 그렇다면 조만간 어떤 식으로든 반응을 보일 거구. 그래서 다음 날 아침 바로 이걸 장치했어. 그 아줌마 차 밑바닥에 기어들어가서 친구찾기 어플 깔아놓은 휴대폰을 붙여놓고 왔지. 물론 그 어플은 내 거하고 연결되어 있구."

진구는 자신의 휴대전화를 흔들었다.

"한 번씩 몰래 배터리만 갈아주면서 기다렸어. 그동안엔 쭉 집이

나 그 주변에만 있었는데, 오늘은 웬일로 서면까지 행차하셨어. 무슨 일인가 따라가볼까."

해미는 굳이 반대하지 않았다. 해미는 자신이 온 길로 거슬러 가는 택시의 차창 밖을 잠시 넋 빠진 표정으로 바라보다가 고개를 언뜻 돌려 진구를 날카롭게 쏘아보았다.

"뭐야, 그 눈빛은?"

"혹시 나도 이런 식으로 추적하는 거 아니야?"

"도둑이 자기 재산 도둑질하는 거 봤어? 그런 일은 없어."

진구는 고개를 저었다.

유재연이 현재 있는 곳은 서면에 있는 '빅토리 나이트' 근처였다. 나이트클럽에 갔나, 싶어 진구는 고개를 갸우뚱했다. 지금 시각에 가봤자 문도 열지 않았을 것이고, 열었다 하더라도 남자 손님 대신 밀대로 바닥을 열심히 닦고 있는 종업원 얼굴밖에 못 볼 텐데.

실제로 유재연이 자리한 곳은 나이트클럽과는 조금 떨어져 있었다. 나이트클럽 건물에서 한 블록 떨어진 2층 카페였다. 주변을 돌다가 그 카페 앞에 엉망으로 주차해놓은 유재연의 차를 발견한 건 행운이었다. 진구와 해미가 유재연보다 20여 분 정도 늦게 도착했지만 실시간으로 중계된 유재연의 행적을 보면 주차할 자리를 잡지 못해 이리저리 헤맨 것처럼 보였다. 그런 사정을 감안하면 아마 유재연이 카페에 들어간 지 10여 분 정도밖에 지나지 않았을 것 같았다.

유재연이 들어간 가게는 밝고 개방감 있는 커피 전문점과는 거리가 멀었다. 은은한 원두커피 향 대신 향수 냄새와 믹스커피 향이 뒤섞였고, 조명은 골방처럼 어두웠다. 관엽 식물과 칸막이가 많아 답답했다. 커피 맛을 즐기기보다는 밀담을 나누기에 더 적합한 장소다. 비록 노인과 산다 하나 젊고 유행에도 민감해 보이던 유재연이 이런 곳에 왜 왔을까 싶을 만큼 위화감이 있었다. 그래서 더 호기심을 자극했다.

유재연은 회색 바지에 푸른색 셔츠를 늘어뜨린 차림이었다. 카멜 색상의 짧은 코트를 의자에 걸쳐놓았다. 유재연의 맞은편에 앉은 상대방은 젊은 남자였다. 아래는 거의 민머리, 위는 선명하게 가르마를 탄 특이한 투블럭커트였고 희고 넓은 칼라의 셔츠에 메탈 목걸이를 했다. 갈치처럼 잘 빠진 몸으로 허리를 쭉 빼고 앉아 다리를 꼬고 있으니 아무리 나쁘게 보아도 몸과 스타일만은 발군임을 부인할 수 없는 남자였다. 유재연보다도 더 이 카페에 어울리지 않는 인물이었다.

유재연을 등진 자리가 비어 있었고, 좌석 사이는 꽤 높은 칸막이로 구분되어 있었다. 진구와 해미는 고개를 숙인 채 슬그머니 그 자리에 가 앉았다. 유재연은 상대방과의 대화에 깊게 빠져 있어 진구와 해미가 당당하게 걸어 들어갔다 하더라도 전혀 눈길을 주지 않았을 것 같았다.

30대로 보이는 여종업원이 큰 쟁반을 들고 왔을 때도 진구는 피곤한 표정으로 말없이 메뉴판에 적힌 헤이즐넛을 손가락으로 가리켰을 뿐이다. 그러고는 두 잔이라는 뜻으로 손가락 두 개를 폈다. 주문하는 말소리에 유재연이 눈치를 챌까봐서였다. 여종업원은 불쾌한 표정을 짓더니 바람을 일으킬 정도로 휙 몸을 돌려서 갔다. 유별난 여종업원의 태도가 유재연의 주의를 끌지 몰라 멈칫했지만 헛걱정에 불과했다.

진구는 유재연과 바로 등지고 앉았고, 해미는 진구의 맞은편에서 유재연의 상대방과 멀찍이서 마주 보는 위치가 되었다. 진구가 도착하기 전 유재연은 자기 이야기를 어느 정도 마친 모양이다. 상대방 남자의 조롱하는 듯한 말이 고스란히 진구의 귀에 꽂혔다.

"그래서, 어쩌라는 건데?"

유재연 쪽에서는 잠시 침묵이 흘렀다. 남자의 반응이 예상치 못한 것이었을까, 아니면 어쩌라는 방법을 생각하는 중인가. 잠시 후 어딘지 절박해 보이는 유재연의 목소리가 들렸다.

"어쩌라는 게 아니잖아. 상의하려는 거지."

"상의라니, 이런 건 너무하지. 솔직히 자기한테는 좋은 감정이었어. 하지만 우리가 아이 낳고 살림하자고 만난 것도 아니잖아. 난 나름대로 조심했다구. 이제 와서 일방적으로 통보하면, 난 뭐 어떻게 해야 하는데?"

이건 분명 유재연의 임신에 대한 이야기다. 얼굴을 붉으락푸르락하는 해미를 향해 진구는 손가락을 입술에 세로로 갖다 댔다. 온 신경을 귀에 집중했다. 다음번엔 유재연의 칼칼한 목소리가 칸막이를 넘어왔다.

"너 반응이 의외다."

"뭐가 의외야! 길 지나가는 남자들 백 명 잡고 물어봐라, 누가 경우가 아닌지."

"목소리 낮춰."

"내 목소리가 원래 커. 알잖아? 난 총각이야, 자긴 유부녀고. 근데 아이 가졌다고 어떡해야 하는데. 어쩌라구."

남자는 큰 목소리를 내지 못하는 유재연의 약점을 잘 알고 있는 듯 일부러 목소리를 높였다. 여자의 기를 완전히 죽여놓으려는 심산이 보였다. 그렇다 해도 공공연하게 총각이니 유부녀니 아이니 하는 말을 내뱉는 걸 보면 어지간한 망나니가 아니다. 어쨌든 진구가 엿듣기에는 더 편했다. 남자의 말뿐 아니라 숨소리, 감정 한 올 한 올이 생생하게 전해졌다.

"야, 박안제."

유재연이 따지듯 남자를 불렀다. 그의 이름인 모양이었다. 유재연이 이름을 내뱉자 남자도 약간 당황하는 듯했다. 유재연도 만만한 여자는 결코 아니다. 남자는 목소리를 확 낮추었다.

"왜 이름을 부르고 난리야. 그냥 이야기해."

"내가 돈을 바라서 이러는 것 같애?"

"돈이든 사람이든."

유재연은 잠시 대꾸가 없었다.

"그럼 내가 아이를 낳아도 같이 살 수는 없단 거네?"

"당연하지! 무슨 소리야. 몇 번 잤고, 그래, 그랬어. 물론 좋아했지, 정말 좋아했어. 그것까지 부정하진 않아. 하지만 자기는 가정이 있는 사람이고, 우린 그거 다 알고 시작했잖아. 내가 거짓말한 거 있어? 내가 자기 가정 깨고 사귀자고 했어? 아니잖아. 아기가 생긴 건 우리 계획에 없던 거고. 이제 와서 임신했다고 해서 자기는 이혼하고, 난 그냥 자기하고 결혼하고, 그래야 해?"

"내가 가정을 깨고 나오면 어쩔거야?"

"그건 말도 안 돼. 누굴 가정파괴범으로 만들 일 있어?"

박안제가 소리를 높였다가 퍼뜩 톤을 낮추어 이번에는 다독이듯
말했다.

"얘기했잖아. 자기를 좋아했다고. 하지만 이건 완전히 다른 문제
야. 아이는 지워. 응? 내가 다 해줄게."

대화 내용으로 보아 유재연은 박안제라는 젊은 남자와 사귀면서
도 갑부 영감님의 후처로 살고 있다는 이야기는 절대 꺼내지 않았
던 모양이다. 그의 남편이 곧 숨이 넘어갈 영감님이고 막대한 유산
을 남길 예정이란 걸 박안제가 알았다면 절대 이런 시시껄렁한 반
응을 보이지 않을 것이다. 오히려 박안제는 여자가 돈을 요구할지
모른다는 가정하에 경계하며 이야기를 하고 있지 않은가. 육욕의
노예가 되어 젊은 남자와 환락에 빠지면서도 신변을 불안하게 만
들 요소는 절대 흘려놓지 않는 유재연의 노련함이 사건의 이면에
엿보였다. 이 장면에서 목소리를 높인 쪽은 박안제지만 실은 유재
연의 손아귀에서 놀아난 것인지도 모른다.

"그럼 여기서 대답해줘. 내가 혼자되어도 나하고 결혼할 생각은
없단 거야?"

"말했잖아. 그건 안 돼. 나, 한참 젊은 놈이야. 내 인생이 있어. 미
안해."

진구는 등 뒤로도 박안제가 힘차게 고개를 가로젓는 모습이 보
이는 듯했다.

잠시 후 한쪽이 일어서는 소리가 들렸다. 박안제였다. 그는 "수술하려면 나중에 연락해. 먼저 갈게" 하는 말을 끝으로 자리를 떴다. 박안제가 커피 값을 치르고 발을 탁탁 굴리며 계단을 내려가는 소리가 아스라이 사라질 때까지 유재연은 가만히 앉아 있었다.

진구는 해미에게 눈짓을 보냈고, 두 사람은 조용히 일어나 조용히 계산하고, 카페를 나갔다. 문을 열기 전 해미는 고개를 돌려 유재연을 힐끔 보았다. 유재연은 별다른 전망도 없는 창밖을 하염없이 내다보고 있었다.

진구는 급한 발걸음으로 계단을 내려갔다. 거리로 나가 고개를 휘휘 돌리다보니 멀리 왼편으로 박안제의 뒤꽁무니가 시야에 들어왔다. 해미를 기다려 종종걸음으로 따라갔는데, 미행은 얼마 안 가 그만 싱겁게 끝이 나버렸다. 박안제가 빅토리 나이트 안으로 모습을 감추어버렸기 때문이다. 아직 나이트클럽이 문을 열지 않은 걸볼 때 박안제는 그곳에서 일하는 모양이다.

진구와 해미는 발걸음을 돌려 서면 거리 한복판으로 나섰다. 이미 거리에는 완전히 밤이 내렸고 네온사인 불빛이 다정하게 손짓하듯 주위를 둘러싸고 있었다. 어디선가 곱창 굽는 매캐한 냄새와 희미한 알코올 냄새가 뒤섞여 풍겨왔다. 벌써 취해버린 남자들의 호기로운 말소리가 거리 이곳저곳에 섞여들었다.

해미는 시선을 아래로 떨군 채 걸었다. 착잡한 심경에 사로잡힌 듯 보였다. 진구는 일부러 말을 시키지 않았다. 잠시 후 해미 입에서 조용히 말이 흘러나왔다.

"이 집안에는 유독 배배 꼬인 일들이 많은 것 같아."

해미는 딱히 어떤 '평가'를 하지는 않았다. 하지만 이 집에 와서부터 일어났던 이런저런 일에 복잡다단한 감상이 이는 모양이었다. 잠시 후 혼잣말처럼 한마디를 덧붙였다.

　"가족이면서 다들 돈만 관심 있고……. 차라리 아름이한테 전 재산이 가버렸으면 좋겠다."

　진절머리 비슷한 것이 해미의 얼굴에 떠올랐다. 진구는 딱히 대꾸하지 않았다.

　조금 걷다가 진구가 무심하게 말을 던졌다.

　"한 가지는 확실해졌군."

　"뭐?"

　해미가 고개를 들었다.

　"아이 아빠가 이교준이 아니란 거."

　해미는 주먹을 쥐고 진구의 팔뚝을 때렸다.

　진구와 해미가 집에 돌아가자 거실에 앉아 있던 김필립이 유독 진구를 반갑게 맞이했다. 그는 진구에게 용건이 있었다.

　"투자는 생각해봤어요?"

　놀랍게도 진구에게 투자금을 유치하려는 것이었다. 그의 집요함에 진구는 내심 혀를 내둘렀다.

　"투자는 당분간 좀 쉬려고요."

　김필립의 낯에 실망의 빛이 스쳤다. 그게 더 놀라웠다. 그냥 해본 소리가 아니라 정말 가능성이 있다고 믿었나? 김필립의 투자가 파탄에 빠졌다는 게 가족 앞에서 만천하에 공개됐는데, 아직도 진구에게 투자의지가 남아 있으리라고 믿는 건가. 아니면 현금이 들어올 실낱같은 가능성에도 목을 매야 할 만큼 심각하게 곤궁한 지경인 걸까.

마침 현관문이 열리면서 유재연이 들어오는 바람에 김필립과의 대화는 흐지부지되고 말았다. 지친 모습이 역력한 유재연은 거실에 있는 사람들에게 제대로 눈도 마주치지 않고 2층으로 향하는 계단을 터덜터덜 올라가버렸다. 지나치는 순간 알코올 냄새가 확 끼쳤다.

조금 전의 이별 장면을 목격하고 온 진구와 해미에게는 이해할 만한 상황이었지만 김필립은 그녀의 태도가 불쾌했던 모양이다. 그는 유재연의 뒷모습을 화난 눈으로 좇다가 그만두었다. 미련이 담긴 몇 마디를 더 나눈 뒤 김필립은 남고운이 기다리는 2층으로 올라가버렸다.

둘만 남게 되자 진구는 해미에게 눈을 빛내며 말했다.

"드디어 해미를 써먹을 때가 왔어."

"무슨 소리야?"

"유재연은 지금 감성적으로 약해진 상태야. 남자에게 배신도 당했고, 게다가 술도 마셨어."

"그래서?"

"본심을 끄집어내기 가장 좋은 때라는 거지. 그리고 그 역할은 남자인 나보다 해미 너가 더 어울리고."

해미가 눈을 희번덕였다.

"무슨 소리야? 설마 나더러 저 언니하고 심리대결을 펼치고 오란 거야?"

"바로 그 설마야."

"난 그런 거 못 해. 더구나 이 집에 와서 얼마나 데면데면했어? 갑자기 무슨 내면의 이야기야."

해미는 물 밖에 나온 생선처럼 손발을 파닥파닥 내저었다.

"그러니까 더 하기 편할 수도 있지. 생각해봐. 이 집에서 저 아줌마가 터놓고 이야기할 사람이 누가 있겠어? 눈도 잘 안 보이는 저 영감님이겠어, 아니면 무서운 딸들이겠어? 도우미 아줌마는 아예 세대가 다르고. 젊은 해미가 가면 의외로 대화가 잘 풀릴 수 있어. 잘 모르는 사람이란 게 이런 때 더 편할 수 있다구."

진구의 집요한 설득에 귀가 얇은 해미는 결국 "정말 그럴까……?" 하며 주섬주섬 일어섰다.

"그냥 '지난번 보니까 아기 가지신 것 같은데요, 요즘 몸은 괜찮으세요?' 하고 슬쩍 물어봐. 그럼 무슨 이야기가 흘러나올지 몰라."

"시끄러. 말은 내가 알아서 할 거야. 내가 오빠 시키는 대로 하는 인형이야?"

해미는 아랫입술을 삐죽 내밀며 진구가 시키는 대로 계단을 차근차근 밟아 2층으로 올라갔다.

유재연의 방문을 똑똑 두드렸지만 아무 대답이 없었다. 해미는 숨을 가볍게 들이켰다. 다시 똑똑 두드렸다. 역시 반응이 없다. 해미는 살그머니 문손잡이를 돌렸다. 문을 열고 방문 앞에 섰다. 나가! 하며 방석이라도 날아오지 않을까 조마조마했다.

유재연은 벽에 붙인 화장대 앞에 앉아 있었다. 옷도 갈아입지 않

고 재킷만 벗어놓은 채였는데, 화장대 앞에 있었다고 해서 이를테
면 화장을 지운다거나 하는 의미 있는 행동을 하지는 않는 것 같았
다. 유재연은 고개를 돌려 방문 앞에 선 해미를 쳐다보았다. 고개가
흔들, 하는 것처럼 느껴졌다. 텅 빈 눈빛에서는 생명이 느껴지지 않
았다. 마치 인간 형상으로 제작된 스프링 인형 같기도 했다.

"앉아요."

의외로 유재연은 해미에게 선선히 의자를 권했다. 얼굴에 감정
이 거의 드러나 있지 않았다. 해미는 방구석에 놓인 의자를 당겨와
엉덩이를 걸쳤다. 유재연은 화장대에서 몸을 돌렸다.

"웬일이에요. 내 방에?"

말투도 평소와 다름없다.

"지난번 보니까 아기 가지신 것 같은데요, 요즘 몸은 괜찮으세
요?"

당황한 마음에 말을 꺼내놓고 보니 결국 조금 전 진구가 시킨 그
대로였다. 유재연은 대답 없이 냉담한 얼굴로 해미를 쳐다보았다.

"술은 드시면 안 되지 않나 싶어서 걱정돼서요."

유재연이 대답이 없으니 결국 쩔끔한 해미가 주절주절 말을 덧
붙였다. 그런데 마구 뱉은 이 말이 유재연에게 와 닿은 모양이었다.

"그래도 젊은 사람이 역시 착하네. 이 집안에 어느 누구도 내 몸
걱정하는 사람이 없었는데."

유재연은 한탄조로 말했다. 술 냄새가 확 풍겨왔다.

"어쩌나. 다들 알아버린 것 같네. 그 대단한 따님들이 동네방네
이야기하고 다녔겠지, 뭐."

유재연의 몸이 앞뒤로 위태롭게 흔들거렸다.

"아뇨, 언니들이 이야기해준 건 아니고요. 지난번 헛구역질하시는 걸 보구서……."

"근데 해미…… 씨라고 했던가? 이 서방 쪽 사람 아니야? 뭘 나한테까지 신경을 써."

"전 사실 이교준 아저씨하곤 아무 관계없어요. 친구의 먼 친척 정도 되구요. 우리 오빠가 법률 상담이나 이것저것 도우러 이 집에 와 있는 동안 저도 따라온 것밖에 없어요."

해미가 손을 마구 흔드는 모습에 유재연은 빙그레 웃었다.

"나도 사람 보는 눈은 있어. 해미는 순진해 보여. 술수 같은 것도 모르고, 그렇지?"

해미는 뜨끔했지만 진지한 표정으로 고개를 끄덕이고는 말했다

"아무튼 배 속의 아이를 위해서라도 술은 좀 자제하시는 게 좋지 않겠어요?"

"아이?"

유재연은 되묻더니 입매를 일그러뜨리며 웃으려 했는데, 입술이 어딘가에서 막혀버린 것 같았다.

"다 관둘 거야."

"관두다뇨?"

해미가 눈이 동그래져 물었다.

"알잖아."

"왜요?"

"얘가 아기라면."

유재연은 아직 납작한 자신의 배를 가리키며 말했다.

"관 짤 날만 기다리는 아래층 저 영감님의 씨앗이 아니란 건 누구나 알 거잖아?"

해미는 아무 말도 하지 못했다. 아니라는 말을 해주어야 하는 타이밍인데 해줄 수가 없는 말이었다. 너무나 뻔하기에.

"저 성질 못되기가 이루 말할 수 없는 딸들이 영감님을 부추겨서 이혼소송이라도 하면 나만 영구되지 않겠어? 그 전에 애를 떼야지. 그러면 알 게 뭐야. 배가 안 부르는데. 지들이 어쩔 거야. 가장 확실한 증거가 없다구. 입덧? 속이 불편해서 토했다 그러면 그만이야. 아, 설마 해미 양이 일러바치진 않겠지? 하긴, 뭐 일러바쳐도 상관없어. 말만 가지고야 어쩔 도리가 없지. 증거는 곧 사라질 거니까."

유재연은 알코올 기운 탓인지 횡설수설했다. 해미는 반발하듯 말했다.

"설마요? 아무렴, 소송은 무슨. 할아버지가 편찮으셔서 저렇게 누워 계신데."

"시체 손가락이라도 끌어다가 소장에 지장 찍을 애들이야."

"그런 싸움을 일으키는 게 오늘내일하시는 할아버지한테도 결코 좋은 일이 아니잖아요? 그래도 딸인데 그런 쪽을 택하겠어요? 할아버지는 차라리 모르고 넘어가시는 게 낫지. 괜히 충격 받으시면……."

푸훗, 하고 유재연이 허리를 굽히며 웃었다.

"해미는 역시 순진하네. 걔들이 무슨 아버지 생각을 해. 지들이 손해를 본다면 아버지 말년이 어떨지 아무 관심도 없을걸."

해미는 동의할 수 없었고, 아니라고 할 수는 더더욱 없었다. 유재연은 해미에게서 시선을 돌리고 화장대를 어루만지며 자조적으로 이야기를 이었다.

"저 역겨운 영감을 견디며 3년을 살았어. 피 같은 내 청춘 3년이야. 그동안 딸들은 뭐했어? 해바라기처럼 아버지 돈이나 바라보며 빨대 꽂아놓고 주변 맴돈 거밖에 더 있어? 옆에서 아양 떨고 말벗 해주고 스트레스 풀어준 사람은 나야. 저 영감님, 오래전에 혼자 되서는 재혼도 않고서 돈만 보고 살아왔어. 그러다 늘그막에 나 만났지. 다른 사람들은 배배 꼬아서 보겠지만, 첨부터 이렇게 작정한 건 아니었어. 영감님은 그저 자기 말 들어주고 허튼 말로나마 위로해줄 여자가 필요했을 뿐이거든. 당신 열심히 살았다, 수고했다, 하고 말이야. 내가 그렇게 해주었구. 딸들이 아버지의 속마음 따위를 알기나 할 거 같아? 아니, 알고 싶어 하지도 않을걸. 전부 지 생각뿐이었지, 외로운지 대화가 필요한지 늙었는지 죽었는지 아무도 관심 없어. 그냥 생활비 대주는 화수분인 거야, 평생 그랬듯이. 그런 걸 보면 저 영감님이 쬐끔은 불쌍하기도 해.

영감님은 죽은 물고기처럼 그저 강물에 떠내려가고 있었어. 하지만 나 만난 뒤부터 사람이 변했지. 옷도 젊게 입고, 얼굴에 로션도 듬뿍 바르고. 물론 내가 살짝살짝 여지를 줬어, 후훗. 아무리 나이 먹고 돈 많다고 해도 남자 주무르는 건 다 똑같애. 아니, 젊은 놈보다 훨씬 쉽지. 다 해줄 테니 같이 살자고 하더라. 그럴 거면 아예 호적에 올려달라 그랬지. 훗, 영감님, 몸이 달았어. 거의 고민 안 했지. 딸들은 그때부터 아버지가 망령 들었니 뭐니 난리법석이었지만, 그건 망령이 아니라 본능이야. 사람들 착각이, 한 70이 넘으면 해탈한 해골이라도 되는 줄 아나본데, 웃겨⋯⋯."

유재연은 코웃음을 천장으로 날려 보냈다.

"하필이면 나하고 결혼하고 나서 당뇨병이 심해졌지만 그건 어쩔 수 없는 거거든. 아무리 그래도 노인이잖아. 자연의 섭리 야⋯⋯. 그렇잖아? 내가 없었으면 영감님은 벌써 이 세상 사람이 아니었을걸. 영감님 말년 인생, 그나마 살 만하게 만들어준 건 나란 말이야. 저 딸들이 아니라. 그러니 저 영감님 재산을 물려받을 자격 이 있는 사람도 나야. 억울해서라도 이혼 못 하지⋯⋯. 이제 와서? 말도 안 돼."

해미는 무슨 말을 하려 했지만 선뜻 한쪽 편에 서서 이야기하기 힘들다는 생각에 가로막혔다. 할아버지와 이 언니, 둘 다 충실히 자 기 입장을 살았는데⋯⋯ 그렇더라도. 해미는 목구멍이 답답해졌 다. 언니는 재산을 물려받을 자격은 있겠지만, 다른 남자의 아이를 가질 자격까지는? 언니 말대로 늙은 남자도 본능이 살아 있다면 질 투도 남아 있지 않을까요? 만약 실수를 했다면, 지금보다 조금은 덜 당당해야 하지는 않나요⋯⋯?

"쉽진 않았겠어요. 할아버지하고 산다는 게."

하지만 해미가 할 수 있는 말은 이 정도가 한계였다.

"아니, 뭐 그렇다고 딱히 어려운 정돈 아니었어. 그저 몸에 손이 닿을 때 조금 징그러운 것만 빼면."

유재연은 피곤해진 듯 크게 하품을 하며 기지개를 켰다.

해미는 의자를 뒤로 밀면서 일어서려다가 다시 주저앉아 마지막으로 물었다.

"언니, 이런 말은 좀 그런데요……."

유재연은 고개를 들었다. 해미는 말을 던져놓고도 한 번 더 유재연의 안색을 살폈다. 조금 전보다는 생기가 돌아왔고 기분이 많이 풀린 듯 보였다. 술김에 해미에게 이런저런 이야기를 하면서 기운이 회복된 것 같다. 해미는 조금 안심하고 물었다.

"왜 저 할아버지하고 결혼하셨어요? 차라리 언니한테 맞는 사람 만나 즐겁게 사시지."

유재연은 발그레한 얼굴로 해미를 보았다. 고개가 또 한 번 흔들거렸다.

"몰라서 묻는 거야?"

"할아버지 돈…… 때문에요?"

"아님 왜겠어?"

해미는 유재연의 눈치를 보며 조심스럽게 말했다.

"……글쎄요, 저도 돈 있으면 좋다구 생각하지만 그래도 돈이 행복의 조건은 아니잖아요?"

"행복?"

유재연은 해미가 꺼낸 단어가 생소하다는 듯 되뇌었다.

이어 훗 하며 웃고는 말했다.

"돈만 있다면 굳이 행복해질 필요 있어?"

해미가 유재연과 대화를 나눈 때로부터 나흘이 지났다. 그리고 이교준이 기장경찰서에 사실을 밝히고 가족 모두를 대표해서 재조사를 요청한 지 닷새가 지난 때였다. 교통사고의 진실을 밝힌 핵폭탄급 가족회의가 지나간 뒤 이 집 가족들의 움직임이나 진구와 해미의 움직임까지 모두 어느 정도 소강상태에 접어들었다.

이날, 기장경찰서에서 걸려온 전화는 어쩐지 목소리부터가 섬뜩했고 짧은 평화를 깨뜨릴지 모른다는 불안감을 주기에 충분했다. 권영덕이 전화를 받았는데, 낮고 음산한 목소리의 형사는 남현호를 먼저 찾았다. 목숨이 경각에 달려 오늘내일한다는 사실을 말하자, 이번에는 남고운을 바꿔달라고 했다. 수화기를 받아든 남고운에게 형사는 기장경찰서로 나와줄 것을 요구했다. 말하자면 공식적인 출석요구인 셈이었다. 남고운이 이유를 물었지만 형사는 사무적으로 "일단 나와주시죠"라고만 답했다. 남고운이 앙칼지게 말했다.

"이유도 없이 그냥 나오라고요? 우리가 그렇게 할 일 없어 보여요?"

찔끔한 형사는 일단 목소리부터 바꾸었다.

"아니, 그게 아니라 지난번 교통사고하고 관련해서 재수사를 의뢰하신 게 있어서요……."

"아, 글쎄 우리가 교통사고를 수사해달랬지 우리를 수사해달랬어요?"

형사는 잠시 주저하다가 곧 남고운은 물론 그 사실을 전해들은 가족 모두에게 큰 충격을 안겨준 다음과 같은 말을 했다.

"남유정 씨 재부검 결과가 나왔거든요."

"그래서요."

"명백한 타살입니다."

"예? 타살이요?"

남고운이 놀라 물었지만 형사는 더 이상의 언급을 하지 않았다. 형사의 음성은 다시 음침하게 돌아와 있었다. 충분히 충격을 주었다고 자신한 형사는 더 이상의 설명 없이 출석할 것을 요구했다. 남고운이 그 용의자 중의 한 명이 될 수도 있다는 뉘앙스도 잊지 않고 전달했다. 남고운은 할 수 없이 내일 경찰서로 찾아가겠다고 대답하고는 힘없이 수화기를 놓았다.

그날 밤, 남현호의 집은 발칵 뒤집어졌다. 가족들이 모두 거실에 모인 가운데 남고운이 부검 결과와 함께 경찰에 소환된 사실을 알렸기 때문이다. 남고운은 정황과 대화를 과장했고, 표현을 부풀렸다. 대소동과 우왕좌왕, 혼란의 시간이 있었음은 말할 것도 없다. 하지만 어떤 판단을 내리고 대처를 하기에는 아무리 남고운을 거쳐 부풀려졌다 하나 형사가 준 정보가 너무 없었다.

모인 가족들은 일단 이교준에게 눈 화살을 돌렸다.

"고의적으로 낸 교통사고임이 밝혀진 거 아니겠어요?"

남고운이 먼저 싸늘하게 말머리를 꺼냈다. 마치 화약고에 불을 당긴 듯, 이교준은 억울하다며 화를 버럭 냈다.

"부검해서 '타살'이라고 나왔다지 않습니까! 제가 고의로 교통사고를 낸 거라면 그런 게 부검에서 밝혀지겠습니까? 이건 필시 다른 이야기예요!"

"부검이 그런 거 밝혀내려고 하는 거잖아요. 그럴 수도 있겠죠."

"경찰이 장인어른을 먼저 찾았고, 그다음으로 큰 처형을 찾았다지 않아요? 그건 범인이 누군지 윤곽도 잡지 못한 상태에서 가족 중 서열 순위대로 일단 소환해본 게 아니겠습니까!"

이교준은 목에 핏대를 올렸다.

"아니, 누가 제부더러 범인이랬어요? 왜 그렇게 흥분해요?"

남고운이 한 발짝 물러섰다.

"지금 고의적인 교통사고라고 단정하지 않았습니까!"

"아, 그건 그렇지만…… 누가 범인이라고 단정한 건 아니잖아요."

남고운이 이교준을 달래면서 자기 말을 유지하려다 보니 결국 입장이 뒤죽박죽되고 말았다. 다른 이들도 이교준의 항변에 강하게 반박하지는 못했다. 워낙 이교준이 화를 낸 탓도 있고, 더 추측을 남발해봐야 자칫 남고운처럼 모순적인 이야기로 길을 잃어버리거나 서로의 감정만 건드리는 결과가 될 뿐이라 어느새 대화는 숨이 죽고 말았다.

"고진 변호사한테 한번 알아볼게요. 경찰한테서 뭐 들은 이야기라도 있는지."

남고운은 그 자리에서 휴대전화를 꺼내 고진에게 전화를 걸었다. 정적이 흘렀다.

"처음 듣는 이야기라고요? 예, 알겠어요……."

남고운은 전화를 끊었다. 고진 또한 형사가 이제 막 부검 결과를 받아들고 수사를 재개한다는 사정은 모르고 있었다. 고진과의 통화가 하나의 계기였던 듯, 부검 결과를 둘러싼 논쟁은 어느 정도 열기가 식어버렸다.

진구와 해미는 어차피 소용돌이의 한가운데에서는 어느 정도 떨어진 객의 입장이다. 부엌 의자에 나란히 앉아 거실에서 가족 간에 벌어진 혼란을 지켜보았다.

"저 언니는 이 와중에도 굉장히 차분하네."

해미가 진구에게 소곤거리듯 말했다. 해미가 말한 '언니'는 유재연이었고, 그녀는 거실 한구석에 말없이 혼자 앉아 있었다. 사람들이 보기 싫다는 듯 몸을 창 쪽으로 틀고 있었다.

"지금 자기 일만으로 마음이 꽉 찼을 거야. 부산 앞바다에 고질라가 나타났대도 관심 없을걸."

남현호의 가족들은 곧 결론을 냈다. 주도한 사람은 김필립이었다.

"이 서방 말도 일리가 있어요. 당장 이 자리에서 싸우지 말고 일단 집사람이 내일 경찰에 가서 자세한 이야기를 듣고 온 다음 더 의논해보죠."

그의 신중한 제안은 힘을 얻었다.

일단 남고운이 내일 경찰에 가서 어떻게 된 건지 알아보고 오자.

원론적인 이야기였지만 사실 다른 결론이 없기도 했다.

"그래요. 우리끼리 다투는 건 그만하죠."

내내 조용하던 남문영이 피곤한 어조로 말했다.

결국 흥분으로 시작한 자리는 금세 시들시들해져 파해지고 말았다. 가족들은 먹물 같이 번지는 불안감을 제각기 가슴에 안고 방으로 돌아갔다.

저녁 무렵, 기장경찰서에 다녀온 남고운을 사람들이 빙 둘러쌌다. 긴장되고 초조한 눈빛이 그녀에게 집중되었지만 선뜻 말을 꺼내는 사람은 없었다. 시험 합격자 발표를 기다리는 사람들처럼 부엌 식탁에 옹기종기 모여 앉은 가족들에게 남고운이 말했다.

"부검 결과 타살로 판명됐대요. 주변 땅이 물이 잘 빠지는 건조한 곳이어서 시신이 그리 많이 부패하지는 않았다나봐요. 보존상태가 생각보다 좋아서 부검도 비교적 수월하게 할 수 있었다고……."

남고운은 뒷부분을 흐렸다. 결국 동생의 시체에 관한 이야기이니 거북할 수밖에 없다.

"……그렇군요. 독살인가요?"

이교준이 성급하게 물었다. 해미는 입을 삐죽했다. 남고운 자매 쪽이 그날 저녁 남유정에게 약물 같은 것을 먹였을 거라는 게 이교준의 추측이었다. 아내의 죽음이 타살이란 게 밝혀진 판국에 그 방법이 독살이기를 은근히 기대하는 것일까.

"아뇨."

"그러면요?"

"목이 졸려 죽었대요."

"목이 졸려서?"

남문영이 놀라 물었다. 이교준은 "목을……?" 하며 넋이 나간 사람처럼 말을 되뇌었고, 김필립은 커피 잔을 만지작거리던 손을 멈추고 멍한 표정을 지었다. 진구도 흠칫했다. 남유정의 살해방법이 교살이라는 건 진구에게도 상상한 범위 밖의 일이었다.

"세상에, 차 사고가 아니라 목이 졸려 죽은 거라고욧?"

그중에서도 해미의 목소리가 가장 컸다.

"아니 근데 죽은 지 석 달이나 됐는데 어떻게 그렇게 확실하게 말할 수 있대?"

김필립이 정신을 차린 듯 말했다.

"어느 정도 부패한 시체라도 정밀 부검을 하면 다 나오나봐요. 목에 희미하게 손가락으로 눌린 울혈자국인가 뭔가가 확인되었대요. 입가에도 그렇고요. 오른손으로 입을 틀어막고, 왼손으로 목을 눌러 죽인 걸로 나왔다네요. 잔인하죠."

"그럼 남자잖아?"

남문영이 말했다.

"그렇게 단정할 순 없지. 여자라도 위에서 목을 누르면 누구나 죽일 수 있어."

김필립이 말했다. 남고운이 남편 편을 들었다.

"그건 이이 말이 맞아. 경찰에서도 남자의 짓이라고 단정하는 것 같지는 않아. 그러니까 날 먼저 불렀지."

남고운은 말해놓고 보니 여자인 자신한테 불리하다 싶었는지 헛기침을 뱉으며 시선을 떨구었다.

"그럼…… 교통사고가 나기 전 이미 목이 졸려 죽었단 이야기네요."

진구가 말했다.

"그런가봐요. 경찰에서도 그렇게 말했어요."

남고운이 말했다.

"목을 졸랐다……?"

진구는 같은 말을 되뇌면서 의자에서 허리를 비스듬하게 뺐다.

"믿기지 않아요. 목이 졸려 죽었다니……."

남문영은 낯빛이 흙빛이 되어 고개를 설레설레 저었다.

"그 살해방법보다 더 놀라운 게 있죠."

진구가 입을 열자 가족들은 일제히 진구에게로 시선을 보냈다.

"뭡니까?"

김필립이 물었다.

"남유정 씨가 목이 졸려 죽었다면 당연히 미니를 운전한 사람은 남유정 씨가 아니란 얘기니까요."

"그…… 그렇겠네. 그럼 대체 뭐야? 유령이 운전하기라도 한 거야?"

해미가 더듬거리며 말했다.

"한 가지밖에 없습니다."

해미가 대표로 던진 질문에 진구는 가족을 향해 대답했다.

"남유정 씨를 살해한 범인이 남유정 씨 시체를 미니에 싣고 달렸다는 얘기죠."

으음. 김필립의 가늘게 벌린 입술 사이로 낮은 신음이 흘러나왔다. 진구의 말이 이어졌다.

"범인은 그 차로 이교준 사장님이 탄 차를 쫓다가 고의로 들이받았다는 이야기가 됩니다. 그러고는 사고로 정신없는 틈을 타, 남유정을 운전석으로 옮겨서 본인이 운전하다 사고를 내 죽은 것처럼 만들어놓았습니다. 그러고는 곧바로 차를 이탈해서 사라졌다, 이렇게 되겠죠."

이번에는 아무도 신음조차 내지 않았다. 진구가 말하는 사건의 진상과 범인의 행동이 너무나 기괴했지만 또 그렇지 않다고 반박할 수도 없었던 탓이다. 남유정이 목이 졸려 죽었다면 그것 말고는 설명이 안 된다. 모두들 그렇게 수긍할 수밖에 없었다.

"그런 해석밖에 없긴 한데……."

김필립이 한참 만에 입을 열었다.

"도무지…… 이건 머리를 하얗게 비게 만드네요."

이교준이 머리를 흔들었다. 진구는 저마다 걱정스러운 얼굴을 식탁 가에 매달린 풍선처럼 죽 늘어놓은 가족들을 둘러보며 말했다.

"남고운 씨는 특별히 혐의가 있어서 부른 건 아닐 겁니다. 경찰에서도 죽음이나 살해방법의 특이성을 고려했을 때 가족이거나 내부 사정을 잘 아는 사람으로 일단 용의자를 한정했을 거예요. 가족을 모조리 소환해서 차례로 진술을 들을 겁니다."

"그래 봤자 할 말도 없는걸."

남문영이 불만스러운 듯 말했지만 불만을 터뜨릴 대상은 자리에 없다.

이교준은 팔짱을 끼고 곰곰이 생각에 잠겨 있었다. 이교준은 이

옥고 고개를 버쩍 쳐들고 식탁에 마주 앉은 남고운 자매를 노려보았다.

"그랬군. 유정이의 죽음은 교통사고 따위가 아예 아니었어. 명백한 살인이었어!"

이교준의 음성이 높아졌다.

"제부, 갑자기 왜 그래요."

남고운이 말렸지만 소용없었다.

"범인이 왜 그런 짓을 했는지 알았어요. 내게 누명을 뒤집어씌우려 내 차를 쫓았던 겁니다."

이교준의 눈썹이 일그러졌고 목소리에는 증오의 파장이 깃들었다.

"범인은 일부러 사고를 냈어요. 교살을 교통사고로 위장하려고. 순옥이와 같이 타고 있던 내가 교통사고의 상대방이 되면 제대로 변명할 수 없으리라고 생각하고 궁지에 몰아넣은 거예요!"

"단정하지 말아요. 진정해."

남문영이 말했지만 이교준의 화를 가라앉히지는 못했다. 진구가 말했다.

"맞습니다. 범인은 그날 이 사장님이 김순옥 씨하고 같이 그 길을 드라이브할 거란 걸 미리 알고 있었단 게 되겠죠. 그리고 사고로 위장해 자신의 살인을 숨기고 동시에 이 사장님에게 누명을 씌우려는 이중의 계획을 짰던 겁니다. 사고 직후에 남유정 씨를 운전석으로 옮겨놓고 도망친 걸 보면 미리 계획된 게 분명해요. 진상이 그렇다면 범인은 가족 중 한 명일 가능성이 아주 높습니다."

"난 그것도 모르고 내가 결과적으로 유정이를 죽였다고……."

이교준이 억울하다는 듯 말했다.

"이 서방, 왜 이리 성급하게 굴어."

김필립이 나무랐지만 이교준은 그를 쳐다보지도 않았다.

"이중에 범인이 있다면 절대로 용서하지 않을 겁니다."

이교준은 식탁 위에 올린 두 주먹을 불끈 쥐었다. 이교준에게 무시당한 김필립의 무안한 시선은 거실 창밖 어딘가를 향했다.

이교준의 큰 덩치가 가늘게 떨리고 있었다. 한번 분출하면 걷잡을 수 없는 격정을 간신히 억누르는 듯한 몸짓이었다. 가족들은 더이상 그를 만류하려 들지 않았다. 이교준과 눈을 마주치려는 이도 없었다. 지금 그의 눈빛을 맞받는다면 범인이든 아니든 이교준으로부터 진범으로 지목당했다는 불쾌감과 불안감에 시달려야 할 테니까.

남고운은 무언가를 생각하는 듯 말이 없었다.

남문영의 눈빛에는 어딘가 경멸의 빛이 섞여 있었다. 다른 여자와 드라이브를 하다가 사고를 낸 주제에 흥분하기는, 그런 생각인지도 모른다.

유재연은 사람들의 언쟁을 외면한 채 멍한 얼굴로 의자 팔걸이에 비스듬히 기대어 있을 뿐이었다.

해미는 긴장한 탓에 자기도 모르고 입을 살짝 벌리고 있었다.

진구는 이들 모두의 뒤에서 눈을 굴리고 있었다.

이교준이 비록 전날 밤 분노의 이빨을 드러내긴 했지만 남유정의 부검 결과가 남현호 일가 가족에게 던진 파장은 하루 만에 가라앉았다. 근본적인 원인은 사망이라는 결과가 이미 석 달 전에 나와버린 탓이었다. 남유정이 죽었다는 가장 중요한 사실은 달라지지 않았다. 이교준은 이교준대로, 남고운 측은 남고운 측대로, 남유정의 죽음에 의혹을 제기하며 탐정과 변호사를 고용한 입장이 아니던가. 그들의 순화된 표현을 떠나 적나라하게 말하자면 이미 서로 상대방이 살인자라고 암암리에 의심하고 공작을 펴오고 있었다. 새삼스레 타살에 대한 의심이 사실로 확정되고 사인이 교통사고로 인한 타박상에서 교살로 바뀌었다고 해도 그것은 그들에게 하루 저녁 이상의 파고는 일으키지 못했다.

다음 날이 되자, 남유정의 사망에 관한 이야기는 물밑으로 잠겨 들어갔다. 경찰의 수사가 어느 방향으로 전개될지 안테나를 바짝 곤두세우고야 있겠지만 오히려 그 죽음을 둘러싸고 서로 할 수 있는 일의 폭이란 건 더 좁아져버렸다. 다시 말해, 하루 만에 남현호

일가는 적어도 표면적으로 남유정의 죽음을 화제로 올리지 않는 게 갈등을 격화시키지 않기 위한 암묵적인 양해사항이 되었던 것이다.

이 집에서 현재 기준으로 가장 심각한 사람은 남유정의 죽음과 직접 이해관계가 있는 그들이 아니라, 유재연인 것처럼 보였다.

진구와 해미가 밖을 떠돌다가 집으로 향한 건 늦가을 찬 공기가 어스름과 함께 내려앉은 무렵이었다. 형광빛 낙조를 받은 베란다에 사람 그림자가 어른거렸다. 올려다보니 유재연이 커피 테이블 옆에 앉아 담배를 피우고 있었다. 테이블 위에는 글라스가 놓여 있었는데 색깔로 보아 위스키 같았다. 회색이 하늘 언저리를 서서히 물들였지만 아직도 빛은 충분히 남아 있었고, 이 집 식구는 물론 집 앞길을 지나는 사람들에게도 그 장면은 훤히 보였다. 남의 눈에 띄든 말든 개의치 않는 그 모습에서 일종의 자포자기가 엿보였다.

"저 언니도 참……."

해미는 말을 줄여버렸다.

"왜 말을 하다가 말어?"

"임신한 몸으로 술 마시고 담배 피우는 게 정상이 아니잖아."

"그런가."

"저러는 건 같은 여자로서 정말 맘에 안 들지만 한편으론 불쌍하기도 하고."

진구는 해미를 물끄러미 보다가 말했다.

"아이러니야."

"뭐가."

"개미의 죽음보다 베짱이의 울음이 더 동정을 불러일으키니 말이야."

"으이구, 당신은 역시 사이보그야."

해미는 진구의 팔을 때렸다.

남고운, 남문영이 거실에 앉아 속닥속닥 이야기를 나누다가 진구와 해미의 얼굴을 보더니 입을 싹 닫고는 계단을 쿵쾅쿵쾅 밟으며 2층으로 올라가버렸다. 해미는 입을 삐죽했다.

"동생 죽인 범인을 잡겠다고 머리라도 맞댄 모양이지."

"그 이야기가 아니었을걸. 그거라면 저렇게 도망치듯 올라갔겠어?"

"그럼 뭔데."

"아마 유재연 아줌마 이야기였을 거야."

"어쨌든 참 밉상이야."

해미는 계단을 바라보며 입을 한 번 더 삐죽거렸다. 하지만 그런 해미에게도, 어차피 경찰의 손으로 넘어가버린 동생의 죽음에 얽힌 진상보다 상속권자인 유재연이 보이는 눈앞의 움직임에 더욱 촉각을 곤두세우는 모습이 남고운 자매에게는 훨씬 더 당연하게 여겨졌다.

방으로 들어서는데 진구의 휴대전화 벨이 울렸다. 고진이었다. 통화 버튼을 누르자 고진이 숨을 헐떡이며 말했다.

"지금 막 부산에 도착했어. 잠깐 보지."

고진은 감탄하는 표정으로 통 유리창 앞에 서서 광안대교의 불빛을 건너다보고 있었다. 광안리 해변에 위치한 호메르스호텔의 19층 스카이라운지 룸에서 바라보는 밤바다는 대형 화폭에 옮긴 그림처럼 화려하면서도 쓸쓸했다. 진구는 고진을 한 번 힐긋 보고는 야경에 등을 돌리고 앉았다. 경치 감상을 어느 정도 마친 고진은 위스키 잔을 쭉 들이켰다.

"남유정……."

고진은 진구를 향해 얼굴을 돌렸다.

"교살이라며?"

"예. 그렇다더군요."

고진은 창 가장자리로 걸어가서 진구의 옆얼굴을 쳐다보며 빙긋이 웃었다.

"황당하군. 자세히 좀 이야기해봐."

고진은 한 손에는 불붙은 담배를, 한 손에는 위스키 잔을 든 채였다.

"금연 중이라지 않으셨습니까?"

진구는 고진의 손가락 끝에서 피어오르는 푸른 연기에 눈길을 주며 말했다.

"간헐적 금연이야."

고진의 대수롭지 않게 자신의 변절을 변명하고는 한 번 더 깊게 담배를 빨아들였다.

진구는 남고운이 경찰에 다녀온 이야기를 해주었다.

"어떻게 생각해?"

"고 변호사님이 좀 불리하게 되었다고 생각합니다."

후후, 고진이 웃었다. 왠지 기분이 좋아 보였다.

"불리하다기보단 아주 해괴망측하지."

고진은 창 너머 야경으로 다시 시선을 보냈다.

"살인자는 남유정을 목 졸라 죽인 다음 남유정의 차에 그녀의 시체를 싣고 도로를 달렸어. 여기까지는 당연하다고 쳐. 시체를 어디 산속에라도 갖다 묻을 생각이었는지 모르지. 하지만 루트가 이상해. 하필이면 남유정이 즐겨 드라이브하던 그 길이었어. 뭐 굳이 이해하자면 어차피 그것도 시골길이었으니까 시체를 산에 버리러 가는 길이 우연히 일치했다고 볼 수는 있겠지. 그런데 거기서 이교준의 차를 만났다는 게 문제야. 그것도 이교준이 내연녀와 같이 달리던 차 말이야. 동시에 같은 도로를 달리다가 충돌사고가 났어. 이건 우연이 아니겠지, 절대."

"그럴 것 같습니다."

고진은 전망에서 시선을 떼고 진구를 보았다.

"그렇지. 여기서 우리가, 백만 분의 일의 우연에 기대지 않고 상식적이고 합리적인 이성을 동원한다면 말이야. 그 교통사고는 우연이 아니라 필연적인, 다시 말해 범인이 의도하거나 예상했던 결과라고 인정해야 해."

"그게 이상하단 거죠?"

"음. 가장 기본적으로 대체 왜 그랬을까, 하는 거야. 그냥 조용히 시체를 묻으면 제일 좋을 텐데 요란스럽게 사고를 냈지. 그것도 이교준의 불륜차를 추적해서 들이받았어. 그러고는 곧장 튀어버렸지. 이교준은 어리숙하게 사고를 은폐한답시고 남유정의 차로 옮겨 타는 쇼를 해서 의심을 샀고. 하지만 범인이 이렇게 할 필요성이란 게 도무지 상상이 가지 않아. 이런 짓보다는 시선을 받지 않는 방법이 훨씬 낫거든. 살인자는 속이는 것보다는 은폐하기를 원해. 정상적인 사고를 하는 사람이면 절대 하지 않을 행동이야. 그렇다고 모든 게 우연이라는 해석은 조금 전에 배제했고."

"범인이 한 명 이상이라면요?"

진구가 툭 내뱉었다.

"재밌는 해석인데."

"남유정을 죽은 범인하고, 남유정의 시체를 버린 범인하고 다르다면 혹시 합리적인 설명이 가능할까요?"

진구가 고개를 들고 고진을 보았다. 고진은 마주 보다가 돌연 웃음을 터뜨렸다.

"하하하!"

"왜 그러시죠?"

"교묘하게 진 군이 유리한 쪽으로 유도하는 것 같은데?"

진구는 대꾸하지 않았다. 고진이 말했다.

"범인이 둘 이상이라고 해도 이 범행이 설명될 여지는 없어."

"왜 없다고 생각하세요?"

"그럼 있나?"

진구는 입을 열었지만 말을 하는 대신 그 안으로 위스키를 흘려 넣었다.

"범인이 둘 이상이라고 가정하는 순간 남고운 측이 불리해져. 남고운, 남문영, 김필립 등등…… 이쪽은 무조건 둘 이상 확보되잖아? 왜 내가 자네의 가정을 받아들여야 되지?"

"딱히 그런 의도는 아니었습니다만…… 만약에, 남고운 자매가 범인이라면 어떡하시겠습니까?"

"뭘."

"밝히시겠습니까?"

고진은 천천히 테이블로 다가가 담뱃불을 비벼 끄고 진구의 맞은편 자리에 앉았다. 고진이 내뿜은 마지막 연기에 진구의 얼굴이 흐려졌다. 고진은 대답 없이 술잔을 입에 털어 넣었다.

진구는 한 번 더 물으려다 그만두었다. 고진이 부산까지 내려와 남고운 자매를 제쳐놓고 진구를 먼저 따로 보자고 한 건 의미가 없지 않을 듯했다. 자신의 의뢰인이 궁지에 몰렸다고 느끼고 있는 건 아닐까. 진구의 질문에 침묵으로 답변을 회피하고 있는 걸 봐도 그렇다.

"사실 범행방법보다 더 괴이한 점은……."

고진은 위스키 글라스를 옆으로 치워놓고 천천히 입을 열었다.

"범인이 누구든 간에 남유정을 죽일 동기가 있나 하는 점이야."

고진은 이 화제를 꺼냄으로써 앞서 한 질문에는 대답할 의사가 없음을 완전히 드러냈다. 진구가 시큰둥하게 대꾸했다.

"동기라고요……. 그건 주로 남고운 입장에서 하기 쉬운 항변이 겠군요."

이교준 입장에서는 상상할 수 있는 동기가 있다. 이를테면 원경호와의 관계를 알고 있었다면? 비록 자신도 김순옥과 관계가 있었지만, 그렇다고 상대방의 배신을 용서하고 싶지는 않는 게 사람 마음이다. 교통사고의 물리학을 떠나 내면의 동기로 따지고 들어간다면 확실히 진구 쪽이 불리하다.

"딱히 그런 의도는 아니었지만……."

고진은 조금 전 진구의 말을 그대로 따라 했다.

"남고운, 남문영은 동생이 죽는다고 상속분이 늘어나지 않아. 김필립은 투자실패로 쪼들리고 있었지만 그 역시도 마찬가지 입장이야. 남유정이 죽는다고 해서 경제적 이득은 없어."

"이교준이 동기가 있다고 말씀하시고 싶은 건지는 모르겠습니다만, 한 번 공격이 빗나가지 않았습니까? 이번 부검 결과로 명백해졌죠."

진구의 말에 고진은 하얀 이가 보이도록 씩 웃었다.

"재밌군."

고진은 시선을 진구 너머 먼 창밖으로 돌리며 담배 한 개비를 꺼냈다. 진구는 이 정도로 줄담배를 피우는 사람이 과연 금연 의지가 있는 것인지 의구심이 들면서, 한편으로는 고진은 지금 고작 원페어를 쥐고 판돈을 크게 불려버린 도박사의 심정인 건 아닐까 하는 의구심도 같이 들었다. 진구가 분위기를 바꾸며 물었다.

"오늘 남고운 자매를 만나면 너무 늦지 않나요?"

"밤 기차로 올라가면 돼."

고진이 무심하게 대답했다.

"왜 절 먼저 보자고 하셨어요?"

"진 군이 어떤 카드를 갖고 있는지 먼저 알아야 하니까."

"숨겨둔 카드 같은 거 없습니다. 저도 교살이란 말을 듣고는 지금 머리가 하얀 상태예요. 그리고 제가 뭘 알고 있다고 해도 다 알려드리지는 못하지 않겠습니까."

"지난번에 정보는 공유하기로 하지 않았던가?"

"그랬죠……"

진구는 위스키 잔을 빙글 돌려 얼음을 녹인 다음 들이켰다.

"고 변호사님은 크게 흥미가 없어 보이시던데, 이렇게 자주 내려오실 줄을 몰랐어요."

"남 자매가 워낙에 성화여서 말이야. 그리고."

"그리고요?"

"이 사건이 겉보기보단 아주 재밌단 말야. 어디로 향할지 의문이 생기더군……"

말을 줄이던 고진이 돌연 말했다.

"생각이 조금 바뀌었어."

고진은 조금 전에 꺼낸 담배를 비로소 입에 끼우고 지포라이터를 꺼내 칙 하고 불을 붙였다. 이어 창 너머로 멀찍이 시선을 보냈다. 담배 끝이 빨갛게 타들어갔다. 고진의 얼굴은 밤바다의 색으로 검게 물들었다.

진구는 더 이상 물어보지 않았다.

오후 3시 무렵, 진구와 해미는 남현호의 방에 들렀다. 요즘 남현호의 상태는 날로 나빠지고 있었다. 내일 당장 죽는다 해도 아무도 이상하게 여기지 않을 정도였다. 노인은 눈을 멀뚱멀뚱 뜨고 천장을 하염없이 바라보고 있었다. 어차피 이제 보이지 않는 눈이니 그냥 눈동자를 천장 방향으로 두고 있다는 게 정확할 것이다. 원체 얼굴 골격이 넓적한 탓에 누워 있는 모습은 마치 수명을 다해 땅에 떨어져 가을볕에 말라가는 해바라기 같았다. 눈동자의 초점은 어딘가에 맞춰져 있는 것 같지도 않다. 간병인도 거의 손을 놓은 듯 무심하게 비켜 앉아만 있다.

"할아버지, 죄송한 말씀인데 혹시나 해서요. 유언은 안 남기실 거예요?"

진구가 귀 가까이 대고 물었다.

"그런 걸 왜 해……. 유언 같은 거 하면 애들이 각자 불만 가져. 법대로 하면 제일 공평해. ……제 몫을 가져가겠지."

유언장을 만들어놓지 않은 탓에 이 집 가족이 1층과 2층으로 쪼개져 일촉즉발 상태로 대치하고 있다는 말은 할 수 없었다. 그런 이야기를 한다 해도 뜻을 바꾸지는 않을 터였다. 남현호는 생명이 경각에 달렸어도 자기 고집으로 꼿꼿한 노인이었다. 가족들도 그의 성품을 알기에 일체 말을 삼가는 것이었다.

"사모님은 할아버지한테 잘해주세요?"

진구가 물었다.

"잘해주지. 자식들 다 소용없어. 진구 너도 해미한테 잘해. 늙으면 마누라가 곁에 있어야 해……."

해미가 때 아니게 깔깔깔 웃었다. 진구와 짝을 이루어 산다는 남현호의 말이 그 자체로 해미를 웃겨버린 때문이다. 남현호가 해미를 향해 말했다.

"뗙. 할아버지 말 들어야지."

해미가 혀를 내밀자 마치 그 장면이 보이기라도 한 듯 남현호가 입을 오므리며 웃었는데, 이가 많이 빠진 탓에 입술이 안으로 말려들어갔다. 아마도 그의 생전 마지막 웃음이 아닐까.

남현호의 입가에 맴돌던 희미한 웃음은 금세 사라졌다. 보이지 않는 눈동자를 덮은 눈꺼풀이 움찔거렸다. 그의 메마른 입술에서 가느다란 말소리가 새어나왔다.

"더 살고 싶어……."

몇 시간 후, 진구와 해미는 어쩐지 죽음의 그림자가 드리운 듯한 집을 탈출해 해운대 파라다이스호텔 로비라운지에 앉아 있었다. 로맨틱한 시간은 아니었다. 두 사람 맞은편에는 유재연이 다리를 꼬고 비스듬하게 앉아 있다.

진구가 먼저 유재연에게 같이 외출이나 하자며 청했다. 유재연은 주저 없이 응했다. 장소는 유재연이 정했다. 높은 천장과 탁 트인 유리창 너머로 잘 가꾼 정원이 조명을 받아 비몽사몽의 경치처럼 내다보였고 어둠에 물든 백사장과 검은 파도가 남국의 밤바다 같은 이국적인 정취를 자아냈다.

유재연은 짙게 화장을 했고, 목걸이와 귀걸이를 치렁치렁 늘어뜨린 채 화려함을 마음껏 뽐내고 있었다. 어깨 위에는 풍성한 머리카락이 물결치고 있다. 그녀는 자신의 검은색 미니드레스를 살짝 들어 보이며 "오늘은 기분전환이야" 했는데, 마치 물 만난 고기처럼 그녀의 개성과 잘 어울렸다. 옆 의자 위에는 때 이른 캐시미어 코트가 놓여 있다. 검은 스타킹으로 감싼 다리를 한껏 꼬아 터질 듯한 허벅지를 적나라하게 과시하던 유재연은 오렌지빛 바카디를 쭉 들이켜고는 클러치백 안에 손을 넣어 버지니아 슬림 담뱃갑을 꺼냈다. 유재연이 군이 흡연석을 요구한 이유였다. 은색 라이터를 꺼내 불을 붙였다. 둥근 모서리에는 무광으로 피에르 가르뎅이라는 글씨가 새겨져 있었다. 진구 앞에는 커피가, 해미 앞에는 달짝지근한 자몽에이드가 얌전히 놓여 있었다.

"젊은 사람들이랑 나오니깐 좋은데."

그녀는 오랜만에 기분이 좋아 보였지만 해미는 살짝 눈살을 찌푸렸다. 유재연이 임신한 상태라는 사실이 마음에 걸린 탓이다. 하지만 독한 술과 담배의 더블펀치를 자신의 몸에 때려 넣는 유재연에게 정작 아무런 말도 하지 못했다. 진구는 그 문제에 대해 어떤 말을 할 의향이 애당초 없어 보였다.

"어머, 진구 씨 스니커즈 예쁘다! 돌체앤가바나 거네."

유재연이 진구의 스니커즈를 눈으로 가리키며 말했다. 진구는 자신의 스니커즈가 해미가 생일선물로 이태원에서 사 온 짝퉁이란 사실을 굳이 밝히지는 않았다.

"언니 입은 원피스 이거 자라 거 맞죠? 얼마 전에 매장에서 봤는데."

해미가 답례 삼아 호들갑스럽게 말했다.

"글쎄……."

유재연은 등받이에 몸을 기대며 유유히 담배 연기를 뿜었다.

"그 열 배쯤 될걸. 가격."

해미는 재수 없어, 라는 표정을 역력히 띠웠지만 담배연기에 가려 진구만이 읽을 수 있었다.

유재연은 콧노래를 흘리며 바카디를 다시 쭉 들이켰다. 그녀가 잔을 내려놓기를 기다려 진구가 불쑥 물었다.

"이 집 가족들하곤 잘 못 섞이시는 것 같아요."

대담한 말이었다. 유재연은 양 팔꿈치를 테이블 위에 천천히 올리고 조그맣게 웃었다.

"말 한 번 시원하게 하네. 맞아. 영감님은 원래 아빠뻘이고, 두 딸은 나이 비슷하다고 나하고 맞먹으려 들고. 섞일 수가 없지."

"그래도 별 트러블 없이 지내시는 것 같던데요."

해미가 말했다. 아슬아슬하지만, 이란 말은 삼켰다.

"그동안은 걔들이 밖에서 따로 살았으니까. 요즘엔 집에 들어와 있으니까 불편해. 영감님한테는 미안하지만 오늘처럼 이렇게 밖으로 나오는 게 차라리 속 편해."

유재연의 눈 속에서 불꽃이 일었다가 금세 사그라졌다.

"언니들이 말이 좀 직선적이긴 하죠."

유재연은 기다렸다는 듯이 말을 쏟아냈다.

"내가 술장사를 하다가 왔다느니 하면서 뭐라 뭐라 그러는데, 웃기지 말라고 그래. 진구 씨나 해미한테도 그랬지?"

유재연은 두 사람의 얼굴을 훑었고, 진구가 아무 말이 없고 해미가 고개를 푹 숙이자 역시, 하는 빛을 띠고는 말을 이었다.

"아가씨 장사 한 것도 아니고, 조그만 바 열어서 단골 위주로 장사했어. 손님들도 우리가 가려 받았어. 진상은 아예 상대하지 않았거든. 다들 인텔리였고 점잖은 사람이었어. 영감님도 우연히 손님으로 들러서 말벗하다가 이렇게까지 된 거야. 뭐, 돈이 많았어. 하지만 정말 진상 영감이었으면 결혼 안 했어.

맞아, 술 팔았어. 하지만 세금 다 냈어. 지치고 스트레스 받은 남자들 잠깐이나마 술로 위로해준 거야. 남자들이란 밤에 술 한잔 하는 여유라도 없으면 못 사는 거잖아? 제일 엿 같은 게 뭔지 알아? 남자들은 내게서 즐거움을 얻어. 하지만 존중하지는 않아. 아아, 내가 술이 들어갔나. 안 하던 말이 자꾸 튀어나오네. 하여간에 그런 건 됐구…… . 난 내 일이 조금도 부끄럽지 않아. 근데, 우리의 남자매는 뭐지? 문영이는 얌전해 보이지만 결국 곱게 치장하고 이놈 저놈 만나고 다니는 유한마담이야. 고운이는 예전에 잠깐 선생 했던 걸 대단한 자랑으로 여기고 늘 목에 힘주고 있어. 하지만 지금은 뭐야? 아, 지금도 선생은 선생이지, 사감선생."

목구멍에서 불을 토할 것 같다. 진구와 해미가 가졌을지 모를 오해에 대해 변명하려는 것 같기도 했다.

"돌아가신 남유정 씨는 어땠어요?"

진구가 냉정하게 물었다. 자기 이야기에 도취되어 톤이 올라갔던 유재연도 평정을 회복했다.

"유정이는 셋 중에 그래도 성격이 제일 나았지. 뒤끝 없고. 뭐 그래도 날 엄마 취급 안 한 건 마찬가지였지만."

"남유정 씨하고는 같이 살면서도 큰 문제가 없었던 것처럼 들리네요."

"별로. 유정이가 들어올 무렵에 아예 내 방을 2층으로 옮겼어. 아무리 성격이 편해도 자주 마주치면 사달이 나잖아. 내가 아예 원인을 막아버린 거야. 그런데 요즘은 더 무서운 남 자매가 2층에 들어앉았어. 짜증나, 정말."

"남유정 씨는 누가 죽였을까요?"

진구의 돌발적인 질문에 유재연은 갑자기 허리를 젖히고 깔깔깔 웃었다.

"답할 수 있으면 내가 범인인 거잖아."

"아니면 짐작하고 계시던가요."

"그럴 리가."

"아니면 남유정 씨를 죽이고 싶을 만큼 미워한 사람은 있었을까요?"

"몰라."

유재연은 흥미를 잃은 표정으로 담배를 비벼 껐다. 날카롭게 솟아오른 코에서는 남은 하얀 연기가 뭉게뭉게 피어올랐다.

"솔직히 관심 없어."

유재연은 바카디를 쭉 들이켜 비웠다.

"남유정 씨하고 아름이의 친부라고 주장하는 원경호 씨하고의 관계는 알고 계셨어요?"

"몰라. 남 자매가 잘 알겠지. 나한테 그런 이야기할 것 같아?"

"남유정 씨가 사고로 죽던 날도 저녁에 가족 모임이 있었던 모양이더라구요. 근데 역시 사모님은 자리를 같이 못 했고……. 좀 서운하지 않으셨어요?"

"서운하긴 개뿔."

유재연은 팔을 들더니 손가락을 탁 튕겼고, 웨이터가 오자 바카디를 한 잔 더 주문했다.

"그럼 그 시간에 어디 계셨죠?"

"그 시간?"

"예. 도우미 아줌마한테 물어보니까 집에 계시진 않았다고 하던데요."

유재연은 흥 하며 콧방귀 소리를 내더니 등받이에 몸을 깊숙이 기댔다.

"김진구 씨가 탐정이란 소문이 있던데, 정말인가보네."

"사실 탐정이 맞습니다. 그래서 남들이 숨기고 싶어 하는 사실, 아니면 남들이 잘 모르는 사실도 조금 알지요."

"이를테면?"

진구가 유재연을 정면으로 쳐다보며 말했다.

"박안제라는 남자의 일 같은 거요."

유재연은 잠시 진구의 눈길을 맞받았지만 곧 피식 웃어넘겼다. 해미는 그녀가 충격을 받지 않은 척한다고 해석했지만 진구는 그녀가 진정으로 대수롭지 않게 여긴다고 생각했다.

"능력 있네."

유재연은 빈 바카디 잔을 손가락으로 툭 튕겼다. 웨이터 쪽을 바라보았지만 아직 새 술은 오지 않았다.

"그래서 우리의 남씨 자매한테 꼬나발겼어? 뭐, 그래도 상관없지만."

"아뇨. 왜 내가 그러리라고 생각하시죠?"

"그럼 이야기 안 했어?"

"사모님의 말씀을 이해할 수 없네요. 왜 제가 아무런 대가 없이 정보를 제공합니까? 제 의뢰인도 아닌데."

진구는 정말로 이해할 수 없다는 듯 유재연을 멀뚱히 쳐다보았다. 유재연도 진구를 멀거니 바라보다가 말했다.

"진구 씨. 맘에 드는데."

그 말에 해미가 발끈했지만 유재연에게 대놓고 덤빌 만큼은 아니었다. 입술을 움찔하는 정도에서 끝났을 뿐이다.

"그 사실은 우연히 알게 된 것뿐입니다. 남녀 간의 문제는 제가 상관할 일도 아니구요. 남고운 씨 자매분들이 임신 사실을 안 건 사모님의 입덧 때문이지 제가 더 알려준 건 없거든요."

"그래. 하긴 상대방 남자가 누군지 따위는 중요하지 않지. 내가 아이를 가졌다는 것 자체가 불륜의 증거니까. 하지만 그것도 곧 없어질 거야."

유재연의 입매가 시니컬하게 일그러졌다.

"그러시리라는 건 오늘 모습을 보니까 알겠네요."

진구가 눈으로 유재연 앞에 놓인 빈 술잔과 담뱃갑을 가리켰다. 아기를 낳을 엄마라면 절대 가까이할 리 없는 유해물질들이다. 유재연은 씁쓸하게 웃었다. 해미가 말했다.

"성급하게 생각하지 마세요. 언니들이 이혼소송 같은 건 안 할 거라던데요."

유재연은 고개를 저었다.

"그럴 리 없어. 그 자매는 내가 더 잘 알아. 이런 기회를 결코 그냥 넘어갈 인간들이 아니야. 덫을 놓지 못해 안달인 판이야. 근데 제 발로 찾아와 덫에 걸린 짐승을 그냥 보내겠어? 쭉 뻗도록 망치로 대가리를 갈겨놓겠지. 나라도 그럴 거야. 하지만 그래봤자 다 헛수고일걸. 소송? 홍, 하라고 그래. 해봤자 아이가 배 속에 없다는데 어쩔 거야. 박안제를 찾아낸대도 달라질 건 없어. 그런 놈이 그쪽 편들어 줄 리도 없고, 그딴 놈 증인 세워봤자 값어치도 없어. 나도 그 정돈 알아. 그 애들이 뭔 짓을 하기 전에 수술해버리면 그만이지."

수술이라는 단어가 나오자 해미가 황급히 말했다.

"아, 아니에요. 정말 언니들은 그럴 생각이 없어요. 그래서 할아버지한테도 말하지 않았고요."

"아니. 해미가 몰라서 그래."

딱 잘라 말하며 담배를 한 개비 더 빼물었다. 남고운 자매들이 왜 행동에 나서려 하지 않는지 진정한 영문을 알지 못하는 해미는 쭈뼛쭈뼛하며 도와달라는 듯 진구를 보았다.

해미의 눈길을 받자 진구가 입을 열었는데, 해미한테는 다소 놀라운 말이 튀어나왔다.

"낙태는 하지 마시죠."

담배에 막 불을 붙이려던 유재연이 손길을 거두고 진구를 똑바로 보았다. 유재연은 불이 붙지 않은 담배를 손가락에 도로 끼우고 손을 테이블 위로 내렸다.

"굉장히 직설적인 말을 잘 하네. 맘에 들어."

그녀는 날카로운 턱을 도전적으로 들고서 말했다.

"왜?"

질문이었지만 마치 테스트를 하는 듯한 말투였다.

"생명이잖아요."

진구가 툭 던지듯 말했다.

해미는 문득 위화감에 휩싸였다. 진구가 저런 말을?

유재연이 진구를 바라보았다. 그 눈빛에 칼날 같은 것이 들어 있다고 해미는 느꼈다. 늘 알코올과 담배 연기로 흐려져 있던 눈이 잠깐이지만 본래의 모습을 드러낸 것 같았다.

"놀랐는데."

유재연은 갑자기 피식 웃었다.

"휴머니티 가득한 탐정이라."

진구는 대꾸하지 않았다.

유재연이 말했다.

"이미 늦었어. 어제 감기약 왕창 먹었는걸."

비슷한 시각, 이교준이 운영하는 초밥집은 한산했다. 시곗바늘
이 9시를 향해가며 저녁 손님들이 물러가고 영업을 마무리할 시간
이 코앞이었다.

입구의 포럼이 출렁하면서 남자 한 명이 들어왔다. 흙 묻은 면바
지에 운동화, 갈색 점퍼는 보통 손님의 옷차림과는 달랐다. 홀에 있
던 종업원이 경계하며 다가갔다.

"손님, 죄송합니다. 영업 끝났습니다."

"밥 먹으러 온 거 아니오."

남자가 굵고 걸쭉한 목소리로 말했다.

"그럼……?"

남자는 대답하지 않고 종업원을 지나쳐 카운터 안 주방 쪽으로
다가갔다. 주방에서 이것저것 정리를 하고 있던 이교준이 고개를
쳐들었다. 그의 얼굴은 당황과 공포로 일그러졌다. 이어 분노의 빛
이 발작적으로 떠올랐다.

들어온 남자는 원경호였다.

"생각해봤어?"

그가 다짜고짜 말했다. 이교준은 홀 안쪽을 둘러보고는 손님이
한 팀 남아 있는 것을 확인하고서 앞치마를 풀고 주방에서 홀로 허
겁지겁 나왔다.

"일단 밖으로 나갑시다."

이교준은 원경호의 등을 밀었다. 종업원이 호기심 어린 눈으로

두 사람의 뒷모습을 쫓았다.

가게 맞은편 담벼락에는 1톤 트럭이 가로로 길게 주차되어 있었다. 두 사람은 그 트럭 앞에 섰다. 담장과 차가 가로등 불빛을 지워 그늘이 두 사람의 얼굴을 가렸다. 일그러진 두 얼굴이 마주 보지 않게 된 게 어쩌면 다행이었다.

"당신 정말 왜 이래?"

이교준이 말했다. 화를 억누른 목소리였다.

"내 딸을 찾는 것뿐이야. 아름이를 돌려줘."

"이젠 가게까지 찾아오고, 영업방해해서 협박할 셈이야?"

"그런 거 몰라. 아름이만 돌려줘. 당신도 남의 딸 키우고 싶진 않을 거야."

"경찰 불러야겠군."

이교준은 바지 호주머니에서 휴대전화를 끄집어내 번호를 꾹꾹 눌렀다. 하지만 원경호는 꿈쩍도 하지 않았다. 이교준의 손가락은 1, 1을 거푸 누른 다음, 2 위에서 멈췄다. 그는 손가락을 내리고 휴대전화를 힘없이 주머니에 도로 집어넣었다.

"정말, 말이 안 통하는 사람이네."

이교준이 답답하다는 듯 엷게 먹물이 든 하늘을 우러러보고는 후우, 하고 한숨을 쉬었다. 그러고는 다시 정면을 보았다. 이 인간을 어떡하지, 하는 듯한 눈빛이었다. 원경호는 뿌리가 단단히 박힌 나무 등걸처럼 조금도 움직이지 않았다.

"당신, 아름이 상속 재산이 탐난 거야? 남의 아내를 꼬셔놓고 이젠 재산까지 노린다, 이거지. 인간적으로 너무 비열한 짓거리 아니야?"

이교준이 자극했지만 원경호는 전혀 감정적으로 반응하지 않았다.

"아름이를 주면 상속 재산은 포기하겠어. 그딴 돈 없어도 내가 키워."

"그걸 어떻게 믿어!"

"그럼 상속을 포기한다고 약속하면 아름이를 내줄 건가?"

이교준은 한 번 더 길게 한숨을 내쉬고는 어조를 가라앉히고 말했다.

"내가 그동안 이 문젤 생각해봤어."

"생각 따윈 필요 없어."

"이야기를 들어봐."

이교준은 급한 마음에 성한 팔과 함께 아직 아픈 팔을 함께 번쩍 들다가 통증에 이마를 찌푸렸다.

"당신이 정말로 아름이를 딸이라고 생각하고 이러는 모양인데, 나도 아름이의 아빠로서 딸을 그냥 내줄 리가 없잖아. 생각을 해봐. 난 지난번 당신한테 맞아서 팔에 이렇게 금이 간 것도 그냥 넘어가려고 했어. 아름이하고 행복하게 사는 게 목적이지 복수가 내 인생의 목표가 아니니까. 반대로 당신이 그래도 포기하지 않고 귀찮게 굴면 어떡하나, 그런 것도 생각해봤었어. 당신이 가게까지 찾아와서 이러는 걸 보니 역시 적당히 해가지곤 포기하지 않을 것 같단 생각이 들어. 그래서 말인데……."

원경호는 말이 없었다. 이교준이 눈치를 살피다가 말했다.

"내 입장에선 정말 불필요하고 또 구차하지만, 당신과 나 어느

320

쪽이 아빠지 친자확인 유전자 검사를 해봅시다."

예상치 못한 제안이었던 모양이다. 원경호는 가만히 이교준을 노려보다가 천천히 입을 떼었다.

"유전자 검사……."

원경호가 나지막하게 읊듯이 말했다.

"그래요. 소송이니 뭐니 해봤자 서로 손해고, 깨끗하게 검사해서 판정을 내리도록 합시다."

"……."

원경호는 한동안 대답이 없었다.

"혹시, 자신 없습니까? 그러면 아예 물러나요. 난 얼마든지 자신 있으니까. 왜냐, 내가 아빠거든."

이교준의 이 말이 도발적이었을까. 원경호는 이교준을 빤히 쳐다보았다. 하지만 위협적인 눈빛은 아니었다. 이교준이 거듭 말했다.

"이봐요, 당신. 이건 내가 정말 최대한 양보한 거라는 걸 알아야 해. 내가 엄연히 아빤데 누가 내 딸 달라면서 엉겨 붙는다고 유전자 검사해서 확인까지 해주는 사람이 어디 있겠습니까? 하도 댁이 막무가내로 그러니까 내가 더 이상 싸우기도 싫고, 그래서 특별히 응해주려는 거요. 내 맘 변하기 전에 결심해요. 이건 마지막 기회요. 이번에 검사해보고 그 결과에 깨끗이 따르기로 합시다. 남자답게."

이교준의 말이 이어지는 동안 원경호는 나무 등걸처럼 서 있을 뿐이었지만 적대적인 눈빛은 서서히 사라져갔다.

"……그럽시다."

원경호가 대뜸 고개를 끄덕였다. 그로서도 그게 가장 확실하고도 빠른 방법이라는 데에는 달리 이견이 없었을 것이다.

원경호는 이내 눈을 치뜨고 단호하게 한마디를 덧붙였다.

"하지만 그 검사는 내 눈앞에서 해야 돼."

"안 그래도 다 알아봤어요."

이교준이 달래듯 고개를 끄덕였다.

"법원 앞에 있는 업체에 알아보니까 출장검사도 한답니다. 정 못 믿겠으면 약속을 정해서 우리 집으로 와요. 준비되면 연락하겠습니다. 거기서 나, 당신 그리고 아름이, 필요하다면 아름이 이모들까지 해서 검사를 해봅시다. 그럼 불만 없겠지요?"

"알겠습니다."

원경호의 말투는 여전히 거칠었지만 어느새 존댓말로 바뀌었다. 그의 어법은 상대방이 아니라 순전히 그의 기분에 따르는 것 같았다.

말을 마친 원경호는 등을 휙 돌렸다. 밤의 어둠 속으로 떠나가는 그의 발걸음에 아무런 미련이 없어 보였다.

그의 뒷모습을 물끄러미 바라보며 이교준은 긴 한숨을 내쉬었다.

남고운 자매가 아버지의 건강이 백척간두에 서 있음에도 불구하고 최대 상속권자인 유재연을 상대로 불륜행위를 문제 삼아 이혼소송을 추진할 게 분명하다는 유재연의 예언이랄까 추측이랄까, 그것은 무섭게 맞아 들어가고 있었다. 남고운, 남문영 자매는 느지막이 저녁식사를 마치고 2층으로 올라간 후 남고운의 방으로 갔다. 두 사람은 약속이나 한 듯 일제히 침대 위에 고슴도치처럼 도사리고 앉았고, 남고운이 어디론가 전화를 걸었다.

통화 상대방은 고진이었다. 그동안에도 물론 거의 실시간으로 집안에서 일어난 일을 알려왔지만 이번에는 상황의 균형을 근본적으로 무너뜨릴 수도 있는 이야기라고 판단, 남문영과 상의하고 숙고한 끝에 어떤 결론을 내리고 고진에게 문의하기로 한 것이었다. 그리고 결정을 내리자마자 늦은 밤 시간임에도 아랑곳하지 않고 고진의 전화번호를 눌렀다.

전화를 받은 고진에게 다짜고짜 털어놓은 이야기는 유재연이 임신했다는 것이었다.

"그래서요?"

고진은 졸린 목소리로 반문했다. 그에게는 놀랍거나 의외인 사실이 아닌 듯했고, 오히려 뭐 그런 일로 밤에 전화했냐는 투였다. 남고운이 말했다.

"간통이잖아요. 이혼감 아니에요? 소송해서 집에서 내쫓으려고요."

남문영도 옆에서 휴대전화기에 귀를 바짝 댔다. 고진이 나른한 목소리로 말했다.

"지금 새엄마가 애 가졌다고 어르신한테 알리면 안 그래도 오늘 내일하시는데 당장 거품 내뿜고 넘어가실 겁니다."

"그렇다고 저 여잘 그냥 놔둬요?"

"그래서 유재연 씨의 상속분을 빼앗아버리겠다?"

"이혼 당한다면 결과적으로 그렇게 되겠죠."

남고운은 '의도'를 '결과'로 슬쩍 바꾸어 답했다.

"소용없어요."

"예? 아니, 왜요? 아버지의 아이가 아닌 게 분명하잖아요. 그럼 간통이고, 그런 부정행위를 했는데 이혼이 안 된단 말이에요?"

"처음 의뢰받을 때 이미 말씀드렸잖아요. 아―흠."

고진은 거의 하품을 내뱉었다.

"뭘요?"

"이혼소송 당사자는 남현호 어르신이거든요."

"그건 알아요. 그건 아버지를 설득해서 할 수 있어요."

남고운은 조금 전 '소장에다가 아버지 손가락을 끌어다가 지장만 찍으면 된다'며 남문영과 나누었던 대화를 고진에게 그대로 알리지는 않았다.

"어르신이 지금 눈도 잘 안 보이고 살날도 얼마 안 남으셨잖아요? 의사가 그렇게 말했다면서요."

"그렇긴 해요. 하지만 눈이 안 보이셔도 치매는 아니거든요. 자기 아내가 바람피웠다는 사실을 못 알아들으시진 않아요."

"이혼소송이란 게 좀 오래 걸려요. 1심에서 결론이 난다 해도 유재연이 항소, 상고해서 2, 3심까지 가면 몇 년 걸릴지도 모릅니다."

"몇 년…… . 뭐, 그건 각오해야요."

남고운이 결연한 목소리로 말했다.

"글쎄요, 그 정도 기간이라면 소송 도중에 어르신이 돌아가실 게 뻔하잖습니까?"

"……."

남고운은 할 말을 잃었다. 생각지 못한 부분이었던 듯하다.

"어르신이 당사자인 소송인데 어르신이 돌아가시면 소송은 바로 그 시점에서 끝나게 됩니다. 그러면 도루묵이죠, 이혼이고 뭐고."

"어쩜, 정말…… 그럼 바람피운 게 뻔한데도 이혼이 안 된다는 거예요?"

남고운이 소리를 높였다.

"이혼이 안 된다는 게 아니라요. 소송 도중에 본인이 돌아가시게 되니 현실적으로 어쩔 수 없단 거죠. 따님이 소송을 이어서 할 수도 없잖습니까? 남편도 아닌데. 결국 두 분의 부부관계가 존속한 채로 끝나는 겁니다. 따라서 배우자로서 재산 상속도 받는 거고요. 지금은 그런 걸로 소송해봤자 괜히 시간, 돈, 그리고 어르신의 여생만 낭비하는 겁니다."

고진의 목소리에는 귀찮음이 역력하게 묻어나왔다.

"그런가요……."

목소리에서 힘이 빠져나가던 남고운이 버럭 기운을 내 물었다.

"아기는요? 우리가 어떻게 하는 게 좋을까요?"

"아기 문제는 모른 척하시죠."

"우리 아버지 아기가 아닌 게 분명한데 어떻게 모른 척해요?"

"아니, 그렇다고 뭘 어떻게 하실 수가 없잖습니까?"

남고운은 무성의한 고진이 서운했다. 아무리 돈을 건넨 자기편 변호사라고 해도 역시 '남 일'에는 무심한 것이다.

"괜히 다른 사람 말 같은 거 듣지 마세요."

고진이 말하고는 하품을 크게 한 번 했다.

"이 판국에 무슨 다른 사람 말을 듣겠어요?"

남고운이 짜증스럽게 대꾸했다. 실망스러웠다. 돈을 주고 고용한 변호사마저 이렇게 무심하다니. 하긴, 무슨 관심 있겠어, 결국 남 일인데. 용병이 애국심이 있을 리 없듯 변호사도 마찬가지야. 결국 내 앞가림은 다른 어느 누구도 아닌 내가 해야 해. 그런 세상의 이치를 이 게으르기 짝이 없는 변호사와의 대화를 통해 다시 한 번 절감하는 남고운이었다.

"부화뇌동하지 마시라고요."

고진이 덧붙인 말에 남고운은 자존심마저 상했다.

"……알았어요. 그러지 않고 있어요."

남고운은 토라진 목소리로 답하고는 전화를 획 끊었다.

아침이 돌아왔지만 진구의 모습이 보이지 않았다. 해미가 방문을
열어보니 이불을 뒤집어쓰고는 아침도 거르겠다며 손을 흔들었다.
자기 방에서 술에 절어 자고 있는 유재연은 물론 남고운, 남문영도
아직 2층에서 내려오지 않았다. 권영덕은 거실에서 아기 기저귀를
갈고 있다. 이 집의 흔한 아침 풍경이다.

　오전 10시 훌쩍 넘어 진구가 게슴츠레한 눈을 하고 방에서 걸어
나왔다. 진구는 씻고 나서도 텅 빈 집 안을 어슬렁거리기만 했다.
거실을 가로지르는 진구의 팔을 해미가 붙들어서는 당겨서 옆에
앉혔다.

　"이럴 거야?"

　"왜 그래?"

　진구가 칭칭 감긴 해미의 팔을 걷어냈다.

　"실컷 늦잠 자고 일어나서는 어슬렁거리기만 하고. 누가 보면 집
주인이 오빠 줄 알겠어."

　"이 집 하인이래도 아침엔 별로 할 일이 없잖아."

"어제 많은 일이 있었어. 이 집 새엄마 일도 그렇고, 근데도 할 일이 없어? 탐정 김진구가?"

진구는 입을 합죽하게 닫고 있었다. 해미의 추궁이 불만스러운 듯 보였지만 딱히 반박할 생각은 없어 보인다.

"내가 생각해봤는데, 아무래도 이 집 언니들이 뭔가 조치를 할 거 같아."

해미가 말했다.

"무슨 조치?"

"언니들이 아무래도 할아버지한테 새엄마 임신 사실을 알리고 이혼하게 만들 거 같아."

"안 할 거야."

진구가 단정적으로 말했다.

"설마, 왜? 그 언니들이 그냥 있을 사람들이 아니잖아?"

"고진 변호사님이 소송이 바보짓이란 걸 알려줬을 테니까."

진구는 눈을 가늘게 떴다.

"정말? 그 아저씨 역시 멋있다. 그럼 고진 아저씨하고 통화했어?"

"아니. 통화 안 했지만 알아."

"에이. 그럼, 그거 오빠의 추측일 뿐이잖아."

"영 내 말을 안 믿는군. 그럼 확인하러 가볼래?"

"어딜?"

따라와, 하더니 진구는 일어서서 거실을 가로질렀다. 진구는 남현호 방의 문을 살포시 열었다.

이 집에 온 이후로 하루에 한 번 꼴로 남현호의 방에 들렀지만 이 곳만은 시간이 멈춘 듯 늘 같은 장면이다. 영감님은 방 한가운데에 포로처럼 누워 있고, 링거 병, 약병이 줄줄이 고무호스로 팔뚝에 연결되어 있다. 간병인은 오늘따라 늦는 모양이었다. 권영덕이 열심히 쓸고 닦고 환기를 시키는 덕에 병자 특유의 냄새는 별로 없다. 아픈 사람답지 않게 말을 조곤조곤 하는 걸 보면 반송장 같은 상태로 영원히 살 것 같기도 했다.

진구와 해미는 옆에 가 앉았다. 남현호는 거의 보이지 않는 눈을 떠 진구 쪽을 향했다. 해미는 늘 그렇듯이 남현호의 날로 앙상해져 가는 손을 거머쥐었다.

"할아버지, 오늘은 어떠세요?"

"늘 그렇지 뭐……."

진구가 해미 옆으로 얼굴을 쓱 들이밀고 물었다.

"어머님은 아직 주무시는가봐요. 어제 기분 좋게 한잔 하신 거 같더라고요."

"어…… 그랬나. 그 사람 체질이 나하고 비슷해서 원래 술을 좀 좋아해."

유재연을 변호하는 듯한 뉘앙스였다.

"해미하고도 밤 늦도록 이것저것 이야기를 좀 했나봐요."

"나보다 해미하고 더 통할 거야. 젊은 사람끼리……. 그 사람도 이 집에 있으려면 답답하겠지……. 늙은 영감한테 시집와서 고생 많이 했어."

남현호는 웃으려 한 것 같지만 입가에 주름을 만들었을 뿐이다.

진구와 해미는 인사를 하고서 방을 나왔다.

"어때? 할아버지 말하는 거 봤지? 저게 과연 아내의 외도를 알게 된 남자의 반응일까?"

거실로 완전히 나온 후 진구가 말했다.

"언니들이 이야기 안 했나봐. 이혼소송 생각을 정말 안 하는 걸까."

해미는 이상하다는 듯 고개를 갸우뚱했다.

점심시간이 다 되어갈 무렵, 남고운 자매가 계단을 내려왔다. 외식이라도 나가는 듯 갖춰 입은 옷차림이었고, 남고운의 손에는 차 키가 쥐어져 있었다. 거실 소파에 앉아 있던 진구는 일어나 물었다.

"어디 가세요?"

"해운대에 밥 먹으러요."

남문영이 경계하며 대답했다.

"아, 저희도 마침 해운대에 볼일 있는데, 좀 태워주실래요?"

남고운은 손에 쥔 차 키를 의식했는지 손을 뒤로 휙 물렸지만 이미 늦었고, 마지못해 고개를 끄덕였다. 남문영은 뾰루퉁했다. 아무래도 진구의 얼굴을 보는 일이 심사가 편할 리는 없다.

집 옆 주차장으로 가 차에 올랐다. 남고운이 운전대를 잡았고, 조수석에는 남문영이, 뒷좌석에는 진구와 해미가 앉았다. 남고운은 말없이 핸들을 이리저리 돌렸고, 남문영은 불편한 빛이 역력했다. 분위기가 모래알 같다.

"이 사장님은 일찍 나가셔서요. 택시비도 절약해야 하고."

진구가 앞 좌석 헤드레스트를 잡고 변명하듯 말했다.

"괜찮아요. 기름 절약해야죠."

남문영이 말했다. 또다시 서먹한 침묵이 흘렀다. 차에 실려 가는 네 개의 레고 인형처럼 뻣뻣한 네 사람이었다.

"유재연 언니는 참 안된 거 같아요."

어색함을 견디지 못한 해미가 마침내 말을 던졌다. 그랬다가 실언을 깨닫고는 황급히 손으로 자기 입을 막았다. 차라리 침묵이 나을, 금기를 건드려버린 것이다.

"그 여자가요? 왜요?"

남문영이 뒤돌아보며 싸늘하게 말했다. 남고운은 룸미러로 해미와 눈을 맞추었다. 눈만 떼놓은 남고운의 시선이 이렇게 매서울 줄 해미는 미처 몰랐다.

"아, 아니, 그저 좀⋯⋯."

대답이 궁해진 해미가 말을 더듬었다. 진구가 구원에 나섰다.

"그분이 아기를 가졌다는 건 공공연한 비밀 아닙니까."

남고운 자매의 눈길이 일제히 진구에게로 쏠렸다.

"⋯⋯그렇죠."

남고운이 선선히 말했다. 유재연의 불륜을 진구 측도 알고 있어서 나쁠 게 없다는 생각이리라. 어쨌든 그녀는 '공동의 적'이니까.

"그리고 그 아이가 어르신의 아이일 수 없다는 것도 다 알고요."

화제를 꺼낸 건 해미였지만 이야기가 이쯤 되니 어디로 흐르든 책임은 진구에게 모두 돌아가는 상황이다. 해미는 안도의 한숨을 내쉬었다. 진구가 말을 이었다.

"새어머님은 자포자기한 상태신 것 같아요. 며칠 전에는 들어오다 보니 베란다에서 술을 드시면서 담배를 태우고 계시더군요. 이틀 전엔 감기약까지 마구 먹었고요. 일부러 몸을 막 굴리는 느낌까지 든다고나 할까요? 이젠 주변에서 말린다 해도 아기를 낳는 게 오히려 불행한 결과를 낳을 지경까지 온 것 같아요."

"그러게 말이에요. 참 어리석죠."

남고운이 말했다.

"아마 결심은 벌써 하신 모양이더군요."

해미는 눈짓으로 진구를 나무랐다. 하지만 좁은 차 안에서 진구의 말은 이미 남고운 자매의 귀에 똑똑히 들어가 있었다.

"……결심이요?"

남문영이 뒤돌아보며 물었다. 진구는 고개를 끄덕였다.

"예. 아직은 조금 갈등하시는 것 같지만요. 저야 남자라서 잘 모르지만 해미는 공감도 하고 걱정도 하더군요. 그래서 아까 그렇게 말한 거고요."

"걱정이야 되죠, 우리도."

남문영이 말했는데, 이 차 안의 누구더러 믿으라고 한 말인지는 알 수 없었다. 진구는 고개를 끄덕여 겉으로나마 동조해주었다.

"예. 새어머님 쪽도 힘드실 거예요. 누가 봐도 남의 아기인데 낳을 수도 없고, 그렇다고 혼자 병원에 가는 것도 두렵고, 용기가 없어 우물쭈물하는 상태인 거죠. 어영부영 시간 끌다가 시간이 넘어가면 낙태도 어려워질 텐데. 그건 모두에게 곤란한 일일 테고."

"그렇겠죠."

남고운이 말했다. 남문영은 시트 끄트머리를 부여잡고 진구를 향해 어정쩡하게 고개를 돌리고 있었다.

"진구 씨나 해미 씨가 보기에도 참 안 좋았을 거예요. 어쨌든 우리 집안일인데 참 창피하기도 하고 그러네요."

남문영이 또 겉치레 말을 했는데, 창피해한다기보다는 유재연에 대한 경멸이 묻어나왔다.

"진구 씨 생각은 어때요?"

남고운이 핸들을 잡은 채로 물었다.

"제 의견이요? ……글쎄요, 제가 뭐 관여할 일은 아니라서."

진구가 곤란하다는 듯 손을 목 뒤로 가져갔다.

"그래도요, 진구 씨 생각은 어때요?"

남문영이 채근했다. 진구가 머뭇거리다가 결국 입을 열었다.

"……솔직히 전 잘 모르겠지만, 해미는 같은 여자로서 안타까운 모양이에요. 그분이 고민하는 모습을 많이 봤죠. 전 낙태를 말렸지만 전혀 들을 생각이 없으신 것 같더군요. 결심은 굳힌 것 같은데, 아마 겁을 먹고 있는 것 같아요. 그런 수술이라는 게 좀 그렇잖아요."

흥, 남문영은 가볍게 코웃음을 치면서 시선을 창밖으로 돌렸다.

"원래 그런 사람일수록 맘이 약한 법이에요."

남고운이 세상 이치를 가르치듯 말했다.

"하긴 아이를 낳는다는 게 말이 돼? 우리 아빠 아기가 아닌 게 분명한데."

남문영이 혼잣말처럼 했지만 당연히 모두에게 들렸다. 말투가

서릿발처럼 싸늘했다. 적대감을 가득 실은 냉랭한 바람이 불어오는 것 같았다. 잠깐이지만 참기 힘들 만큼 불편한 침묵이 흘렀다.

"이러면 어떨까요?"

진구가 불쑥 말했다. 남문영이 고개를 다시 뒤로 돌렸다. 운전대를 잡은 남고운은 전방을 주시했지만 귀는 진구를 향해 있었다.

"솔직히 새어머님이 두 분과 평소 사이가 좋지 않은 건 압니다. 하지만 그래서 더, 두 분이 툭 터놓고 도와주면 결심하기가 쉽지 않을까요? 누가 병원에만 같이 가준다거나 해도 큰 힘이 될 수 있겠죠. 물론 아버지의 아내가 그런 일을 저질렀다는 걸 생각하면 심정적으로 화가 나시는 거야 충분히 이해합니다만……."

진구는 뒷말을 삼켰다. 해미는 침을 삼켰다. 진구가 유재연을 도운다는 생각이 기껏 이런 거였다니. 유재연과 앙숙인 이 두 사람이 그런 은밀한 일에 따라가 도와주라고? 이 자매의 성질머리를 생각했을 때 버럭 고함부터 치고 나오지 않을까? 진구는 해미라면 도무지 할 수 없는 상식 밖의 말을 던져서 사람을 깜짝깜짝 놀라게 할 때가 있다. 하지만 진구의 대담한 제안에 남고운 자매는 예상외로 아무런 대꾸가 없었다.

잠시 후 차는 해운대 바닷가 도로 입구에 도착했다. 빽빽하게 늘어선 회집타운이 왼쪽으로 보이는 곳이었다. 진구와 해미는 고맙다는 인사를 하고 차에서 내렸다. 자매가 탄 차는 진구와 해미가 내리자마자 내빼듯이 출발해버렸다.

진구와 해미는 자연스레 해변을 향했다. 걸을 때마다 해운대 모래사장에 발이 절반쯤 푹푹 빠졌다. 해미는 파도가 거의 발밑에 미치는 곳까지 가서 멈췄다.

"왜 그런 말까지 했어?"

해미가 불쑥 나무랐다.

"뭘?"

"유재연 언니가 낙태를 하니 뭐니 하는 말."

바다 쪽을 보던 진구가 해미에게 고개를 돌려 억울하다는 표정을 지었다.

"해미 너가 먼저 말 꺼냈잖아. 난 도와주려 그런 건데?"

"으이그, 이 무신경아! 그래도 낙태를 하려 한다는 말까진 할 필요 없었잖아."

"뭘, 솔직히 남 자매들도 그 소식에 반가워하는 것 같던데? 해미너도 봤잖아."

해미는 조금 전 차 안에서의 장면을 떠올렸다. 그러고는 입을 다물었다. 해미 또한 도저히 진구의 말을 부정할 수 없었기 때문이다.

이교준은 일찍 퇴근해 있었다. 그는 진구의 활동이 별 성과가 없자 서서히 조바심을 내는 눈치였다. 이날 아침처럼 해미가 나서서 굳이 진구를 닦달하지 않아도 이교준이 나름대로 노골적이지 않은 선에서 은근한 불만을 드러내는 중이었다. 막 외출에서 돌아온 진구와 마주쳤지만 데면데면 별말 없이 지나쳤다. 해미는 왠지 주눅이 든 얼굴로 이교준 쪽을 쳐다보았다.

이교준은 부엌으로 가 라디오를 크게 틀어놓고 식탁에 앉아 묵묵히 커피를 마시고 있었다. DJ는 활기찬 하루의 마무리 어쩌구하며 빠른 템포의 곡을 틀어댔지만 이교준의 표정은 밝지 않았다.

현관 차임벨이 울렸다. 방문자는 김필립이었다. 저녁이나 먹고 가려 한다고 말했지만 주중에는 퇴근 후에도 모니터 앞에 앉아 기업분석에만 일로매진한다는 투자전략가치고는 다소 뜬금없는 방문이었다. 그는 저녁을 먹으러 부엌으로 향하는 대신 거실에 앉아 있던 진구의 옆에 털썩 엉덩이를 붙였다. 비대한 몸이 떨어지자 소파가 출렁했다.

"저녁 먹었어요?"

그의 목소리는 밝았는데, 의식적으로 꾸민 듯한 느낌이었다. 진구가 무어라 대답을 한 것 같은데, 그는 대답을 끝까지 듣는 대신 이렇게 말했다.

"투자는 정말 안 하실 겁니까?"

조급함이 묻어나는 목소리였다. 진구 옆에 앉아 있던 해미가 눈을 크게 떴다. 이 사람 왜 이러지? 진구를 호구로 생각하나.

"투자요? 글쎄요……."

진구가 대답을 머뭇거리자, 그는 또 한 번 재촉했다.

"안 할 거면 몰라도, 할 거면 지금쯤은 결정해야죠."

목소리에는 살짝 짜증이 묻어 있었다. 그는 그동안 진심으로 진구의 투자를 기다렸던 모양이다.

"안 할 겁니다."

진구가 딱 잘라 말했다. 투자를 미끼로 김필립의 투자연구소의 실체를 알아볼 필요는 일찌감치 사라졌다. 김필립만이 아직 그 미련에 올라타 있는 것이다.

김필립은 진구의 말에 대꾸를 하지 않았고 딱히 반응도 보이지 않았다. 대신 그는 진구에게 향했던 고개를 돌렸다. 그때 짜증과 실망의 빛이 미간에 스쳤다. 부엌에서는 이교준이 틀어놓은 라디오에서는 랩이 흘러나왔고 알아듣기 힘든 가사가 고조되고 있었다. 돌연 김필립이 소리를 질렀다.

"Turn off the fucking music!"

해미는 깜짝 놀라 김필립을 쳐다보았다. 이교준은 김필립을 보지 않은 채 팔을 뻗어 라디오 전원 스위치를 아예 꺼버렸다. 아마도 김필립이 돌연 화를 내는 상황에 익숙한 것 같았다. 그렇다고 해서 기분이 좋을 리는 물론 없을 것이다.

김필립은 화가 단단히 난 모양이었다. 어느새 얼굴이 벌게진 채 진구 쪽을 보지도 않고 의자에서 몸을 일으켜 현관으로 걸어갔다.

"역시 첫인상이 맞았어. 성질 완전 더러워."

해미가 김필립의 뒤통수를 보며 진구에게 속삭였다.

"월가 영어는 역시 고급스럽지?"

진구가 조용히 말했고 해미는 손으로 입을 가리고 쿡쿡 웃었다.

그날 밤 유재연은 침대에 몸을 반쯤 뉘인 채 정면 벽에 붙여놓은 TV의 채널을 의미 없이 한 방향으로 돌리고 있었다. 밤이 깊었지만 잠들지 못하고 있다. 창틀을 넘어오는 귀뚜라미 소리 때문만은 아닌 듯하다. 눈은 멍하고 피부는 부석부석했다. 머리카락은 야생 덩굴처럼 이마와 눈가로 아무렇게나 흘러 있다. 아무도 맡지 못해 다행이지만 입에서는 술 냄새를 풍겼고, 목에서는 가끔 끓는 소리가 올라왔다. 몸에서 뼈를 다 덜어낸 것마냥 축 늘어져 있다. 오직 오른손 엄지손가락만이 살아 있어 리모컨 버튼을 꾹꾹 눌러대고 있었다. 전체 케이블 방송을 세 번은 돌았을 것 같은데 아직 마음에 드는 프로그램이 없는지 채널을 돌려대고 있었다. 어쩌면 망막에 맺힌 세계와 머릿속 세계는 따로 놀고 있는지도 모른다.

방문에서 똑똑 소리가 났다.

유재연은 시선을 보내지 않았고, 대답도 하지 않았다. 두 번 기다리지 않고 방문이 열렸다. 남고운, 남문영 자매였다. 유재연은 그들을 힐긋 보았을 뿐, 다시 TV 화면으로 시선을 옮겼다. 언제 어디서 만나든 반가운 상대는 아니다. 게다가 둘이다. 평소라면 그래도 일어나 앉기라도 했을 테고, 신경이 쓰여 가슴이 몰래 콩닥거렸겠지만 오늘은 그렇지도 않다. 다량의 알코올이 그녀의 신경을 풀어질 대로 풀어놓았기 때문이다.

남고운과 남문영은 방 안에 가득한 알코올 향에 이마를 찌푸렸다. 침대 옆 테이블 위에는 3분의 1쯤 남은 로열 살루트 병과 빈 위스키 글라스가 놓여 있었다.

그녀들은 유재연의 침대 옆에 다가가 섰다. 유재연은 귀찮다는 생각이 먼저 들었다. 이 깐깐한 자매들이 또 무슨 헛소리를 하려고.

남고운이 입을 열었다. 예상 밖의 온화한 어조였다.

"우리가 도와줄게요."

오전에 남자 셋이 집으로 찾아왔다. 그중 한 명은 옷차림이 유달리 남루했고, 가족들이 이미 아는 얼굴이었다. 권영덕은 깨끗하게 닦인 거실 바닥을 딛는 남자의 더러운 양말에 눈살을 찌푸렸다. 원경호였다. 나머지 두 남자는 슈트 차림이었고, 낯설었다. 유전자 검사 회사의 직원들인 그들의 표정은 사무적이었고, 말투도 그랬다.

"모근만 등기로 보내주셔도 되는데."

두 사람 중 나이 든 쪽이 가족들을 둘러보며 한마디 했지만 아무도 대답하지 않았다. 모두가 보는 앞에서 샘플을 채취해야 하는 내부의 사정을 외부인인 그에게 굳이 알릴 필요는 없었다. 싸늘한 분위기를 감지하고 머쓱해진 직원은 가방에서 키트를 주섬주섬 꺼내 들었다.

"그럼 샘플을 채취하겠습니다. 잠시 실례."

권영덕이 아름이를 안고 있는 상태에서 직원들은 아기의 머리카락을 몇 가닥 뽑아내고 입안에 면봉을 넣어 입천장을 살살 긁었다. 아기는 아무것도 모른 채 쌔근거리고만 있었다. 이교준은 혹여 아기가 다치기라도 할까봐 바로 옆에 바짝 붙어 서서 직원들을 거슬리게 했다. 남고운, 남문영은 조금 떨어진 곳에서 물끄러미 그 장면을 지켜보았다.

"잠깐. 그 누구더라……. 이 집안의 대리인인 그 변호사님……있잖아요."

진구가 돌연 말했다.

"고진 변호사님 말씀이에요?"

남고운이 의아한 듯 물었다.

"아, 예. 고진 변호사님. 그분이 법률대리인으로 입회 안 해도 되겠습니까?"

"그거야 관계없겠죠. 지금은 유전자 샘플 채취만 하는 건데."

별소리를 한다는 듯 남고운이 말했다. 해미는 남고운 이상으로 의아함을 느꼈다. 해미가 들어도 터무니없는 말인데. 진구가 왜 저런 말을 할까. 그새 쓸데없는 말을 주절주절 늘어놓는 버릇이 생겼나? 하지만 진구의 행동에 의문을 오래 품은 사람은 해미뿐인 듯하다.

"이렇게까지 해야겠어요?"

남고운이 불쑥 말했다. 그녀가 향한 상대방은 원경호였다. 원경호는 나무토막처럼 무표정했다. 직원이 다가오자 입천장 조직 채취를 위해 입을 벌려주었을 뿐이다. 머리카락도 몇 가닥 뽑혀나갔다. 이어 이교준도 같은 절차를 거쳤다.

직원은 머리카락과 구강세포를 사람별로 비닐에 담고 가족들이 보는 앞에서 봉인한 다음 주섬주섬 가방을 챙겼다.

"얼마쯤 걸립니까?"

이교준이 물었다. 남자는 싹싹하게 말했다.

"사흘이면 됩니다. 결과가 나오면 우편으로 보내드리겠습니다."

"내게 전화를 먼저 해주시죠."

원경호가 말했다. 이교준이 앞을 막아서며 말했다.

"아뇨. 한쪽에 먼저 알려주지는 마십시오."

"그럼, 당신이 먼저 확인하겠다는 거야?"

원경호가 말했다. 호전적인 그의 말투에 그렇지 않아도 냉랭하던 거실의 분위기는 얼어붙었다. 직원들은 난감한 표정을 지었다. 이제야 이 가족의 분위기를 파악한 듯했다.

"여기서 같이 봉투를 열어보기로 합시다."

이교준이 말했다.

"당신이 우편물을 먼저 받아서 장난칠지 어떻게 알아?"

원경호가 이교준의 앞을 막아섰다.

"그런 짓 안 해!"

이교준도 이글거리는 눈빛으로 원경호를 노려보았다. 계체량을 마친 권투선수처럼 두 사람이 마주 섰다. 팽팽한 긴장이 흘렀다. 직원 두 사람은 어찌할 바를 몰라 멀뚱멀뚱한 눈으로 두 남자를 번갈아 바라보았다.

"봉투를 저희 직인으로 밀봉해서 보내드리면 안 될까요?"

직원은 조심스럽게 양쪽을 번갈아 보며 말했다. 진구가 끼어들었다.

"그렇게 해주세요. 한쪽이 먼저 뜯어보면 반드시 표가 날 겁니다. 제가 그 봉투를 받아 보관하도록 하죠. 원경호 씨가 집에 오면 눈앞에서 개봉하는 걸로 하고요. 저는 믿을 수 있지 않겠습니까? 이 문제에 관한 한 어디까지나 중립이니까요."

진구의 말이 있은 후에도 두 사람은 몇 초 정도 더 대치했다. 진구 씨 말대로 해요, 라며 남고운이 중재한 다음에야 두 사람의 눈빛은 조용히 떨어져 나갔다.

"왜들 그래요……."

남문영이 긴장이 풀린 듯 말했는데 그들에게 들릴 정도는 아니었다. 해미는 가슴을 쓸어내렸다.

원경호는 등을 돌리고 현관문을 향해 두 발자국 걸었다. 그러다가 무슨 생각인지 다시 몸을 돌렸다. 그는 아름이를 안고 있던 권영덕에게 다가갔다. 아름이에게 손길을 뻗으려 했다. 이교준이 그 앞을 막아섰고 놀란 권영덕이 아기를 뒤로 쑥 뺐다.

"무슨 짓이야!"

이교준이 소리를 버럭 질렀다.

"내 딸을 잠깐 보고 가려는 것뿐이야."

"아기는 건드리지 마."

이교준이 단호하게 막아섰다. 원경호는 멈칫하고는 더 다가서지 못했다. 이교준의 강한 의지를 감지한 모양이었다. 여기서 아기에게 손을 뻗다가 자칫 아기가 다칠 수도 있고, 거실에서 주먹 다툼이 벌어질지도 모른다. 이미 각목을 한 번씩 주고받은 사이가 아니던가. 원경호는 이교준을 노려보다가 등을 휙 돌렸다.

"사흘뿐이야."

일하러 왔다가 싸움 구경까지 하게 된 직원 두 사람은 조그맣게 숨을 들이켰다.

원경호는 집을 나갔다. 직원 두 사람도 한시라도 빨리 이 집을 나가고 싶었던 듯 걸음을 서둘렀다. 이교준은 얼굴이 벌게져 자기 방으로 들어가버렸다.

진구는 남자들을 허겁지겁 뒤따라 나갔다. 대문 앞길에서 터덜터덜 발걸음을 옮기는 원경호의 뒷모습을 찾아냈다.

"잠시만요."

진구는 원경호를 불렀다. 그가 돌아보았다.

"잠깐 저하고 이야기 좀 하시죠."

"왜."

"아기 문제 때문에요."

원경호는 걸음을 멈추었다.

"여기서 잠깐만 기다려주시죠."

진구는 원경호를 불러 세운 다음 어디론가 걸어갔다. 그 방향에는 막 차에 오르려는 유전자 감식업체 직원들이 있었다. 진구는 그들과 2분 정도 대화를 나눈 다음 원경호에게 돌아왔다.

두 사람은 어깨를 나란히 하고서 걷기 시작했다. 진구가 물었다.

"결과를 자신합니까?"

"물론."

"아름이가 선생님의 딸이라고 판명되면 어떡하시려구요? 외항선 타시면 아기 봐줄 사람도 없잖아요."

"딸을 찾으면 배는 안 타. 노가다라도 해야지."

"혹시 살림을 맡아줄 여성분이라도 있으세요?"

"없어."

원경호는 문득 발길을 멈추었다. 바다가 보이는 언덕길 가였다. 바다에서 올라오는 바람이 강인한 남자의 뺨을 스쳤다. 오른쪽 관자놀이에는 예전에 이교준의 각목에 맞은 상처의 흔적이 거무스름하게 남아 있었다. 얼굴 흉터 따위는 신경도 쓰지 않는지, 제대로 아물기도 전에 거즈를 떼버린 모양이다.

"힘드실 텐데요."

"내 딸하고 사는 데 뭐가 힘들어?"

"보기 좋은데요. 씨앗만 뿌려놓고 떠나버리는 남자들도 많은데."

"내겐 아름이만 있으면 돼. 더 이상 여자는 필요 없어……."

"왜요?"

"유정이 같은 여자는 다시 못 만날 거니까."

원경호는 고개를 돌려 먼바다를 보았다. 진구가 무심하게 말했다.

"아름이는 재산도 꽤 물려받죠."

원경호가 미간을 잔뜩 구긴 채 진구를 돌아보았다.

"마음대로 생각해. 어차피 너도 이교준 쪽이지? 생각하는 게 다 그런 것밖에 없을 테니까."

"제 생각은 아닙니다. 이교준 씨가 의심하고 있는 거죠. 아름이의 상속 재산을 노리는 게 아닐까 하고요."

원경호의 목에 핏줄이 섰다.

"아름이가 정당하게 받을 재산이 있으면 그건 아름이를 위해서라도 내가 지킬 거야."

"지난번엔 상속을 포기하겠다고까지 말씀하셨다던데요."

"그건 끝까지 아름이를 주지 않겠다면 그렇게라도 해서 받아 가겠단 거였고."

진구는 눈을 작게 뜨고 말했다.

"원경호 선생님도 어쨌든 재산에 초연한 건 아니셨네요."

"돈 문제로 몰고 가지 마. 아름이 재산을 남한테 줄 이유가 없잖아. 이교준이야말로 아름이 재산에 관심 있는 거 아냐?"

"이교준 씨도 재산 때문은 아닌 것 같던데요. 설마 딸을 물려받을 돈 때문에 사랑하겠습니까?"

"그 녀석은……."

원경호는 말끝을 흐렸다가 다시 단호하게 말했다.

"아름이가 자기 딸이 아닌 걸 알고 있어. 이교준이하고는 거의 부부관계도 없다고 유정이가 그랬거든."

"그럴까요? 결국 선생님의 확신도 남유정 씨의 '말'이 근거인 거 아닙니까."

원경호는 눈썹을 치켜 올렸다.

"근거는 딴 데 가서 따져. 너가 알 리가 없지. 유정이는 그런 여자 아니야. 어차피 이교준이도 여자가 있었어. 유정이가 이교준이하고 헤어지면 셋이서 가족을 이루고 사는 게 내 남은 희망이었어. 유정이는 죽었지만 내 딸만은 되찾을 거야."

"남유정 씨가 이교준에게 말하지 않았던 거죠. 아름이가 이교준의 딸이 아니란 사실을요. 그러니 이교준은 지금도 아름이가 자기 딸이라고 믿고 있는 거죠."

"지금 내가 사실을 밝혔잖아!"

원경호가 소리를 높였다.

"그러면 남고운 씨나 남문영 씨는 어떻습니까?"

진구가 차갑게 물었다.

"남고운? 남문영? 어떻다니?"

"그 아줌마들도 아름이가 원경호 선생님의 딸이라고 생각하고 있을까요?"

"……몰라. 하지만 유정이가 언니들한테 솔직히 이야기했을 수도 있겠지."

"언니들은 모르고 있는 것 같던데요. 오히려 남유정 씨가 남편 아닌 남자의 아기를 가졌다면 집안의 수치라고까지 말했거든요."

원경호는 침을 퉤 하고 뱉었다.

"그 여자들은 속물이야. 그 말도 다 헛소리지. 우리 결혼을 반대한 것도 그 여자들이 주도했어. 이제 와서 내 편에 설 리가 없잖아. 그런 거 보면 유정이가 언니들한테 이야기는 안 한 게 틀림없어."

"역시 확실한 이야기는 아니네요."

원경호의 표정엔 불쾌한 빛이 역력했다.

"어쨌든 유전자 검사 결과가 생각과 다르게 나올 수도 있지 않겠습니까."

원경호는 말이 없었다. 진구가 재차 물었다.

"만약, 이교준의 딸로 판명되면 어떻게 하실 겁니까?"

"그럴 리 없어."

"만약에요."

"만약 그렇다면……."

원경호는 바다로 시선을 주었다.

"이 땅에 아무 미련 없어. 외항선 타고 떠날 거야. 몇 년이고."

원경호는 아기에 대한 애정을 노골적으로 드러냈다. 거의 인생을 모두 건 것 같다. 하지만 진구가 알기에, 아름이에 대한 이교준의 믿음과 애정 또한 조금도 못하지 않다. 이 집안에서 일어나는 일 중에 돈이 걸리지 않은 유일한 싸움이 아름이의 문제일 것이다. 그래서 더 예측할 수 없다. 두 남자의 집념이 어디를 향할 것인가, 지금은 알 수 없었다.

진구는 원경호와 헤어져 혼자 바닷가를 조금 걸었다. 바다 쪽에서 바람이 세차게 불었고, 진구는 횟집 처마 밑으로 피신해 들어갔다.

진구는 바지 주머니에서 휴대전화를 꺼내 번호를 눌렀다.

"웬일이야, 이 밤에."

고진의 졸린 목소리였다.

진구는 휴대전화를 귀에서 떼고 시간을 보았다. 오후 5시 10분이었다.

"밤……입니까?"

"잠들면 밤인 거지. 어디 보자……. 범인 가르쳐주려고?"

고진은 하품을 했다. 낮잠에서 막 깨어난 모양이었다.

"오늘 원경호를 만났어요."

"그래서?"

"고 변호사님의 지난번 추리가 완전히 틀렸을 가능성이 있습니다."

"틀렸을 가능성?"

건너편에서 부스럭거리는 소리가 들렸다.

"오호라, 드디어 정식으로 도전하는 건가?"

고진은 호기심이 동한 목소리로 말했다.

"근거는?"

고진이 물었다.

"사실은……."

진구는 원경호에 대한 한 가지 사실을 알려주었다.

"……이거야, 재밌군."

고진 쪽에서 제대로 반응이 왔다. 부스럭거리는 소리가 더 들렸다. 누워 있다가 일어나기라도 하는 것 같았다. 수화기를 고쳐 잡는 잡음도 전해졌다.

"그렇다면…… 아무래도 우리가 그때 영상에서 놓친 게 있을지 모르겠는데."

그러면서도 고진의 말투는 무척 즐거워 보였다.

"저도 한 번 더 돌려보고 확인해보려고요."

"아, 참."

고진은 뭔가 잊은 게 생각난 듯 말했다.

"한 가지 진 군한테 의뢰하고 싶은 게 있어."

"또 뭐죠?"

"이 집안일하곤 전혀 관계없는 일이야. 내 개인적인 의뢰라고 생각해도 돼."

"개인적인 의뢰라고요? 고 변호사님이 직접 하시지 않고 저한테 부탁할 일이 있습니까?"

"물론. 이 일에서는 자네가 나보다 더 적역이야. 지금 당장 해야 할 일도 아니니까 천천히 시작하면 돼."

"……그러죠 뭐. 말씀해보세요."

진구는 스스럼없이 대답했다.

"별건 아냐. 강원도 산골에 객사한 시체가 몇 구 나와서 말이야……."

고진은 대수롭지 않게 말머리를 꺼냈다. 진구 또한 대수롭지 않게 듣기 시작했다. 수화기 너머로 고진이 음험한 웃음을 짓고 있는 건 알지 못했다.

집으로 돌아온 진구는 한동안 거실 소파에 가만히 앉아 있었다. 권영덕이 거실을 가로지르며 힐끔거렸지만 진구는 의식하지 못했다. 시선은 창밖을 향해 있었지만 어떤 지점에 초점을 맞추고 있는 것 같지도 않았다.

해미가 막 방을 나오다가 진구를 발견했다. 다가가려던 해미는 주춤했다. 진구 맞아? 평소에 보지 못한 표정이었다. 근육이 다 풀어진 듯한 느슨함, 쓸개라도 삼킨 듯한 얼굴. 기분 좋은 표정은 분명 아니라고 해야겠지만 인간사에의 무관심으로 점철되었던 눈과 입에서 감정 비슷한 것이 배어 나와 있었다. 흠. 진구가 드디어 생명을 부여받은 피노키오라도 된 걸까? 하지만 인간으로서의 기쁨은 온데간데없이 인생사의 고달픔 같은 것만 먼저 느껴버린 피노키오?

해미가 잠깐 딴생각을 하는 사이 진구가 스르르 일어났다. 진구는 거실을 가로질러 남현호의 방으로 들어갔다. 해미는 살금살금 뒤따라 가보았다.

남현호는 자고 있는 모양이었다. 조금 열린 방문 사이로 해미가 눈을 대보니 남현호 옆에 가만히 앉아 있는 진구가 보였다. 남현호의 얼굴을 물끄러미 바라보던 진구는 잠시 후 일어섰다. 해미는 얼른 거실로 되돌아가 의자에 걸터앉았다. 방을 나온 진구는 해미를 발견하고 다가왔다. 진구가 해미 옆에 앉는데, 해미가 물었다.

"거긴 왜 갔어?"

"뭐."

"아픈 할아버지 방에 말이야."

"그냥."

"그냥이라니."

"갑자기 옛날 생각이 났어."

"옛날? 새파랗게 젊은 사람이 옛날이 어딨어?"

해미는 팔꿈치로 진구를 툭 쳤다.

진구가 귀찮다는 듯 대답했다.

"아버지 말이야."

"……."

진구의 시선이 먼 데로 향했다.

해미는 더 이상 묻지 않았다.

천으로 가려진 허리 아래쪽에 서서 의사가 얇은 고무장갑을 늘려 꼈다. 간호사는 마스크를 한 채 수술 기구를 점검했다.

수술대에 누운 유재연의 귓전에는 어젯밤 남고운의 말이 다시금 울리고 있었다.

"처음엔 이혼소송도 생각했어요. 간통죄야 없어졌지만 어쨌든 불륜이 이혼감인 건 분명하잖아요? 하지만 아버지 건강을 생각해서 잠시 덮어두었어요. 같은 여자로서 어쨌든 불쌍하다는 생각도 들었구요. 만약 그쪽에서 욕심을 더 부리고 고집을 피운다면 우리도 강하게 나갈 수밖에 없지만, 그러면 서로 상처 입고 힘들어지는 거 아니겠어요? 사람이 그렇게 모질게 해서 무엇하겠어요. 이렇게 술 마시고 담배 피우면서 망가진 모습을 보니까 마음이 그러네요. 그래도 양심이 있어 아이를 지우려 한다면…… 그건 우리가 도와줄게요. 병원에 같이 가줄 사람도 없고 막막할 거예요. 그러다가 너무 늦으면 산모가 위험해져 낙태도 못 하게 되고. 우리가 병원에 같이 가줄게요. 수술 후에 몸조리도 해야 할 건데, 몰래 수술하고 몸 져누우면 얼마나 서러워요? 누가 보약이라도 달여줘야죠. 우리끼리 터놓고 지내면 힘이 되고 좋을 거예요. 수술비도 우리가 해줄 수 있어요. 일이 다 끝나고 나면 이 문제는 덮어두기로 해요."

남고운은 급기야 유재연의 손을 덥석 잡았다. 이 깐깐한 자매들이 가장 마음에 걸렸었다. 그런데 아이 아빠를 대라며 추궁하기는커녕 도움의 손길을 주겠다고 나오니, 유재연은 마음고생이 눈 녹

듯 사라지는 걸 느꼈다. 평소 눈엣가시만 같던 남고운이 같은 여자 입장에서 이해한다는 말을 던지며 위로해주니 코끝이 찡해오기까지 했다. 그래도 바탕이 나쁜 애들은 아니었어. 그동안 힘들었던 유재연의 마음은 서둘러 안식을 찾았다. 과연 그곳이 진정한 피난처일지 생각해볼 여유는 없었다.

유재연이 며칠 전 마지막으로 찾아갔을 때 박안제는 그렇게 말했었다.

"왜 망설여? 자기 아이를 지운다고 생각하니 께름칙한 거야?"

박안제는 끝까지 '우리 아이'란 말을 하지 않았다.

"그런 건 없어."

유재연은 담배 연기를 박안제의 얼굴을 향해 내뿜었다.

"혼자서 병원에 가고, 수술을 받고, 몸조리를 해야 한다는 게 싫을 뿐이야."

실제로 생각만 해도 끔찍했다. 박안제는 같이 가지 않겠다며 딱 잘라 말했다. 돈은 주겠다고 했다. 유재연은 거절했다. 돈 몇 푼 받았다가 훗날 그게 좋지 못한 빌미가 될 수 있다. 결국 혼자서 무서운 일을 처리해야 할 판이었다.

하루하루 미루며 몸서리치고 있던 유재연이었다. 쾌락의 순간에는 누구보다 충실하지만, 인내심은 누구보다 약한 여자였다. 간단한 치과 치료조차 6개월을 미루던 그녀였다. 하물며 이건 몸에서한 생명을 덜어내는 일 아닌가. 꼭 해야 할 일이지만 순간의 무서움과 고통은 쉽사리 발을 내딛지 못하게 했다. 그러다 마침내 남고운자매가 동아줄을 내밀었고, 유재연을 그걸 붙잡았다.

마취약이 체내에 돌자 그 동아줄에 대롱대롱 매달려 있던 유재연의 의식은 어느 순간 툭 끊기면서 깊숙이 가라앉았다.

　그 시각 병원 로비에는 남고운 자매가 있었다. 벽면에 붙은 대형 TV에서는 뱀이 수풀을 기어가는 자연관찰 다큐멘터리가 방영되고 있었고, 남고운은 눈살을 찌푸리면서도 화면에서 눈을 못 떼고 있었다. 남문영은 지금 막 수술비를 결재하고 자리로 돌아와서는 받은 영수증을 지갑에 꼬깃꼬깃 집어넣는 참이었다.

　"영수증 정말 잘 챙긴다, 너."

　남고운이 화면에서 눈을 돌리고 말했다.

　"혹시 나중에 돈 돌려받아야 할지도 모르잖아."

　"너무 모질게 굴지 마. 어쨌든 이제 다 해결됐잖아."

　남고운이 달래듯이 말했다. 남들한테 늘 차갑고 고집스럽다는 인상을 주는 남고운이지만 남문영과 둘만 있을 땐 오히려 따뜻한 사람 역할인 듯하다. 남문영이 말했다.

　"그래. 골칫덩이였지. 덜컥 애라도 낳았어봐. 그래 놓고 뻔뻔하게 아이한테도 상속권 있다고 뻗대고 나오면 또 소송이든 뭐든 한바탕 싸워야 하고, 얼마나 번거롭겠어."

　남문영은 다리를 비스듬히 꼬았다.

　"어쩌면 참 약은 여자야. 서둘러서 저렇게 낙태하는 걸 보면. 우기고 낳으려 들었으면 서로 귀찮을 뻔했는데."

　남문영의 입가에는 엷은 미소마저 감돌았다.

　"설마 지도 인간인데 그러기야 하겠어? 어떻게 우리 아빠 애라고 우기겠어? 누가 봐도 빤한데, 소송은 무슨 소송이야. 창피만 당하려고."

남고운이 말했다.

"그러고도 남을 여자야. 어쨌든 오늘 화근을 제거한 셈이야."

"……하긴, 지 입장에선 우릴 고마워해야지."

남고운은 곧장 말을 바꾸어 남문영의 말에 맞장구쳤다. 남고운은 문득 고개를 들고 남문영을 달래듯 말했다.

"그래도 내가 보기엔…… 술장사를 했다고는 해도 마음은 좀 약한 여자인 것 같아."

남문영은 코웃음 쳤다.

"멍청한 거라니까. 우리가 적선할 필요는 없잖아."

남문영은 눈을 차갑게 내리깔았다.

진구와 해미가 외출했다가 저녁을 먹고 귀가했을 때는 어둑어둑해진 무렵이었다. 진구와 해미가 거실에 발을 딛자 권영덕이 뒤뚱거리며 다가와 물었다.

"저녁은?"

"밖에서 먹고 왔어요. 자꾸 폐 끼치는 것 같아서요."

사실은 해미가 오늘 고생했다며 졸라서 달맞이고개에 들러 꽤 비싼 파스타를 먹고 커피까지 마시고 온 참이었다.

"숟가락 두 개만 얹으면 되는데 폐는 무슨."

진구가 텅 빈 거실을 둘러보며 물었다.

"새어머님은 들어오셨어요?"

"이 집 엄마? 일찍 들어왔어. 근데 2층에 틀어박혀서 꼼짝도 안

해. 낯빛도 파리하고 잘 못 걷는 게 몸이 억수로 안 좋은가베."

"이 집 자매분들은요?"

"그게…… 오늘은 셋이 같이 들어오더라고. 희한한 일도 다 있제. 난 이 집 새엄마하고 딸들하고 같이 다니는 거 처음 봤어. 그것도 딸이 새엄마를 양쪽에서 부축해가 들어오는데 셋이 친자매처럼 억수로 친해 보이더라고."

"그래요……?"

진구는 2층과 계단을 노려보았다.

권영덕이 부엌으로 사라졌고, 해미가 진구의 방 안으로 따라 들어오며 물었다.

"무슨 일일까?"

해미는 침대에 걸터앉았다.

"무슨 일은……. 그거겠지."

진구는 책상 앞 의자를 침대 쪽으로 돌리고 앉았다.

"뭔데?"

"유재연 아줌마 아기를 지우고 온 거야. 남고운 자매는 병원에 같이 가준 거고."

"에엣?"

해미가 벌어진 입을 손으로 막았다.

"이를 어째……. 결국……."

해미는 말을 잇지 못했다. 이윽고 해미의 손이 힘없이 떨어졌다. 결국은 여자의 입장을 이해하는 쪽으로 생각이 기울어갔다. 비록 밉상이긴 했지만 그동안 유재연의 갈등하는 모습을 충분히 보아온 터였다. 진구가 말했다.

"뭘 그리 놀라. 그 아줌마는 처음부터 아기를 지우겠다고 얘기했었잖아. 그러고 지난번 차 안에서 그 이야기에 화색이 돌던 그 남고운 자매의 반응 봤지?"

"그래도…… 좀 불쌍하다."

"이 집 아기가 아닌 게 분명하니까."

"그래도 본인은 얼마나 맘이 아플까. 그렇게 미워하던 남고운, 남문영 언니도 같은 여자 입장에서 서로 이해하고 도와준 거야."

"아기가 남현호 할아버지의 유전자를 이어받지 않았다는 사실도 서로 이해했을 거야."

해미가 눈을 흘겼다.

"꼭 그런 의미에서만 그랬겠어? 여자들한테는 남자는 모르는 동지의식 같은 게 있다구."

"글쎄…… 그 아줌마들한테 오늘 일은 그보다 더 큰 의미가 있지."

"더 큰 의미? 어떤 건데?"

진구가 눈을 빛내며 말했다.

"유전자 검사를 할 아기 자체가 사라져버린 거야."

아침에 벨이 울렸다. 집배원이었다. 현관 밖으로 나갔다 들어온 권영덕의 손에는 파란 커버가 달린 흰 서류봉투가 들려 있었다. 받는 사람은 '이교준'이었고, 보낸 사람 란에는 '동부산 유전자 검사원'이라고 고무인이 찍혀 있었다. 봉투 입구는 밀랍과 붉은 도장으로 밀봉 처리되어 있었다.

권영덕이 우편물을 들고서 막 뜯으려는데, 이교준이 손을 급히 내저으며 말렸다. 누구보다 결과를 보고 싶을 테지만 조작이니 뭐니 하는 원경호의 성가신 이의를 원천부터 봉쇄해야 했다. 이교준은 몹시 초조한 얼굴로 봉투를 그대로 거실 탁자 위에 놓아두고, 곧장 원경호에게 전화를 걸었다.

원경호는 한 시간도 채 되지 않아 현관 앞에 무뚝뚝한 얼굴을 드러냈다. 수염이 이전보다 조금 다듬어져 있었다. 진구와 해미가 방에서 나와 얼굴을 내밀었고, 소식을 들은 남고운, 남문영, 유재연이 2층에서 내려와 거실 소파에 앉았다. 원경호는 오늘도 권영덕이 눈살을 찌푸리는 더러운 양말과 쑥색 가을점퍼 차림으로 거실 마루

에 뚜벅뚜벅 올라와서는 말없이 거실 1인용 의자에 앉았다. 무표정
으로도 감추지 못한 긴장감이 딱딱하게 굳어 있는 미간에서 전해
졌다. 늘 바위산 같던 그였지만 오늘만은 초조한 기색을 감추지 못
했다.

"조금 전에 유전자 검사 서류가 도착했어요."

남고운이 말해주었지만 그는 탁자 위의 서류 봉투에 시선을 주
었을 뿐 대꾸하지 않았다.

원경호가 자리에 앉자, 진구가 소파 등받이에서 윗몸을 떼며 테
이블 위의 서류 봉투를 덥석 집어 들었다.

"공정하게 제가 읽겠습니다."

진구는 잠시 봉투를 든 손을 멈춘 채 사람들의 얼굴을 잠깐 둘러
보았다. 아무도 이의를 제기하지 않았다.

진구는 커터 칼을 꺼냈다. 봉투로 막 가져가려는데, 원경호가
"잠깐" 하며 손을 뻗었다. 이교준은 원경호의 돌발적인 행동에 눈
을 부라렸다. 원경호가 말했다.

"아름이를 여기 데려와요."

"왜요?"

이교준이 신경질적으로 물었다.

"혹시 내 딸인 게 밝혀졌는데도 숨기고 빼돌리면 곤란하잖습니
까?"

이교준에 하! 하며 억지 코웃음을 내뱉었다. 울컥한 이교준이 무
슨 말을 하려는데 진구가 가로막았다.

"의심을 품은 원경호 선생님 입장에서는 그러실 수도 있겠네요.

그렇게 하시죠."

진구가 이교준을 보며 말했다. 화강암 덩어리 같은 원경호의 의지는 이미 충분히 알고 있다. 쓸데없이 소란을 야기할 필요는 없다. 봉투를 열고 결과를 발표하는 진구가 나서서 양쪽의 의견을 공평하게 조율하는 듯한 모습을 보이는 편이 이후 있을지 모를 반발을 막기 위해서라도 차라리 낫다. 다른 사람들 가운데서도 굳이 나서서 이교준 편을 드는 사람은 없었다.

이교준은 못마땅한 얼굴로 권영덕을 불러 아기를 데려오게 했다. 권영덕이 아름이를 안고 이교준의 옆에 와서 앉았다. 아기는 잠들었는지 옹알이조차 없었다.

"그럼, 시작하겠습니다."

진구는 다시 커터 칼을 집어 들고 봉투의 윗부분을 천천히 잘랐다. 봉투의 잘린 입을 모두가 볼 수 있도록 열어 보이고는 안에 든 종이를 천천히 꺼냈다. 서류를 눈높이까지 치켜든 진구의 눈썹이 올라갔다.

사람들의 시선이 일제히 진구에게 향했다. 남문영이 침을 삼키는 소리가 들렸다.

"아름이의 친부는 99.9999%의 확률로⋯⋯."

이교준은 꼼짝 않고 진구를 쳐다보았다. 원경호는 확신에 찬 눈빛이었다. 꼴깍꼴깍 침 넘어가는 소리가 들렸는데, 해미였다. 남고운, 남문영도 서로 찰싹 붙어 앉아서는 진구의 입을 주시했다. 뒤편 1인용 의자에 따로 앉은 유재연도 자못 흥미로운 표정이었지만 구경꾼의 그것 이상은 아니었다.

진구는 사람들의 얼굴을 한 번 훑어보았다. 이윽고 거대한 국책 사업의 낙찰자를 발표하듯 장중하게 말했다.

"……이교준 씨입니다."

이교준의 얼굴이 확 펴졌다.

"뭐야!"

거의 동시에 원경호가 소리를 버럭 지르면서 일어나 진구의 손에서 거칠게 감정서를 빼앗았다. 하지만 그의 얼굴은 이내 일그러졌다. 감정서에 쓰인 내용이 진구의 말 그대로였기 때문이다. 원경호의 손에서 종이가 스르르 미끄러져 내렸다.

이교준이 주먹을 꾹 쥐었다.

"봤지! 아름이는 내 딸이야!"

그의 목소리는 승리에 도취되어 있었다.

"이럴 리가…… 이럴 리가……."

원경호는 자리에 도로 털썩 주저앉으며 더듬거렸다. 돌덩이 같이 단단하던 그의 목청이 엉망진창으로 갈라졌다. 믿고 싶지 않은 것이다. 하지만 그의 눈으로 직접 결과지를 보았다. 부정할 수 없다.

"역시 유정이가…… 그런 애는 아니었어요."

남고운이 차분하게 말했다. 단지 남자를 만난 것과 남자의 아기까지 출산한 건 통념상 완전히 다르다. 동생의 명예가 약간이라도 회복되었다는 안도감이 그녀의 어조에 섞여 있었다.

의자 끄트머리에 위태롭게 앉아 정신이 빠진 듯 혼잣말을 더듬거리던 원경호의 입이 마침내 닫혔다. 얼마간 침묵이 흘렀다. 느끼는 시간은 저마다 달랐으리라. 이교준에게는 환희의 짧은 순간이 원경호에게는 영원한 저주에 빠져버린 듯 기나긴 시간이었을지 모른다.

원경호는 척추가 빠져버린 동물처럼 흐느적거리며 일어섰다. 검붉은 얼굴이 하얘졌고, 입술은 보랏빛으로 변해 있었다. 빨리 이 자리를 떠야겠다는 생각이 든 모양이다. 일어서던 원경호는 무언가 미련이 남은 듯 그 자리에 우뚝 섰다. 쌍방향의 갈등이 그의 움직임을 멈추어버린 것 같았다.

"이제 포기하고 돌아가요."

이교준이 말했다. 원경호가 미동도 않자 이교준은 한 번 더 말했다.

"거기 서 있는다고 해서 없는 딸이 생기진 않아."

이교준은 원경호에게 나가라는 손짓을 했다. 원경호가 여전히 꿈쩍도 않자 괜한 소란을 일으킬지 모른다고 생각했는지 다시 말투를 바꾸었다.

"이제 밝혀졌으니까 그만 포기해요. 남자답게."

원경호는 여전히 대답이 없었다. 진구가 말없이 원경호의 어깨에 손을 얹었다. 그러자 마침내 원경호가 움직였다. 마음을 정한 그는 지푸라기 인형처럼 순순히 진구의 손길을 따랐다. 뒤도 돌아보지 않고 걸어 나가는 원경호에게 말을 건네는 사람은 없었다.

원경호와 진구는 대문 밖을 나섰다. 구름 한 점 없이 맑은 하늘 아래 바다의 정경이 여느 때와 다름없이 펼쳐져 있었다. 원경호는 대문 앞에 서서 넋이 빠져버린 듯이 해안 풍경을 바라보고 있었다.

하지만 그의 시야에 무엇이 들어차 있는지는 알 수 없다. 진구가 원경호에게 말했다.

"의외겠지만 유전자 검사는 틀리지 않습니다. 그건 사람처럼 거짓말을 하는 게 아니라 과학이니까요. 현실을 인정하실 수밖에요."

"왜 이런 결과가 나왔는지, 도무지……."

"믿고 싶은 것하고 진실하곤 다르니까요."

"믿고 싶은 것?"

원경호가 진구를 돌아보았다.

"아름이가 선생님 딸이라고 믿으신 건 결국 남유정 씨 말 때문이 잖습니까?"

"유정이가 엄만데, 틀릴 리가 없잖아?"

"남유정 씨가 거짓말한 거겠죠."

"왜, 도대체 왜……."

그는 차마 말을 마무리하지 못했다.

"아이 이야기를 해서라도 선생님의 마음을 잡고 싶었던 거 아닐 까요?"

원경호는 대답하지 않았다. 진구의 해석이 그나마 위로가 되었을까. 그는 고개를 돌려 바다를 응시했다. 곧 저기로 떠나야 할 사람이 그러는 것처럼.

한참 바다를 바라보던 그는 몸을 휙 돌려 걸음을 뗐다. 균형이 맞지 않는 짐차처럼 곧 부서져버릴 것 같은 걸음걸이였다. 휘적휘적 멀어져가는 그의 어깨를 보이지 않는 추가 짓누르고 있었다.

진구는 대변항 방파제로 걸어가 앉았다. 조금 전 원경호가 그랬던 것처럼 수평선 너머로 하염없이 시선을 보냈다. 얼마가 지났을까, 누군가 어깨를 툭 건드렸다. 진구가 퍼뜩 깨어나 돌아보니 이교준이었다.

　"원경호를 따라 나가길래 나도 나와봤어요. 뭐랍니까?"

　이교준은 진구 옆에 털썩 주저앉았다.

　"크게 낙담한 것 같던데요."

　"혹시 앙심을 품고 있진 않던가요? 결과를 못 받아들이고."

　"아뇨. 다 포기한답니다. 외항선이라도 탈 거라는대요."

　진구는 없는 말을 만들어 전했다.

　"다행이네요."

　진구는 이교준의 옆모습을 물끄러미 쳐다보았다. 이교준은 바다를 보고 있었다. 마치 그 위에 원경호가 타고 떠나가는 외항선이 떠 있기라도 하듯이. 전에 없이 개운한 표정이었다. 그것이 강력한 경쟁자로부터 딸을 빼앗길 뻔한 아버지가 허우적대며 도망쳐 마침내 도달한 안전지대에서 안도의 한숨을 몰아쉬는 표정이라는 데에는 조금의 의심도 던질 수 없었다.

　"이 사장님."

　진구가 불렀다.

　"왜요."

　이교준이 진구를 돌아보았다.

　"자세한 사정은 묻지 말고 일단 내 말을 따라주세요."

　"뭡니까?"

"……경찰에 고발하세요. 제가 할 수도 있지만 사장님이 하는 게 낫습니다."

"고발? 누구를요?"

이교준이 놀라 물었다.

진구는 이름을 말했다.

"왜요? 어떤 죄로 고발하라는 건지……?"

이교준이 반발하듯 물었다. 진구가 말했다.

"살인이죠."

"예?"

이교준의 입이 탈피라도 할 것처럼 벌어졌다.

뒤쪽에서 진구를 부르는 큰 목소리가 들렸다.

진구가 돌아보았다. 이교준도 같이 목을 돌렸다.

해미였다. 멀리 길가에 서서 소리를 고래고래 지르고 있었다. 과연 사람 목소리가 전달될까 싶을 만큼 먼 거리였다. 해미는 조금 전 거실에 앉아 있던 차림 그대로였다. 슬리퍼를 신고 있었다. 아마도 급하게 뛰쳐나온 모양이다.

"빨리 와아—."

해미의 목소리가 길게 끌렸다. 진구는 어차피 해미에게 도달하기 어려운 대답을 말하는 대신 무슨 일이냐는 듯 물끄러미 해미를 향해 고개를 들었다.

해미의 목소리가 하늘을 뚫고 깨끗하게 건너왔다.

"할아버지가 위독하대!"

누구나 알고 있던 예정된 날이지만, 불쑥 다가왔다. 하필이면 유전자 검사 결과가 나온 때에 발맞추듯 남현호의 건강이 갑자기 악화되었고, 가족들은 서둘러 119에 연락을 취했다. 날짜만 세고 있던 일이라 놀라거나 허둥대지는 않았다. 출동한 119요원들이 더 다급해 보였다. 하지만 그들도 남현호의 혈압을 재고 눈꺼풀을 뒤집다가 자기들끼리 고개를 저었다. 들것에 실린 남현호는 요란하게 비상등을 울리는 앰뷸런스를 타고 평소에 치료받던 종합병원에 실려갔다.

남현호는 혈액투석으로 연명하다가 나흘 만에 사망했다. 죽기 전까지 남은 가족들의 최대 관심사, 상속에 관해 입도 벙긋할 기회가 없었음은 물론이다.

임종 시에 울음소리는 들리지 않았다. 의사가 이미 수명을 예고한 바 있고, 근 2년간 누워 지낸 남현호였다. 어느 가족들이라도 지쳐갈 만한 세월이었다. 하물며 무정한 남현호 집안의 식구들은 말할 것도 없다. 남고운 자매는 민망할 정도로 맨숭맨숭했고, 사위 김필립은 더하면 더했지 못하지 않았다. 병원에 있으면서도 주식이 거래되는 낮 시간대에는 시장상황을 걱정하는 눈치였다. 남유정이 살았더라면 조금 슬퍼했을지는 모르지만 남현호보다 한발 먼저 가버렸다. 유재연은 그저 우울해할 뿐이었는데, 그 우울증은 평소와 다르지 않은 정도였다. 눈물은 억지로라도 나오지 않는 모양이었다. 남현호를 주물러가며 바로 옆에서 간호했던 권영덕만이 "우리 불쌍한 영감님" 하면서 눈물을 훔쳤다. 해미의 눈가도 촉촉해졌다.

남현호가 영면을 맞이한 병원 지하에 장례식장이 마련되었다. 진구와 해미는 줄창 누워 있는 모습밖에 보지 못한 남현호였지만 그래도 건강할 때는 나름 사회활동을 열심히 했는지 다양한 단체와 모임에서 보낸 화환과 흰 리본이 줄을 섰다. 반면에 직접 문상 온 사람들은 그다지 많지 않았다. 상당한 유력자의 부친이 돌아가셨다는 옆 장례식장과 달리 입구부터가 한산했다.

드문드문 들른 문상객들은 해미가 한 번도 보지 못한 건강한 모습으로 그윽하게 미소 짓고 있는 남현호의 영정 앞에 꽃을 한 송이씩 놓은 뒤 절을 했고, 남고운, 남문영, 김필립과도 맞절을 했다. 그들 사이에 별다른 안면은 없는지 짤막하게나마 조의를 표하는 말을 나누는 일은 거의 없었다. 지나치게 젊은 아내인 유재연과 딸들이 실질적인 상주 노릇을 하는 탓도 있겠지만 전형적인 윗세대와 아랫세대 간 인간관계의 단절을 보여주는 현장이었다. 그래도 호상이라 할 만한 터라 음침하거나 무거운 장례식장 풍경은 아니었다.

해미는 부산에 내려올 때부터 잔뜩 준비해온 의상 중에 검은색 옷을 차분하게 골라 입었고, 진구는 미처 준비하지 못해 베이지색 면바지와 갈색 폴라티셔츠를 입고 짙은 감색 계통 외투를 겉에 둘렀다. 하지만 조문하려면 외투를 벗어야 했으니 결국 진구의 어색한 옷차림은 장례식장에 위화감을 드리웠고 해미의 따가운 눈총을 받아야 했다. 둘은 일찌감치 조문을 마치고 나와 식사를 했다. 해미는 무심코 장례식장에 내걸린 상주들 중 맏사위의 이름을 보고는 마시고 있던 사이다를 허공에 뿜을 뻔했다. 남고운의 남편 란에는 '김태팔'이라고 적혀 있었다.

해미는 팔꿈치로 진구의 옆구리를 툭툭 쳤다.

"저것 봐. 김필립 아저씨 본명이 김태팔이래."

진구의 입도 살짝 벌어졌다.

"이런, 무슨 주방기구인 줄 알았네."

밤늦은 시각, 검은 양복에 흰 와이셔츠를 받쳐 입고 검은 넥타이를 맨 고진이 들어섰다. 검은 낯빛의 깡마른 남자에게 검은 슈트는 꽤나 잘 어울리는 법이다. 눈처럼 흰 와이셔츠가 번들거리면서도 어색하게 줄이 서 있는 것이 아무래도 장례식 참석차 급히 새로 산 것 같았다.

"극기 훈련 마치고 복귀한 비밀 요원 같아요."

고진을 발견한 해미가 반기면서 쪼르르 달려가 말했다. 자신을 걸그룹으로 불러주는 고진에게 예의상 건넨 말이지만 고진은 기분 좋아했다.

"그러고 보니 선글라스를 쓰지 못하는 게 아쉬운데."

고진은 해미에게만 보이도록 찌그러진 웃음을 지어 보였다. 그는 부조금을 내고, 꽃을 바치고 절을 한 다음 유족과도 인사를 나누는 전형적인 문상 절차를 밟았다.

"얼마나 상심이 크십니까."

그답지 않게 격식을 갖춘 인사말을 건넸고, 유재연과 김필립, 남고운 자매들은 적당히 고개를 주억거렸다. 남고운 자매도 이날만은 마음이야 어떻든 고진에게 도움이나 조언을 바라는 눈치를 보내지 않았다.

장례식장을 벗어나 화장실로 이어지는 복도 근처에서 서성이던 진구가 조문을 끝내고 나가는 고진을 발견하고 고개를 꾸벅했다.

고진은 진구를 슬쩍 지나치며 귓가에 속삭이듯 말했다.

"상속 전쟁이 시작됐군."

진구와 해미는 짐을 꾸렸다. 한 달가량 있으면서 짐이 늘어나 큰 가방을 하나 새로 사야 했다. 두 사람이 각자의 방을 오가면서 짐을 정리하는 모습을 거실에 앉은 이교준이 깍지를 낀 양손을 턱에 괴고서 조용히 지켜보았다. 깊게 패인 주름이 이마를 가로지르고 있었다. 입을 열지는 않았다.

남고운과 남문영은 아버지 남현호의 장례식을 마친 바로 다음날 짐을 싸서 집을 나간 상태였다. 이교준의 감시가 목적이었으니 남현호가 사망한 지금은 불편하게 한집에 있을 이유가 없어진 것이다. 몸이 나간다고 해서 집에 대한 법적 권리가 없어지는 것도 아니다. 현관문을 나서는 남고운 자매는 어쩐지 의기양양한 기색을 감추지 못했다. 상대적으로 이교준은 불안했던 모양이다.

진구와 해미가 트렁크 세 개를 현관 앞까지 실어 날랐을 때에 이르자 이교준이 드디어 진구의 뒤통수에 대고 한마디 했다.

"도대체 어떻게 된 겁니까? 결국 아무것도 해결 못 했잖습니까?"

진구는 트렁크를 현관문 앞에 내놓고 신발을 신으며 고개도 들지 않고 대답했다.

"글쎄요……. 아직 조금만 더 기다려보세요."

"더 기다리라고?"

이교준이 기가 막힌다는 듯 고개를 뒤로 젖혀 천장을 한번 보더니 이어 소리를 높였다.

"아니, 아버님도 돌아가신 판에 기다린다고 대체 뭐가 해결돼요? 한 달이나 이 집에 있으면서 경찰에 살인죄인가 뭔가로 고발하나 한 게 다예요. 난 그 고발 자체도 이해가 안 돼요. 이제 와서 처형들이 유정이를 죽였다는 증거라도 잡을 수 있단 겁니까!"

이교준의 숨소리가 거칠었다.

"아니면, 혹시 어떤 이유로 숨기는 건 아닙니까?"

아쉬울 것 없다는 듯 대놓고 추궁하는 이교준의 말투에서 진구에 대한 기대가 저물고 있음이 느껴졌다. 진구는 고개를 들었다. 그리고는 이교준의 말을 곱씹었다.

"숨긴다고요?"

진구는 신발을 신다 말고 우뚝 섰다. 화가 났다기보다는 무언가 갈등하는 듯한 기색이었다.

"오빠도 나름 고생했어요. 결과가 없었다고 오빠가 크게 빚진 건 없잖아요."

해미가 이교준에게 한마디 쏘아붙였다.

어차피 이교준의 입장에서는 손해가 없는 게임이었다. 뒷공작으로 일을 꾸민다는 소문이 있는 이 젊은 친구를 한번 고용해서 일을 맡겨보았지만 제대로 되지 않았다. 그렇지만 집에서 재워주고 먹여준 일 말고는 선금이나 의뢰비를 준 일도 없으니 손해날 일은 아니었다. 처형들이 상속분을 고스란히 가져가는 상황은 어차피 본전인 계산이었다. 새어머니 쪽은 상속분을 건드릴 수 있다고는 애당초 기대조차 하지 못했다. 원금보장형 게임이랄까. 아내의 죽음에 관한 진실이 밝혀지지 못했지만 그게 이 남자의 마지막 목적은 아닌 것 같았다. 순진한 해미조차 그렇게 느끼고 발끈한 것이다. 해미에 이어 진구도 말했다.

"성미가 참 급하시네요."

"성미가 급한 게 아니라……."

진구가 이교준의 말을 끊었다.

"고발 사건 조사에는 다소 시간이 걸립니다. 그게 확정된 후에 결론을 내리는 게 나으니까 좀 기다리시라고 한 겁니다."

"하지만 도무지 이해가 안 가요. 그게 어떤 의미가 있단 건지. 눈에 보이는 결과가 없지 않습니까?"

진구가 단호하게 말했다.

"정말 원하십니까?"

진구의 기세에 이교준이 되물었다.

"……원하다뇨?"

"원래의 의뢰, 그리고 진실 말입니다. 기억 안 나세요?"

"지금 그 얘길 하고 있잖아요."

이교준이 답답하다는 듯 말했다.

"진실이 어떤 것이어도 상관없습니까?"

"물론입니다. 그 진실을 밝혀달라고 사건을 의뢰했잖습니까!"

이교준 아저씨 의뢰는 상대방의 상속을 막아달라는 게 아니었나요? 해미는 불뚝 성질에 한마디 하려다 그만두었다. 끝까지 명분을 내세우기 참 좋아하는 사람이야. 속으로 불만을 삼켰을 뿐이었다.

"알겠습니다."

진구는 신던 신발을 담담하게 도로 물렸다. 해미는 영문을 모르겠다는 듯 눈을 동그랗게 뜨고 진구를 보았다.

"할 수 없네요."

진구가 말했다.

"가족들을 모으시죠."

"가족들…… 모두?"

이교준이 의외라는 듯 물었다. 해미도 진구를 보았다.

"예. 모두요. 물론 고진 변호사님도 같이요."

장기로 본다면 가족들이 앉은 모습은 지난번 고진이 소집했을 때
와 거의 비슷한 포진이었다. 이교준, 진구, 해미가 거실 한쪽에, 그
반대편에 남고운, 남문영, 김필립까지. 유재연은 1인용 소파 하나
를 뒤로 빼 멀찌감치 떨어져 앉았다. 이 자리에 있을 필요가 없는
데, 하는 귀찮은 표정이 역력하다. 고진은 한가운데를 차지하고 앉
았다. 부엌에서 권영덕이 아름이를 안고 있는 것까지 똑같다. 차이
라면 그날 안방 어딘가에는 있었던 남현호가 이 세상 사람이 아니
라는 것 뿐이다.

고진은 다리를 포개고 앉아 손가락을 까딱까딱하며 말했다.

"안 그래도 남고운 씨께 연락을 드리려던 참이었는데, 마침 진
군이 우릴 불렀네요."

"전 고 변호사님 연락이 있을 때까지 기다리려고 했는데…….
이교준 사장님이 좀 서두르셔서요, 할 수 없이 여러분을 불렀어요.
특히 고 변호사님은 일정도 있으실 텐데 멀리서 오시게 해서 죄송
합니다."

진구가 변명하듯 말했다.

"아니, 아니. 진 군이 부르면 언제든 달려와야지. 이것보다 재밌는 일이 있겠나."

해미는 비록 누구에게도 슬픔이 보이진 않지만 상을 당한 지 얼마 되지 않는 집에 와서 재미 운운하는 고진의 신경은 어딘가 보통 사람과 다르다는 생각을 했다. 그리고 그건 진구하고도 닮은 구석이 있다. 진구가 말했다.

"제가 여러분들을 오시라 해놓고 좀 이상하긴 하지만, 고 변호사님이 먼저 말씀을 하시는 게 어떨까요? 그게 순서에 맞지 싶은데."

"그렇기도 하겠군."

고진이 선뜻 등받이에 파묻은 상체를 일으켰다. 해미는 이해할 수 없었다. 둘이 뭔가 양해하고 있는 것 같은데, 해미가 모르는 사이에 요 며칠 간 진구와 고진이 통화한 적이 있었나?

"여러분은 아마도 남유정 씨의 죽음에 얽힌 진실이 가장 궁금할 겁니다. 그리고 그건 상속 문제와 밀접하게 연관되어 있지요."

다들 말이 없다. 고진이 확인을 시켜주듯 다시 말했다.

"다시 말해, 만약 남유정 씨를 살해한 사람이 이 안에 있다면 그 사람은 상속권을 잃습니다. 법률상 선순위나 동순위 상속인을 고의로 살해한 사람은 상속권을 잃기 때문이죠."

김필립과 남문영은 지루하다는 낯빛을 띠웠다.

"아시다시피 저는 여기 계신 남고운 자매의 대리인입니다. 그 자격으로 우선 이교준 씨의 상속자격 일부를 문제 삼으려 합니다."

이교준이 벌떡 일어났다.

"상속자격? 일부? 그건 또 무슨 헛소립니까? 지난번에 다 밝혔잖아요!"

"다 밝히시다뇨? 무얼요?"

고진이 모르는 척 물었다.

"내가 김순옥 씨하고 차를 타고 가다가 사고가 났고 그 후에 유정이 차로 옮겨 탄 거 말입니다. 솔직하게 다 털어놓았잖아요. 그리고 유정이는……."

"물론, 남유정 씨는 그 전에 목이 졸려 살해당했죠. 그건 모두 압니다."

"그런데 왜 내가 상속자격이 없다는 겁니까?"

"그 말씀이 맞아요. 교통사고를 내고 차를 옮겨 탄 것만으로는 상속권을 잃지 않죠."

남고운이 도대체 무슨 말이냐는 듯이 고진을 쳐다보았다. 이교준은 자리에 앉으며 말했다.

"괜히 이것저것 건드려보는 겁니까? 그런다고 포기하진 않을 겁니다."

이교준은 어느새 평상시의 얼굴을 회복했다.

"그래도 당신은 최소한 친권은 잃게 될 것 같네요."

고진이 말했다. 이교준은 피식 웃었다. 고진의 말에 말려들지 않으려 마음의 동요를 숨기는 것 같았다.

"왜요. 사고로 아내를 죽게 했다고? 아름이 엄마를 죽였으니 친권도 상실한다, 이런 이야기입니까? 내가 법을 모른다고 너무 무시하시네요. 변호사님도 아까 말했듯이 그건 고의에 인한 살인인 경우에만 그렇죠. 내가 그 정도도 모를 거 같습니까?"

"아뇨, 아뇨. 오해가 있네요."

고진이 씩 웃으며 손을 내저었다.

"교통사고 때문이 아니라요."

"그럼요?"

"아이에 대해 이교준 씨가 저지른, 인간으로서는 차마 못 할 짓 때문이죠."

"내가 내 딸한테요?"

"이 서방이 아름이한테? 그게 무슨 소리예요?"

"그게 뭐죠?"

김필립과 남고운이 연이어 말했다.

"겨우 생후 5개월 된 아이인데……. 혹시 학대라도 했나요?"

남고운의 말에는 걱정이 아니라 기대감이 묻어났다. 해미는 의혹에 휩싸였다. 혹시 집에 몰래 CCTV를 설치해서 이교준이 아이를 때리는 장면이라도 포착한 걸까? 만약 이교준이 친권을 잃으면 아름이 분의 상속 재산은 지금 희망에 차 입을 벌리고 달려드는 저 아이 이모들이 관리하게 된다! 그런데…… 좀 믿기는 어렵다. 이교준은 평소에 아름이를 끔찍하게 위했는데? 그렇게 가족에 대한 애착이 컸는데?

"이건 뭐…… 내가 아름이한테 무슨 못 할 짓을 했다는 겁니까? 말이 너무 심하네요. 아니, 이건 인격 모독입니다!"

이교준이 흥분했다. 고진은 양손을 펴 흔들었다.

"아, 아닙니다. 이교준 씨는 물론 훌륭한 아빠지요. 가족에 대한 뜨거운 애정. 그걸 어떻게 부인하겠습니까?"

"그럼 대체 무슨 말입니까!"

"이교준 씨의 가족에 대한 집착이 유별나다는 말을 하는 겁니다."

"예?"

이교준은 이해할 수 없다는 표정을 지었다. 고진은 빙긋 웃으며 말했다.

"그리스 신화에 나오는 이야기로, '테세우스의 배'라는 게 있습니다."

고진이 꺼낸 엉뚱한 화제에 거실에 모인 사람들은 일제히 멍한 표정을 지었다.

"테세우스와 아테네의 젊은이들이 타는 서른 개의 노가 달린 배가 있었습니다. 이 배가 세월이 지나 낡아감에 따라 아테네인들은 조금씩 수선을 했죠. 헌 널빤지가 부식하면 뜯어내고 새 판자를 덧대 붙이기를 거듭했습니다. 헌 노도 새 노로 조금씩 교체했습니다. 그런데 그런 식으로 조금씩 바꾸어가다 보니 어느 순간 배의 모든 부분이 새 판자로 바뀌어 있더라는 겁니다. 그렇다면 그 배가 여전히 그 배인가? 이런 철학적 의문이 생깁니다. 이것이 고대로부터 내려오는 테세우스의 배 이야기입니다."

"도대체 갑자기 그런 이야길 왜 하세요?"

남고운이 초조하게 물었다. 남문영은 성마르게 손가락을 비벼댔고, 김필립은 손목시계를 들여다보았다. 이교준은 무표정했는데 화난 걸 숨기는 것 같았다.

"이교준 씨는 어릴 적 부모님을 여의고 외롭게 살아오셨죠. 그 탓인지, 가족에 대한 집착이 강하다고 들었습니다."

"왜 이야기를 왔다 갔다 하세요……?"

남문영이 항의조로 말했다.

"이 서방이 좀 그렇긴 해요. 아니, 많이 그렇죠."

남고운은 고개를 강하게 끄덕였다. 이교준은 말이 없었다.

"어떤 경로로 전 이 사실을 알게 되었습니다."

"뭐예요? 도대체 무슨 이야기를 하시려는 거예요?"

남문영이 짜증 섞인 목소리로 물었다. 아마 거실에 모인 대부분의 사람들의 정서를 대변하는 말이었을 것이다.

"이교준 씨와 사귀던 분이 김순옥 씨죠. 그런데 그 김순옥 씨는 키우던 아기가 있었어요."

고진의 그 말에 해미는 마음을 졸였다. 김순옥이 아기가 있다는 사실이 이교준에게 알려질까봐 그렇게 조심했는데! 어떡하지? 그리고 도대체 고진 변호사는 어떻게 그 사실을 알게 된 걸까? 혹시 진구가 이야기한 걸까. 하지만 진구는 아무 대가 없이 정보를 나누어주는 산타클로스가 아닌데. 해미는 눈동자만 슬그머니 돌려 이교준을 살폈다. 의외로, 별다른 표정의 변화가 없다. 고진의 말이 이어졌다.

"그런데 김순옥 씨는 얼마 전 그 아기를 복지기관에 맡겨버렸다더군요."

모두들 말이 없었다. 어리둥절한 표정이었다.

"그리고 한편으로 원경호라는 남자가 있죠. 외항선 마도로스 출신인 그는 남유정과 사귀는 사이였고, 돌연 나타나서는 아름이가 자기 딸이라고 주장했습니다. 그런데 그냥 던져보는 것치고는 상당히 탄탄한 믿음을 갖고 있는 것 같더군요. 저야 남고운 씨로부터 전해 들은 이야기지만."

"그건 지 맘이겠죠."

이교준이 입을 열었다.

"그럴 수도 있고, 아니면 나름의 근거를 갖고 있었던가요."

고진이 말했다.

"유전자 검사 결과가 나왔을 때의 그 당혹스런 표정은 연기 같지 않던데요."

남고운이 말했고, 남문영도 긍정의 뜻으로 고개를 끄덕했다.

"그자가 연기를 잘한다고 해서 아이의 아빠가 되는 건 아니죠. 무엇보다 확실한 유전자 검사 결과가 나왔지 않습니까? 내가 아름이의 아빠라고."

이교준은 발끈해서 말하다가 턱을 쳐들었다.

"혹시, 99퍼센트니까 나머지 확률에 기대를 걸어보겠다, 이건가요?"

"설마요. 전 적어도 50퍼센트가 넘지 않으면 어떤 확률에도 기대지 않는다는 원칙을 갖고 있습니다."

"다행이네요. 강원랜드에서 전 재산 날릴 일은 없겠습니다."

"저도 아름이의 아빠는 이교준 씨가 맞다고 믿습니다. 원경호 씨가 아닙니다."

이교준이 그 말만은 마음에 든다는 듯 크게 고개를 끄덕였다.

"그럼 도대체 뭘 문제 삼으려는 겁니까?"

"우린 유전자 검사 결과를 철석같이 믿었습니다. 그래서 착각이 커졌던 겁니다."

"유전자 검사 결과를 의심하시는 건가요?"

남문영이 고개를 갸우뚱하며 물었다.

"아닙니다. 전 그런 걸 의심할 만한 과학 지식 자체가 없습니다. 다만."

"다만?"

"우리가 했던 유전자 검사에서 빠진 게 있습니다."

"뭐죠?"

"아름이가 이교준의 딸인지는 확인했지만, 남유정의 딸인지는 확인하지 않았습니다."

"예? 그게 무슨……."

남고운, 남문영의 입이 거의 동시에 벌어졌다.

"아름이의 엄마가 남유정 씨가 아니라는 말입니다."

"뭐요?"

이교준이 소리를 버럭 질렀다. 남문영의 벌어진 입에서는 에? 하는 소리가 새어나왔고, 남고운은 입을 앙다물고 고진을 노려보았다.

"들으신 그대롭니다."

"말도 안 되는 소립니다! 그런 건 할 수도 없었지만 할 필요도 없었어요! 차라리 아버지가 헷갈린다면 모를까, 엄마를 어떻게 혼동합니까!"

이교준이 소리쳤지만 고진은 고개를 설레설레 흔들었다.

"아니죠, 그건 아주 쉽습니다. 이번에 이교준 씨가 해치웠듯이요."

"해치웠다?"

남고운이 고진의 말을 따라했다. 이교준은 주먹을 불끈 쥐고 얼굴이 붉으락푸르락했다.

"분명히 유정이는 아름이를 열 달간 자기 배 안에서 키우다가 낳았습니다. 온 가족들이 알고 있어요. 그걸 당신이 무슨 수로 부정하겠단 겁니까!"

"내가 언제 남유정 씨가 아기를 낳았다는 걸 부정했습니까?"

"그러면요?"

남고운이 끼어들었다.

"도대체 무슨 말씀인지 이해가 안 가네요."

"남유정은 분명히 아기를 낳았습니다. 아주 예쁜 딸을요. 하지만 남유정이 낳은 아기는 저기 도우미 아주머니가 안고 있는 저 아기가 아닙니다."

엣? 뭐라고?

거실에 모인 사람들은 경악했다. 진구만은 그렇지 않았다. 고진은 전혀 놀라지 않는 진구를 보더니 그럴 줄 알았다는 듯 씩 웃고는 시선을 돌리고 유유히 말을 이었다.

"김순옥 씨가 키우다가 복지시설에 맡긴 아기, 그 아기가 바로 남유정 씨의 아기라는 이야깁니다."

"말도 안 돼……."

남고운의 목이 스프링으로 연결된 인디언 인형처럼 힘없이 흔들렸다.

"여기서 일단 우리 어른들의 맹점을 한번 짚어보고 싶군요. 그 사람이 누구냐 하는 동일성 여부는 기본적으로 얼굴을 보고 판단합니다. 하지만 이건 일정한 한계를 갖고 있지요. 성인이나, 아니면 적어도 아동의 나이 정도는 되어야 자기 고유의 얼굴 골격이 형성됩니다. 아무리 눈썰미가 좋아도, 아기들의 얼굴을 정확히 구별해낼 수 있을까요?"

거실은 조용해졌다. 해미가 조그만 목소리로 "그렇긴 해요……" 했을 뿐이다.

"더구나 태어난 지 몇 달도 되지 않은 갓난아기라면 겨우 옷이나 머리 모양 정도로 구분하지 않습니까? 우리는 듣기 좋게 아빠를 빼닮았다느니, 엄마하고 똑같다느니 하지만 어디까지나 부모 듣기 좋은 말이죠. 실제로 닮았다고 인식하고 그런 말을 하지는 않습니다. 그러니 아기를 바꿔치기 하는 일은 아주 쉽다고 봐야겠죠. 남유정 씨의 아기와, 이교준과 김순옥 사이에 낳은 아기를 말이죠."

"대체 무슨 소리야!"

이교준이 벌떡 일어섰다. 고진은 이교준을 올려다보며 싸늘하게 말했다.

"다시 한 번 말해드리죠. 이교준 씨는 김순옥 씨 사이에서 딸을 얻었습니다. 마침 비슷한 시기에 남유정 씨도 아기를 낳았습니다. 하필 딸이었죠. 남유정 씨가 낳은 딸의 아버지는 원경호입니다."

"아름이 아버지가 원경호……라고?"

남고운이 멍한 얼굴로 되뇌었다.

"그렇습니다. 남유정은 원경호의 아이를 낳았습니다. 그 아이가 가족관계등록부상 이아름으로 출생신고된 그 아기입니다. 한편으로 이교준은 김순옥과 사이에 아이를 낳았습니다. 출생신고는 하지 않았습니다. 우연히 두 아기 모두 비슷한 시기에 태어났고, 둘 다 딸이었습니다. 이교준은 남유정이 교통사고로 죽어 없어지자, 두 아기를 바꿔치기해버린 것입니다. 김순옥과 사이에 낳은 자기 아이, 자신의 유전자를 이어받은 아기를 집으로 슬쩍 데리고 들여온 거죠. 지금 권순덕 아주머니가 부엌에서 안고 앉아 있는 바로 저 아기입니다. 그리고 남유정과 원경호 사이에 태어난 아기, 가족관계등록부에는 이아름으로, 자신의 딸로 올라 있지만 실제로는 자신의 피가 조금도 섞이지 않은 그 아기를 김순옥에게 맡겨놓았던 겁니다. 그리고 자신의 아기를 이아름으로 키우려 했던 거죠."

"세상에…… 이럴 수가……."

남고운이 말을 잇지 못했다. 남문영은 양손바닥으로 입을 막았다.

"이 서방 이거 미쳤구만! 어떻게 인간이 그럴 수가 있어?"

김필립이 소리쳤지만 고진이 팔을 저어 저지했다. 거실 쪽의 소동이 부엌까지 들렸는지 마침 아기가 울기 시작했고, 권순덕이 아기를 얼렀다.

"원경호는 남유정이 그 무렵 가진 아기가 자기의 아이라는 확신을 가졌습니다. 나름대로 근거가 있었다는 거죠. 남유정이 그렇게 이야기하고 믿게 해주었던가 봅니다. 그리고, 그 아기가 적어도 이

교준의 아이가 아니라는 확실한 증거가 있지 않습니까?'

"그게…… 뭐죠?"

남문영이 겨우 입술을 열었다.

"아, 그야, 자기 아이라면 입양기관에 맡길 리가 없지 않습니까."

"아……."

"이교준은 가족에 대한 비상한 집착을 가진 사람입니다. 그렇지 않더라도 자기 아이를 입양기관에 맡긴다는 건 보통 사람으로서도 생각할 수 없는 일입니다. 만약 두 아기가 다 자신의 아이라면, 남유정의 몸에서 나왔건 김순옥의 몸에서 나왔건 이교준 씨한테 뭐가 그리 다르겠습니까? 어느 한 아이는 버리고, 굳이 한 아이만을 키울 만큼 애정의 차이가 있을 리 만무하죠. 그가 남유정의 아기와 김순옥의 아기를 바꿔치기 한 이유는 이것 밖에는 있을 수 없습니다. 즉, 남유정의 아기는 자기 아이가 아니란 걸 분명하게 알았기 때문입니다."

"……아무리 그래도 아기를 어떻게 바꿔치기를 해요? 다른 가족들도 있는데."

해미가 말하자 남문영도 맞아, 맞아 하며 동의를 표했다.

"이 집에서는 그게 가능한 조건들이 갖추어져 있었지."

고진이 해미를 보며 싱긋 웃었다.

"어떤 거예요?"

해미가 물었고, 고진은 남고운 자매를 향해 시선을 돌리며 말했다.

"아이를 알아볼 사람이 아무도 없었거든요."

잠깐의 정적이 흐른 후에 아, 그랬나, 하며 탄식에 가까운 소리
가 여기저기서 튀어나왔다.

　　"할아버지인 남현호 선생은 당뇨병으로 눈이 거의 멀어서 안 보
였습니다. 아기 울음소리만 듣고 아기가 바뀌었구나 하고 눈치챌
수야 없는 일이죠. 엄마는 직전에 교통사고로 죽었고, 이모인 남고
운, 남문영 씨는 당시 이 집에 살지 않았어요. 게다가 동생이 낳은
아기에는 관심이 없었죠. 지금도 소 닭 보듯 하고 지내시지 않습니
까? 갓난아기가 바뀌었는지 어떤지 전혀 알 수가 없었습니다. 띄엄
띄엄 집에 들르는 김필립 씨는 말할 필요조차 없겠지요."

　　남고운, 남문영은 멋쩍은 표정으로 시선을 피했다. 김필립은 멀
뚱멀뚱하게 천장을 쳐다보았다.

　　"이제 남은 유일한 사람은 집안일을 하는 가사도우미인데, 남유
정 씨가 죽은 직후 이교준은 오랜 기간 일해온 가사도우미를 내보
냈습니다. 그리고는 유유히 아기를 바꿔치기했죠. 지금 일하고 계
신 사람 좋은 권영덕 아주머니는 아기가 바뀐 다음에 새로 들어온
분이니 당연히 이런 사정을 알 수 없었습니다. 지금 이 집안에 있는
저 아름이가 남유정 씨가 낳은 그 아름이라고 알 수밖에요. 제가 이
집에 처음 왔던 날 이교준하고 잠깐 이야기하러 그 방에 들어간 본
일이 있었는데요, 묘한 위화감을 느꼈었습니다. 화장대에 출산 후
부부가 찍은 사진은 있지만 아기 사진이 없더군요. 아기를 바꿨기
때문에 원래 아기의 사진을 그대로 남겨둘 수 없었던 거죠."

　　해미는 혼란스러웠다. 고진의 말을 듣고 보니 그날 저녁 진구와
같이 이교준의 방에 들어갔을 때 아기의 사진이 없었던 게 기억이

났다. 이교준은 아기는 맨날 보는데 사진이 무슨 필요냐고 했지만 둘러댄 말에 불과했다. 고진 말대로라면 김순옥도 감쪽같이 연기를 해왔음이 틀림없다. 다른 남자와 사이에 아기를 낳았고, 이교준에게 그 사실을 숨기려 했으며, 새 출발하기 위해 아기를 시설에 맡겼다는 그럴듯한 스토리를 만들고 납득시켜 철저하게 이교준의 아기라는 사실을 은폐하려 했다. 게다가 이교준에게는 절대 말하지 말라며 눈물을 글썽이는 명연기까지 보였다. 완전히 속았다. 진구는 아닌 것 같지만.

해미는 무언가 참을 수 없는 심정이 되었고 분통이 터져 나왔다. 소리를 막 내지르고 싶었는데 누군가가 대신 소리를 질렀다

"이 나쁜 인간! 어떻게 유정이 아이를!"

남고운이었다. 이교준이 마주 소리를 버럭 질렀다.

"이 말을 믿습니까!"

남고운이 주춤했다. 이교준이 말을 이었다.

"도대체 이 변호사님이 무슨 말을 하나 들어보려고 지금껏 가만히 있었는데 정말 터무니없군요. 전혀 사실이 아닙니다. 아름이는 나와 유정이 사이에 태어난 아기예요. 도대체 무슨 근거로 그런 말을 합니까? 이건 모함입니다."

남고운이 기가 다소 죽은 표정으로 어서 다음 이야기를 해보라는 듯이 고진을 돌아보았다.

"근거?"

고진이 씩 웃었다. 해미는 왠지 안심이 되었다.

"근거는 지금 도우미 아주머니가 안고 있는 저 아기가 원경호의

딸이 아니라는 딱 그만큼은 있죠."

"뭐?"

이교준이 눈을 치떴다.

"그게 무슨 얘기예요?"

남고운이 물었다.

"유전자 검사결과가 있단 얘기죠."

"유전자 검사? 거짓말! 난 한 적이 없어. 그때 원경호하고 같이 한 거 말고는. 그때 아름이가 내 딸로 판명됐잖아!"

이교준이 소리쳤다. 실룩거리는 입가에는 고진에 대한 적의가 가득 담겨 있었다.

"이교준 씨는 물론 그때 유전자 검사한 게 전부입니다. 맞습니다. 하지만 아름이는 다릅니다. 그날 채취한 걸로 동시에 검사를 하나 더 했어요."

"하나 더?"

"어떤 경로로 김순옥 씨의 머리카락을 얻었습니다. 김순옥과 아름이의 유전자 검사를 해보니 99.9999퍼센트의 확률로 모녀 관계라는 결과가 나왔습니다."

"뭐야?"

고진은 재킷 안주머니에서 꾸깃꾸깃 접은 종이를 꺼냈다. 지난번 이교준, 원경호가 검사한 결과를 알리는 용지와 같은 양식의 서류였다. 고진이 유전자 감정서를 탁자 위에 올려놓자 제일 먼저 남고운이 집어 들었고, 남문영이 옆에서 들여다보았다. 남고운의 손이 떨리는 걸로 보아 고진의 말대로인 모양이었다.

이교준은 해미를 보지 않았지만 해미는 괜히 찔려 고개를 푹 숙였다. 김순옥과 같이 미용실을 들러 파마를 하도록 유도했고, 미용사 앞에서 김순옥의 머리카락을 이리저리 만지면서 떨어져 나온 머리카락을 대충 추려 진구에게 가져다준 얼마 전의 행동이 기억이 난 탓이었다. 거기에는 유전자 검사를 할 수 있는 모근이 붙어 있었을 것이다. 이유를 밝히지 않고서 진구가 시킨 일이었다. 지난번 유전자 검사업체 직원이 이 집을 방문했을 때 진구가 그들을 따라 나갔던 사실도 기억났다. 김순옥의 머리카락을 건네며 아기와 아버지의 유전자 검사를 하는 김에 아기와 김순옥과도 모자관계가 있는지 유전자 검사 의뢰를 했을 것이다.

"뭐 과연 김순옥의 머리카락이 맞느냐, 의심스럽다면 새로 유전자 검사를 해봐도 좋겠지요. 이교준 씨가 쓸데없이 그런 안간힘을 쓸 것 같지는 않습니다만."

이교준의 크고 둥근 얼굴은 흙빛으로 변해 있었다. 그의 상태 자체가 '긍정'을 의미하는 것으로 받아들여졌다.

"더러운 새끼."

김필립이 먼저 욕설을 했고, 남고운 자매도 몇 마디 저주를 퍼부었다. 이교준은 석상처럼 앉아 있을 뿐이었다. 고진이 허수아비 같은 팔을 저어 흥분한 가족들을 진정시키고서 말했다.

"남유정 씨의 아이가 원경호의 아이라고 해도 법으로는 이교준 씨가 친권자이기는 합니다. 다시 말해 재산대리인이 되는 거죠. 하지만, 그 아이를 자신의 친딸과 바꿔치기 하고 입양기관에 맡겼으니 이런 사람에게 그 아이의 친권자로서의 자격을 줄 수 있겠습니까. 법원에 친권상실 청구를 하면 곧 이 사람은 친권자격이 박탈될 겁니다. 그건 이교준은 적어도 아름이 상속 재산은 그림자도 못 만져본다는 거죠. 물론 그 전에 아기를 다시 찾아와야 합니다만, 절차가 꽤나 복잡할 겁니다. 더구나 아름이는 워낙에 예쁜 아기라서 바로 해외에 입양이 되었을지도 모르죠. 아무튼 되찾아오려면 꽤나 힘들 겁니다."

"나쁜 인간……."

남고운이 한 번 더 욕을 했다.

"그럼 이교준이한테는 한 푼도 안 가는 거군요."

김필립이 불쑥 말했다. 사람들의 시선이 그에게 쏠렸다. 그는 잠시 얼굴이 붉어진 듯했지만 고개를 뻣뻣이 쳐들었다. 고진이 고개를 저었다.

"아름이 몫의 상속분에는 손을 댈 수 없겠죠. 친권이 상실되면 말이죠. 하지만 남유정 씨를 대신해서 물려받는 부분은 있습니다. 지난번에 말했던 대습상속분이죠."

"그래요."

이교준이 단호하게 말했다.

"내가 낸 교통사고로 유정이가 죽었다고 해서 내가 유정이의 재산을 상속받지 못하는 건 아니죠."

이교준이 거실을 빙 둘러보았다. 상속 문제를 정면으로 꺼내는 그의 말투는 비장했다. 이제 체면을 차릴 때는 지났다고 판단했을까, 거의 이판사판이라는 느낌마저 났다.

"인간이 참 어쩌면……."

남고운이 자그맣게 한숨을 쉬며 말했다.

"글쎄요. 지금 와서 처형들이 인간인 척하는 것도 웃기지 않습니까?"

"뭐예요?"

남고운이 놀란 닭처럼 고개를 쳐들었고, 김필립도 뭐야, 하며 눈을 부라리고 나섰다.

"이 안에 유정이를 죽인 살인자가 있을지 모르잖습니까? 그게 처형이나 아니면 저 김필립 형님이 아니라고 누가 단정합니까?"

"허 참. 아주 막 나가는군."

막 흥분하던 김필립은 이교준이 세게 나오자 뒤로 물러나버렸다. 남고운 자매는 말문이 막혀버린 듯했다. 고진이 말했다.

"맞는 말이긴 합니다. 이교준이 아기를 바꾼 짓도 나쁘긴 하지만 역시 사람을 죽인 일하곤 비교할 수 없겠죠. 그리고 그 살인자가 가족 중에 있다면 상속을 받는 일은 더욱 없어야 하고요. 그리고 이교준은 지금 그 살인자가 남고운 씨 자매나 그 남편이 아닌가 의심하고 있네요."

"다시 말하지만 난 교통사고를 냈습니다. 하지만 이미 유정이는 그때 죽어 있었죠. 유정이를 죽이고 내 차를 따라붙은 사람이 외부인이라고는 생각되지 않습니다. 분명 이 가족 중에 있을 겁니다. 난 그렇게 믿습니다. 난 끝까지 밝힐 겁니다. 그 사람은 처벌을 받게 하고 상속권도 박탈해야겠죠."

이교준은 말을 끝내고 입을 일자로 굳게 다물었다. 강한 의지가 내비쳤다.

고진이 벌떡 일어섰다. 남고운의 시선이 그를 따랐다.

"어디 가시게요?"

"거실 공기가 좀 답답하네요. 목도 마르고. 부엌에 가서 시원한 물이나 한 잔 마시렵니다."

"이 자릴 정리 안 하시고?"

고진이 곤란하다는 표정을 지었다.

"사실 지금부터 이교준 씨 말대로 남유정을 누가 죽였나, 그리고 상속을 완전히 상실해야 할 사람이 누구냐 하는 이야기를 해야 할지도 모르죠. 뭐 아니라면 할 수 없구요."

"그게 무슨 말씀이에요? 할지도 모른다는 게."

남문영이 새침하게 말했다.

"뭐 그냥 흐지부지 끝나도 좋고요. 난 더 이상 개입 안 할 겁니다."

"예? 그게 무슨?"

남고운이 어안이 벙벙해져 물었다.

"나머지는 우리 진 군한테 맡기겠습니다."

고진은 그렇게 말해놓고는 테이블 사이로 몸을 슬쩍 빼내더니 부엌으로 성큼성큼 걸어갔다. 남고운 자매는 멍하니 고진을 바라보았다.

"고 변호사님?"

남문영이 한 번 더 불렀지만 고진은 돌아보지 않았다. 고진이 부엌 냉장고에서 생수를 꺼내 컵에 따르고 권영덕 옆에 앉아 아기를 어르는 모습까지 보고서야 남문영은 진구에게로 시선을 옮겼다. 이어 자연스레 모두의 시선이 진구에게 쏠렸다.

"진구 씨, 이건 대체 무슨 소립니까?"

이교준이 말했다. 어리둥절한 얼굴을 했지만 자신의 대리인인 진구의 입에 기대를 걸고 있는 눈치가 역력했다.

"귀찮네요."

진구가 말했다.

"예?"

남고운이 물었다.

"고 변호사님도 참 악취미시네요."

진구는 부엌에서 모른 척 물 잔을 들이켜는 고진을 힐끔 쳐다보고는 말했다.

"의뢰도 사건의 진상도 관심없단 말씀이군요. 그저 구경하고 싶으신 모양입니다."

"뭘요?"

"제 선택을요."

"대체 무슨 소리예요?"

어안이 벙벙해진 남고운은 연신 질문만 던졌다.

"남유정의 살인자를 밝힐지 어떨지 하는 거 말입니다."

"살인자?"

해미가 옆에서 커다랗게 소리를 질렀다.

"그럼 오빠 누군지 안단 말이야?"

다른 이들도 소리를 지르고 싶었겠지만 해미가 선수를 치는 바람에 다들 입을 조금 벌린 상태에서 정지화면처럼 멎어 있었다. 진구는 해미를 향해 눈을 끔뻑 하고는 천천히 상체를 바로 세웠다. 조금 전까지 코너에 몰렸던 이교준의 얼굴은 기대감으로 고무되었다. 진구가 불쑥 말했다.

"지난번 원경호를 만났습니다."

"원경호? 혹시 그자식이?"

이교준이 진구의 말이 채 끝나기도 전에 성급하게 소리를 높였다.

"얼마 전에도 만났지만 이교준 사장님을 각목으로 때렸던 직후에도 한 번 만났어요. 아름이가 자기 딸이라며 아침부터 이 집에 찾아왔던 모양이더군요. 이 사장님이 먼저 각목을 휘둘렀습니다. 원경호는 그 각목을 뺏고 다시 이 사장님의 팔을 가격해서 오른팔에 금이 가게 했었죠. 원경호도 실은 휘두르는 각목에 맞아 오른쪽 관자놀이에 상처를 입고 꿰맨 상태더군요. 하지만 제가 만났을 땐 그런 상처 같은 건 생각지 않고 오직 아름이를 데려갈 생각에만 빠져 있는 사람 같았습니다."

"그럼 아름이를 데려가기 위해 유정이를? 그럴 리가……."

남문영이 무언가에 홀린 듯 말했다.

"그렇게 이야기하지는 않았는데요."

"그럼요?"

"이번에는 이걸 좀 보시죠."

진구는 옆에 놓아둔 가방에서 노트북을 꺼냈다. 사람들의 시선은 보이지 않는 실로 꿰인 듯 진구의 손끝을 따라갔다. 노트북은 스탠바이 상태였고 진구가 키패드를 몇 번 두드리자 얼마 지나지 않아 화면이 떴다. 그 사이 답답한 침묵이 몇 초 동안 이어졌고, 그조차 숨 막혔다. 진구는 어떤 파일을 찾아 눌렀고, 곧 동영상이 떴다.

"이건 지난번에 봤던 거 아냐?"

해미가 목을 쭉 빼서 화면을 들여다보며 말했다. 지난번 고진이 보여주었던 CCTV 화면과 비슷했다. 도로변 CCTV를 통해 교통 상황을 찍은 장면이었다.

"같은 건 아냐. 사고 직전 국도에서 나가는 차를 찍은 장면인 건 맞지만."

"이게 왜요?"

남고운이 불안함이 깃든 음성으로 물었다. 진구는 동영상을 일정한 지점에서 멈추고 말했다.

"여길 보시죠."

다들 다투어 목을 들이밀었다. 해미가 그제야 이 자리의 손님에 불과한 자신의 얼굴이 화면을 방해하고 있음을 깨닫고 조금 비켜주었다. 화면에는 커다란 SUV 차량이 튀어나가려는 듯한 모습으로 멈춰 있었다.

"어쩌라구요?"

남문영이 짜증스럽게 물었다.

"이 SUV는 모하비입니다. 김순옥의 차량이죠. 그리고 이 장면은 아래 시각에서 보듯이 남유정 씨의 미니와 충돌하기 거의 2분 전 모습입니다."

"이것도 뭐 편경사인가 뭐 그런 게 문제가 돼요?"

남고운이 물었다.

"전혀요. 미니는 몰라도 모하비 같은 대형 차량에서 좌우 무게의

근소한 차이로 인한 기울임은 판명하기 어렵다고 합니다."

"그럼 이 장면이 무슨 의미가 있죠?"

남고운이 묻자 진구는 손가락으로 화면 아래쪽 시간 부분을 가리켰다.

"이 CCTV는 지난번 남유정 씨 미니를 찍은 것과 같은 카메라입니다. 그리고 여기에 찍힌 시각은 미니보다 약간 앞 시점이고요. 이상하지 않습니까?"

"뭐가요?"

남문영이 물었다. 진구는 손가락으로 모하비의 앞쪽 방향 도로 부분을 가리켰다.

"이건 어떻습니까? 중요한 의미가 있습니다."

"음...... 어두워서 잘 안 보이는데요. 아니 아무것도 안 보이는데요."

남고운이 말했다. 사람들은 번갈아 눈을 찌푸려가며 화면을 들여다보았지만 모두 고개를 저었다. 화면은 모하비만을 대상으로 찍은 것도 아니고 도로 상황 전체를 촬영한 것이었다. 모하비 앞에는 거뭇한 도로만이 있을 뿐이었다. 육안으로 식별할 만한 무언가는 없었다.

"어둠 속을 볼 필요는 없습니다. 모하비 앞부분 공간만 보세요."

"대체 뭐가 있다고요?"

남문영이 새된 목소리로 말했다.

"헤드라이트가 한 줄기 비치고 있지 않습니까?"

그러네, 하고 남고운이 말했고, 남문영은 "한 줄기네요. 그래서요?" 하며 따지듯 물었다.

"한쪽 헤드라이트만 살아 있단 거죠. 왼쪽이 밝은 걸로 보아 헤드라이트 오른쪽이 꺼져 있는 건 같네요. 어떻습니까? 이게 큰 시사점을 던져주고 있지 않습니까?"

"글쎄요, 뭘 던져주는 데요?"

진구가 자꾸 말을 미적대는 통에 남문영이 어리숙한 말을 하고 말았다. 진구가 말했다.

"한쪽 헤드라이트가 하필 이때 고장 난 상태였을 수도 있지만, 확률상 낮죠."

"그럼요?"

"이 부분이 깨져 있었다고 보면 어떨까요?"

"깨져 있었다고요?"

남문영이 되물었다.

"예. 김순옥과 이교준 씨가 오붓하게 드라이브 가는 길이었다면 헤드라이트 한쪽이 고장 난 상태로 한밤의 시골길 같이 위험한 곳을 운전하였다고 보기란 좀 어색합니다. 그 대신 오른쪽 헤드라이트가 깨져 있다고 보는 게 자연스럽습니다. 아니, 일단 그렇다고 가정을 해보죠."

"그렇다면 뭐가 어떻게 되는 겁니까?"

김필립이 오랜만에 입을 뗐다. 남고운 자매와 달리 2선에 뒤처져 있던 그도 마침내 답답한 모양이다.

"오른쪽 헤드라이트가 이때 깨져 있었단 건, 다시 말하면 모하비가 남유정 씨의 미니와 충돌하기 전에 이미 조금은 부서져 있었다는 얘기가 되겠죠. 하필이면 미니와 충돌한 부위와 거의 일치하는 오른쪽 앞 범퍼 부분이 말이죠."

"그래서요?"

이교준이 도전적으로 물었다.

"역시 추측대로였어요."

"무슨 추측이요?"

다시 이교준이 물었다.

"무슨 추측이냐보다 그 추측이 언제 생겼나를 말하는 게 먼저일 겁니다. 그 추측은, 남유정이 교통사고로 죽은 게 아니라 교살당했다는 사실을 경찰로부터 전해 듣고서 원경호를 만났을 때였습니다. 그리고 그를 보면서 그 전에 그를 만났던 장면을 한 번 더 떠올리게 된 겁니다."

"원경호를 만났을 때, 그 전의 원경호를?"

해미는 고개를 갸웃했다.

"원경호를 처음 만났을 때는 이교준 사장님과 각목으로 다툼을 벌인 직후였어요. 그때 오른쪽 관자놀이 부분에 상처가 나 있었고, 거즈도 붙어 있었죠. 그때는 주의를 기울이지도 않았고, 그냥 잊고 있었습니다. 근데 경찰에서 남유정 씨를 재부검한 결과 목이 졸려 죽었다는 게 밝혀졌죠. 그 후 집에 찾아왔다가 돌아가는 원경호를 쫓아가 잠깐 이야기를 나눈 적이 있었습니다. 흉터가 남아 있더군요. 그때 예전 기억이 생생하게 떠올랐습니다. 그 흉터의 의미까지도 같이요.

원경호는 오른쪽 관자놀이에 타격을 당했죠. 그건 때린 쪽이 각목을 왼손에 쥐고 휘둘렀다는 겁니다. 각목으로 사람을 급작스럽게 때리는 판에 안 쓰던 손을 쓰진 않겠죠. 즉 원경호를 때린 사람, 이교준 씨는 왼손잡이였단 사실입니다."

"왼손잡이……."

남고운이 진구의 말을 곱씹으며 이교준을 노려보았다.

"제부가 왼손잡이였나……? 그래서요?"

남문영은 좋지 않은 예감을 한 듯 눈살을 찌푸리고 이교준을 노려보았다.

"남유정 씨의 부검 결과를 한 번 떠올려보시죠. 범인은 오른손으로 입을 막고 왼손으로 목을 눌러 살해한 것으로 판명되었죠. 목을 누른 손이 주로 사용하는 손이겠죠. 그렇다면 범인은 왼손잡이란 얘깁니다."

공짜 표로 재미없는 권투경기를 관람하는 관객처럼 뒤로 멀찍이 물러나 있던 유재연조차 와우, 하며 감탄사를 토해냈다. 그녀가 상속 싸움에서 유리해진 듯한 느낌을 받았기 때문 같았다.

"김진구 씨!"

이교준이 소리를 버럭 질렀다. 노기가 묻어 나왔다.

"대체 무슨 말을 하는 겁니까! 내가 유정이의 목을 조른 범인이란 겁니까!"

진구는 불덩이 같은 이교준과 대조적으로 차갑게 말했다.

"이 사장님은 치밀한 분이죠. 목 졸라 죽인 범행이 드러날 때를 대비해 왼손잡이인 사실을 들키지 않기 위해 행동거지를 조심해왔습니다. 하긴, 이 집에서 사장님이 왼손잡이냐 오른손잡이냐에 신경 쓸 사람이 누가 있겠습니까? 자기 자신 외에는 아무것에도 관심이 없는, 조카 얼굴도 몰라보는 저 냉담한 남고운, 남문영 자매가 신경 쓰겠습니까? 아니면 남이나 다름없는 김필립 소장님이 신경 쓰겠습니까? 지금도 남고운 씨는 이 사장님이 왼손잡이였나, 고개를 갸웃하지 않았습니까? 그런 가족들이었던 겁니다, 이 집은. 물론 이 사장님도 이 모래알 같은 가족의 습성을 잘 알고 있었죠. 자신이 왼손을 많이 쓴다는 것 따위를 처형들이 알지 못할 것이란 사실도 말이죠. 그저 저, 김진구나 고진 변호사님의 눈에만 띄지 않도록 조심만 하면 충분했을 테죠. 식사 시간에 마주치는 일도 적었고, 같이 먹었던 식사라고 해도 피자나 빵 정도였어요. 오른손을 쓰는지 왼손을 쓰는지 관찰할 기회가 거의 없었습니다.

하지만 그런 이교준 씨도 숨길 수 없는 긴박한 때가 있었습니다. 원경호라는 강인한 남자의 위협을 받았을 때, 순간적으로 평소 익숙하던 왼손에 각목을 들고 휘두를 수밖에 없었던 겁니다……."

"무슨 소리!"

이교준이 얼굴이 벌게져 소리쳤다.

"내가 왼손을 남들보다 좀 더 많이 쓰는 건 사실이에요. 하지만 유정이를 살해한 범인이 왼손잡이라는 이유만으로 어떻게 날 의심합니까? 이건 어린애보다 못한 소리야!"

"이교준 씨 외에 이 집에 혹시 왼손잡이가 있습니까?"

진구가 주위를 둘러보며 크게 물었다.

"우린 다 오른손잡이예요."

남고운이 오른손을 들어보였다. 남문영과 김필립도 그렇다는 듯 번갈아 고개를 끄덕였다.

"그럼, 혹시 이교준 씨가 알기에 이 집 식구 중에 왼손잡이가 있습니까?"

진구가 이교준에게 물었다.

"그런 건 몰라요. 하지만 왼손잡이란 이유만으로 범인이라는 건 억측이 너무 심하잖아요!"

이교준이 소리쳤다.

"그래서 말했잖습니까. 억측, 추측이라고요. 하지만 그건, 그때 처음으로 어떤 '의심'이 들었단 걸 의미하는 겁니다."

이교준이 입을 다물었다.

"물론 그 왼손잡이 범인이 꼭 이 가족 안에 있지 않을 수도 있겠죠. 하지만 범인은 남유정을 살해하고 그냥 떠나버린 게 아닙니다. 시체를 그녀의 차에 싣고 도로를 달렸죠. 그것도 남유정이 평소에 좋아하던 드라이브 코스를요. 더구나, 그 미니는 거의 같은 시각에 이교준 씨의 모하비와 같은 도로 위에 있었습니다. 그러다 충돌사고까지 났고. 이게 우연일 리 있겠습니까? 단순한 외부인이나 강도가 이런 행동을 할까요? 범인은 이 집 가족이거나 가족만큼 가까운 사람 중 한 명이라고 생각하는 게 자연스럽지 않겠습니까?"

"그렇다면."

이교준이 차분히 가라앉은 음성으로 말했다.

"범인은 처형들 중 한 명이겠네요. 난 분명히 건너편 차, 모하비에 타고 있었으니까요."

"그게 무슨 말이에요!"

남고운와 남문영이 이교준을 노려보았다.

"그렇습니다."

진구가 이교준의 말을 받았다.

"남유정의 버릇과 드라이브 코스, 그리고 그날의 일정까지 다 꿰고 있었던 가족이 아니라면 그날 밤 범인의 이런 행동이나 동선은 설명할 수도 없고, 불가능하다고 봐야 합니다. 그리고 충돌한 상대편 차량에 타고 있다가 사고 직후 남유정의 차에 올라탄 이교준 씨는 용의 선상에서 완전히 제외되는 게 맞죠."

"왜 말이 오락가락하죠?"

남고운이 눈을 가늘게 뜨며 매섭게 말했다.

"대체 무슨 말을 하려는지 모르겠군."

김필립도 불만스럽게 끼어들었다.

"라고."

진구가 검지를 치켜들며 말했다.

"바로 이런 식으로 생각하게끔 말이죠."

"무슨 말이야? 이해되게끔 쉽게 좀 말해봐."

해미가 물었다.

"그래서 아까 모하비 사진을 보여줬잖아? 사고 나기 불과 2분 전의 화면이야. 거기서 모하비는 이미 부서져 있었다는 걸."

"아……."

해미가 나지막한 신음을 뱉었다.

"원경호를 만나고서 퍼뜩 떠오르는 생각이 있었어요. 예전에 보았던 관자놀이의 상처가 떠올랐고, 거기서 이교준이 왼손잡이가 아닐까 하고 생각했습니다. 알다시피 남유정을 살해한 범인도 왼손잡이였죠. 그래서 만약 이교준이 남유정을 살해했다면 어떨까, 가정해보았어요. 그렇다면 교통사고는 조작이고, 그 모든 건 면책을 위한 심리적 함정을 판 것이 되겠죠. 그렇다면 충돌사고가 남긴 현장을 뒤집을 증거는 확인할 수는 없을까. 그때 또 퍼뜩 기억이 났습니다. 기장경찰서에서 본 CCTV 동영상에서 모하비의 헤드라이트 불빛이 한 줄기였다는 사실이요. 그러면서 생각이 조합이 되었어요. 역으로 추론해봤습니다. 이 치밀한 범죄를 기획한 사람이 그런 위험한 충돌사고를 현장에서 연출할 리가 없다고. 아무리 조작을 잘한다고 해도 순간적으로 결판 나는 교통사고란 건 상당한 우연이 개입될 수밖에 없는 거니까요. 그래서 사고 직전 CCTV에 찍힌 모하비를 한 번 더 면밀하게 살펴보았습니다. 오른쪽 헤드라이트가 깨져 있는 것 같이 보였고, 그건 충돌부위와 일치했습니다. 그건 단순한 헤드라이트의 일시적 고장이 아니라 이교준이 미리 만들어낸 사고의 흔적이었습니다. 육안으로는 추측할 뿐이지만 영상을 정밀감정하면 부서져 있다는 사실이 더 확실하게 판명되리라 생각합니다. 그럼 이 동영상은 그 유력한 증거가 되겠죠.

충돌사고가 나기 전에 모하비가 이미 부서져 있었다는 건, 충돌사고 자체가 가짜란 걸 의미하겠죠. 이교준 씨는 남유정을 목 졸라 죽이고, 미니에 태운 다음 시골 도로를 달리다가 한적한 곳에서 전봇대를 들이받아 사고를 가장한 겁니다. 모하비는 미리 어디 외진 곳 벽에라도 부딪쳐서 미리 부서뜨려 놓았던 거겠죠."

"어휴……."

질린 듯한 해미의 목소리였다. 고개를 설렁설렁 젓던 해미가 불쑥 물었다.

"하지만 사고 현장에선 남유정 언니가 분명 운전석에서 운전하다가 들이받은 걸로 나왔잖아. 그런 건 조작이 어렵다며? 죽은 언니가 어떻게 운전을 해?"

"이런 계획을 세웠으면 그 정도 조작은 쉬워. 이교준은 사고가 난 시골 도로에 접어들기 직전일지 아니면 처음부터일지는 모르지만 자신이 운전대를 잡고 그 무릎에 죽은 남유정을 앉힌 거야. 그 상태에서 운전을 해서 죽 달렸어."

"자기 무릎 위에?"

"그래. 혹시 〈봄날은 간다〉라는 영화 봤어? 유지태가 무릎에 이영애를 태우고 운전을 하던 무릎 운전 장면이 화제가 되었었지. 그 것과 비슷하다고 생각하면 돼. 이교준의 건장한 체격으로 가냘픈 남유정을 무릎 위에 올려놓고 몇 분 정도 운전하는 게 그리 어려운 일은 아니었을 거야. 지난번 CCTV 감정했을 때 사고 직전 미니 차량은 운전석 쪽으로 기울어진 상태에서 주행하고 있었다고 나왔었지. 그때는 운전석에 남유정 혼자 운전하고 있었고 조수석에는 아무도 없었기 때문에 그렇게 기울어졌다고 생각했었지. 하지만 틀렸어. 차가 운전석 쪽으로 표 나게 기울어진 이유는 운전석에 두 사람이나 있었기 때문이었어. 그때 이교준은 운전자 혼자 운전한다고 해서 차가 그만큼 기울어진다는 게 말이 되냐고 항의했었는데 일면적으로는 진실인 부분도 있었던 거야. 그 정도로는 영상으로 판명될 만큼 기울어지기 어려울 거야. 하지만 운전석에 두 사람이

나 있었어. 차는 이름 그대로 미니였고. 이 정도라면 차는 운전석 쪽으로 충분히 기울어질 수 있겠지."

진구는 해미에게 설명하는 것처럼 말했지만 물론 모두를 향한 말이었다. 진구는 얼음처럼 굳어버린 사람들의 얼굴을 쭉 둘러보다가 남고운의 얼굴에 초점을 맞추고는 말을 이었다.

"생각해보면 그렇습니다. 아무리 핸들을 잘 조정한다 해도 현장에서 미니하고 모하비하고 부딪치도록 하면 위험이 큽니다. 약간의 실수를 하거나 충돌부위가 어긋나면 조작성을 잃고 대참사로 이어질 수 있습니다. 모하비 차체가 얼마나 강한지도 이교준은 알고 있을 테니까요. 그래서 안전하게 모하비로 미리 벽을 들이받아 사고 난 듯한 흔적을 미리 내놓은 겁니다. 오른쪽 앞 범퍼가 부서진 모하비는 김순옥이 운전해서 미니를 뒤따라갔습니다. 둘이 같은 장소에서 동시에 충돌한 것이 아닙니다. 이 사건의 범인은 자기 목숨을 걸고 그런 짓을 할 리가 없습니다. 설명은 단 하나입니다. 사고 자체가 없었던 거죠."

"으음……."

"사고 현장 부근에서 주위에 차량이 없는 상태를 확인한 이교준은 핸들을 조작해 전봇대에 정확히 정면으로 부딪칩니다. 자신은 안전벨트를 매고 있었고, 죽은 남유정은 그 위 자신의 무릎에 그냥 얹혀놓은 상태였죠. 강렬한 충격에 남유정은 앞으로 튀어나가 타박상을 입었습니다. 마치 안전벨트를 매지 않고 운전하다가 죽은 모양으로요. 이교준은 안전벨트와 죽은 남유정의 시체가 충격을 완화시켜준 덕분에 거의 다치지 않았습니다. 그는 사고 직후 유유히 운전석을 빠져나와 조수석으로 옮겨 타고는 기절한 척하고 있었지요. 김순옥은 이미 오른쪽 앞 범퍼가 부서진 모하비를 뒤이어 끌고 와 사고가 난 척 미니 옆 길가에 비스듬히 세웠고요."

"대체 왜 그런 복잡한 짓을⋯⋯."

남고운이 숫제 질린 얼굴로 말했다. 남문영의 얼굴은 회색에 가깝게 변해 있었다.

"그 점에서 이교준의 천재성이 드러납니다. 남유정을 단순히 살해하면 어떻게 될까요? 지나가던 강도에 의한 살인이 아닌 한 언제나 남편이 일순위로 의심받습니다. 이교준은 그래서 방어막을 친 겁니다. 그것도 3중의 방어막을 쳤습니다. 첫 번째 방어막은 그겁니다. 단순 교통사고 말입니다. 남유정의 죽음이 단순 교통사고로 처리되면 가장 간편하고 안전하죠. 이게 실제로 처음에는 먹혀들었습니다. 이교준 부부가 운전하던 미니가 김순옥의 모하비를 추월하다가 충돌사고를 냈다, 이렇게요. 더구나 운전자가 사망한 당사자인 남유정으로 되어 있으니 사망사고에 책임질 사람이 아무도 없습니다. 남유정의 과실로 만들어놓았으니 상대 차량의 김순옥이 처벌받지도 않죠. 교통사고가 나고 사람이 죽었다, 그래서 일단 경찰은 관행대로 사고사로 처리했을 뿐 정밀 부검할 생각은 하지 않았습니다. 만약 이교준과 김순옥의 내연관계를 알았다면 의심을 품었을 수도 있겠지만, 경찰이 알 리가 없죠. 이교준과 김순옥의 관계는 얼마 전까지 이 집 가족마저 아무도 몰랐습니다. 김순옥이 이교준 소개로 김필립 씨한테 투자했지만 김필립 씨는 이교준의 소개인 줄은 몰랐고, 교통사고 처리 과정에서 두 사람이 얼굴을 볼 기회도 있었을 리 없지요. 그러니 자기의 처제와 교통사고가 난 사람이 하필 김순옥이라는 사실을 김필립 씨가 알고 이상하게 생각할 가능성도 없습니다. 교묘하게 준비한 살인계획이 시시하게도 1단계인 교통사고로 처리되자 자신감을 얻은 이교준은 대담하게도 더 많은 상속 재산을 차지하기 위해 저한테 의뢰까지 하게 됩니다."

누군가 부엌 쪽에서 킥킥 하고 웃었다. 고진이었다.

"그게 하필이면 김진구 군이었어. 정말 재수가 없어도 이렇게 없을 수가."

이교준이 아랫입술을 깨물며 고진을 노려보았지만 입을 열지는 않았다. 고진의 시니컬한 웃음을 뒤로하고 진구가 말을 이었다.

"그런데 지금 말씀하신 저 고진 변호사님이 CCTV 화면에서 이상한 점을 찾아냈죠. 상대편 차량의 운전자인 김순옥과의 관계도 드러나버렸고요. 그러자 준비한 2단계의 방어막을 칩니다. 맞다. 다 인정하겠다. 김순옥과 내연관계다. 그리고 그날 모하비에 타고 있었다. 우연히 자신들을 보고 화가 나 쫓아온 남유정의 차와 충돌사고가 생겨버렸다. 놀란 나머지 김순옥과의 관계를 숨기기 위해 남유정의 차에 옮겨 탔을 뿐이다. 하지만 고의적인 충돌사고는 아니었다. 이렇게요.

그런 사고에서 고의적인 충돌을 입증하는 건 거의 불가능합니다. 본인이 자백하지 않는 한요. 즉, 2단계로 '고의적인 충돌사고'라는 걸 입증하기 어렵다는 증명의 장벽을 친 겁니다. 이 단계에서는 김순옥과의 관계가 밝혀져 비난은 더 받겠지만 어쨌든 사고의 고의성을 입증할 수 없기에 사고는 단지 '사고'에 불과하게 되니 상속에는 여전히 아무런 지장이 없게 됩니다. 이것이 지난번 고진 변호사님의 주도한 가족회의 때의 상황이었습니다."

"세상에……."

해미가 한숨을 쉬었다.

"그런데 결국 경찰 조사가 재개되고 부검까지 다시 하는 바람에 남유정이 목 졸려 살해당한 사실이 드러나버렸습니다. 이교준은 할 수 없이 제3의 방어선으로 물러납니다. 2단계 방어막은 여기서 3단계의 방어막으로 변신해 작동하게 됩니다. 2단계의 방어가 '우연한 교통사고였지 일부러 들이받은 건 아니었다, 일부러 들이받았다는 것을 증명해봐라'며 사실상 불가능한 증명의 장벽을 치는 '증명의 방어막'이었다면 이 3단계의 방어선은 '정황의 방어막'입니다. 2단계에서 밝혀진 건 이교준이 사고 당시 김순옥의 모하비에 타고 있었다는 사실이죠. 그런데 남유정을 목 졸라 살해한 범인은 그와 같은 시간에 남유정의 시체를 태운 채 미니를 운전하고 있었습니다. 논리적으로 이교준은 범인이 될 수 없게 되는 겁니다. 이차에 있으면서 동시에 저 차에 있을 수는 없으니까요. 물론 당시 이교준이 김순옥을 모하비에 태우고 드라이브를 하고 있었다는 건조작이고, 거짓이죠. 스스로 불륜이라는, 도덕적으로 비난받을 상황을 만들었기에 더욱 신빙성이 높아진 거짓말입니다. 그래서 범인이 가족 중에 있지 않을까 하는 의심이 떠도는 중에도 최후방의 안전지대로 물러나 있을 수 있게 된 겁니다. 김순옥하고 불륜관계에 있었고 사고 당시 모하비를 타고 있었다며 자신이 욕먹을 사실을 털어놓은 그 자체가 속임수였던 겁니다. 그 사실을 고진 변호사님과 제가 추궁해서 밝힌 모양새가 되었으니 설득력은 더 높았던 거죠. 그 후로 이교준은 상대편 가족 중에 범인이 있다며 오히려 몰 아붙일 수 있게 됩니다.

그러면서도 남유정의 목을 조른 왼손자국이 맘에 걸렸을지 모릅니다. 사람을 목 졸라 죽이는 중대한 범행을 저지를 때 안 쓰던 손을 쓰지는 않는 법이니까 할 수 없이 왼손을 썼다 해도, 그 후의 생활에서 자신이 왼손을 쓰는 장면을 다른 이들한테 보이지 않기 위해 의식적으로 노력한 것 같습니다. 부검 결과가 나온 이후부터 이집 사람들의 손 씀씀이를 유심히 보았는데, 이교준에게서도 특이한 점을 찾지 못했거든요. 그런데 하필 원경호라는 강한 남자가 찾아왔습니다. 싸움이 벌어졌고, 각목을 막다가 안 쓰던 오른손을 다치기도 했지만, 그의 머리를 각목으로 때린 바로 그 공격의 순간만은 왼손을 쓸 수밖에 없었죠. 전 원경호 머리에 생긴 상처가 나중에야 기억이 났고, 그 뒤부터는 왼손잡이이면서 굳이 그 사실을 숨기려드는 듯한 이교준을 의심하지 않을 수 없었어요."

"징하다. 징해. 3중의 보호장치라니……."

해미가 혀를 내둘렀다.

"넌 악마야!"

남고운이 악을 썼다.

"나쁜 새끼. 나쁜 일에는 머리가 아주 잘 돌아가는구만."

김필립이 마치 한 대 칠 듯이 주먹을 불끈 쥐고 어깨 높이로 들었다.

남문영은 입가를 움찔거릴 뿐 말이 없었다. 아예 말문이 막힌 듯 보였다.

"전부 다 억측이에요!"

이교준이 입술을 깨물며 말했다.

"글쎄요, 이교준 사장님은 한 번 더 환기해주시기를 원하나요?"

진구가 이교준을 향해 무미건조하게 말했다.

"범인은 남유정을 목 졸라 죽이고는 미니에 싣고서 그녀가 자주 다니던 시골길을 달리다가 사고를 냈어요. 이 살인자는 왼손잡이입니다. 그리고 남편인 이교준 씨도 왼손잡이입니다. 그리고 이교준 씨는 이 가족 중에 아기의 얼굴을 식별할 유일한 사람인 남유정씨가 죽자마자 아기를 뒤바꾼다는, 미리 준비되지 않으면 곤란해 보이는 획기적인 발상을 곧장 실행에 옮기셨어요. 게다가 범인이 운전하던 미니는 우연의 힘으로는 도저히 가능할 법하지 않은 사고를 만납니다. 하필 남유정의 남편이 애인에게 사준 모하비와 부딪치는 사고 말입니다. 그런데 그 모하비는 CCTV를 보면 어쩐 일인지 미니와 충돌하기 전에 이미 충돌부위가 부서져 있습니다. 동영상을 감정해보면 더 정확하게 판명되겠지요. 그건 두 차량이 그 시각 그 현장에서 충돌했다는 사고는 거짓이라는 결정적인 증거가 될 겁니다. 그리고 이교준 씨가 모하비에 타고 있다가 우연한 사고로 아내의 차를 들이받은 후에 그 차로 옮겨 탔다는 말 또한 거짓말임이 드러났습니다. 어떻습니까? 이 정도면 충분한 증거가 아닐까요? 아니, 이교준 씨가 범인이라는 사실 외에 이것들을 모두 설명할 가능성이 있겠습니까?"

이교준의 입가가 실룩거렸지만 열리지는 않았다. 진구가 덧붙였다.

"추측입니다만, 이교준 씨는 남유정이 낳은 아이가 원경호의 아이라는 사실을 알고서 살해계획을 세웠을지 모릅니다."

"아무리 그렇더라도 어떻게 사람의 목숨을……. 그것도 같이 몇 년 살 부비고 살던 아내를……. 자기도 김순옥과 불륜관계였잖아. 대체 왜 그렇게까지 해서 유정이를……."

남문영이 더듬거리며 말했다.

"약간의 오해가 있군요. 이교준 씨는 단지 질투 때문에 남유정을 죽인 게 아닙니다."

"그럼요?"

남고운이 말했다.

"가족의 탄생을 위해서죠."

"가족의 탄생?"

남고운이 되물었다.

"아니면 아까 고 변호사님이 말한 테세우스의 배 이야기를 떠올리셔도 좋습니다. 이교준은 자신을 배신한 남유정을 버리고 김순옥과 새 가족을 만들 생각을 일찌감치 품었을 겁니다. 그러다가 그게 구체적인 살의로 발전한 순간은 그거였죠. 남유정이 원경호와 관계해서 낳은 아기가 딸이었고, 자신과 김순옥 사이에 생긴 아기도 딸이었던 겁니다. 그리고 하필 두 아기는 비슷한 시기에 출생했어요. '아, 그렇지. 두 아이를 서로 바꿔버리면 된다.' 이런 생각이 섬광처럼 그의 뇌리에 떠올랐을 겁니다. 다시 말하지만 남고운, 남문영 씨 자매는 남현호 어르신이 남길 유산 말고는 이 집이나 아기에 아무런 관심이 없었죠. 제삼자가 부모를 제쳐놓고 갓난아기 얼굴이 다르다고 알아보고 난리를 칠 가능성이란 없었습니다. 남현호 어르신은 당뇨로 눈이 거의 안 보이셨으니 아예 문제없고요. 3년 일한 도우미 아주머니는 자신이 해고해버리면 그만입니다. 남은 사람은 단 한 명, 아기 엄마 남유정입니다. 그녀만 없어지면 이 아기 체인지는 완벽해지는 겁니다. 거기에 생각이 미친 이교준은 그 유혹을 뿌리치지 못했습니다. 결국 그는 남유정을 죽이고, 도우미를 해고하고, 아기를 바꿨습니다. 그리고 저 같은 탐정을 고용해서 경쟁자를 어떤 방법으로든 물리치고 이 집 유산을 통째로 물려받은 다음 최종적으로 김순옥과 결혼해서 그녀와 사이에 낳은 아기를 키우며 완전히 자신만의 새로운 가족을 탄생시키려 했던 겁니다. 남현호 가문의 재산은 통째로 이교준 가문의 것이 되지만, 그 과정은 일거에 침탈하는 게 아니라 테세우스의 배처럼, 야금야금 조금씩 가족과 재산을 바꿔나가 마침내 완전히 새로운 자신의 가족을 만드는 방법이었던 겁니다⋯⋯."

이교준은 말이 없었다. 진구가 다시 말했다.

"경찰에 수사를 요청할 겁니다. 물론 제가 오늘 이야기한 모든 증거를 같이 제공하면서요. 이교준 사장님은 아름이에 대한 친권을 상실할 거고, 남유정 씨의 대습상속도 아마 못 하게 될 겁니다. 아마 가족 교환 계획은 실패할 것 같군요. 사장님은 빈 몸으로 이 집을 나가게 되겠죠."

"죽인 게 아니라고 했잖습니까!"

이교준이 서슬 퍼런 목청으로 외쳤다. 하지만 메아리는 없었다. 분노의 출구를 찾지 못한 이교준은 진구를 보며 소리쳤다.

"당신은 내가 고용했어! 근데 이게 대체 뭐하는 짓이야!"

"이 사장님이 고용하신 건 맞죠."

"그런데! 왜 엉뚱하게 내 뒤를 파!"

"의도한 건 아니었습니다만, 우연히 사건의 진상이 보이더군요. 뭐 지나칠 수도 있었긴 합니다만……."

"그런데 왜!"

이교준은 얼굴이 불붙은 장작처럼 벌게졌다.

"제가 의뢰받은 건 상대편의 상속을 막아달라는 거지, 자신이 살인자인 게 밝혀지지 못하게 해달란 건 아니었잖습니까?"

"그걸 말이라고 해?"

"적어도 사장님의 의뢰에 어긋나는 건 아니겠지요. 사장님은 의견이 다른 것 같습니다만, 전 아직도 잘 모르겠네요."

진구의 말투는 배배 꼬여 있었다. 이교준은 더 이상 소리치지 않았다. 이런 진구를 상대로 흥분해봐야 아무 소용이 없다는 생각이 든 모양이었다. 남고운이 입을 열었다.

"그럼 이 이교준이한테는 한 푼도 안 가는 거군요."

"상속은커녕 감옥행이 기다리고 있겠죠."

진구가 말했다. 남고운 자매의 입가에 슬그머니 웃음기가 떠올랐다. 이 상황에 어울리지 않는 웃음을 자제해야 한다고 의식했겠지만 의식적인 노력만으로는 끝내 그 웃음을 감추지 못했다. 남고운은 이교준을 질타함으로써 겨우 웃음기를 감추었다.

"어떻게 사람을 죽이면서까지. 당신은 벌 받을 거야."

이교준은 붉어진 얼굴을 숨기려는 듯 고개를 푹 숙인 채 도리질을 쳤다.

"제부, 아니 이 살인자! 그래 놓고 뭐? 우릴 의심한다고?"

남문영이 소리쳤다.

"잠깐만요."

진구가 가볍게 손을 들었다. 방금 도덕교사 흉내를 낸 남고운과 피해자 흉내를 낸 남문영은 진구를 쳐다보았다.

"하지만 다른 분도 웃기에는 아직 이르다고 생각하는데요."

"뭐?"

남고운이 빽 소리를 질렀다.

"후훗, 이번에는 진구 씨가 뭔가 이의를 제기할 모양인데."

유재연이 비웃듯이 말했다. 진구가 유재연의 비웃음을 뭉개듯 말했다.

"이건 유재연 씨에 대한 이야기입니다."

유재연의 안색이 변했다. 부엌에 앉아 있던 고진이 멀리서 말했다.

"이런, 이런. 뭔지 모르겠지만 진 군이 입을 열었으니 난 다시 잠시 빠져 있어야겠군."

"고 변호사님!" 하며 남고운이 나무라듯 불렀지만 고진은 "일단 이야기나 한번 들어보죠. 진 군은 항상 재밌는 얘길 하거든요"라고 할 뿐 호응하지 않았다. 진구가 말했다.

"간단하고도 명확한 이야깁니다. 유재연 씨는 상속을 받지 못한다는 겁니다."

"재밌네. 왜?"

유재연의 말투는 매끄러웠지만 눈빛은 이미 도끼라도 내려칠 듯 흉흉해져 있었다. 남고운 자매는 손을 맞잡고 진구를 응시했다. 어떤 간절한 기대감이 서린 눈빛이었다.

"이교준 씨가 경찰에 고발조치를 했습니다. 유재연 씨를요."

"뭘로요?"

남고운이 성급하게 물었다.

"살인이죠."

"살인? 내가?"

유재연이 안심했다는 듯 피식 웃음을 날렸다. 어머, 하고 남문영이 놀란 소리를 냈다. 남고운은 실망했다는 듯이 말했다.

"하지만 이 서방이 유정이를 죽인 게 밝혀졌잖아요. 저 여자를 고발해봤자 무슨 소용이에요? 그런 거라면 더 들을 게 없는 이야기네요."

김필립이 끼어들었다.

"일단 진구 씨 이야기를 계속 들어보지. 막내 처제 문제는 경찰이 새로 수사할 테니 기다려보고, 일단 우리가 여기 모인 건 상속 문제를 정리하기 위해서지 않아? 무슨 말을 하는지 들어는 보자고."

그의 말에는 상속 재산을 향한 포기할 수 없는 갈망이 담겨 있었다.

"이교준 씨가 경찰에 고발한 건 남유정 씨 살인사건이나 교통사고에 관한 게 아닙니다."

진구가 남고운 자매에게 말했다.

"그럼요?"

"이 집안에서 저질러진 범죄가 그것만 있는 게 아니잖아요?"

"참 듣기 불편하네. 도대체 내가 무슨 죄를 저질렀단 거야?"

유재연이 끼어들었다.

"그래요. 그건 좀 황당한데."

진구의 편을 들던 김필립마저 곤란한 표정을 지었다.

"뭐 설마 간통, 이딴 얘길 하려는 거야? 어이없어서. 간통죄는 이제 없어졌어. 몰라?"

유재연은 급기야 코웃음을 쳤다.

"좋아. 내가 간통을 했다고 쳐."

남문영이 유재연을 매서운 눈길로 쳐다보았지만 유재연은 아랑곳하지 않았다.

"지금 와서 설사 그게 밝혀진다 해도 내가 우리 영감님 재산을 상속하는 것하곤 무슨 상관이 있단 거야?"

유재연의 자신감의 근거였다. 당사자인 남현호가 죽고 없는 지금에서는 남고운 자매가 간통을 했느니 뭐니 양양거려봤자 자신이 이 집에서 3년간 참고 산 대가로 획득한 상속 재산에는 털끝 하나 건드리지 못한다는 상황을 잘 알고 있는 것이다.

"간통을 문제 삼은 게 아닙니다."

진구가 말했다.

"그럼 뭐?"

"간통의 결과에 대한 이야기죠."

"뭐냐고?"

"아기를 가졌잖습니까."

유재연은 또 피식 웃었다.

"그래, 맞아. 근데 지금은 없네."

그녀는 자신의 납작한 배를 가리켰다. 사람들은 눈살을 찌푸렸다.

"그래서 어떡할 거지?"

"그게 문제란 겁니다."

"약 올리지 말고 이제 그만 말해봐."

진구는 즉답을 않고 찻잔을 들고서 한 모금 들이켰다. 유재연의 얼굴에 초조한 빛이 어른거렸다. 잔을 내려놓은 진구가 입을 열었다.

"낙태를 하셨죠? 이교준 씨가 유재연 씨를 낙태죄로 경찰에 고발했습니다."

유재연은 멍한 얼굴로 진구를 바라보다가 소리를 버럭 질렀다.

"젠장, 뭔 소린가 했더니!"

유재연은 등 뒤의 방석을 집어 들어 테이블 위로 던졌다. 진구가 내려놓은 찻잔과 옆에 놓인 잔 두 개가 챙그렁 소리를 내며 쓰러졌고, 테이블 위에 찻물이 쏟아졌다.

"별짓거릴 다하네. 그걸 고발했다고? 상속 재산이 아까워서 날 애먹이려는 거야, 뭐야! 낙태했어, 그래. 요즘 그런 것도 처벌해? 알게 뭐야. 뭐 벌금 좀 나오겠지. 까짓것 많아야 몇백 내고 말지. 정말 치사해!"

권영덕이 재빨리 행주를 가져와 쏟아진 찻물을 훔쳐냈다. 그녀가 젖은 행주를 가져가는 것을 보며 진구가 말했다.

"현명한 생각입니다. 병원에 기록이 있고, 의사나 간호사들 여럿의 증언이 있으니 발뺌을 못 하시겠죠. 당연히 벌금형 정도가 나올 겁니다. 수십억의 상속 재산이 굴러들어오는 판국에 몇백의 벌금은 모기가 무는 만큼의 타격도 없을 테죠. 그런데 문제는."

진구는 손에 들고 있던 덕분에 유재연이 던진 베개를 피한 자신의 찻잔을 기울여 천천히 비웠다.

"상속을 과연 받을 수 있느냐는 겁니다."

부엌에서 쯧 하며 혀를 차는 소리가 들렸다. 고진이었다. 해미가 멀찍이 건너다보니 고진은 고개를 절레절레 흔들고 있었다. 고진의 모습에 정신이 팔려 있는데 진구의 목소리가 다시 귓전을 때렸다.

"상속법상 태아도 이미 출생한 걸로 간주되어서 상속자격이 있는 걸로 되어 있어요."

"그래서?"

"그래서죠. 낙태란 게 뭡니까? 바로 태아를 살해하는 겁니다."

"거창하게 말하지 마. 그래서 어쨌단 거야!"

"그건 바꿔 말하면 상속인을 살해한 게 되는 거죠."

"뭐?"

유재연이 낮은 비명 같은 소리를 냈다. 앗, 하며 감탄사에 가까운 말이 여기저기서 들렸다. 진구가 유재연을 똑바로 쳐다보며 말했다.

"다시 말해 유재연 씨는 상속인을 살해했기 때문에 상속자격을 잃었습니다."

"뭐얏!"

유재연이 벌떡 몸을 일으켰다. 하지만 그 이상의 행동을 취할 수 없었다. 베개를 던졌던 조금 전의 기개는 이미 사라지고 없었다. 남고운, 남문영 자매는 만면에 화색을 띠었고, 김필립의 눈이 휘둥그레 커져 있었다. 기어이 남고운이 한마디를 거들었다.

"맞아. 그건 사실이야. 우리가 낙태하는 병원까지 따라갔어. 의사나 간호사가 못 한다면 우리라도 증언해줄 거야."

"말도 안 돼! 그런 법이 어딨어?"

유재연이 목 눌린 고양이처럼 새된 소리를 빽 질렀다.

"어딨는 게 아니라 그게 법입니다."

진구가 말했다. 한동안 생뚱맞게 적막이 흘렀다. 나서서 유재연을 자극하는 말을 하려고 드는 사람은 없었다. 이미 충분한 것이다. 돈이 흘러가는 것을 막은 것만으로. 이교준을 제외한 나머지 사람들의 머릿속은 분명한 승리감으로 채워지고 있었다.

유재연은 선 채로 몸을 부르르 떨고 있다가 얼마 후 어지러운 듯 이마를 거머쥐고 털썩 의자에 도로 몸을 맡겼다. 헝클어진 머리가 얼굴을 덮어 표정을 가늠하기 힘들었다. 그녀는 한 손으로 얼굴을 덮은 채 축 늘어져버렸다.

"말도 안 돼……. 세상에 그런 법은 없어. 절대 포기 못 해……."

유재연은 혼자 중얼거렸지만 말에 실린 힘은 없었다. 당장 진구의 말을 받아들이지는 못하는 상태겠지만 이미 일이 크게 글러버렸다는 걸 직관적으로 알고 있는 것이다. 그런 유재연을 김필립이 고소하다는 듯한 표정으로 힐끔거렸다.

"잠깐, 그 아기가 할아버지의 아이일 리가 없잖아. ……그럼 상속권도 없는 거 아냐?"

해미가 조심스레 묻자 진구가 대답했다.

"혼인 중에 태어난 아이는 일단 부부 사이의 아이로 추정돼. 그 아기가 어르신의 아이가 아니었다고 주장해봤자 남현호 할아버지는 이미 세상을 떴고, 태아도 지금 세상에 없어. 그러니 유전자 검사를 할 수도 없고, 입증 방법이 없어. 법률상으론 엄연히 부부간의 아이이고 적법한 상속인이거든. 그러니 마찬가지야."

"그렇구나……. 뭔가 좀 법이란 게 이상하긴 하지만……."

그때 유재연이 고개를 번쩍 쳐들고 울부짖듯 말했다.

"왜 내게 말해주지 않았어!"

진구가 메마른 목소리로 말했다.

"난 분명히 낙태를 말렸습니다. 그런데도 낙태를 결정한 건 어디까지나 유재연 씨입니다. 난 그 상황을 활용했을 뿐입니다. 나나 다른 누구한테도 책임을 돌리지는 마시죠."

"상속권을 잃는다고 귀띔이라도 해줬어야지!"

"내가요? 왜요?"

진구는 유재연의 말이 정말 이해가 안 간다는 듯이 물었다.

"내가 말해줄 기회를 갖기도 전에 이미 유재연 씨는 몸을 마구 굴렸습니다. 술과 담배에 감기약까지 마구 먹어댔어요. 내가 무슨 말을 하기에는 이미 늦지 않았습니까? 그래도, 낙태는 생명을 지우는 일이다, 하지 않는 게 좋다고 분명히 말했습니다. 하지만 유재연 씨는 결심을 바꾸지 않았습니다. 그런데 낙태하면 돈을 잃는다는 말까지 해줘야 합니까? 그 이야기가 더 중요한가요?"

진구를 노려보던 유재연의 눈은 서서히 절망의 그림자가 드리워져 초점을 잃어갔다.

"아무리 남편이 할아버지래도, 엄연히 남편인데 간통하고 재산까지 물려받으면 안 되지."

"그래요. 이건 법 이전에 상식의 문제예요."

남고운이 훈계하듯 말한 데 이어 남문영도 뽐내듯 말했다. 이제는 유재연에게 한마디씩 해도 되는 상태라고 안심한 모양이다. 유재연은 항의도 반박도 하지 않았다. 머리칼을 늘어뜨리고 여로에 지친 나그네처럼 소파에 몸을 묻고 있을 뿐이었다.

해미는 유재연이 측은했다. 비록 그녀의 인생에 동의할 순 없었지만, 안타까웠다. 인생의 빛나는 시기를 노인 곁에 묻고 유산 하나를 보고서 참고 견뎠던 여자다. 이제 그 꿈은 남풍 맞은 눈사람처럼 녹아 없어졌다. 한 사람이 일생을 품어온 꿈이었다. 그게 돈이든 남자든 명예든 다를 것은 없다. 그 상실감을 누가 비웃을 수 있을까. 유재연은 눈물조차 흘리지 못했다. 넋이 빠져버린 사람 같았다. 눈동자는 공허했다. 금방 자신이 잃은 것의 그림자만이 어른거리는 듯 보였다. 돈, 모두가 그 돈 때문에.

……근데, 그 돈은 이제 누구에게로 가는 걸까? 이교준이 상속권을 잃었고, 유재연도 지금 막 잃었다. 그들 몫의 재산은 남은 상속인인 남고운 자매가? 해미는 그 생각을 하자 도리어 오싹했다. 이교준은 몰라도 차라리 유재연 쪽이…….

해미는 남고운 자매를 힐끔 쳐다보았다. 희열에 차 이를 악문 모습이었다. 승리의 기쁨을 표 나지 않게 만끽하느라 어깨가 미세하게 들썩였다. 진구를 보니 해미와 마찬가지로 남고운 자매를 응시하고 있었다. 역시 냉랭한 시선이었다. 해미는 아마 자신의 눈빛도 비슷할 거라고 생각했다.

남고운 자매를 물끄러미 바라보던 진구가 문득 입을 열었다.

"두 분도 박수를 치기에는 이릅니다."

"예? ……무슨 소리예요?"

남고운이 심상치 않은 기색을 느끼고 물었다. 김필립도 몸을 움찔했다. 바로 조금 전 유재연이 어이없게 상속권을 잃는 장면을 목격했다. 낙태에는 책임이 없다 하더라도 사건의 이면에 진구가 있었다는 느낌은 확실히 든다. 형사고발을 통해 공적으로 낙태 사실을 확정지은 건 그의 의지임이 틀림없다. 그런데 그 진구가 남고운 자매에게 경고를 했다. 김필립을 포함한 세 사람은 목덜미에 찬물을 끼얹힌 듯 돌연 싸늘한 기분에 휩싸일 수밖에 없었다.

진구가 툭 던지듯 말했다.

"이교준 씨가 두 분도 고발을 했거든요."

"고발? 우릴?"

"살인으로요."

"뭐, 살인?"

김필립이 기막히다는 듯 말했다.

"하!"

남문영이 콧방귀를 뀌었다.

"아, 뭐, 혹시 우리가 유정이를 죽였다는 그 헛소리 말이에요? 그래서 우리가 상속자격을 상실한다, 그런 거? 나 참 어이가 없어서.

421

이교준 이 사람, 돈에 아주 눈이 뒤집혔네요. 백날 고소해봐요, 말이 되나. 범인은 이교준 본인이잖아요. 이따위 얘긴 들을 가치조차 없어요."

평소의 남문영답지 않은 거친 말투였다.

"얼마든지 해볼 테면 해봐! 미친놈 같으니."

김필립도 소리쳤다.

"그런 고발은 이제 의미 없지 않겠어요? 바로 조금 전에 진구 씨가 직접 밝혀주셨잖아요. 이교준이가 우리 유정이를 죽였다고."

남고운이 차분하게 말했다.

"죽이지 않았다고 했죠!"

이교준이 소리를 질렀다.

"김순옥이하고 애까지 낳고 살았으면서 무슨 할 말이 있어? 너가 죽인 거야! 그래 놓고서 집사람을 고발해?"

김필립이 마주 소리를 질렀다.

"그렇게 따지면 유정이의 배신이 먼접니다! 원경호와 간통하고 애까지 가졌어요. 더구나 지울 생각도 안 하고 기어이 낳고요!"

"그래도 사람을 죽이는 건 다른 일이죠! 유정이를 죽였다는 게 밝혀졌는데 무슨 큰소리예요? 고발은 또 뭐고!"

남문영이 소리쳤다.

"안 죽였다니까!"

이교준이 맞받아 소리쳤다.

그의 외침을 끝으로 문득 정적이 찾아왔다.

의자에 등을 기대고 있던 진구가 상체를 일으켜 세우며 조용히 말했다.

"좀 진정하셨습니까?"

권영덕이 다가와 넘어진 찻잔을 치우기 시작했다.

"아이구, 와 이래 시끄럽노. 영감님 가신 지 얼마 됐다고……. 쯧쯧."

그녀는 혼잣말처럼 읊조렸다. 필시 마음속으로는 더한 욕을 했으리라. 권영덕이 테이블 위에 흐른 찻물을 마저 닦고 찻잔을 치워가는 동안 아무도 입을 열지 않았다. 거실에는 어색함만이 맴돌았다. 권영덕이 쟁반에 찻잔을 들고 부엌 쪽으로 가버리자 진구가 다시 입을 열었다.

"나머지 이야기를 해도 되겠습니까?"

"그래, 얼른 이야기해봐. 인제 성질들 좀 가라앉힌 것 같으니까."

해미가 냉큼 말했다. 명백히 조롱하는 투였지만 아무도 나서지는 못했다. 진구가 남고운 자매에게 말했다.

"남고운, 남문영 씨에 대한 이교준 씨의 고발은 다른 종류입니다."

"……뭔데요, 그게?"

남고운이 물었다.

"두 분은 유재연 씨가 낙태하는 병원에 따라가 병원비까지 내주셨다면서요? 수술 끝날 때까지 기다렸다가 집으로 데려오고."

"그래요. 인간적으로……."

남고운이 힘없이 말했다.

"좋은 마음이었다고 믿어드리죠."

"믿어주는 게 아니라 우린 정말 그랬어요."

남문영이 진구를 똑바로 바라보며 옷매무새를 고쳤다.

"그건 진구 씨가 더 잘 알잖아요? 저 여자가 낙태를 결심했는데 막상 병원에 갈 용기가 없는 것 같다. 도와주는 게 어떻겠냐, 우리한테 권했잖아요. 그 얘길 듣고 같은 여자로서 우리가 나서준 거예요. 인간적으로……"

"알겠습니다. 그런데 인간적으로, 뭐 그런 건 잘 모르겠고요, 문제는 의도가 좋았다 쳐도."

진구는 잠깐 말을 멈추고 남고운을 정면으로 쳐다보았다.

"그건 유재연 씨의 낙태를 도운 거죠."

"꼭 도왔다기보다는……"

진구가 말허리를 잘랐다.

"참 못 알아들으시네요."

"예?"

"법적으로는 낙태를 도운 공범이 된다는 겁니다."

"뭐라고요?"

남문영과 남고운이 누가 먼저랄 것도 없이 소리를 높였다.

"낙태, 다시 말해 상속인인 아기의 살해행위를 도운 겁니다. 따라서 두 분도 유재연 씨와 마찬가지로 상속자격을 잃었습니다."

찬물을 끼얹은 듯 조용해졌다. 남고운과 남문영의 낯빛은 표백제라도 뿌린 것처럼 순식간에 하얗게 변했다. 부엌 안쪽에서 아기가 울먹였고, 권영덕이 아기를 들고 어르는 소리가 정적을 깨뜨렸다. 제일 먼저 정신을 차린 건 김필립이었다.

"무슨 이런 말도 안 되는……."

그는 말을 다 잇지 못했다.

"이교준 씨는 유재연 씨와 함께 두 분 역시 낙태죄의 공범으로 고발했습니다. 다시 말해 태아 살인, 즉, 상속인 살인이죠. 역시 병원 기록이나 카드결제기록이 있으니 부정할 수 없겠죠. 지금 막 자기 입으로 털어놓기도 했고요."

"말도 안 돼."

남고운이 고진을 휙 돌아보며 도움을 구하듯 말했다.

"고 변호사님, 이게 말이 되는 소리예요?"

부엌에 앉아 있던 고진이 곤혹스러운 듯이 고개를 꼬며 말했다.

"전례가 없는 일이긴 합니다. 이런 사례는 한 번도 들어보지 못했어요. 하지만 법률적으로는 그렇다고 할 수밖에 없네요. 유감이지만…… 맞습니다."

"이럴 수가, 이럴……."

남고운이 입을 멍하니 벌리고서 고개를 흔들었다.

"어머, 이를 어째……."

남문영은 거의 울 듯한 얼굴이 되었다.

킥킥, 고개를 숙인 유재연의 웃음소리가 들렸다. 짧은 시간의 환희를 뒤로하고 자신과 같은 신세가 되어버린 남고운 자매의 운명에 퍼붓는 자학적이고 가학적인 비웃음이었다. 김필립이 노려보았지만 그녀의 웃음소리는 크레센도로 높아만 갔다.

남고운이 고개를 퍼뜩 쳐들었다.

"잠깐……, 당신이 먼저…… 유재연이 낙태를 고민하고 있다면서 도와주라고……. 이 인간! 김진구, 너가 우릴 속였어!"

남고운 말은 절규에 가까웠다.

"왜 우릴 끌어들였어요? 왜 낙태를 도와주라고!"

남문영이 거의 울부짖었다.

"이해가 안 되네요."

진구가 고개를 갸웃거렸는데 해미에게는 마치 연극을 하는 듯 부자연스럽게 보였다.

"아무리 이교준 씨의 의뢰를 받은 입장이지만 전 유재연 씨의 낙태를 분명히 말렸습니다. 태아도 생명인데 그러면 안 되지 않느냐고요. 그런데 유재연 씨는 코웃음 쳤어요. 이미 낙태를 결심한 상황이었죠. 술, 담배에다 약물까지 들이부었고요. 낙태는 기정사실화된 겁니다. 그럼 어떡하겠습니까? 그런 조건하에서 제 의뢰인의 이익을 위해 움직이는 게 당연한 거 아닌가요? 두 분이 상속권을 잃고 의뢰인이신 이교준 씨가 이익을 보도록 말이죠. 그렇다고 제가 있는 재산을 불에 태우거나 물에 빠트리거나 해서 없앤 건 아니잖습니까? 단지 재산의 귀속을 약간 바꾼 것뿐이죠. 어딘가 틀렸습니까?"

"이런 망할……."

김필립이 붉으락푸르락해서 중얼거렸다. 분을 참지 못해 의자에서 엉덩이를 뗐다 붙였다 했다. 해미는 불안했다. 이 자리를 떠나고 싶었다. 어떻게든 정리가 되어야 하는데……. 그런데 진구 저 인간은 왜 저리 태연하지?

부엌 의자에 앉아 있던 고진이 일어서서 고개를 절레절레 흔들며 다가왔다.

"진 군이 낙태를 도와주라며 유도했던 모양이군요. 설마 했는데……. 그래서 내가 다른 사람 말은 절대 듣지 말라고 경고했었던 겁니다."

"진작 이런 일을 않도록 말해주셨어야죠!"

남고운이 고진을 향해 부르짖었다.

"두 자매가 발 벗고 나서서 낙태하는 데까지 따라갈 거라고야 어떻게 예측했겠습니까?"

고진은 퉁명스럽게 쏘아붙이며 남고운 자매의 남 탓을 잘라버렸다.

"그, 그럼 대체 이 집안의 막대한 재산은 어떻게 되는 거야. 새엄마도, 딸들도 상속권을 잃었고, 사위인 이교준이도 상속권을 잃었으면……."

김필립이 혼잣말처럼 중얼거렸고, 고진이 선 채로 말했다.

"아기가 모든 걸 물려받습니다. 물론 지금 이 집안에 있는 저 아름이가 아니라, 김순옥이 몰래 데리고 있다가 입양기관에 맡겨버린 남유정의 아이인 그 아름이가요. 다시 말하면 유전자 검사에 패배하고 사라져버린 원경호가 '그 아름이'의 아버지로서 친권자가 되어 재산의 대리권을 가지게 되겠군요."

"이, 이럴 수가."

김필립이 입을 벌렸다. 폭락한 주식 시세판 앞에서 울부짖는, 경제신문에 흔히 실리는 실패한 투자자의 표정 그대로였다.

"이교준이 테세우스의 배처럼 가족을 통째로 교환해서 이루려던 걸 결국 원경호가 이룬 셈입니다. 물론 아이의 엄마가 없는 불완전한 가정이긴 하지만요."

"왜 그런 짓을 했지?"

남고운이 이를 갈며 진구에게 물었다. 살인이라도 불사할 듯 일그러진 표정이었다.

"그런 짓이라뇨?"

"우릴 함정에 빠트린 것 말이야!"

"함정이라고 받아들이실 필요까지야……."

"이런 악당!"

남고운이 소리쳤다.

"잠깐만요."

진구는 곤란하다는 듯이 손가락을 옆 이마에 댔다.

"퍼스널하게 받아들이지 않으셨으면 좋겠네요. 전 중립입니다. 이교준 씨의 의뢰였을 뿐이에요. 다른 분들의 상속을 막는 대가로 보수를 받기로 했거든요."

"의뢰? 의뢰가 있으면 살인이라도 할 거야!"

김필립이 소리쳤다. 진구는 그를 물끄러미 보았을 뿐이다.

"이게 내 의뢰대로 한 거라고? 헛소리 마! 당신은 지금 날 살인자로 몰았잖아?"

이번에 소리친 사람은 이교준이었다.

"내가 맡은 의뢰는 처형들과 새어머니의 상속을 좌절시키는 거죠. 이교준 씨의 살인이 밝혀지지 않도록 해달라는 건 아니었던 걸로 아는데요."

진구가 검지를 세우고 냉정하게 대꾸했다.

"이게 무슨 말도 안 되는……."

이교준의 목에 시퍼런 핏줄이 올라왔다.

"이교준 사장님한테 말이 안 되는지는 몰라도, 계약은 그렇습니다. 그리고 약속대로 상대방의 상속을 모두 좌절시켰으니까 보수는 받겠습니다. 공정증서의 조건은 분명 그랬죠. 어떤 이유로든 처형들과 새어머니가 상속을 못 하게 되면 저한테 보수를 주기로요. 약속한 건 약 4억이었지만 증서상 넘기기로 한 건 아마 3억 상당의 집이었죠? 1억 손해지만 그 정도로……."

"이 미친……!"

이교준이 버럭 목청을 올렸지만 이내 수그러들었다. 살인이 드러난 판에 공정증서의 효력이 문제가 아니었다. 법적으로도 '상대방의 상속이 좌절되면 진구에게 돈을 지급하기로 한 약정'의 조건은 성취되었다. 무효화시킬 명분은 없었다. 지금 어쨌든 유재연을 포함해서 남고운, 남문영 등 상속의 상대방 모두의 상속이 좌절되었으니까. 하지만 그들에게서 받아낸 상속 재산은 엉뚱한 곳으로 가게 되었다. 이교준 앞에는 아마도 감옥이 기다리고 있을 것이다. 이교준은 피가 맺힐 정도로 주먹을 부르쥐었다.

"그럼, 난 이만."

고진이 일어나 윗옷과 코트를 주섬주섬 챙겨 입고 거실을 스쳐 현관으로 걸어 나갔다. 아무도 그를 신경 쓰지 않았다. 의뢰인인 남고운, 남문영은 소파에 쓰러지듯 기대 덩그러니 거실 천장을 쳐다볼 뿐이었다. 진구가 고진을 따라나섰다.

현관문을 닫고 나온 진구의 시야에 대문을 막 빠져나가는 고진의 뒷모습이 들어왔다. 늦가을의 하늘은 막 비라도 한바탕 쏟아질 듯 낮고 우중충했다. 진구가 빠른 걸음으로 따라 나가 고진을 뒤에서 불렀다.

"가시게요?"

고진이 대문 앞에서 걸음을 멈추고 돌아보았다.

"그래야지. 비 쏟아지기 전에 빨리 떠나야겠어. 의뢰인이 저렇게 박살 났는데, 뭐 차비라도 받을 수 있겠나?"

"전 고 변호사님이 싫습니다."

진구가 다짜고짜 말했다.

"이런……."

고진이 목을 움찔하며 곤란하다는 표정을 지었다.

"이 집 일로 싸웠다고 해서 날 싫어할 것까지야 있나? 아무튼 자넨 의뢰를 성공시켰고 돈을 챙겼잖아. 결과적으로 진 건 내 쪽이라구."

"아뇨, 그것 때문이 아닙니다."

"그럼 뭔가?"

"해미를 소녀시대라고 부르신 탓에 제가 요즘 고생하고 있거든요."

"어, 그랬나?"

고진이 킬킬킬 웃었다.

"그런데 그것 빼면요……."

"빼면?"

진구는 입을 달싹거리다 그만두고는 다시 천천히 입을 열었다.

원래 하려던 말을 삼키고 다른 말을 하는 것 같았다.

"어쨌든, 고 변호사님도 해미하고 생각이 같으셨더군요."

"응? 해미 양이 무슨 생각을 했는데?"

"차라리 이 집 재산이 몽땅 아기한테 가는 게 좋겠다고."

"흠. 그렇군. 근데 내가 그렇게 생각했나?"

진구는 고개를 갸우뚱거리는 고진을 똑바로 쳐다보며 말했다.

"……남고운 자매한테 다른 사람 말을 듣지 말라는 식으로 경고한 건 최소한의 할 일을 했다는 면피용이었겠죠. 그 말씀을 하셨다면 제가 자매들의 상속을 좌절시키기 위해 어떤 행동을 할 수 있다는 것까지 예상하셨을 게 틀림없습니다."

"남 시스터스와 같은 말을 하는군. 그건 오로지 진 군, 자네의 힘이야."

고진은 그저 날씨가 걱정스러운 듯 시커멓게 변해버린 바다 쪽으로 눈길을 보냈다.

"아무튼…… 감사합니다."

진구가 말했다.

"뭐가?"

고진은 무슨 소린지 모르겠다는 듯 양팔을 벌렸다. 그러고는 등을 돌려 털레털레 걸어갔다.

"김순옥은 남유정의 아기인 아름이를 잠시 맡아 기르고 있다가 정이 들었던가봐. 입양기관에 맡기면서 그리 울었던 걸 보면. 엄마 어쩌구 한 걸 보면 자기도 몰래 모성본능이 생겨났던 것 같기도 하고. 뭐 약간의 죄의식은 있었던가보지. 이교준보단 맘이 약한 사람이었던 건 분명해."

진구가 말했다. KTX 특실 좌석에 해미와 나란히 앉아 서울로 올라가는 참이다.

"그래도 이교준 그 사람도 좀 불쌍하다……. 자기 가족을 만들려는 집착 때문에 이 일을 다 벌인 거잖아."

해미가 귤을 오물오물 씹으며 말했다.

"글쎄, 그런 건 잘 모르겠는데."

진구는 냉정하게 말을 받았다.

"이교준 그 사람도 쬐금은 불쌍하지 않아? 김순옥하고 바람피운 건 맞지만 그렇게 따지면 남유정도 바람피웠잖아. 원경호하고 먼저. 서로 다른 사람의 아기까지 낳고."

"별로 동정이 안 가는데."

"아니, 아내를 죽인 걸 이해할 만하다는 게 아니구, 그 사람 입장에서 한 번은 생각해볼 수도 있단 거야. 가족에 대한 집착이 무서울 정도로 강한 사람이었는데, 아내가 철저하게 자기를 배신했고……. 그래서 아내를 죽여서라도 자기만의 가족을 갖고 싶었다, 이거잖아."

"별로."

해미는 이교준에게 동정을 보내는 자신의 말이 어차피 진구에겐 공감 안 될 거라고 생각했지만 진구의 심드렁한 태도에는 울컥 화가 치밀었다.

"왜? 끝까지 사람을 미워해, 이 뱀아!"

해미가 소리를 높였다. 진구는 차분하게 말했다.

"미워하지 않아. 그렇다고 좋아하지도 않고."

그 말에 해미의 기분이 한없이 가라앉고 말았다. 진구의 말이 '이교준'이 아니라 마치 '사람'에 대한 것처럼 들려서였다.

열차가 동대구역에 이를 때까지 두 사람은 대화가 없었다. 진구는 그새 선잠이 들었다. 기차가 동대구역을 출발하려 약간의 진동을 실을 무렵 해미는 가라앉은 기분을 떨치고 말했다.

"근데, 근데 말이야. 그날 이교준이 살인자로 밝혀지니까 오빠한테 막 화내면서 그랬잖아. 내 대리인으로 여기 왔으면서 무슨 짓이냐고. 그러니까 오빠 살인사건을 밝혀내는 건 계약사항이 아니니 뭐니 그랬고. 근데 그게 말이 돼? 사실 의뢰인 뒤통수 때리는 건데."

해미의 낭랑한 말소리에 진구는 선잠에서 퍼뜩 깨어났다.

"으음, 왜. 살인자를 밝혀내는 게 싫어?"

"아니, 아니, 그게 아니라, 이해가 안 가서. 오빠 남고운 자매의 살인을 파헤치러 왔잖아. 그게 이교준하고의 본래 계약 내용이었고. 고진 아저씨도 그랬지. 오빠 사건을 만드는 데 관심이 있지, 사건의 진상엔 관심이 없어 보인다고. 근데 왜 엉뚱하게 이교준의 살인을 파헤쳤던 거야? 아, 처음부터 그 사람을 의심했던 거지? 아니, 그럼 대체 왜 의뢰를 받았어? 왜 그랬어? 왜?"

횡설수설을 거듭하던 해미의 목소리가 조금 올라간 모양이다. 앞좌석의 중년 남자가 고개를 반쯤 돌려 "거참, 좀 조용히 얘기합시다! 기차에서 웬 추리소설 얘길 그렇게 크게 해요?" 하며 신경질을 냈다. 그 바람에 해미의 목소리는 급격히 쪼그라들었다.

"그러고 보니 고진 아저씨한테 정보를 준 사람도 오빠지? 내가 오빠한테 가져다 준 김순옥 머리카락으로 한 유전자 검사 결과도 알고 있었어. 그건 오빠 말곤 알려줄 사람이 없잖아."

해미가 속삭이듯 말했다.

"그건…… 맞아. 유전자 검사회사 직원들한테 그랬어. 유전자 검사 결과는 고진 변호사님에게 보내달라고. 그러려고 의도적으로 직원들이 집에 왔을 때 남고운의 입으로 고진 변호사님이 그들의 대리인임을 말하게 했어. 회사에서 결과지를 고진 변호사님한테 믿고 보내주게끔 하려고."

해미가 앞좌석 남자의 뒤통수를 힐끔 보았다. 아무런 움직임이 없는 걸 확인하고는 안심하고서 말했다.

"그날 저녁 고진 아저씨의 행동도 그랬어. 범인을 밝히려는 판에 마치 오빠한테 결정을 넘길 것처럼. 살인자 이교준을 숨기느냐 밝히느냐 하는 판에 말이야. 오빠한테서 정보를 얻었기 때문 아냐?"

진구는 가볍게 기지개를 켰다.

"내 선택을 구경한 거야……. 의뢰인이 살인자인데, 자, 어떻게 할 건가, 하고 말이야. 희한한 사람이지."

"선택? 선택이라고?"

해미는 고개를 갸웃했다.

"오빠 결국 이교준이 살인자라는 사실을 밝혔어……. 근데 그게 오빠의 선택이었다고……?"

해미가 말을 멈추고 눈을 부릅떴다.

"하긴 그날 분명 오빠가 그랬었지. 지나칠 수도 있었는데, 하고 말이야. 그럼……. 오빠 이교준을 처음부터 의심했던 건 아니란 얘기네?"

"얘기했잖아. 집으로 찾아왔다가 돌아가는 원경호의 머리 흉터를 보고는 이교준이 살인자이지 않을까 의심을 갖게 됐고, CCTV

화면에서 모하비의 범퍼가 사고 직전에 이미 망가져 있는 걸 보고서 진상을 확실하게 알게 된 거야."

해미의 목소리가 또 올라갔다.

"하지만 진상을 알고도 그냥 넘어갈 생각도 했단 거잖아! 사람을 죽인 인간인데. 그게 말이 돼!"

앞좌석의 중년 남자가 가자미 같은 눈을 하고 한 번 더 돌아보았다. 해미는 찔끔해서 입을 닫아버렸다.

진구가 말했다.

"해미, 넌 날 몬스터로 생각하는 경향이 있어."

"아니야, 그럼?"

"아닐 거야."

해미는 물끄러미 진구의 옆얼굴을 바라보다가 작게 한숨을 내쉬고 물었다.

"왜 그랬어?"

"뭘."

"지나칠 수도 있었다며. 근데 왜 이교준이 살인자인 걸 밝힌 거야?"

"아깐 사람을 죽인 인간을 못 본 체하려 했다고 화내놓고 이젠 또 그런 소릴 하냐?"

"궁금해서 그래. 사실 내가 아는 오빠는 그런 정의파 인간은 아니거든. 몬스터인지는 모르겠지만. 어쨌든 이교준은 오빠한테 돈을 지불할 의뢰인이잖아. 근데 왜 살인을 밝힌 거야? 다른 사람도 아닌 아닌 진구가."

해미는 질문을 던져놓고 진구를 빤히 쳐다보았다. 진구는 묵묵히 있다가 겨우 입을 열어 한마디를 했다.

"그냥."

"그냥, 뭐?"

"기분이 더러워서."

"기분이⋯⋯?"

진구는 모자를 푹 눌러쓰고 수면을 취하는 자세로 엉덩이를 쭉 빼더니 창을 향해 고개를 돌려버렸다. 해미는 더 추궁하지 않았다.

해미는 문득 기억이 났다. 진구는 언젠가 거실에 멍하니 앉아 있다가 뜬금없이 혼자 남현호의 방에 들어갔다가 나왔었다. 그때 아버지 생각이 났다고 했다. 그건 흉터가 남은 원경호의 이마를 보고서 이교준의 범죄를 눈치챈 직후였다. 아름이에게 지옥의 유년기를 선물하려 한 이교준의 그 악마적인 범죄를. 그리고 또 해미는 떠올렸다. 진구도 중학시절 아버지를 잃었다는 사실을. 그리고 수학자를 꿈꾸며 온갖 경시대회에서 기록적인 성적을 거두고 승승장구하던 진구는 아버지의 죽음 이후 갑자기 수학을 포기했고 왠지 인생 그래프가 뒤죽박죽이 되어버렸다는 것을.

진구는 자신의 기억을 떠올린 것일까. 친아버지를 알지 못한 채 낯선 타국에서 살아갈 뻔한 아름이에게서 진구의 과거가 비추어졌는지도 모른다.

이탁오 박사의 계획

천장에서 치렁치렁 늘어뜨려진 크리스털 샹들리에가 조그맣게 열린 시야로 들어왔다. 자신의 몸이 침대에 뉘어 있는 걸 느낄 수 있었다. 진구는 눈꺼풀을 열고 눈알을 이리저리 굴려보았다. 온통 갈색 벽지로 도배되어 있어 고풍스러운 느낌을 주었다. 침대 오른편에 창문이 있지만 두꺼운 커튼이 내려져 바깥을 볼 수 없었다. 깨어난 이 방은 진구가 숨어들어왔던 산간의 그 집 안이 틀림없었다. 벽에는 다리와 상판만 있는 조그맣고 검은 책상과 의자가 딱 붙어 있다. 침대 옆 협탁은 비어 있고, 그 옆에 철로 된 조악한 옷걸이가 클래식한 방의 조화를 깨며 서 있다. 옷걸이에는 노란색 약물이 든 비닐봉지가 걸려 있다. 봉지에서 빠져나온 투명한 튜브를 시선으로 좇다 보니 진구의 팔뚝에 닿았다. 진구는 주먹을 쥐었다 폈다 해보았다. 잘 움직였다. 발도 이상이 없는 것 같다. 철편으로 찌른 목 부위가 아팠다. 거즈가 붙어 있는 느낌이었고, 무언가 처치가 되어 있는 것 같았다.

방문이 열렸다.

하얀 머리의 남자가 쑥 들어왔다.

이탁오 박사였다. 손에는 스카치 잔이 들려 있었다.

"깨어났군. 역시 젊음이 좋아. 생각보다 회복이 훨씬 빨라."

이탁오는 스카치 잔을 침대 옆 협탁 위에 놓았다. 이어 벽에 붙은
책상 아래에서 표면이 반질반질한 의자를 꺼내 침대 옆에 놓고 앉
았다.

"하긴 목을 찔렀다 해도 별거 아니었어. 동맥이나 굵은 정맥은
다 피했어. 피만 좀 많이 흘려서 정신을 잃었을 뿐이었지. 아, 그대
로 누워 있게."

이탁오는 움찔거리는 진구를 손을 가볍게 펴 제지했다.

하지만 진구는 등을 움직여 상체를 조금 빼내 일으켜 베개에 기
댔다. 생각보다 몸 상태가 가뿐했다. 진구는 입을 열어보았다. 말
이 되어 나왔고, 성대는 아프지 않았다.

"'어쨌든' 살려주셔서 고맙습니다."

진구는 '어쨌든'에 힘을 주었다. 이탁오는 그러든 말든 하하하,
크게 웃었다.

"인사치레는 안 해도 돼."

진구는 미세하게 턱만 까딱했다.

"김진구라고 했나? 자네 소지품 중에 신분증이 있더군."

"이탁오 박사님이실 테고요."

"날 안다면 그냥 들어온 건 아니군, 확실히."

"고진 변호사님의 부탁을 받고 조사 중이었습니다."

"고진 변호사?"

이탁오는 눈을 크게 뜨더니 이내 고개를 끄덕끄덕했다.

"역시 그랬나. 하여튼 고진 변호사가 부탁했다면 자네도 어떤 종류의 인간일지 대충은 짐작이 가. 그래도 한 번 묻고 싶어. 왜 자기 목을 찔렀나?"

진구가 대답이 없으니 이탁오가 또 말했다.

"자네도 알겠지만 이젠 더 이상 자네를 어찌할 일은 없어. 이제부터는 편하게 이야기하기로 하지."

진구는 큿 소리를 내 목을 한번 점검해보고 말했다.

"박사님은 이미 다 짐작하실 것 같은데요."

"자네한테 직접 듣고 싶어."

이탁오는 씩 웃었다. 재밌는 장난을 앞둔 악동의 웃음 같았다. 진구는 헛기침을 두어 번 하고서 말하기 시작했다.

"……주변에서 아사체가 발견되었다더군요. 타살 흔적은 전혀 없는 단순한 아사체, 아니면 탈수증 시체. 탐문하던 도중에 이 집에 대해 이야기하는 마을 사람들을 만났어요. 한번 조사해볼 필요가 있겠다 싶어서 몰래 둘러봤죠. 근데 그렇게 집 뒤편 베란다에 덫을 설치해놓고 계셨을 거라곤 정말 상상 못 했습니다."

"덫이라……."

"일부러 집 뒤편, 밖에서는 보이지 않는 쪽 바깥 창문을 빼꼼히 열어놓으셨죠. 다른 출입구하고 창문은 안에서 걸어 잠그고 커튼까지 쳐놓았으니 집 안으로 들어가려는 사람들, 이를테면 좀도둑 같은 자들은 일단 뒤쪽 열린 창문으로 침입하게 돼요. 근데, 베란다 안으로 들어가면 창문이 자동으로 잠기게 되어 있더군요. 철제 블라인드 때문에 부술 수도 없고요. 거실 쪽 창문은 잠겨 있는 데다가 방탄유리까지 끼워져 있습니다. 결국 나가지도 들어가지도 못하게 돼요. 베란다에 완전히 갇혀버리는 겁니다. 처음에는 집주인이 방범에 극도로 신경을 쓰다 보니 이렇게 만들어놓았나보다, 하고 생각했지만 아니더군요. 박사님이 처음 거실 창문에 모습을 보이셨을 때, 마치 플라스크를 들여다보는 연구자처럼 차갑게 관찰만 하다가 가셨죠. 그때 깨달았습니다. 이건 방범 설비가 아니라 인위적으로 만든 덫이라는 걸요. 고진 변호사님이 일을 맡기면서 그랬습니다. 이탁오 박사의 짓인 것 같다, 살인 정도는 그분에게 의미가 없다, 라고요……."

"역시…… 자넨 뭔가 다르군. 지금껏 내 실험 베란다에 들어온 녀석들은 꺼내달라고 몇날며칠을 헛되이 발버둥 치다가 굶어 죽었지."

이탁오는 오싹하게 웃었다.

"근데, 자신의 목을 찌를 생각을 왜 했지?"

"고진 변호사님이 덧붙인 말이 있었어요. 그 박사님은 법의 허점을 조롱하는 일을 취미로 삼는 사람이니까 조심하라고. 그리고 그 사실도 떠올랐죠. 살인의 흔적이 전혀 없는 아사체로 발견된 뜨내기들. 그리고 여봐란 듯이 산길 여기저기에 널브러뜨려 놓은 모습들. 이게 뭘 말하는지 생각해봤습니다. 일단 자연사한 시체를 두고 어떤 수사가 개시될 가능성부터가 없습니다. 또, 만에 하나 혹시 수사가 이루어진다 하더라도요, 박사님은 '법적으로 안전한' 상태였어요. 박사님은 살인을 하지 않았습니다. 굶겨 죽이지도 않았어요.

단지 '방범'을 위해 베란다에 철제 셔터를 내리고 거실에 방탄유리를 설치한 것뿐이죠. 거기에 지나가던 도둑들이 뛰어들었다가 빠져나가지 못하고 탈수로 죽거나 굶어 죽은 것뿐입니다. 박사님에게 법적 책임을 물을 수 있는 게 아닙니다. 나쁜 건 도둑놈이죠. 물론, 사람이 갇히고 물도 못 마신 채 굶어 죽어가는 걸 보면서도 내버려두면 '부작위에 의한 살인'이 성립합니다. 하지만 박사님은 이렇게 말하면 그만입니다. '어? 거기서 사람이 죽었어요. 몰랐네. 한동안 그 집엔 안 갔거든요.' 거기 사람이 갇힌 사실을 몰랐다는데 어쩌겠습니까? 기껏 법으로 걸어봤자 사체유기인데, 벌금 정도죠. 박사님은 무슨 의도인지는 모르겠지만 이렇게 합법적인 살인의 덫을 설치해놓고 먹잇감이 걸려들기만을 기다린 겁니다. 우연히 얻어걸린 놈을 골탕 먹이려는 생각보다는 의도적으로 유인한 듯한 느낌이 강하게 듭니다. 한적한 곳에 눈이 돌아갈 만큼 사치스러운 집을 지어놓고 뒤 창문 하나를 빼꼼히 열어놓았습니다. 남의 집 물건에 관심 있는 자들이라면 이보다 더 군침 도는 먹잇감은 없겠죠. 그들은 한탕을 꿈꾸며 베란다 안으로 몸을 들이밉니다. 그게 실은 무간지옥인지도 모르고요. 한여름 벌레를 유인해서 전기로 태워 죽이는 살충장치 같습니다. 인간포충기라고나 할까요.

여기서 빠져나갈 방법은 하나밖에 없다는 결론을 내렸습니다. 도박이지만 해볼 수밖에 없는 방법. 박사님은 살인이니 죄니 하는 데에는 관심이 없을지 모르지만 철저히 합법을 가장할 수 있는 틀 안에서 안전하게 이 실험을 지속하고 싶으신 건 분명했습니다. 타살 흔적이 없는 아사체를 산길 여기저기에 내버린 걸 보면 자신이

놓은 덫의 합법성에 커다란 자신감을 갖고 계신 게 분명했죠. 그리고 또, 시체를 녹인다거나 하는 등으로 감쪽같이 처리할 설비가 이 집 안에는 없다는 결론을 내렸어요. 만약 그런 설비가 있다면 아무리 그래도 아사체를 길가에 버려 사람들의 이목을 끌기보다는 이 집에서 시체를 몰래 처리해 없애버렸을 테니까요. 또, 제 발로 덫으로 뛰어 들어와 자연사한 시체를 굳이 은밀하게 처리할 필요도 없죠. 오히려 오해의 소지가 있을 뿐이고요.

그래서 철편을 날카롭게 갈았고, 제 목을 찔렀습니다. 제 시체를 녹여 없앨 설비가 이 집 안에 없다면 다른 도둑들과 마찬가지로 제 시체도 어딘가에 버리든가 파묻든가 해야 하는데, 다른 시체와는 다르게 목이 찔려 죽었으니 발견되면 이건 분명한 타살이고 일이 시끄러워집니다. 그래서 박사님은 절 살려놓지 않을까 생각했어요. 제 시체 한 구가 뭐 그리 아쉽겠어요? 이 덫이 있는 한 자꾸만 불나방들이 걸려들 텐데. 목이 찔려 죽은 제 시체를 무리하게 처리하느니, 차라리 치료하고 살려준 다음 '우리 집에 도둑질이나 불법적인 목적으로 침입한 모양인데 뒤늦게 발견해서 목숨을 살려줬다. 책임을 묻지 않을 테니 조용히 나가라.' 이렇게 말하면 그만이겠죠. '합법의 덫'을 설치한 박사님이니 반드시 그러실 거라고 판단했어요. 그래서 목을 찔렀습니다. 박사님이 보시는 앞에서요."

이탁오는 스카치 잔을 들어 쭉 들이켰다. 술을 삼킨 그의 입에서 웃음이 터져 나왔다.

"하하하하하하하하하."

한참동안 웃다가 멈춘 이탁오는 문득 정색을 하고 말했다.

"재밌는 친구야. 정말 재밌어. 고진 변호사가 자네에게 의뢰를 한 이유가 있었군. 역시."

진구는 목을 움찔했다. 이탁오가 이제 와서 해코지를 할 것 같지는 않았지만 이상한 행태에 다소 경계심이 드는 건 어쩔 수 없었다.

"고진 변호사하곤 오랜 인연이 있지. 정말 질기고도 재밌는 인물이야. 그런데 지금 왠지 자네하고도 재밌는 인연이 이어질 것 같은 느낌이 드는데."

이탁오는 남은 스카치를 비웠다.

"이런 생각도 드는군. 고진 변호사가 자넬 보는 시선이, 마치 내가 예전 고진 변호사를 보던 시선과 비슷하지 않을까 하고 말이야."

진구의 경계심이 다 풀리지 않았지만 이탁오는 진정으로 유쾌해 보였다.

그때 방문이 열렸고, 서른 중반쯤 되어 보이는 여성이 들어왔다. 진구가 베란다에 갇혔을 때 거실 창문 너머로 이탁오 박사 옆을 지키던 여자였다. 작은 체구에 예쁘장한 얼굴의 여자는 탄력 있는 걸음걸이로 사뿐사뿐 방 안으로 걸어 들어와 얼음을 띄운 물 두 잔을 협탁 위에 올려놓았다.

"소개하지. 내 충실한 조수, 우호선 양이야."

우호선은 진구에게 가볍게 눈인사를 건네고는 방문을 조용히 닫고 사라졌다.

진구는 이탁오를 물끄러미 바라보다가 입을 열었다.

"박사님의 목적은 뭡니까?"

"내 목적?"

"예. 그냥 재미로 베란다에 그런 인간 실험실을 설치하셨을 리는 없지 않습니까?"

"벌써 자네가 질문할 차례던가?"

"목이 찔린 값이라 생각해주십시오."

"음. 그게 내가 찌른 건가?"

"이게 제게 남은 유일한 선택이었습니다. 유일하다면 그건 더 이상 선택이 아니겠죠."

진구는 튜브가 꽂히지 않은 오른손을 들어 자신의 목을 가리켰다.

"좋아."

박사는 희미하게 웃었다.

"그놈들이 굶어서 기운이 다 빠졌을 때 주사를 찔러 몇 가지 검사를 했어. 그걸 위해서야."

"무슨 검사를요?"

"그건 알 필요 없어."

"겨우 검사만을 위해서 덫을 놓고 굶겨 죽이기까지 하는 건 효율이 떨어지죠. 지금까지 굶어 죽은 자들은 검사에 맞지 않았던 거겠고……. 만약 검사가 들어맞는다면…… 그 사람은 결국 죽어야 하는 거로군요. 다른 방식으로."

이탁오는 빙그레 웃었다.

"자네도 꽤나 호기심이 많군."

이탁오는 진구의 얼굴을 빤히 들여다보았다. 진구는 수족관 안에서 관찰당하는 물고기가 된 것 같은 기분이 들었다. 박사는 허리

444

를 폈다.

"이 모든 건 내 필생의 목적을 위해서라고 해두지."

"필생의 목적……이라고요?"

진구는 조용히 박사의 말을 되뇌었다.

"더 묻지 않는 게 좋아. 자넬 위해서라도"

"그건 왜 그렇습니까?"

이탁오 박사는 하얀 이를 드러내고 소리 없이 씩 웃었다.

문득 진구는 깨달았다.

자신이 잘못 물어보았다는 것을.

알게 되면 정말로 여기서 죽어야 한다.

작가 후기

백수탐정 진구 이야기가 오랜만에 나오게 되었다. 진구가 고진보다 더 좋다는 독자도 많으신데 너무 게으름을 피운 건 아닌지 미안한 생각도 든다. 하지만 나 역시 그를 잊지는 않았다. 실은 이미 진구의 과거를 밝히는 다음 이야기까지 써놓았다. 다만, 출간에는 여러 변수가 있어 쓰는 대로 나오지 못하는 사정이 있다. 글을 쓰면서 진구에게서 받은 첫인상도 내 마음속에서 조금씩 변해갔고, 그의 성공을 기원하게 되었다. 모든 것이 꽉 짜여버린 시대에 뒷골목의 조그만 기적을 좇는 김진구의 행적은 CCTV와 휴대전화 때문에 도무지 트릭이 성립하기 어려워진 현대에 새로운 미스터리를 써보려는 작가의 노력과 닮아 있는지도 모른다.

고진 변호사가 나오는 《유다의 별》을 탈고한 뒤, 무언가에 쫓기듯 이 작품을 썼다. 비교적 짧은 시간에 썼지만, 그래서 갖는 장점도 있다고 생각한다. (이런 표현을 붙여도 된다면) '도진기 월드'의 뼈대가 되는 모든 것이 이 작품에서 드러난다. 진구와 고진의 첫 대결, 이탁오와 진구의 만남, 그리고 평생을 두고 이탁오 박사가 꾀하는 궁극의 계획…… 이 작품은 '진구 시리즈'라 불리겠지만 고진 변호사 시리즈와 따로 떨어져 있지는 않다. 두 사람은 이탁오 박사와 대립하거나 혹은 협력하면서 이 도시의 한구석에서 모험을 펼칠 것이다. 이들 모두는 어떤 의미에서든 주류 인생과 동떨어져 있다. 미스터리를 좋아하고, 호기심이 살아 있는 독자들은 이 모험에 동참해줄 것이라 믿는다.

언젠가 내 마음이 변해 다른 종류의 글을 쓴다면 다른 독자들이 나를 맞이해주겠지만 지금의 독자들은 등을 돌릴지도 모른다. 그런 일은 피하고 싶다. 미스터리는 내가 글을 쓰기 시작한 이유이며 고향이다. 성공은 고향에 돌아가기 위해 하는 것이다. 내 취향대로 끄적인 작품에 열렬히 환호해주신 독자들의 친절에 어리둥절했던 기억을 잃고 싶지 않다.

일본. 문제는 항상 일본인데…… 층층이 쌓인 일본 미스터리 프리미엄을 뚫기가 여간 어려운 일이 아니다. 사문난적으로 핍박받던 17세기 유학자 윤휴가 그랬다. 세상의 많은 이치를 어찌 주자(朱子)만 알고 나는 모른다 하는가. 나도 같은 말을 하고 싶다. 세상의 많은 미스터리를 어찌 일본만 쓰고 나는 쓰지 못한다 하는가…….

이탁오 박사와 고진은 언젠가 최후의 대결을 펼칠 것이다. 누구의 승리일지는 독자의 상상에 맡긴다. 그 결말을 다수의 독자가 좋아하리라고는 전혀 생각지 않는다. 다만, 《정신자살》을 좋아하는 소수의 독자들은 나와 취향이 완전히 일치할 거라는 상상을 해본다. 우리나라를 통틀어 한 100명 쯤 되려나……? 아무튼 이 세 사람의 싸움이 끝을 보게 될지는 독자들의 힘에 달려 있다.

2015년 3월, 도진기

가·족의
탄·생

2015년 3월 24일 초판 1쇄 발행
2020년 7월 17일 초판 3쇄 발행

지은이 | 도진기
발행인 | 윤호권 박헌용
책임편집 | 박윤희

발행처 (주)시공사
출판등록 1989년 5월 10일(제3-248호)

주소 | 서울특별시 서초구 사임당로 82(우편번호 06641)
전화 | 편집(02)2046-2852 · 마케팅(02)2046-2880
팩스 | 편집 · 마케팅(02)585-1755
홈페이지 www.sigongsa.com

ISBN 978-89-527-7296-1 04810
ISBN 978-89-527-6531-4 (set)